DOCES MAGNÓLIAS

Um pedaço do céu

SHERRYL WOODS
DOCES MAGNÓLIAS
Um pedaço do céu

TRADUÇÃO
FLORA PINHEIRO

Rio de Janeiro, 2021

Copyright © 2007 by Sherryl Woods
Título original: Slice of Heaven

Todos os personagens neste livro são fictícios. Qualquer semelhança com pessoas vivas ou mortas é mera coincidência.

Direitos de edição da obra em língua portuguesa no Brasil adquiridos pela Editora HR LTDA. Todos os direitos reservados. Nenhuma parte desta obra pode ser apropriada e estocada em sistema de banco de dados ou processo similar, em qualquer forma ou meio, seja eletrônico, de fotocópia, gravação etc., sem a permissão do detentor do copyright.

Direitos exclusivos de publicação em língua portuguesa cedidos pela Harlequin Enterprises II B.V./ S.À.R.L para Editora HR Ltda.

A Harlequin é um selo da HarperCollins Brasil.

Contatos: Rua da Quitanda, 86, sala 218 — Centro — 20091-005
Rio de Janeiro — RJ
Tel.: (21) 3175-1030

Diretora editorial: *Raquel Cozer*

Editor: *Julia Barreto*

Copidesque: *Camila Berto Tescarollo*

Revisão: *Kátia Regina Silva*

Ilustração da capa: *Shutterstock*

Design de capa: *Renata Vidal*

Diagramação: *Abreu's System*

CIP-Brasil. Catalogação na Publicação
Sindicato Nacional dos Editores de Livros, RJ

W86p
    Woods, Sherryl
        Um pedaço do céu / Sherryl Woods; tradução Flora Pinheiro.
- 1. ed. - Rio de Janeiro: Harlequin, 2021.
        416 p.   (Doces magnólias ; 2)

        Tradução de: Slice of heaven
        ISBN 978-65-5970-002-8

        1. Romance americano. I. Pinheiro, Flora. II. Título.
III. Série.

21-70535   CDD: 813
                                  CDU: 82-31(73)

Leandra Felix da Cruz Candido - Bibliotecária CRB-7/6135

NOTA DA EDITORA

Os livros da série Doces Magnólias são protagonizados por mulheres muito reais. Mulheres que erram, se arrependem e têm defeitos, ao mesmo tempo que mudam de ideia, evoluem, amam e se divertem. Isso faz com que seja fácil nos reconhecermos nas personagens, não só por suas qualidades, mas também por seus defeitos. Ler estes livros é uma ótima oportunidade para refletir sobre nossas ações, olhar para nossos problemas sob uma nova perspectiva, pensar no que faríamos de diferente na mesma situação.

Desta vez, vamos acompanhar a história de Dana Sue, uma das Doces Magnólias, de Annie, sua filha adolescente, e de Ronnie, seu ex-marido. O livro foi publicado originalmente em 2007 e trata de questões como autoimagem, perda de peso, transtornos alimentares e a relação saúde *versus* aparência, assuntos muito relevantes até hoje, mas cuja discussão já evoluiu muito de lá para cá. Portanto, apesar do cuidado da autora ao tratar desses temas, você vai ver nas páginas a seguir personagens se preocupando excessivamente com o próprio peso ou associando magreza a beleza ou felicidade – ideias simplistas e bastante ultrapassadas nos dias atuais.

Uma das melhores coisas da literatura é sua capacidade de promover a discussão sobre assuntos importantes e levantar questões pertinentes, independentemente de concordarmos ou não com as opiniões, decisões e ações de um personagem. Nós na Harlequin entendemos que este é um desses casos em que vale o debate.

De acordo com a Organização Mundial da Saúde, em 2020, 4,7% da população brasileira sofria de transtorno de compulsão alimentar (TCA), número que era quase o dobro da média mundial, de 2,6%. Um estudo de 2011 da empresa de pesquisa e inteligência de mercado Sophia Mind, chamado "A Beleza da Mulher Brasileira", constatou que àquela altura apenas 8% das mulheres estavam totalmente satisfeitas com seu corpo, 53% consideravam estar acima do peso ideal e 36% apontavam o medo de engordar como sua maior preocupação em relação à aparência.

Felizmente, nos últimos anos temos visto a propagação de uma mensagem muito mais positiva e um movimento para que as mulheres se sintam confortáveis com o próprio corpo. Para além do discurso de que todos os corpos são lindos, todos merecem, acima de tudo, respeito. Independentemente da sua aparência, se sofre com transtornos alimentares ou não, você merece ser respeitada e merece se respeitar. O que importa é ser gentil consigo mesma e com seu corpo, e priorizar sua saúde acima de tudo (considerando aqui também a saúde mental).

Uma autoestima saudável se baseia em não depender dos outros para definir o seu valor. Ela depende de se conhecer, conhecer seus limites e qualidades e aceitar tudo isso. É diferente de ter um corpo dentro dos padrões de beleza e ficar feliz apenas por isso. Esse outro tipo de autoestima pode ser muito frágil, pois deixa a pessoa refém de padrões e do que os outros consideram aceitável.

Sabemos que não é fácil se libertar de noções ultrapassadas que ouvimos tantas vezes ao longo da vida e de pressões da sociedade. Se você quiser se informar mais sobre o assunto, há vários perfis e instituições que podem ajudar, como Astral (astralbr.org/saiba-mais; @astralbr); Ceppan (redeceppan.com.br/); Genta (genta.com.br/centros-de--tratamento); e Movimento #CorpoLivre (@movimentocorpolivre).

Querida leitora,

Estou muito feliz que você possa ter com você o segundo volume da série Doces Magnólias, assim como a nova série homônima da Netflix, estrelada por JoAnna Garcia Swisher, Brooke Elliott e Heather Headley. Quando tive a ideia de uma série sobre três grandes amigas que haviam se apoiado nos bons e maus momentos, não fazia ideia de quantas mulheres acabariam se juntando a esse trio original ao longo dos anos nem de como as leitoras adorariam esses laços e a comunidade de Serenity, na Carolina do Sul. Espero que os assinantes da Netflix também as adorem.

Acredito que nós, mulheres, sabemos que, além da família, nossas amigas são as pessoas mais importantes de nossa vida. E as amizades que resistiram ao tempo, com mulheres que conhecem nossa história, nossos erros, nossos segredos constrangedores e nos amam mesmo assim, são os laços mais fortes que existem. As amigas estão lá para levantar nosso ânimo, seja por um dia ruim ou uma crise catastrófica. Elas nos fazem rir, comemoram e choram conosco e nos fazem lembrar que mesmo nos nossos piores dias a vida ainda vale a pena.

Se você está conhecendo Maddie, Dana Sue e Helen, espero que goste delas. Se sua amizade com elas já é de longa data, espero que esta releitura traga alguns sorrisos. Acima de tudo, espero que tenha amigas calorosas e maravilhosas em sua vida e que aproveite cada minuto com elas.

Tudo de bom,

CAPÍTULO UM

Dana Sue percebeu o cheiro de queimado alguns segundos antes de o detector de fumaça disparar. Ela tirou o pão carbonizado da torradeira, jogou-o na pia e pegou um pano para abanar perto do alarme estridente, dispersando a fumaça. Finalmente, o aparelho ultrassensível fez silêncio.

— Mãe, o que está acontecendo? — questionou Annie, parada na porta da cozinha, tampando o nariz por causa do cheiro. Estava vestida para a escola, com a calça jeans folgada no corpo magro demais e uma camiseta com gola canoa que deixava à mostra as clavículas salientes.

Contendo a vontade de apontar a prova de que Annie havia emagrecido ainda mais, Dana Sue olhou para a adolescente com uma expressão envergonhada.

— Adivinha.

— Você queimou a torrada de novo — disse Annie, abrindo um sorriso que suavizava um pouco a magreza excessiva. — Que chef você é, hein? Se eu espalhasse isso por aí, ninguém mais iria ao Sullivan's.

— É por isso que não servimos café da manhã e você tem que guardar segredo, a não ser que queira ficar de castigo, sem telefone e internet até ter 30 anos — respondeu Dana Sue, em uma brincadeira com fundo de verdade.

Seu restaurante, o Sullivan's, tinha sido um grande sucesso desde o momento de sua inauguração. Os elogios haviam se espalhado por toda a região graças ao boca a boca. Até mesmo o principal crítico de restaurantes de Charleston tecera elogios à inovação trazida aos pratos sulistas. Dana Sue não precisava que a filha engraçadinha estragasse tudo espalhando aos quatro ventos os desastres culinários da mãe.

— Por que você estava fazendo torrada, aliás? Você não gosta — disse Annie, enchendo um copo d'água e tomando um golinho antes de jogar o resto no ralo.

— Eu estava fazendo café da manhã para você — explicou Dana Sue, tirando do forno um prato com uma omelete fofa, onde a mantivera quentinha.

Ela acrescentara queijo com baixo teor de gordura e pimentões verdes e vermelhos ralados, como Annie sempre gostara. A omelete estava perfeita, tão bonita que poderia estar na capa de qualquer revista gourmet.

Annie olhou para a comida com uma expressão de nojo que a maioria das pessoas reservava a animais mortos na beira da estrada.

— Não quero.

— Sente-se — ordenou Dana Sue, perdendo a paciência com a reação que já havia se tornado familiar. — Você precisa comer. O café da manhã é a refeição mais importante, ainda mais em um dia de aula. Pense na proteína como energia para o cérebro. Além disso, levantei cedo para cozinhar para você, então você vai comer.

Annie, sua linda filha de 16 anos, a olhou com uma daquelas expressões que diziam "Mãe, de novo não!", mas pelo menos se sentou à mesa. Dana Sue se sentou na frente da garota, segurando uma caneca de café preto como se fosse ouro líquido. Depois de trabalhar até altas horas no restaurante, precisava de toda a cafeína possível logo pela manhã para estar alerta o suficiente para lidar com a esperteza evasiva de Annie.

— Como foi o primeiro dia de volta às aulas? — perguntou Dana Sue.

Annie deu de ombros.

— Você tem alguma aula com Ty este ano?

Desde que Dana Sue conseguia se lembrar, Annie tinha uma quedinha por Tyler Townsend, cuja mãe era uma das melhores amigas de Dana Sue. Elas também eram sócias no Spa da Esquina, o novo clube fitness para mulheres de Serenity.

— Mãe, ele é do último ano. Eu estou no segundo — explicou Annie, com uma lentidão exagerada. — Não temos aulas juntos.

— Que pena — disse Dana Sue, sincera.

Ty havia enfrentado alguns problemas desde que o pai abandonara Maddie, mas sempre fora um ombro amigo para Annie, como um irmão mais velho ou um melhor amigo. Não que a filha visse o valor daquilo. Queria que Ty olhasse para ela de *outra forma*, como alguém interessante para namorar. Até agora, porém, Ty não tinha percebido o interesse de Annie.

Dana Sue estudou a expressão taciturna da adolescente e tentou mais uma vez, determinada a encontrar uma maneira de se aproximar da menina, que estava crescendo rápido demais.

— Você gostou dos seus professores?

— Eles falam. Eu escuto. O que tem para gostar?

Dana Sue reprimiu um suspiro. Até poucos anos atrás, Annie era uma tagarela. Não havia um detalhe de seu dia que não quisesse dividir com os pais. Mas as coisas haviam mudado desde que Ronnie traíra Dana Sue e ela o botara para fora de casa dois anos antes. A adoração de Annie pelo pai fora destruída, assim como o coração de Dana Sue tinha sido partido. Por muito tempo depois do divórcio, o silêncio reinara na casa dos Sullivan, sem que nenhuma das duas quisesse conversar sobre a única coisa que realmente importava.

Depois de olhar para o relógio, Annie se levantou de repente.

— Mãe, tenho que ir ou vou me atrasar.

Dana Sue olhou para o prato intocado.

— Você não comeu nada.

— Desculpa. Está com uma cara ótima, mas não estou com fome. Vejo você hoje à noite.

Annie deu um beijo na bochecha da mãe e saiu apressada, deixando para trás a omelete não mais perfeita e um cheiro que Dana Sue reconheceu como o perfume caro que comprara para si mesma de Natal e que usava apenas em ocasiões muito especiais. Como aqueles momentos eram raros desde o divórcio, provavelmente não fazia diferença que a filha o estivesse desperdiçando com meninos do ensino médio.

Só depois de estar sozinha outra vez, com seu café já frio, Dana Sue notou o saco de papel marrom com o almoço de Annie ainda no balcão. Poderia ter sido mero relapso, mas ela sabia a verdade. A filha o esquecera de propósito, assim como havia ignorado o café da manhã preparado pela mãe.

A lembrança do desmaio de Annie durante a festa de casamento de Maddie no ano anterior, no Dia de Ação de Graças, veio à tona, acompanhada por uma nova onda de pânico.

— Ai, querida — murmurou Dana Sue. — De novo não.

— Estou pensando que eu podia preparar um pudim de pão à moda antiga para a sobremesa de hoje, talvez com algumas maçãs-verdes para dar um pouco de acidez e textura — disse Erik Whitney antes que Dana Sue tivesse tempo de amarrar o avental. — O que acha?

Apesar de Dana Sue estar com água na boca, seu cérebro estava calculando os carboidratos. Muitos, ela concluiu com um suspiro. Seus clientes podiam aproveitar a sobremesa, mas ela teria que evitá-la como se fosse uma questão de vida ou morte.

Erik a olhou com preocupação:

— Muito açúcar?

— Para mim, sim. Para o resto do mundo, parece perfeito.

— Eu posso preparar uma torta de frutas frescas, talvez usar algum substituto para o açúcar — sugeriu ele.

Dana Sue fez que não com a cabeça. Ela construíra o nome do Sullivan's ao fazer uma releitura dos clássicos favoritos do Sul dos Estados Unidos. Na maioria das vezes, seus pratos eram mais saudáveis do que algumas das versões tradicionais, cheias de manteiga, porém, quando o assunto era sobremesa, sabia que sua clientela preferia não contar calorias. Ela contratara Erik logo que ele se formara no Instituto de Culinária de Atlanta porque o orientador da escola o classificara como o melhor aspirante a confeiteiro que tinham visto em anos.

Mais velho do que a maioria dos recém-formados, Erik estava na casa dos 30 anos. Ansioso para inovar e mostrar o que podia fazer, não decepcionava os clientes. Ele era tão melhor que seu último *sous* chef, um homem temperamental de difícil convivência, que Dana Sue levantava as mãos para o céu todos os dias em que Erik conseguia assumir as funções de *sous* chef e confeiteiro. Ele logo deixou de ser apenas um funcionário para se tornar um amigo.

Além disso, os bolos de casamento de Erik já estavam se tornando populares na Carolina do Sul. Ele transformava o bolo tradicional em uma obra de arte que conseguia competir com qualquer coisa vista nos casamentos elegantes das celebridades. Dana Sue sabia que seria muita sorte se conseguisse mantê-lo com ela por mais um ou dois anos, se tudo isso, antes que algum restaurante ou bufê de cidade grande o conquistasse, mas no momento ele parecia contente em Serenity, feliz com a liberdade que ela lhe dava.

— Já fizemos muitas tortas de frutas no verão — disse Dana Sue. — O pudim de pão parece perfeito para hoje à noite. Você está cozinhando para os clientes, não para mim.

Quando foi a última vez que ela se permitira uma colherada das sobremesas saborosas de Erik? Não as provava desde que o dr. Marshall lhe dera mais um sermão sobre como precisava perder os sete quilos que ganhara nos últimos dois anos, e a advertira — mais uma vez — sobre a possibilidade de desenvolver diabetes, a doença que matara sua mãe. *Aquilo* deveria ter sido alerta suficiente para Dana Sue, sem os lembretes constantes do médico.

Ela havia achado que trabalhar com as duas melhores amigas para abrir o Spa da Esquina a manteria tão ocupada que conseguiria manter uma dieta saudável. Também se convencera de que o ambiente espetacular que haviam criado a incentivaria a praticar exercícios. Até aquele momento, porém, ela ganhara dois quilos e meio experimentando todas as vitaminas saudáveis e os muffins com baixo teor de gordura que tinham incluído no menu do spa. Uma das vitaminas, de pêssego e pera, era tão maravilhosa que talvez valesse as consequências.

Ganhar peso era algo a que qualquer chef estava sujeito, mas Dana Sue atribuía parte da culpa ao fim de seu casamento dois anos antes. Quando expulsara Ronnie Sullivan de casa por tê-la traído, ela encontrara consolo na comida — ao contrário da filha, que optara por evitá-la.

— Você não é a única pessoa em Serenity preocupada com o excesso de açúcar — lembrou Erik. — Posso pensar numa alternativa.

— Eu também posso. Não é como se eu fosse morrer de fome, meu bem. O menu de hoje à noite vai ter muitos vegetais e três pratos principais saudáveis. Agora, mãos à obra. Nossos clientes esperam algo incrível de você sempre que vêm aqui.

— Certo — disse ele por fim, então lançou um olhar mais demorado. — Você quer me dizer no que mais está pensando?

Dana Sue franziu a testa para ele.

— O que faz você achar que estou pensando em mais alguma coisa?

— Experiência — resumiu Erik. — E se não quer falar comigo, então ligue para Maddie ou Helen e tire logo esse peso. Se estiver tão distraída durante a correria do jantar quanto estava hoje no almoço, vou ter que passar a noite inteira refazendo os pratos.

— Oi? — perguntou ela, tensa, nada feliz com quanto o comentário tinha sido acertado.

— Meu bem, vários pratos voltaram porque você esqueceu parte do pedido. Uma coisa é se esquecer de incluir batatas fritas. Outra é deixar a carne de fora.

Dana Sue gemeu.

— Ai, meu Deus, estava torcendo para você não ter reparado.

Erik deu uma piscadinha.

— Eu reparo em quase tudo o que acontece aqui. É por isso que sou um bom braço direito. Agora vá lá ligar para suas amigas, está bem?

Dana Sue conteve um suspiro enquanto Erik ia buscar ingredientes na despensa bem abastecida, e seus pensamentos se voltaram para a filha. Era impossível continuar negando que Annie estava emagrecendo mais a cada dia. A garota alegara que não era muito diferente das modelos que via nas revistas e na TV e que era perfeitamente saudável, mas Dana Sue discordava. Suas roupas estavam folgadas em seu corpo ossudo, uma tentativa ineficaz da parte de Annie de disfarçar sua magreza real. Dana Sue estava convencida de que a filha estava passando fome para não acabar como a mãe — acima do peso e sozinha.

Apesar do ritmo frenético do horário do almoço, que normalmente a deixava cheia de energia e a mantinha concentrada, naquele dia Dana Sue não conseguira deixar de lado a imagem do saco marrom abandonado. Em geral, Annie pelo menos fingia comer *alguma* coisa para a mãe não ficar reclamando. Agora Dana Sue se perguntava se aquele saco de papel deixado para trás, com o sanduíche de peru com pão integral, acompanhado por aipo e cenouras e uma banana, era um pedido de ajuda.

Certa de que Erik poderia cuidar dos preparativos para o jantar na cozinha de aço inoxidável de última geração, Dana Sue foi ao pequeno escritório bagunçado para seguir o conselho do amigo e ligar para Maddie. Sempre que seu mundo parecia estar desmoronando, ela recorria às duas melhores amigas — Maddie Maddox, que administrava o Spa da Esquina, e Helen Decatur, advogada — para ouvir conselhos sensatos ou encontrar um ombro amigo para chorar. Com o passar dos anos, elas haviam ficado boas em oferecer ambas as coisas. Ninguém em Serenity mexia com uma das Doces Magnólias sem acabar se enrolando com as outras duas também.

Elas encontraram apoio umas nas outras durante as paixões de escola, casamentos fracassados e sustos com a saúde. Dividiram alegrias e tristezas. Mais recentemente, tinham aberto um negócio juntas, o que as deixara mais próximas do que nunca, com suas habilidades distintas se complementando muito bem.

— Como vão as coisas no mundo fitness? — perguntou Dana Sue, forçando um tom alegre.

— O que houve? — disse Maddie na mesma hora.

Dana Sue se irritou por ser tão transparente pela segunda vez naquela tarde. Ela aparentemente não era tão boa em disfarçar suas emoções quanto gostaria.

— Por que você acha que tem alguma coisa errada?

— Porque falta menos de uma hora para o jantar — disse Maddie. — Você costuma estar ocupada preparando tudo. Só liga para bater um papo depois das nove da noite, quando as coisas começam a ficar mais calmas de novo.

— Eu sou muito previsível — murmurou Dana Sue, prometendo a si mesma que mudaria isso.

Antes, Dana Sue tinha sido a mais ousada e impetuosa das Doces Magnólias. No entanto, desde o divórcio, com uma filha para criar e mandar para a faculdade — seu ex-marido pagava a pensão alimentícia conforme as ordens do tribunal, mas só —, ela se tornara muito cautelosa.

— Então o que houve? Qual o problema? — repetiu Maddie. — Alguém reclamou da quiche no almoço? As verduras do vendedor de hortaliças não estavam crocantes o suficiente?

— Muito engraçado — resmungou Dana Sue, sem achar a menor graça na referência que Maddie fazia ao seu perfeccionismo. — Dessa vez é com Annie, na verdade. Acho que ela está com problemas de novo, Maddie. Sei que você e Helen estão preocupadas com os hábitos alimentares dela e com a perda de peso. O desmaio no seu casamento deu um susto em todas nós, mas isso já faz quase um ano, e ela estava melhorando. Eu estava de olho. — De repente, dominada por uma onda de impotência nada familiar, Dana Sue acrescentou: — Agora, não sei mais. Acho que estou me iludindo.

— Conte o que aconteceu — ordenou Maddie.

Dana Sue relatou o incidente daquela manhã.

— Será que estou dando importância demais a ela não ter comido o café da manhã e esquecido o almoço? — perguntou Dana Sue, esperançosa.

— Se fosse só isso, eu diria que sim — respondeu Maddie. — Mas você sabe que há outros sinais de que Annie tem um transtorno alimentar. Todas nós vimos. O desmaio no meu casamento foi um aviso. Se ela é anoréxica, esse tipo de coisa não desaparece do nada. Ela só deve ter ficado melhor em esconder a verdade de você. Ela precisa fazer terapia.

Dana Sue ainda se agarrava à esperança de que tivessem entendido tudo errado.

— Talvez seja só nervosismo pela volta às aulas, ou pode ser que ela esteja comendo na cantina da escola — sugeriu ela, perguntando-se se o filho de Maddie podia ter notado alguma coisa. — Você pode conversar com Ty? Vai ver ele sabe. Sei que não estão tendo aulas juntos, consegui arrancar isso de Annie hoje, mas talvez eles almocem no mesmo horário.

— Vou perguntar a ele — prometeu Maddie. — Mas não acho que os garotos adolescentes prestem muita atenção no que as meninas comem. Estão ocupados demais devorando o prato inteiro.

— Tente — implorou Dana Sue. — Não estou chegando a lugar nenhum conversando com ela. Annie fica na defensiva.

— Vou tentar — respondeu Maddie. — Vou perguntar a Cal também. Você não imagina as fofocas que meu marido ouve no vestiário. Quem diria que um treinador de beisebol teria tantas informações? Ele pode ser a melhor fonte para sabermos o que as crianças estão fazendo na escola. Às vezes acho que ele sabe quando os alunos estão com problemas antes mesmo dos próprios pais. Com certeza foi assim no caso de Ty.

— Verdade — disse Dana Sue, lembrando-se de como a preocupação de Cal a respeito de Ty fizera com que ele e Maddie se aproximassem. — Obrigada por investigar isso, Maddie. Depois me conte o que descobrir, ok?

— Claro. Eu ligo hoje mais tarde — prometeu a amiga. — Tente não se preocupar demais. Annie é uma garota inteligente.

— Talvez não o suficiente — disse Dana Sue, cansada. — Sei que esse tipo de coisa pode acontecer por causa da pressão dos colegas e de todos os exemplos que essas garotas veem na TV e nos filmes, mas Annie também tem muitos problemas graças ao pai dela ter me traído.

— Você acha que isso tem algo a ver com Ronnie? — Maddie soava cética.

— Sim — disse Dana Sue. — Acho que ela se convenceu de que nada disso teria acontecido se eu pesasse quarenta e oito quilos. E claro que não tenho esse peso desde a sétima série.

— Você também tem um metro e setenta e sete. Não daria certo — ponderou Maddie.

— Provavelmente, mas talvez fosse divertido testar um corpinho magérrimo nos homens de Serenity — disse Dana Sue, melancólica. Então acrescentou em um tom mais realista: — Mas isso nunca vai acontecer. Por mais que me esforce hoje em dia, não consigo perder mais do que meio quilo, e nem isso dura muito. Meu destino é ser alta, mas gordinha.

— Parece que Annie não é a única que precisa de uma conversinha sobre a própria imagem — disse Maddie. — Vou chamar Helen aqui amanhã de manhã. Quando vier para deixar as saladas para o café, vamos mudar esse pensamento imediatamente. Você é linda, Dana Sue Sullivan, não se esqueça disso.

— Vamos nos concentrar em Annie por enquanto — respondeu Dana Sue, ignorando as próprias questões alimentares, assim como a tentativa genuína de Maddie para animá-la. — É ela quem pode estar com problemas sérios, não eu.

— Então Helen e eu vamos ajudá-la com isso — tranquilizou Maddie. — Por acaso alguma Doce Magnólia já deixou outra na mão?

— Nunca — admitiu Dana Sue, depois hesitou quando uma memória distante lhe veio à mente, fazendo-a sorrir e afastando temporariamente sua preocupação com Annie. — Peraí. Retiro o que disse. Teve aquela vez em que vocês duas me deixaram lidando com a polícia depois que pregamos uma peça no professor de educação física.

— Aquela peça foi ideia *sua*, e não deixamos você sozinha de propósito — retrucou Maddie. — Achamos que você conseguia correr mais rápido. E nós voltamos para buscar você, não voltamos?

— Claro, logo depois de o policial ligar para meus pais e ameaçar me levar para a delegacia se me pegasse fazendo algo tão idiota de novo. Fiquei com tanto medo que estava quase vomitando quando vocês voltaram.

— Bem, quem vive de passado é museu — cortou Maddie rapidamente. — Estaremos do seu lado para ajudar Annie no que ela precisar. E a você também.

— Obrigada. A gente se fala mais tarde, então.

Quando Dana Sue desligou o telefone, sentiu uma leve pontada de alívio. Ela já enfrentara muitas dificuldades, mas sempre triunfara com Maddie e Helen ao seu lado. As amigas a ajudaram durante seu divórcio e a abertura de seu restaurante, quando ela mesma não tinha certeza de que seria capaz disso. Sem dúvida Dana Sue poderia enfrentar essa crise — se é que havia uma crise — com a mesma facilidade se unissem forças.

Annie odiava a aula de educação física. Ela era extremamente desastrada. Pior ainda, a sra. Franklin — que, mesmo se estivesse vestindo um casaco de neve, não devia pesar mais de quarenta e cinco quilos e tinha um entusiasmo inesgotável por qualquer atividade física — estava sempre de cara feia para ela, como se houvesse algo errado. Normalmente Annie devolvia a mesma careta, mas naquele dia não tinha energia para isso.

— Annie, quero falar com você depois da aula — disse a sra. Franklin depois de torturar todos os alunos, fazendo-os correrem pela pista. Duas vezes.

— Iiih… — disse Sarah, lançando um olhar de pena para Annie. — O que você acha que ela quer?

— Duvido que vá me convidar para entrar na equipe de atletismo — brincou Annie, ainda tentando recuperar o fôlego.

Nunca tinha sido muito atlética, mas nos últimos tempos qualquer atividade física leve a deixava ofegante, ao contrário de Sarah, que parecia ter achado a corrida tão fácil quanto andar de uma sala para a outra.

Sarah, que era a melhor amiga de Annie desde o quinto ano e sabia a maioria de seus segredos mais profundos e sombrios, a estudou, preocupada.

— Será que ela vai dizer alguma coisa sobre você estar fora de forma? Os adultos ficam apavorados quando acham que não estamos preparados para correr uma maratona ou algo assim. Tipo, quem iria querer fazer uma coisa dessas?

— Eu é que não — concordou Annie, aliviada porque a sensação estranha no peito finalmente diminuíra um pouco e ela conseguia respirar com mais facilidade.

— Talvez ela tenha ficado sabendo que você desmaiou e foi parar no hospital.

— Ah, Sarah, isso foi no ano passado — reclamou Annie. — Ninguém lembra mais disso.

— Só estou dizendo que, se a sra. Franklin achasse que você pode desmaiar na aula, talvez ela deixasse você sair mais cedo.

— Até parece — desdenhou Annie. — Ninguém escapa da aula de educação física sem um atestado e o dr. Marshall nunca vai me dar um. Não que eu fosse pedir, minha mãe surtaria. Ela ainda fica toda estranha só porque não como tudo o que ela acha que eu deveria comer. — A garota revirou os olhos. — Como se ela tivesse uma alimentação saudável. Minha mãe engordou tanto desde que meu pai saiu de casa que nenhum homem vai olhar mais para ela. Nunca vou deixar isso acontecer comigo.

— Quanto você está pesando agora? — perguntou Sarah.

Annie deu de ombros.

— Não sei direito.

Sua amiga a olhou com descrença.

— Ah, até parece, Annie Sullivan. Sei muito bem que você se pesa umas três ou quatro vezes por dia.

Annie franziu a testa. De fato, talvez ela andasse um pouco obcecada em conferir que não havia engordado um grama, mas não podia confiar na balança de casa. Então se pesava de novo no vestiário. E às vezes mais uma vez, quando passava no Spa da Esquina para ver Maddie. Embora soubesse seu peso exato, isso não significava que ela queria compartilhar a informação com sua melhor amiga. Além disso, não era o número na balança que importava. Era o que via no espelho. Ela estava gorda e aquilo era tudo o que importava. Às vezes, quando olhava seu reflexo em todos aqueles espelhos do spa, tinha vontade de chorar. Não entendia como sua mãe aguentava entrar naquele cômodo.

— Annie? — chamou Sarah, com a expressão preocupada. — Você está com menos de quarenta e cinco quilos? Para mim você não parece pesar mais de quarenta.

— E se eu estiver? — questionou Annie em tom defensivo. — Eu ainda preciso perder mais alguns quilos para ficar realmente bem.

— Mas você prometeu que ia parar de ficar obcecada com seu peso — disse Sarah, com um quê de pânico na voz. — Você disse que desmaiar quando estava dançando com Ty foi a maior vergonha da sua vida e que nunca deixaria isso acontecer de novo. Falou para todo o mundo que pesaria pelo menos quarenta e cinco quilos, o que, de qualquer forma, já é bem pouco para sua altura. Você *prometeu* — enfatizou Sarah. — Como pode ter esquecido? E você sabe que aquilo só aconteceu porque você não estava comendo.

— Eu não tinha comido *naquele dia* — rebateu Annie, teimosa. — Eu como.

— O que você comeu hoje? — insistiu Sarah.

— Minha mãe preparou uma omelete enorme no café da manhã — disse ela.

Sarah lhe lançou um olhar desconfiado.

— Mas você comeu?

Annie suspirou. Sarah claramente não iria deixar aquilo para lá.

— Não sei por que você está ficando tão preocupada com isso. O que *você* comeu hoje?

— Comi cereal e meia banana no café da manhã e uma salada no almoço — respondeu Sarah.

Annie sentiu vontade de vomitar só de pensar em comer tanta coisa.

— Bom para você. Não venha reclamar quando estiver gorda demais para caber nas suas roupas.

— Não estou engordando — disse Sarah. — Na verdade, até perdi alguns quilos por comer de maneira equilibrada. — Ela olhou para Annie com uma expressão pesarosa. — Mas eu adoraria um hambúrguer com batatas fritas. Pelas histórias que minha mãe e meu pai contam, parece que as pessoas só comiam isso quando eles eram adolescentes. Iam a Wharton's depois dos jogos de futebol e se entupiam de comida. Passavam lá depois da aula e tomavam milk-shake. Dá para imaginar?

— De jeito nenhum — disse Annie.

A última vez que havia comido hambúrguer com batata frita fora em um almoço com o pai. No dia em que ele lhe contara que estava indo embora e que ele e sua mãe iriam se divorciar. Claro que, como já havia visto sua mãe jogando todas as coisas dele no gramado na frente de casa, não fora um grande choque, mas Annie ficara enjoada mesmo assim. Ela saíra correndo da mesa da Wharton's até o banheiro e vomitara o almoço.

Desde aquele dia terrível, não sentia vontade de comer. Nem o hambúrguer com batata frita que antes adorava, nem pizza ou sorvete, nem mesmo as comidas que sua mãe oferecia no restaurante. Era como se seu pai tivesse destruído seu apetite junto com seu coração. Descobrir a traição dele e, em seguida, testemunhar aquela cena vergonhosa na frente de casa praticamente tirara sua vontade de comer para sempre. Embora soubesse que a mãe tinha razão, Annie se sentira sozinha e vazia. O pai tinha sido o único a achá-la a garota mais bonita e especial do mundo. Ela imaginava que ele ainda pensava assim, mas não estava mais presente para lhe dizer isso. Ouvir essas palavras pelo telefone não era a mesma coisa. Por mais que o pai a elogiasse, Annie não conseguia levá-lo a sério, pois ele não tinha mais como saber se ela estava bonita ou feia. Era puro blá-blá-blá.

— Seria legal ir lá na Wharton's, não? — perguntou Sarah, melancólica. — Muita gente ainda vai depois da aula.

— Pode ir, se quiser — disse Annie. — Não precisa deixar de ir por minha causa.

— Não seria a mesma coisa sem você — protestou ela. — A gente não pode ir pelo menos uma vez? Não precisamos pedir o que todo o mundo estiver comendo.

Annie já estava balançando a cabeça.

— Da última vez que fui com minha mãe, Maddie e Ty, todo o mundo ficou encarando quando pedi água com limão. Parecia até que eu tinha pedido uma cerveja ou algo do tipo. E você sabe como Grace Wharton é fofoqueira. Minha mãe saberia no mesmo dia que eu fui lá e não comi ou bebi nada.

Sarah parecia decepcionada.

— Acho que você tem razão.

Annie sentiu uma pontada momentânea de culpa. Não era certo que seus problemas impedissem sua melhor amiga de se divertir.

— Sabe, talvez não tenha problema — disse ela por fim. — Eu posso pedir um refrigerante ou algo assim. Não preciso beber. — Seu humor melhorou. — E talvez Ty esteja lá também.

Sarah sorriu.

— Com certeza. Todos os caras legais vão lá depois da escola. Quando você quer ir?

— Pode ser hoje — disse Annie. — Tenho que ir falar com a sra. Franklin agora. Encontro você lá na frente quando terminar e podemos ir.

Jogar dinheiro fora comprando uma bebida da qual não tomaria nem um gole era um pequeno preço a pagar para passar uma hora ou mais perto de Ty. Não que Annie estivesse se iludindo e pensando que ele prestaria atenção nela. Ty não era só do último ano, mas também a estrela do time de beisebol. Era bom demais para ela. Vivia cercado pelas garotas mais bonitas de sua turma. Parecia gostar das altas e magras, com cabelo loiro longo e sedoso e seios grandes. Annie, com seu um metro e sessenta, cabelo castanho cacheado e nada de peito, não podia competir com elas.

Mas ela tinha uma vantagem em relação a todas as outras garotas. Ela e Ty eram quase da mesma família. Annie passava as férias e muitas outras ocasiões especiais com ele. E um dia, quando fosse magra o suficiente, quando seu corpo estivesse absolutamente perfeito, ele iria acordar e reparar nela.

CAPÍTULO DOIS

O calor estava de matar enquanto Ronnie Sullivan trabalhava no telhado de mais uma casa em mais um subúrbio americano, desta vez nos arredores de Beaufort, na Carolina do Sul. O sol queimava seus ombros nus e enchardados de suor, e, sob o capacete, sua cabeça estava empapada. As botas de segurança pareciam pesar cinquenta quilos cada.

Nos últimos dois anos, Ronnie havia concluído mais serviços na construção civil no estado da Carolina do Sul do que o recomendado para qualquer homem com a cabeça no lugar. Quanto mais exigisse fisicamente, melhor. Ele tinha quase certeza de que, se continuasse assim por muito mais tempo, o sol fritaria seu cérebro por completo, ainda mais desde que ele admitira a derrota e raspara a cabeça que começava a ficar careca.

Depois de tantos meses aceitando qualquer trabalho que surgisse, voltando para um quarto de hotel barato, tomando um banho frio e depois seguindo para um bar para tomar uma cerveja gelada e comer alguma comida gordurosa, ele estava exausto, física e emocionalmente. Entretanto, por mais cansado que estivesse quando se deitava na cama, nunca era o suficiente para afastar os pesadelos e arrependimentos.

Ronnie não tinha a menor dúvida de que havia estragado a melhor coisa que já acontecera com ele — seu casamento com Dana

Sue. Pior ainda, fizera aquilo de maneira estúpida e descuidada, sem jamais pensar nas consequências até que fosse tarde demais.

Os anos sob o sol, sempre trabalhando no ramo da construção, eram a única explicação possível para sua ideia estúpida de ter um caso em Serenity — a capital da fofoca do Sul —, praticamente debaixo do nariz da esposa. Ela não precisou de muito tempo até descobrir que ele havia dormido com uma mulher que conhecera em um bar depois do trabalho. Embora tivesse acontecido apenas uma vez, ninguém em Serenity deixaria passar. Uma vez tinha sido mais do que suficiente para destruir sua vida.

Dana Sue não lhe dera um minuto sequer para que ele se explicasse e implorasse seu perdão. Ela jogara duas malas com os pertences de Ronnie no gramado da frente de casa, sem se importar quando metade das coisas caiu no chão. Ela gritara que ele era a escória da escória, que o odiava e nunca mais queria vê-lo. Toda a vizinhança testemunhara sua desgraça. Duas mulheres solidárias a Dana Sue a haviam aplaudido.

Ronnie queria ficar e tentar salvar o casamento, mas conhecia Dana Sue havia tempo suficiente para reconhecer aquele brilho teimoso nos olhos dela. Ele foi embora, com a certeza de que estava cometendo o segundo maior erro de sua vida. O primeiro fora aquele caso vergonhoso e sem importância de uma noite.

Antes de partir, ele havia levado a filha para almoçar e tentar explicar as coisas, mas Annie não estivera interessada em ouvir suas explicações. Aos 14 anos, ela já era crescida o bastante para entender o que ele havia feito e por que sua mãe ficara tão furiosa. Annie o ouviu com um silêncio impassível, depois correu para o banheiro e ficou lá até que Ronnie precisou pedir para que Grace Wharton fosse atrás dela.

Desde que saíra de casa, não se passara um dia em que não se arrependesse de ter magoado Dana Sue ou causado o olhar de desconsolo no rosto da filha. Cair do pedestal em que Annie o colocara tinha quebrado os últimos pedaços do coração dele.

Durante o divórcio, Ronnie havia pleiteado o direito de visita, mas Helen restringira a possibilidade ao mínimo ditado pela lei. Não que tivesse feito muita diferença. Ele passara mais de um ano tentando manter algum tipo de contato com Annie, mas a filha se recusava a atender o telefone ou a vê-lo quando ele tentava marcar uma visita. Ronnie sabia que parte daquilo era por lealdade à mãe, mas uma boa parcela também era a decepção e a raiva que a menina sentia. Havia alguns meses, ela pelo menos aceitava suas ligações, mas as conversas ainda eram superficiais e frias, completamente diferentes dos diálogos francos que costumavam ter.

Dana Sue e Annie não queriam vê-lo, por isso Ronnie não havia pisado em Serenity de novo, como o covarde que era. Nos últimos tempos, porém, vinha pensando em voltar para casa. Aquela vida itinerante não era para ele. Odiava morar em hotéis baratos e ir de um lugar para outro atrás de trabalho. Embora estivesse no emprego mais recente havia quase um ano, não era o mesmo que fincar raízes. Até a liberdade de ir atrás de novas mulheres quando queria havia perdido a graça. Ronnie sabia que havia certa ironia naquilo.

A verdade era que sentia falta da vida de casado, ainda mais com Dana Sue, que fisgara seu coração quando eles tinham 15 anos e ainda o mantinha em sua posse. Por que ele não tivera o bom senso de perceber aquilo dois anos antes, antes de fazer uma besteira tão estúpida, Ronnie não sabia.

Graças a suas conversas recentes com Annie, Ronnie sabia que sua ex-esposa não estava com outro homem. Claro, isso não significava que Dana Sue fosse querer voltar com ele. Se decidisse morar em Serenity de novo, teria um árduo caminho pela frente para tentar reconquistá-la, mas quem sabe depois de dois anos ela não tivesse amolecido um pouco? Talvez não o recebesse com uma espingarda. Pelo menos ele esperava que não, sabia que Dana Sue conseguia acertar uma lata a quinze metros de distância. Se mirasse nele, não erraria.

E mesmo que ela acertasse o tiro, desde que não atingisse um órgão vital, qual seria o problema? Ronnie merecia. E, ele pensou com um sorriso, a vida não tinha a menor graça sem um pouco de emoção e risco de vez em quando, não é mesmo? Ele só precisava de uma desculpa para bater na porta dela. Se fosse seu destino reconquistar Dana Sue, Ronnie imaginava que uma boa justificativa surgiria mais cedo ou mais tarde.

Na hora de parar o trabalho, ele desceu do telhado, pegou uma garrafa d'água e tomou um longo gole, depois se molhou com o resto.

No Dia de Ação de Graças, Ronnie decidiu, sentindo-se empolgado com alguma coisa pela primeira vez em dois longos anos. Se o destino não tivesse lhe arrumado a desculpa certa até o feriado, ele voltaria para casa e correria o risco.

Dana Sue e Maddie tomavam seu chá gelado — o de Dana Sue sem açúcar, o que era quase um crime no Sul dos Estados Unidos — na sombra do pátio de tijolos nos fundos do Spa da Esquina. Eram oito da manhã e o dia ainda estava razoavelmente agradável aos vinte e quatro graus, mas a umidade e o sol brilhante prometiam uma temperatura escaldante no fim do dia. Demoraria mais alguns meses até que a umidade desse uma trégua na Carolina do Sul, provavelmente a tempo do Dia de Ação de Graças.

Do lado de dentro, meia dúzia de mulheres já estava malhando, e mais algumas estavam no café, comendo os muffins de Dana Sue — feitos com passas, sem gordura e ricos em fibras —, com porções de frutas frescas.

— Cadê a Helen? — perguntou Dana Sue quando ela e Maddie se sentaram.

— Está tomando um banho lá em cima — disse Maddie. — Ela começou a malhar antes de o spa abrir.

Dana Sue olhou para a amiga com uma expressão de descrença.

— Helen? A *nossa* Helen?

— Ela teve outra consulta com o dr. Marshall ontem — explicou Maddie. — Ele deu outra bronca sobre a pressão dela. Está alta demais para uma mulher de 41 anos. Ele a lembrou que ela deveria diminuir o estresse e se exercitar mais. Então, pelo menos por hoje, Helen está determinada a seguir sua rotina de exercícios.

— Quer apostar quanto tempo vai durar? — perguntou Dana Sue. — Ela estava se exercitando direitinho há alguns meses, mas então pegou casos demais e voltou a trabalhar quatorze horas por dia. Passamos algumas semanas sem nem conseguir encontrar com ela.

— Eu sei — disse Maddie. — Ela é uma daquelas personalidades tipo A. Não sei se ela consegue mudar. Falo com ela sobre isso até perder a voz, mas parece que entra por um ouvido e sai pelo outro.

— Está falando de quem? — perguntou Helen, pegando uma cadeira e sentando-se.

— De você, para falar a verdade — disse Maddie, sem o menor sinal de culpa por falar da amiga pelas costas.

— Eu passei a última hora na academia, não passei? — resmungou ela, obviamente adivinhando o assunto. — O que mais você quer?

— Queremos que você se cuide mais — disse Dana Sue com delicadeza. — Não por um dia ou uma semana, mas daqui em diante.

Helen franziu a testa.

— É o sujo falando do mal lavado.

— Verdade — admitiu Dana Sue na mesma hora.

Era muito mais fácil lidar com os problemas de saúde de Helen do que com os dela própria ou os de Annie.

— Não quero falar sobre isso — disse Helen. — O dr. Marshall já me disse poucas e boas. Eu ouvi. Fim de papo.

Dana Sue e Maddie se entreolharam, mas nenhuma das duas disse mais nada. Se forçassem o assunto, Helen só ia teimar mais e começar a evitá-las. Seria a desculpa de que precisava para ficar longe da academia, embora fosse a principal investidora do local.

Helen assentiu, satisfeita com o silêncio.

— Obrigada. Agora vamos falar de um assunto muito mais agradável. Eu dei uma olhada na contabilidade ontem à noite — disse ela. — As adesões subiram.

— É, subiram dez por cento em relação ao mês passado — confirmou Maddie. — Os tratamentos no spa quase duplicaram. E as vendas do café triplicaram. Estamos muito à frente das projeções de nosso plano de negócios.

Dana Sue a olhou surpresa.

— É mesmo? E o movimento no café é maior no café da manhã ou no almoço?

— O dia todo — disse Maddie. — Tem um grupo de mulheres que vem três vezes por semana às quatro horas para malhar e depois tomar chá. Estão me implorando para você criar um folhado de baixa caloria e baixo teor de gordura para elas. Elas foram para Londres juntas há alguns anos e ficaram viciadas no chá da tarde. Vivem me dizendo como é uma tradição civilizada fazer um lanche no fim do dia em boa companhia e com conversas agradáveis.

— É uma ideia e tanto — disse Helen pensativa. — O fim da tarde deve ser um período meio morto, não é?

— Até agora sim, e está pior ainda agora que as aulas começaram — concordou Maddie.

Imagino que algumas mulheres tenham que buscar os filhos na escola — teorizou Helen. — Outras estão no trabalho ou começando os preparativos para o jantar. Uma promoção para uma sessão de "treino e chá da tarde" pode fazer com que mais dessas mulheres que pensam que a academia não é para elas nos deem uma chance. Pode ser uma boa para as aposentadas, que acham que vão ficar deslocadas com o pessoal mais jovem.

— É uma boa ideia — disse Dana Sue, empolgada. — Talvez pudéssemos até fazer uma promoção para mães e filhas, isso pode chamar algumas das mães que revezam caronas. Assim não precisariam escolher entre voltar para casa e preparar um lanche para as crianças ou deixá-las comerem porcaria. Podemos contratar alguém para a creche, assim as crianças menores não ficam atrapalhando enquanto mães e filhas se exercitam juntas.

Maddie e Helen se entreolharam.

— Você está imaginando que você e Annie poderiam fazer algo assim? — perguntou Maddie.

— Por que não? — disse Dana Sue.

— Porque, para início de conversa, a tarde deve ser o pior momento possível para você sair do restaurante — disse Maddie em tom realista.

— Dá para tirar uma horinha — insistiu Dana Sue. — Só teria que adiantar mais coisas pela manhã ou delegar um pouco mais para Erik e Karen. Só faz algumas semanas que ela começou, mas Karen está se tornando uma assistente muito boa. Aprende tudo bem rápido. E, claro, Erik poderia administrar o restaurante de olhos vendados. Só não faz isso por consideração a mim.

— Consideração? — perguntou Helen com uma sobrancelha erguida. — Ou por medo de perder a vida? Olha, não consigo imaginar você abrindo mão do controle desse jeito. Aquela cozinha é território seu. Você pirou daquela vez que alguém moveu a geladeira cinco centímetros enquanto você não estava. Disse que atrapalhou muito quando você estava com pressa.

— Não sou *tão* controladora assim — disse Dana Sue, irritada.

— Ah, não? Desde quando? — provocou Helen.

— Está bem, talvez eu seja, assim como vocês duas — admitiu ela. — Mas valeria a pena fazer esse sacrifício se isso fosse ajudar minha filha e nós duas conversássemos mais.

— Odeio ter que dizer isso, mas acho que não vejo uma adolescente querendo passar um tempo com a mãe na academia — disse Maddie.

— Mesmo uma obcecada com o peso? — perguntou Dana Sue, decepcionada, mas confiando nos instintos de Maddie quando se tratava de Annie. Ultimamente, Maddie e Helen pareciam mais capazes de entender sua filha do que ela mesma. Talvez por serem mais objetivas.

— Pior ainda — disse Maddie. — O lugar está cheio de espelhos, para começar. Pessoas com questões com a própria imagem odeiam isso. Já reparei que Annie evita se olhar neles sempre que vem aqui.

— Então o que eu faço? — interpelou Dana Sue. — Você falou com Cal e Ty, Maddie, e os dois disseram que Annie não come, certo? Se ela não come em casa e nem na escola, então ela está com um problema. É para eu deixar minha filha passar fome em vez de fazer alguma coisa?

— É claro que você não pode ignorar o que está acontecendo — disse Maddie em tom tranquilizador. — Mas você tem que agir de maneira inteligente. Precisa de uma prova concreta antes de confrontá-la.

— Além do peso dela? — perguntou Dana Sue. — Aposto que ela não está pesando nem quarenta quilos. As roupas estão todas folgadas. Talvez eu devesse levá-la de volta ao dr. Marshall e deixá-lo se resolver com ela. Talvez ele consiga botar medo nela.

— Ele conseguiu botar medo em você? — perguntou Helen, incisivamente. Sem esperar por uma resposta, continuou: — Não, porque você o conhece desde sempre. Todas nós o conhecemos desde sempre. Puxa vida, ele nos dava pirulitos. Você não escuta o que ele diz. *Eu* não escuto o que ele diz.

— O que já é outro problema — comentou Maddie, também de forma incisiva.

Helen ignorou o aviso.

— Que seja. O que estou querendo dizer é que ele é um senhorzinho bonachão que fuma escondido e deve ter pressão alta, problemas de colesterol e todas as outras coisas sobre as quais ele nos alerta. Quem vai levá-lo a sério?

Maddie franziu a testa para ela.

— Só porque ele não mete medo em você, não quer dizer que ele não possa falar com Annie. Infelizmente, porém, ele só estaria especulando sobre o transtorno alimentar dela, assim como nós. Precisamos de algum tipo de prova para que Dana Sue possa confrontar Annie com algo que não dê margens para justificativas.

— Tipo o quê? — perguntou Dana Sue, frustrada. — O fato de ela não tocar na comida que sirvo para ela não é prova suficiente?

— Ela vai dizer que come quando você não está por perto — disse Maddie. — Annie pode até jogar comida no lixo para fazer você pensar que ela comeu. Tenho certeza de que ela pode bolar várias estratégias para deixar você mais tranquila, especialmente porque você nem sempre vai estar lá fiscalizando as refeições.

— A balança não mente — disse Dana Sue. — Não que ela me deixe chegar a menos de três metros dela quando se pesa.

A expressão de Helen ficou pensativa.

— Talvez a gente esteja fazendo tudo errado. Nós estamos nos concentrando só em Annie, o que deve fazer a menina se sentir como se estivesse tendo cada movimento vigiado.

Maddie assentiu devagar.

— Acho que você tem razão. Será que as amigas de Annie também podem ter transtornos alimentares? — perguntou ela a Dana Sue.

Dana Sue pensou um pouco. Já tinha ouvido algumas das meninas conversando sobre dieta vez ou outra, mas nenhuma era tão exageradamente magra quanto Annie. Não pareciam muito mais obcecadas com o próprio peso do que Dana Sue ou suas amigas.

— Não que eu tenha notado — respondeu ela depois de um tempo. — Sarah Connors é quem mais vai lá em casa e parece cem por cento saudável. Ela e Annie conversam qualquer toda dieta da moda que aparece no jornal, mas Sarah come as refeições e lanches que preparo. As outras também.

— Você tem certeza? — perguntou Maddie.

— Bem, não fico o tempo todo com elas, se é isso que está perguntando.

— Talvez você devesse — rebateu Helen.

— Você está maluca? Annie ficaria revoltada se eu insistisse em ficar junto dela e suas amigas.

— Deus sabe que *nós* também teríamos ficado — concordou Maddie. — Mas você podia sugerir uma festa do pijama, quem sabe. Talvez pedir uma pizza, oferecer um lanche, assar uns brownies e ver o que elas fazem. É só dar uma espiada no quarto de vez em quando para ver quem está comendo e quem não está.

Dana Sue a olhou chocada.

— Você quer que eu fique espionando as meninas?

— Está bem, falando parece ridículo — admitiu Maddie. — Mas pode dar uma ideia se isso é um problema exclusivo de Annie ou se ela está indo na onda das amigas. E espionar é uma ferramenta muito subestimada pelos pais. *Precisamos* saber o que está acontecendo com nossos filhos. Ponto-final.

— Ok, digamos que eu compre essa ideia — disse Dana Sue. — O que eu vou descobrir com isso? Se a comida acabou, claro, então alguém comeu. Ou jogou na privada. Ou elas comeram e vomitaram. Você sabe que há mais de um tipo de transtorno alimentar.

— Eu concordo com Maddie. Acho que vale a pena tentar — disse Helen. — O que você tem a perder?

Dana Sue decidiu que, considerando quão pouco sabia sobre os hábitos alimentares das amigas de Annie, talvez isso lhe desse alguma informação útil.

— Acho que poderia funcionar — admitiu ela depois de um tempo.

Podia ser uma esperança muito tênue, mas ela estava desesperada e se agarraria a qualquer coisa naquele momento.

Maddie sorriu para ela.

— Isso aí. Agora vamos falar sobre você.

Dana Sue franziu a testa.

— Não dá. Tenho que ir.

— Ah, nem vem — disse Helen, agarrando seu braço até Dana Sue afundar de volta na cadeira. — O que o dr. Marshall disse a *você* na última consulta?

— Que ainda estou pré-diabética, que preciso fazer exercícios, tomar cuidado com o que como e medir o açúcar em meu sangue com regularidade — recitou ela obedientemente.

— E você está fazendo tudo isso? — pressionou Maddie.

— Sim — disse Dana Sue, mas evitou fazer contato visual com as amigas.

— É mesmo? — O ceticismo de Helen era claro. — Você deve estar usando todos esses equipamentos caros e maravilhosos que compramos quando não estou por aqui. — Ela olhou para Maddie. — É verdade, então? Dana Sue vem no meio da manhã? No meio da tarde?

— Talvez eu esteja vindo escondida depois que o spa está fechado! — retrucou ela. — E não sei por que você está questionando minha rotina de exercícios. A sua não é muito melhor.

— Concordo — disse Helen imediatamente. — É por isso que criei um desafio para cada uma de nós.

— Coisa boa não deve ser — murmurou Maddie.

Dana Sue sorriu.

— Não diga.

— Estou falando sério — insistiu Helen. — Acho que cada uma de nós deve escrever suas metas, sejam elas quais forem, e bolar um plano para alcançá-las. Quem seguir o plano e atingir a meta ganha algo espetacular, pago pelas outras duas.

Os olhos de Maddie se iluminaram na hora. Ela sempre adorou uma competição e adorava vencer quase tanto quanto Helen.

— Cada uma escolhe seu próprio prêmio?

Helen assentiu com a cabeça.

— Parece justo, não acha?

— Qual o limite de preço? — perguntou Dana Sue. — Você é a única por aqui nadando em dinheiro.

Helen sorriu.

— O que deve ser uma excelente motivação para vocês quererem me vencer. Mas eu sei que o Sullivan's está indo muito bem financeiramente, e se este lugar aqui continuar no mesmo ritmo, essa conversa de vocês duas de "pobrezinha de mim" vai ter que acabar. O Spa da Esquina vai deixar todas nós ricas. Nós merecemos um mimo e nenhuma de nós vai falir por causa disso. Os lucros deste lugar não vão deixar. — Ela se virou para Maddie. — Então, qual é o prêmio dos seus sonhos?

— O céu é realmente o limite? — perguntou ela, parecendo pensativa.

— Por que não? — disse Helen, dando de ombros. — A ideia é nos motivar a trabalhar em nossos objetivos. Pensar em um vestido novo ou um par de sapatos não vai funcionar.

— Então acho que uma viagem ao Havaí para comemorar meu aniversário de um ano de casamento seria maravilhoso — declarou Maddie. — Provavelmente só poderíamos ir nas férias de primavera, mas estou disposta a esperar.

Helen fez uma anotação no bloco de notas que sempre trazia consigo.

— Então uma viagem de primeira classe para duas pessoas, ou três se contarmos o bebê, já que não consigo imaginar sua mãe cuidando de um bebê. Faz muito pouco tempo que ela começou a ficar de babá de seus outros três, e dois deles já são adolescentes.

— Sim, uma viagem para três, sem dúvida — confirmou Maddie.

— Cal nunca aceitaria deixar Jessica Lynn para trás. Ele mal consegue sair pela porta para ir trabalhar.

Helen se virou para Dana Sue.

— E você? Tem algumas férias dos sonhos que tem se negado a tirar? Ou quer um carro novo? Uma cozinha chique e moderna para sua casa?

— Eu passo o dia todo na cozinha chique e moderna do restaurante — disse Dana Sue. — Já é aço inoxidável suficiente na minha vida. E acho que viagens são bastante superestimadas.

— Só porque você se perdeu em nossa viagem de formatura para Washington, D.C. — brincou Maddie. — Ninguém nunca deixou você esquecer, e desde aquela vez você nunca mais saiu da Carolina do Sul.

— Ok, nada de cozinha nem de viagens — disse Helen. — O que você quer, então? Sonhe grande.

Só havia uma coisa que Dana Sue realmente queria. Um homem em sua vida, o homem certo, que a respeitasse e a tratasse como se ela fosse a melhor coisa que já tinha acontecido com ele. E, lá no fundo de seu coração, ela queria que esse homem fosse Ronnie Sullivan. Infelizmente, por mais que Helen e Maddie a amassem, elas não podiam lhe dar isso. E, como estavam furiosas com ele, não era um sonho que elas fossem encorajar, de qualquer maneira.

— Eu sei o que ela quer — disse Maddie bem baixinho.

— O quê? — perguntou Helen.

O olhar de Maddie cruzou com o de Dana Sue.

— Ela quer voltar com Ronnie.

— Não mesmo — balbuciou Dana Sue indignada, por hábito, legítima defesa ou vergonha. Era humilhante ainda amar um homem que ela tinha botado para fora de casa com tanto alarde. — Como você pode dizer uma coisa dessas, Maddie? Você sabe o que aquele homem fez comigo. Você estava lá para ajudar a me recompor. Ronnie Sullivan é a última coisa que quero. Nunca mais quero olhar na cara daquele traste.

Suas duas melhores amigas a olharam com cara de quem sabia do que estavam falando.

— Que negativa enfática — disse Helen.

— Talvez enfática demais? — perguntou Maddie.

Ambas sorriram, cheias de si.

Dana Sue fez cara feia.

— Bem, só o que tenho a dizer é que se acham que Ronnie Sullivan é um prêmio tão espetacular assim, então uma de *vocês* que fique com ele. Eu não quero. E a ideia de tê-lo de volta com certeza não me motivaria a fazer nada, a não ser pedir uma pizza grande todas as noites pelo resto da minha vida.

— Talvez ela esteja falando sério, afinal — disse Maddie, embora não soasse muito convencida.

— Certo, então que tal um conversível elegante? — sugeriu Helen. — Vermelho, talvez?

Dana Sue sorriu, aliviada por terem parado de falar sobre Ronnie.

— Agora sim você está falando minha língua. E é bom esse carro ter um som de última geração, além daquele negócio de navegação.

— Com certeza é importante — concordou Maddie. — Seu senso de orientação é nulo, por isso você se perdeu na viagem de formatura.

— Pare de me lembrar disso — reclamou Dana Sue, embora de bom humor. — Eu consigo chegar nos lugares.

— Depois de um tempo — comentou Helen.

— Está bem, engraçadinha, e você? — perguntou Dana Sue. — Qual seria seu grande prêmio?

— Uma saída para fazer muitas compras — disse Helen sem qualquer hesitação.

— Que surpresa — disse Maddie ironicamente.

Helen fez cara feia para ela.

— Em Paris — acrescentou ela.

— Ah, agora sim! — animou-se Maddie. — E todas nós podemos ir.

Dana Sue riu.

— Estou gostando cada vez mais dessa ideia. Agora quase não ligo se Helen ganhar.

— Não é justo — disse Helen. — Você tem que prometer que vai tentar ganhar o próprio prêmio.

— Quando a competição começa? — perguntou Maddie.

— Assim que definirmos nossas metas — disse Helen. — E precisam ser metas com significado e ambiciosas, mas factíveis, está bem? Que tal nos encontrarmos amanhã neste mesmo horário para compartilhá-las e decidir quanto tempo vamos ter para alcançá-las?

— Estou dentro — disse Maddie.

Dana Sue pensou no carro esportivo vermelho e estiloso que vira da última vez que ela e Annie tinham ido a Charleston. Lembrava um carro que Ronnie tivera havia muito tempo, antes de se casarem, bem antes de as coisas entre os dois terem dado tão errado.

— Eu também — concordou ela na mesma hora.

Talvez Dana Sue nunca fosse ser uma menina magricela outra vez, mas talvez conseguisse recuperar a despreocupação e a autoconfiança de seus 18 anos, quando tudo estava dando certo. E talvez, caso se sentisse melhor com o próprio corpo, pudesse encontrar uma maneira de ensinar Annie a fazer o mesmo.

CAPÍTULO TRÊS

A reflexão sobre quais seriam suas metas foi subitamente posta de lado naquela mesma noite, quando a cozinha começou a pegar fogo na hora mais agitada do jantar.

Assim que Karen gritou "Fogo!", Erik agarrou um extintor e começou a borrifar nas chamas. Enquanto isso, Karen foi correndo pegar o telefone para ligar para a emergência, embora o pequeno incêndio já estivesse quase contido.

Quando viu que Erik tinha tudo sob controle na cozinha, Dana Sue foi até o salão para acalmar os clientes assustados. Em seguida, saiu para o pátio para explicar o que acontecera aos clientes lá sentados e aguardar a chegada dos bombeiros, torcendo para conseguir impedi-los de arrastar as mangueiras pelo restaurante. Graças à reação rápida de seu funcionário, aqueles homens e seus equipamentos não precisariam bagunçar o restaurante. Quando os bombeiros voluntários chegaram ao local, os únicos vestígios do incêndio eram os ânimos agitados, o cheiro de fumaça e a bagunça em volta da panela engordurada que pegara fogo.

Embora só fosse conseguir ter certeza no dia seguinte, a fumaça não parecia ter provocado danos permanentes no salão de jantar, com suas paredes cor de pêssego e vigamento verde-escuro. Uma boa lavagem eliminaria qualquer cheiro entranhado nas toalhas de mesa e nos guardanapos.

— Foi culpa minha. Lamento muito — disse Karen pela milésima vez depois que o chefe dos bombeiros se despediu e os deixou voltarem ao trabalho.

Mãe solo batalhadora na casa dos 20 anos, Karen tinha lágrimas escorrendo pelo rosto pálido. Dana Sue a descobriu fazendo pratos pré-prontos e sanduíches em uma lanchonete local. Vendo aquele desperdício do talento culinário da moça, a dona do Sullivan's se ofereceu para treiná-la para preparar as refeições de alta qualidade de seu restaurante.

— Só me virei por um segundo — disse Karen. — Não sabia que o fogo estava tão alto. Então entrei em pânico. Nunca fiz nada assim antes, eu juro.

— Ei, não foi nada — tranquilizou Dana Sue. — Já aconteceu com todos nós, não é, Erik? Não houve nenhum prejuízo real.

— Nunca causei um incêndio por causa de gordura — disse Erik —, mas queimei minha cota de tortas e bolos e deixei a cozinha cheia de fumaça.

— Vou ficar até mais tarde e limpar tudo — ofereceu-se Karen. — Quando você chegar amanhã, nem vai dar para saber o que aconteceu.

— Vamos todos ajudar — corrigiu Dana Sue. — Somos uma equipe. Agora vamos voltar ao trabalho antes que nossos clientes se revoltem.

— Preciso fazer alguma cosia — insistiu Karen. — Me deixe comprar uma taça de vinho para cada cliente. Vou demorar um pouco para conseguir pagar, mas é o mínimo que posso fazer.

— Já mandei o vinho, e não vai sair do seu bolso — disse Dana Sue. — O dinheiro sai do nosso orçamento de relações públicas. Agora, mãos à obra. Temos dez salmões grelhados atrasados, três costeletas de porco e cinco bagres fritos. Vamos lá, pessoal.

O trabalho em equipe do qual Dana Sue e seus funcionários se orgulhavam voltou a todo o vapor. Por volta das nove da noite, todos os clientes já haviam comido e a maioria estava conversando enquanto tomava um café e se deliciava com uma das sobremesas de Erik.

Quando Dana Sue foi ver como estavam os clientes, quase todos elogiaram a comida deliciosa, mas a maioria queria parabenizá-la pela forma como sua equipe havia resolvido a crise.

— Se não tivesse ouvido as sirenes e visto os bombeiros, nunca teria imaginado que teve um incêndio na sua cozinha — disse o prefeito. — Você cuidou de tudo muito bem, Dana Sue.

— Obrigada — disse ela, surpresa.

Ela e Howard Lewis nem sempre se davam bem, ainda mais na época da polêmica sobre o relacionamento de Maddie com Cal Maddox, um homem mais jovem. Agora que os dois estavam casados, como era "direito", o prefeito parecia ter se esquecido completamente da antiga animosidade. O casamento ou sua vontade de comer uma boa refeição falaram mais alto do que o fato de ter suas ressalvas a respeito da amizade de Dana Sue com Maddie e Cal.

— Bem, é claro que ela lidou com a crise muito bem — disse Hamilton Rogers, presidente do conselho escolar. — Essas Doces Magnólias sempre souberam como escapar de uma situação difícil. — Ele deu uma piscadinha para Dana Sue. — Com certeza precisaram cultivar essa qualidade durante a adolescência.

Dana Sue riu.

— Com certeza.

— Quantas vezes você e Ronnie foram flagrados tentando matar aula? — perguntou Hamilton.

Dana Sue lançou seu olhar mais inocente.

— Ora, não acredito que jamais tenhamos sido flagrados fazendo uma coisa dessas — disse ela.

O presidente do conselho escolar riu.

— Pode admitir agora, Dana Sue. Não vamos confiscar seu diploma.

Ela balançou a cabeça.

— Ainda assim, não vou contar nada.

— Bem, você com certeza deixou nosso jantar mais emocionante esta noite — disse o prefeito. — As coisas têm andado um pouco calmas demais em Serenity ultimamente.

Depois que o último cliente foi embora, Dana Sue se juntou à equipe na cozinha para fazerem a limpeza. Em duas horas, cada superfície estava impecável, cada centímetro de aço reluzindo. Mesmo nos melhores dias, ela era rigorosa para que a cozinha do Sullivan's estivesse pronta para uma inspeção da vigilância sanitária. Foi ainda mais exigente esta noite. Quando finalmente chegou em casa, estava exausta.

Ao ver que a luz do quarto de Annie estava acesa, Dana Sue bateu na porta.

— Filha, você ainda está acordada?

Annie desviou os olhos do computador e piscou, depois olhou para o relógio.

— Mãe, onde você estava? Está tarde. E você está cheirando a fumaça de novo. O que você queimou desta vez?

— Um pouco de gordura pegou fogo e tivemos um incêndio. No fim, não foi nada, mas a cozinha ficou uma bagunça.

Os olhos de Annie se arregalaram em choque.

— Você está bem? Tem certeza? Por que não me ligou? Eu teria ido ajudar a limpar.

Dana Sue percebeu a preocupação na voz da filha. Annie sabia que qualquer desastre no Sullivan's poderia virar sua vida de pernas para o ar de novo, então Dana Sue tentou tranquilizá-la.

— Eu sei, mas Erik, Karen e eu conseguimos resolver tudo. Além disso, amanhã tem aula. Sei que você tinha dever de casa para fazer.

— Verdade — assentiu Annie.

— Você comeu alguma coisa?

— Mãe! — protestou a menina, imediatamente na defensiva.

— Foi só uma pergunta — disse Dana Sue, sentindo a própria raiva aumentar também. — Você não passou no restaurante depois da escola, então fiquei me perguntando se você comeu alguma coisa aqui.

— Não, Sarah e eu fomos para a Wharton's com o pessoal, só para passar o tempo — disse Annie em um tom mais calmo.

Dana Sue relaxou e sorriu. Sentou-se na beirada da cama, com esperanças de ter uma conversa como as que ela e Annie costumavam ter antigamente.

— Eu me lembro de fazer isso quando tinha sua idade. Aposto que não teve um dia sem que eu, Maddie e Helen tenhamos ido lá, com quem estivéssemos namorando na época.

— Você estava sempre com o papai, não? — perguntou Annie, então hesitou, como se estivesse tentando avaliar a reação da mãe. Quando Dana Sue não respondeu, ela continuou: — Quero dizer, vocês começaram a namorar quando eram mais novos do que eu, não é?

Dana Sue assentiu, perdida por um segundo nas boas lembranças. Havia muitas delas, mas tinha enterrado a maioria sob a raiva que precisara sentir para superar e seguir em frente depois que Ronnie foi embora.

— Papai era todo bonitão, não é?

— Era mesmo — admitiu Dana Sue. — Na primeira vez que o vi, depois que ele veio com a família da Carolina do Norte, achei que ele era o garoto mais sexy do mundo. Tinha um visual de *bad boy*, com o cabelo preto comprido e a jaqueta de couro.

— Foi só por isso que você gostava dele? — perguntou Annie. — Porque ele era bonito?

— Não, claro que não — disse Dana Sue, muito nobre. — Ele era um amor, inteligente e engraçado também.

A filha sorriu.

— Sempre achei que era porque todas as outras garotas da escola queriam ficar com ele e você queria mostrar que *podia* conquistá-lo.

Dana Sue riu.

— Seu pai disse isso?

— Não, Maddie disse. Ela falou que você era obcecada em fazer papai reparar em você.

— É, eu devia ser mesmo — confessou Dana Sue. — Seu pai foi o primeiro menino que mal deu bola para mim. Lógico que isso fez com que ele se tornasse um desafio irresistível. E eu sabia que ele deixaria meus pais doidinhos. — Ela se aproximou e confessou: — Ele tinha uma tatuagem, sabe.

Annie deu uma risadinha.

— Maddie disse que ele se fez de difícil de propósito, porque se tivesse facilitado as coisas você teria perdido o interesse.

Dana Sue tentou se imaginar perdendo o interesse em Ronnie. Não conseguia. Seus sentimentos por ele a consumiram por muito tempo. Nem mesmo os quase dezoito anos de casamento havia diminuído a atração entre eles. Um caso e dois anos de separação haviam servido apenas para fazê-la enterrar seus sentimentos.

— Não sei — disse ela a Annie. — Eu me apaixonei bem rápido.

— E nunca se arrependeu, não foi? — perguntou sua filha. — Quero dizer, só no fim, quando ele ficou com aquela outra mulher.

Dana Sue não gostava nem de pensar no dia em que descobrira o caso de Ronnie, muito menos de falar sobre ele, mas estava claro que Annie queria fazer essas perguntas havia muito tempo. Era como se as tivesse guardado para o momento certo. Também estava claro que ela havia procurado Maddie para obter algumas dessas respostas. Dana Sue se sentiu muito culpada por Annie não ter conseguido pedir os detalhes do namoro dos pais à própria mãe.

— Não, até o dia em que ele me traiu... ou o dia em que fiquei sabendo, pelo menos... nunca me arrependi de estar com seu pai.

Ela sentia que Annie merecia sua honestidade completa, não uma resposta manchada pela amargura e pelo ressentimento dos últimos tempos.

— Então ele cometeu esse erro enorme e fim? — perguntou Annie, franzindo a testa. — Nada do resto importava mais?

— Foi assim que eu vi as coisas — disse Dana Sue. — Algumas traições são grandes demais.

— Você ainda se sente assim?

Dana Sue olhou para a filha com uma expressão perplexa.

— Por que você está perguntando isso?

— Eu só queria saber como você se sentiria se papai voltasse para a cidade. Você conseguiria perdoá-lo hoje?

Era a segunda vez naquele mesmo dia que alguém que Dana Sue amava sugeria que talvez estivesse na hora de ela deixar o passado para trás e seguir em frente, quem sabe até com o traste do ex-marido que a traíra. Ela disse a si mesma que aquilo só aconteceria se deixasse seu coração — ou seus hormônios — mandarem em sua cabeça. *Gato escaldado tem medo de água fria* sempre fora seu lema.

— Desculpe, meu bem. Sei que você gostaria disso, mas não vai acontecer — disse Dana Sue. — Quando for um pouco mais velha e se apaixonar, talvez entenda por que algumas coisas são simplesmente imperdoáveis.

Antes que Annie pudesse pressioná-la, ela se levantou.

— Você precisa dormir um pouco, mocinha. E eu também.

Ela deu um beijo na testa de Annie.

— Está na hora de apagar a luz, está bem?

Para sua surpresa, os braços da filha envolveram sua cintura.

— Eu te amo, mãe.

— Ah, querida, eu também te amo — sussurrou Dana Sue, com lágrimas nos olhos. — E onde quer que ele esteja, sei que seu pai também ama você. Mais do que tudo.

— Eu sei — disse Annie, fungando. — Às vezes eu só queria que ele estivesse aqui, sabe?

Dana Sue conteve um suspiro.

— Eu sei — admitiu ela.

Às vezes ela se sentia como se alguém tivesse arrancado seu coração e a deixado ferida e vazia por dentro. Mas esse sentimento não se comparava à raiva que sentira ao descobrir o caso de Ronnie com uma mulher de cujo nome ele nem se lembrava. Ao pesar as duas emoções e adicionar uma dose saudável de orgulho, Dana Sue só tivera uma escolha. E talvez um dia até se acostumasse a viver com ela.

O telefone tocou, tirando Dana Sue de um sono profundo. Ela deu um tapa no despertador, responsabilizando-o pelo barulho irritante. Quando o toque estridente persistiu, ela tateou para pegar o aparelho certo.

— Cadê você? — perguntou Helen. — Já são oito e meia. Maddie e eu estamos esperando há meia hora.

Dana Sue se sentou na cama e esfregou os olhos.

— Por quê? — murmurou ela.

— Nosso desafio — lembrou Helen. — Nossas metas.

— Minha única meta é voltar a dormir — murmurou Dana Sue, desligando o telefone.

Claro que o telefone voltou a tocar no segundo seguinte.

— Levanta. Estamos indo para aí — disse Helen secamente. — Você tem dez minutos para preparar o café. Pode tomar uma ducha. Parece que você precisa de um banho frio para botar o cérebro para funcionar.

Na segunda vez, quando Dana Sue bateu o telefone de novo, resignou-se a levantar. Helen tinha uma chave de sua casa e não tinha medo de usá-la. Tampouco hesitaria em empurrar Dana Sue para um banho gelado ela mesma. Que mulher mandona!

Ela não se deu ao trabalho de vestir o roupão por cima da camiseta enorme do Carolina Panthers, uma das poucas coisas de Ronnie que havia guardado. Dizia a si mesma que tinha se esquecido de colocá-la na pilha de roupas dele que enfiou às pressas nas malas que jogou no gramado da frente de casa. A verdade, porém, era que Dana Sue dormira com aquela camiseta por muito tempo depois de Ronnie ter saído de casa porque tinha o cheiro dele. Muitas lavagens depois, não era mais o caso, mas algum sentimento que não queria identificar a fazia usá-la todas as noites.

Dana Sue se arrastou até a cozinha para preparar o café, então foi ao banheiro, escovou os dentes e jogou uma água no rosto. Mal teve tempo de voltar para a cozinha quando a porta dos fundos se abriu e Helen e Maddie entraram.

— Vocês duas não deveriam estar trabalhando? — perguntou Dana Sue, irritada.

— Deveríamos — concordou Helen. — Mas tínhamos um encontro importante marcado com nossa sócia às oito horas da manhã. Achamos que descobrir por que você não apareceu era mais importante que o trabalho. — Ela torceu o nariz. — E por que a cozinha está com cheiro de fumaça?

Dana Sue estremeceu.

— Na verdade, eu que estou. Um pouco de gordura pegou fogo na cozinha do restaurante. Não foi nada grave, mas cheguei em casa tarde porque fiquei limpando a bagunça. Ainda não tive tempo de tomar banho e lavar o cabelo.

— Houve um incêndio? — Maddie parecia chocada. — Por que você não nos ligou?

— Antes ou depois de chamarmos o corpo de bombeiros? — disse Dana Sue. — Ou talvez vocês duas tenham se juntado aos bombeiros voluntários e não me avisaram.

— Por que você não nos ligou *depois*? — perguntou Maddie. — Nós poderíamos ter ajudado você a limpar.

— Minha equipe me ajudou — explicou Dana Sue. — E, antes que perguntem, nem tive tempo de pensar em minhas metas ou meu plano de ação.

— Não tem problema — disse Helen bruscamente. Ela pegou as xícaras e serviu café para as três. — Nós vamos ajudar.

— Mas é para ser minha meta e meu plano de ação — protestou Dana Sue.

Helen lançou à amiga um olhar de reprovação.

— E qual o problema de receber uma mãozinha das duas pessoas que mais conhecem você?

— Vou poder avaliar os planos de vocês também? — perguntou Dana Sue, toda desconfiada.

— É claro — concordou Maddie.

Ao mesmo tempo, Helen disse:

— Não.

Dana Sue sorriu.

— Foi o que pensei. Nesse caso, Maddie, você pode me ajudar com o meu. Helen, boca fechada.

Maddie riu.

— Você gosta mesmo de sonhar. Você esqueceu? Helen é a mais controladora de todas nós.

— É por isso que não quero que ela se meta — disse Dana Sue.

— Esse desafio foi ideia minha — lembrou Helen. — Isso me dá o direito de me intrometer. — Ela puxou um bloco de notas de sua pasta. — Agora me diga qual é sua principal meta, Dana Sue. Perder peso? Controlar a glicemia?

— Botar você para fora da minha cozinha para eu poder ir me arrumar para o trabalho — rebateu ela. — Como você viu quando ligou para cá, estou atrasada. Não posso mandar meus clientes ao McDonald's só porque você definiu um prazo para começar nosso desafio. Por que está com tanta pressa, afinal? Não é como se não estivéssemos precisando dessas metas de saúde há meses.

Helen corou, parecendo culpada.

— Eu prometi ao dr. Marshall que apresentaria um plano concreto na semana que vem com provas de que já comecei a cumprilo, para que ele não insistisse em entrar com o remédio para baixar minha pressão. Achei que vocês sendo testemunhas resolveria o problema. Ele não me leva mais a sério, mas confia em vocês duas. — Helen sorriu para Dana Sue. — Bem, pelo menos em Maddie, de qualquer maneira.

— Pode dar mais certo se você de fato baixar um pouco sua pressão — comentou Maddie em tom irônico. — Você já pensou em, hum… tirar um dia de folga, talvez? Fazer uma massagem relaxante no spa? Experimentar uma meditação?

— Como vou fazer isso? — questionou Helen. — Tenho dois julgamentos marcados para este mês. Devo mandar um recado do meu médico para meus clientes e explicar que não estou preparada porque precisava de um dia de folga?

— Sabe, eu estava lendo justamente sobre isso outro dia — disse Maddie. — O texto falava sobre o shabbat, não necessariamente em um contexto religioso, mas sobre como as pessoas precisam mais do que nunca de um tempo para refletir e relaxar. Vocês se lembram de quando nós éramos crianças, como ninguém fazia nada no domingo, a não ser ir à igreja e ficar com a família e os amigos? Agora é só mais um dia cheio de coisas para fazer. Não é de admirar que a gente nunca se sinta descansada.

— Maddie está certa — concordou Dana Sue. — Você provavelmente conseguiria pensar com mais clareza se fizesse algumas pausas, Helen. — Ela apontou para o bloco de notas. — Escreva isso. Precisa ser uma de suas metas.

— Não estávamos discutindo minhas metas — disse Helen.

— Na verdade, estávamos sim — afirmou Maddie. — E a sua necessidade de pensar nelas para que o dr. Marshall a deixe em paz.

Se você quer que eu e Dana Sue sejamos testemunhas, escreva aí "um dia por semana relaxando de verdade" e cumpra.

— Ai, meu Deus do céu — resmungou ela, mas anotou.

— Muito bem — disse Dana Sue. — Agora tenho mesmo que me arrumar para o trabalho, pessoal. Prometo que vou trabalhar em minhas metas hoje e podemos comparar tudo amanhã, ok?

— Acho que vai ter que ser — disse Helen, relutante. — Eu mesma preciso estar no escritório em alguns minutos. Tenho um novo cliente chegando para uma consulta.

Dana Sue levou as duas até a porta.

— Vejo vocês amanhã de manhã — prometeu ela.

Elas já estavam do lado de fora quando Maddie se virou.

— Imagino que ainda não deu tempo de você falar com Annie sobre uma festa do pijama, não é?

— Não, mas ontem antes de dormir tivemos uma conversa ótima, como não acontecia há tempos. Vou falar sobre a festa do pijama quando a vir hoje à noite.

— Não fique adiando — enfatizou Maddie.

— Pode deixar.

Não só era algo importante, mas, como Dana Sue já sabia, suas melhores amigas não iam deixá-la em paz até que cuidasse disso. Seria mais fácil acabar com aquilo de uma vez.

— Mãe, mas que besteira — declarou Annie quando Dana Sue veio com a ideia maluca de uma festa do pijama. — Quero dizer, quantos anos você acha que tenho? Seis?

— Quando eu tinha a sua idade, as meninas se reuniam o tempo todo. Comíamos pizza e pipoca, nos maquiávamos e conversávamos sobre meninos.

— Você, Maddie e Helen? — adivinhou Annie.

— E algumas outras — disse sua mãe. — Era divertido.

— E os meninos? — perguntou Annie.

— Nós conversávamos sobre eles — disse sua mãe, parecendo um pouco confusa.

— Eu quis dizer... posso convidar os meninos também?

— Por algumas horas? — perguntou sua mãe.

— Não, para a festa do pijama. A gente poderia ouvir música, dançar, essas coisas. Seria muito legal.

— De jeito nenhum! Não na minha casa, de qualquer maneira — disse sua mãe, como se Annie tivesse sugerido uma orgia. — Você está doida? Isso é pedir problema.

— Mãe, não é como se a gente fosse *fazer* alguma coisa. Você estaria aqui.

— Não quero saber. É uma péssima ideia. Os outros pais nunca iam concordar com isso.

Annie estudou sua mãe. Desde que o pai saíra de casa, Dana Sue poderia ser convencida de muitas coisas se Annie pedisse direito.

— E se os outros pais concordassem? — insistiu ela. — Você deixaria?

— De jeito nenhum — teimou sua mãe.

— Então deixa para lá! Não quero passar a noite com um monte de garotas. É totalmente sem graça.

Foi a vez de sua mãe lhe lançar um olhar curioso.

— Quando você foi para a casa de Sarah há algumas semanas, os meninos estavam lá?

Ops!, Annie pensou. Não era para ninguém ficar sabendo. Nenhum dos pais, pelo menos.

— Claro que não — mentiu ela.

— Vou descobrir se você não estiver me contando a verdade — alertou sua mãe.

A menina apenas revirou os olhos. Dana Sue não tinha a menor ideia. Annie já fizera várias coisas que fariam a mãe surtar se descobrisse.

— Não me olhe assim — disse a mãe. — É só eu fazer algumas ligações e você vai estar frita.

— Duvido muito — retrucou Annie. Não conseguia pensar em uma única alma que fosse revelar a verdade. Só por segurança, porém, ela provavelmente deveria fazer a mãe pensar em outra coisa. — Talvez não seja tão ruim se eu chamar Sarah. E Raylene — acrescentou ela. — Mas só.

— Sexta à noite — sugeriu Dana Sue, parecendo satisfeita. — E se decidir convidar mais algumas garotas, não tem problema.

Perfeito, pensou Annie. A mãe dela nunca chegava do restaurante antes da meia-noite às sextas e aos sábados. Se os meninos aparecessem, ela só precisaria tirá-los de casa às onze e quarenta e cinco. E se conseguisse convencer Ty a ser um desses garotos, mesmo que fosse pega, talvez sua mãe achasse que ele fosse um acompanhante ou algo do tipo. Embora Annie não pensasse nele dessa forma, sua mãe sempre lhe disse que tinha sorte de tê-lo como uma espécie de irmão mais velho postiço. *Até parece*, pensou a menina.

Por impulso, deu um abraço na mãe, notando mais uma vez que ela provavelmente ganhara mais uns dois quilos desde que abrira o spa com Maddie e Helen. Não era uma boa propaganda do lugar, na opinião de Annie.

— Mãe, achei que você estava fazendo dieta — acusou ela.

— Estou fazendo, mas na minha idade é mais difícil perder peso — disse Dana Sue, imediatamente na defensiva, posição em que Annie queria que a mãe estivesse.

— Eu achava que era por isso que vocês tinham aberto aquela academia, para você poder se exercitar e acelerar o metabolismo. Aposto que você não passa nem dez minutos por dia na esteira, não é?

— Eu vou quando posso — respondeu a mãe com uma expressão tensa.

— Bem, se não emagrecer, você vai ficar doente e morrer como a vovó — disse Annie. — E não quero morar com o papai. — Ela falou com naturalidade, mas a verdade era que a possibilidade a apavorava. Não a de ir morar com o pai, mas de perder a mãe.

— Não precisa se preocupar com isso — respondeu Dana Sue.

— Não pretendo morrer tão cedo, e nem sabemos onde seu pai está.

— Eu sei. — Annie deixou escapar. — Ele está trabalhando em Beaufort e morando em algum hotel vagabundo.

Sua mãe pareceu chocada.

— Como você sabe? Ele manda os cheques da pensão alimentícia pelo advogado.

Vendo a expressão espantada da mãe, Annie imediatamente se sentiu culpada por manter segredo sobre as ligações do pai.

— Ele me liga de vez em quando — admitiu a menina, sem querer especificar que tinha falado com ele duas vezes só nas últimas duas semanas.

Não era como se sua mãe tivesse dito que Annie não podia falar com o pai ou até mesmo vê-lo, se assim quisesse. Porém, no começo, ela fizera um espetáculo tão grande ao se recusar a atender as ligações de Ronnie ou visitá-lo que não quis admitir quando finalmente começou a falar com ele. A sensação era de que estava traindo a mãe.

— Quando?

— Quando você está no trabalho. Ele me liga mais no celular.

— Entendi — disse a mãe, parecendo cansada de repente.

Annie percebeu que ela queria dizer mais, porém Dana Sue apenas se virou e saiu do quarto... provavelmente para comer alguma coisa, se Annie a conhecia. Era por esse motivo que a menina tinha decidido manter as ligações em segredo.

— Juro por Deus, se Ronnie estivesse na minha frente na hora, eu teria estrangulado aquele desgraçado — disse Dana Sue a Maddie na manhã seguinte no Spa da Esquina. — Sei que estou sendo ridícula, que Annie tem todo o direito de falar com o pai, mas tenho certeza de que ele a convenceu a guardar segredo.

— Será mesmo? — perguntou Maddie. — Talvez Annie tenha ficado com medo de você ficar magoada caso descobrisse que eles estavam se falando de novo.

Dana Sue fez cara feia.

— Então agora minha própria filha está com medo de ser sincera comigo? Que *maravilha*. Mais uma vez estamos distantes. E, antes que me pergunte, não, eu não tracei minhas metas. Estava com raiva demais para sentar e pensar sobre isso ontem à noite, e vim direto para cá assim que acordei. Pode ligar para Helen e contar a ela também, porque não estou com paciência para aturar as cobranças dela.

— Você precisa extravasar um pouco dessa raiva — disse Maddie, em um tom reconfortante. — Por que você não me conta o resto enquanto andamos na esteira?

— Eu odeio fazer esteira! — rebateu Dana Sue. — Quero um muffin de mirtilo. Pode falar comigo no pátio quando tiver acabado de ser tão superior.

Maddie apenas suspirou.

— Eu vou com você.

As duas se sentaram à mesa, e Dana Sue catou os mirtilos do muffin e os comeu, conseguindo deixar a maior parte do muffin intacta no prato.

— Sei que não devia estar comendo isso, então não precisa me dizer nada — murmurou ela.

— Não vou dizer nada — respondeu Maddie em tom calmo.

Dana Sue empurrou o prato para longe.

— Já se passaram dois anos, caramba — disse ela em tom acalorado. — Como é que a menção do nome daquele homem ainda me deixa tão irritada?

— Você quer uma resposta sincera ou foi só uma pergunta retórica? — perguntou Maddie.

— Uma resposta sincera, por favor.

— Você ainda está apaixonada por ele.

— Não seja ridícula!

Maddie deu de ombros.

— Você perguntou. Tente ser sincera consigo mesma. De minha parte, eu diria que sua reação ontem à noite foi causada por simples ciúme.

Dana Sue olhou incrédula para a amiga.

— Você acha que eu estava com ciúme porque minha filha estava conversando com Ronnie?

— Não estava?

Ela reprimiu o impulso de negar, então franziu a testa para Maddie.

— Você me conhece bem demais.

Maddie sorriu.

— Conheço mesmo. — Ela estudou Dana Sue por um momento. — O que você vai fazer agora?

— Nada. Você está doida? Ele me traiu. Não o deixaria fazer parte da minha vida de novo nem se voltasse de joelhos.

— Aham, claro — murmurou Maddie, deixando o ceticismo transparecer.

— Tenho meu orgulho — acrescentou Dana Sue.

— De sobra — concordou ela.

— Bem, então você sabe que eu sou sincera no que digo.

— Sei que você *quer* ser sincera — disse Maddie. — Mas se Ronnie Sullivan entrasse por aquela porta agora, todo sexy e espirituoso como sempre foi, eu não sei se botaria minha mão no fogo.

Infelizmente, se estivesse sendo honesta, Dana Sue também não sabia. Mas, pelo lado positivo, duvidava que algum dia aquilo fosse ser posto à prova. Se Ronnie ainda tivesse um pingo de bom senso, nunca mais pisaria em Serenity.

Claro, se ele a amasse tanto quanto dizia, não a teria traído. E — era aquele pensamento a que Dana Sue sempre voltava — teria ficado e lutado para reconquistá-la. Sim, ela havia deixado bem claro que não o queria por perto. Chegara a fazer Helen estabelecer uma infinidade de regras sobre ele ter contato limitado com Annie, com as quais o idiota concordara. Ronnie deveria ter entendido que ela estava agindo no calor do momento, fazendo exigências ultrajantes porque estava magoada. Ele a conhecia melhor do que ninguém, melhor até do que Maddie ou Helen, o que dizia muito. Ronnie sabia que Dana Sue explodia quando ficava com raiva, passava um tempo fervendo e finalmente esfriava. Mas ele tinha ido embora mesmo assim. Não esperara para ver se ela lhe daria uma segunda chance. Aquilo foi o bastante para que ela tivesse certeza. Ele quisera partir. A verdade era essa.

Dane Sue nunca admitiria isso a ninguém, mas era a parte que doía mais do que tudo: Ronnie não a amara o suficiente para ficar. E aquele, entre todos os seus pecados, era o mais imperdoável.

CAPÍTULO QUATRO

Ronnie estava sentado em algum pé-sujo, com Toby Keith cantando uma música sobre um término por carta no fundo. Cada vez que o cantor repetia em um tom grave e triste que a mulher amada o abandonara, Ronnie pensava em Dana Sue. Ela pusera fim ao casamento, e ele ainda não tinha a menor ideia de como reconquistá-la. Havia passado dois anos refletindo sobre o problema e, com exceção de ter decidido tomar uma atitude até o Dia de Ação de Graças, não estava mais perto de um plano concreto agora do que no dia em que deixara Serenity.

Era engraçado que vinte e sete anos antes, quando sua família havia se mudado para Serenity, Ronnie soubesse exatamente o que precisava fazer para conquistar o coração de Dana Sue. Mesmo aos 14 anos, notara como os meninos a rodeavam, atraídos não só por suas pernas longas e pelo busto em desenvolvimento, mas por seu bom temperamento e suas risadas. Também percebera que a única maneira de se destacar em meio à multidão seria fingir indiferença. E de fato aquilo chamara a atenção da garota. Ele não havia ido atrás de Dana Sue. Ela fora atrás dele. Ronnie se perguntou se essa técnica funcionaria outra vez.

Provavelmente não, concluiu ele com pesar. Ronnie passara dois anos longe e, até onde sabia, Dana Sue não sentira sua falta. Com certeza não fora atrás dele.

Enquanto continuava tentando bolar uma estratégia, uma mulher na casa dos 30 anos vestindo uma calça jeans justa, uma blusa decotada e salto agulha deslizou para o banquinho ao lado do dele. Seu cabelo preto era longo e liso e o batom era tão vermelho quanto sua blusa. Era um contraste gritante com a aparência de boa moça de Dana Sue. A maioria dos homens a teria achado sexy, mas para Ronnie ela estava se esforçando demais.

— Olá, querido, parece que você precisa de um pouco de companhia — disse ela em uma voz rouca que deveria ter mexido com ele.

Ronnie fez contato visual, tomou um longo gole de cerveja e tentou sentir algum entusiasmo pelo que ela estava oferecendo. Porém, por mais bonita que fosse, não era a mulher que ele queria.

Ainda assim, ele forçou um sorriso por puro hábito.

— Aceita uma bebida?

— Claro — disse ela. — Uma cerveja light.

Ronnie acenou para o barman e fez o pedido, então entornou a cerveja no copo, perguntando-se por que nenhuma das mulheres que flertavam com ele desde o divórcio despertavam seu interesse. Talvez o que devesse estar se perguntando era por que uma mulher conseguira passar por suas defesas quando ainda era um homem casado. Para seu arrependimento eterno, nem conseguia se lembrar de sua aparência ou de algo relevante na conversa que tiveram.

— Quer conversar um pouco? — perguntou sua companheira, tomando um gole de cerveja. — Meu nome é Linda, aliás. Dizem que sou uma ótima ouvinte. — Ela se inclinou para mais perto. — Entre outras coisas.

Ronnie a olhou com curiosidade, mas a atração simplesmente não existia.

— Vamos lá — insistiu ela. — Todo homem tem uma história que está doido para contar.

— Eu não.

— Coração partido, então — concluiu a mulher. — Os homens odeiam falar sobre os pés na bunda que levam.

— Não fui eu quem ficou de coração partido — corrigiu Ronnie, mas depois pensou melhor. No fim, seu coração ficara tão partido quanto o de Dana Sue, e ele tinha o peso adicional da culpa para carregar.

— O que você fez? — Linda perguntou. — Traiu ela?

— Algo assim — admitiu ele.

— Então imagino que você vai fazer a mesma coisa de novo. É sempre assim com os homens.

— É mesmo?

— Em minha experiência, sim.

Divertido com a sabedoria desgostosa da mulher, ele disse:

— Então você deve ter um péssimo gosto para homens.

Linda riu.

— Diz o cara com quem tenho tentado conversar nos últimos cinco minutos.

— Como eu disse, mau gosto — concordou Ronnie. — Mas sua sorte está prestes a mudar, porque vou fazer um favor e cair fora. — Ele colocou algumas notas no bar, então encontrou o olhar desapontado da desconhecida. — E, só para você saber, se algum dia eu convencer minha ex-esposa a me aceitar de volta, ela não terá nada com que se preocupar. Aprendi minha lição. Ela é a única mulher no mundo para mim.

— E agora você vai tentar me vender um carro usado ou coisa do tipo?

— Não. Só vou lhe desejar mais sorte com o próximo cara que aparecer — respondeu ele, começando a se afastar.

— Será que essa sua ex sabe que é uma mulher de sorte? — disse ela do bar.

Ele riu.

— Eu duvido muito, a menos que se considere sortuda por eu estar longe dela.

— Então ela é uma idiota — completou sua nova amiga.

Ronnie balançou a cabeça.

— Não — disse ele baixinho —, o idiota fui eu.

E nos próximos meses ele tentaria convencer Dana Sue disso.

De volta ao quarto sujo no hotelzinho onde seu chefe conseguira um desconto para a equipe de empreiteiros de fora da cidade, Ronnie olhou o relógio. Estimando que Dana Sue ainda estaria no restaurante, ligou para o celular de Annie. Depois dos primeiros meses em que atendia com raiva, apatia ou ambas, a filha finalmente tinha baixado a guarda. Quase estavam próximos como antes. Ele apreciava muito aquelas ligações e tinha certeza de que a menina também. Ronnie sentia tanta falta da filha quanto de Dana Sue. Os meses em que Annie o ignorara foram muito duros, mas Ronnie continuara ligando.

— Papai! — disse Annie em tom animado, como nos velhos tempos. — Como você está?

— Estou bem — mentiu ele, então ouviu o barulho de fundo. — Onde você está, querida? Parece que está em uma festa.

— Um segundo. Vou para o outro quarto para conseguir ouvir você — disse ela.

De repente, tudo ficou quieto do outro lado da linha.

— Onde você está? — repetiu Ronnie.

— Em casa. Chamei um pessoal.

Ronnie podia estar longe de receber algum prêmio de pai do ano, mas aquilo não parecia boa coisa.

— Sua mãe não está no trabalho? — perguntou ele.

Annie hesitou por um longo momento, depois disse:

— Está, mas ela disse que eu podia fazer uma festa do pijama hoje à noite. Na verdade, foi ideia dela.

— Isso é ótimo — disse Ronnie entusiasmado, mas uma vaga suspeita de que Annie estava distorcendo a verdade continuou a incomodá-lo. Ele finalmente entendeu o motivo e perguntou: — Mas acabei de ouvir algumas vozes de garotos, não?

— Deve ter sido a música — respondeu ela, muito esperta. — Como você está, pai?

— Estou bem. Não tente mudar de assunto, mocinha. Duvido muito que sua mãe fosse gostar de saber que tem meninos aí quando ela não está em casa.

— Ty está aqui — disse ela, alegre. — Você sempre gostou dele.

— Claro que gosto, mas não em casa com minha filha e as amigas quando não há nenhum adulto presente — disse Ronnie. — Ele é o único cara aí?

— Não — admitiu ela.

— Querida, não é uma boa ideia. Sua mãe sabe sobre os meninos estarem aí?

O longo silêncio depois da pergunta quase foi resposta suficiente. Ronnie permaneceu quieto, sabendo que Annie era incapaz de mentir para ele. A filha podia até evitar contar a verdade, mas não chegaria a contar uma mentira.

Por fim, ela perguntou:

— Você vai ligar para minha mãe e contar?

Embora tivesse tentado soar despreocupada, Ronnie ouviu o tom astuto em sua voz e percebeu que ela contava que ele não fizesse isso. Ele considerou surpreendê-la e ligar, mas duvidava muito que Dana Sue fosse ficar feliz com a informação ou por ele ter trazido a notícia. Talvez pudesse resolver tudo sozinho e poupar os dois de muito sofrimento.

— Se você os mandar embora nos próximos cinco minutos, isso fica entre nós — disse ele a Annie. — Combinado?

— Mas, pai…

— O trato é esse. É pegar ou largar.

— Como você vai saber que eles não estão mais aqui?

— Não vou ter como ter certeza. Mas estou confiando em você para cumprir sua palavra. Você vai me prometer ou devo ligar para sua mãe?

— Talvez você devesse ligar para ela — ponderou Annie. — Pelo menos serviria para fazer vocês dois se falarem de novo.

— Por mim, tudo bem — disse ele. — O que prefere, filha?

Novamente, ele deixou o silêncio se estender, sabendo que ela estava dividida sobre fazer ou não a coisa certa.

— Vou dizer aos meninos que eles têm que ir embora — respondeu ela por fim, de má vontade. — Mas não estávamos fazendo nada de errado, pai, eu juro. Você sabe que Ty sempre cuida de mim. Ele nunca deixaria as coisas saírem do controle.

— Você recebeu toda essa turma em casa sem a permissão de sua mãe — disse Ronnie. — Você estava fazendo algo de errado no segundo em que abriu a porta.

— Quando você ficou tão rigoroso? — resmungou ela.

— Nos últimos cinco minutos — respondeu ele, rindo. — Até agora, você nunca tinha me dado motivo para pensar que eu precisava ser rigoroso.

— Se você voltasse para casa, saberia o que estou fazendo o tempo todo — disse Annie.

— Imagino que você veria as desvantagens disso rapidinho — respondeu o pai.

— Provavelmente — admitiu ela, e acrescentou: —, mas valeria a pena, pai. Sinto sua falta.

— Eu também, meu anjo. Agora, mande os meninos embora. Então você e suas amigas podem falar sobre eles a noite toda, como faziam quando eram mais novas.

— Você e minha mãe ficavam espionando a conversa? — perguntou Annie indignada.

— Nunca — disse ele, falando a verdade. — Só interpretávamos as risadas vindas do seu quarto. Aquilo já dizia tudo, pelo menos para sua mãe. Não se esqueça, ela já teve a sua idade. Não há muito que você possa fazer ou pensar que ela não tenha feito antes de você, incluindo quebrar as regras.

— Isso é o que você acha — murmurou Annie.

— O quê? — questionou ele, sem gostar do tom da filha.

— Eu te amo, papai.

Ronnie suspirou e decidiu deixar passar. Criar a filha à distância era uma droga.

— Também te amo, querida. Cuide-se e dê um abraço na sua mãe. Só não diga a ela que veio de mim.

— Queria que as coisas fossem diferentes — disse Annie em um tom melancólico. — Queria que elas pudessem voltar a ser como eram.

— Eu também. Agora, mande esses meninos embora antes que sua mãe os pegue aí e nós dois acabemos encrencados.

— Boa noite, pai.

— Boa noite, querida.

Ronnie continuou segurando o telefone um bom tempo depois de Annie desligar. Ela estava crescendo tão rápido, e ele estava perdendo tudo aquilo. Talvez fosse culpa sua e ele até merecesse ser excluído da vida da filha. Segundo Helen, Dana Sue tinha pedido para que ele sumisse completamente da vida delas, mas ele se recusou. Fora atrás de seus direitos de visitação. O que não tinha imaginado era quão difícil seria fazer Annie concordar em cumpri-los. Sua filha adolescente era tão teimosa quanto a mãe, mas a menina, pelo menos, estava relaxando.

Ele agora entendia o que deveria ter percebido dois anos antes. Não precisava deixar as coisas continuarem daquele jeito para sempre. Dana Sue podia não ficar nada feliz em vê-lo de volta à cidade, mas teria que superar esse desgosto se ele e Annie quisessem se reaproximar. E, embora Ronnie não soubesse muito sobre meninas adolescentes, entendia muito bem os garotos. Annie precisava de um pai presente para impedi-la de cometer um erro que poderia arruinar sua vida.

Mais uma vez, ele decidiu que encontraria uma maneira de voltar para Serenity antes que ficasse de fora de ainda mais lembranças.

Dana Sue tinha noventa por cento de certeza de que o carro saindo de sua casa quando ela se aproximou estava cheio de rapazes. Praguejando em voz baixa, ela estacionou na garagem. Ainda bem que havia resolvido sair do restaurante meia hora mais cedo do que o costume. Sem dúvida Annie havia calculado a saída dos meninos com base na hora em que Dana Sue normalmente chegava em casa.

Quando ela entrou na cozinha, Sarah a olhou com uma expressão surpresa que entregava um pouco de culpa. Com uma natureza honesta e a pele pálida e sardenta, a menina mentia mal e corava muito facilmente. Suas bochechas agora estavam cor-de-rosa, um tom revelador.

— Oi, sra. Sullivan — disse ela, com alegria obviamente forçada. — A festa está ótima. Obrigada por nos deixar passar a noite aqui.

— É claro — disse Dana Sue. — Fico feliz que Annie tenha resolvido fazer uma festa maior, em vez de convidar só você e Raylene. Todo o mundo está se divertindo?

— Aham. Nós pusemos música e estamos dançando. Provavelmente vamos ver um filme daqui a pouco. Annie disse que vocês têm várias comédias românticas.

— São as nossas favoritas — confirmou Dana Sue. — Vocês têm comida suficiente?

— Temos — respondeu Sarah. — Não me lembro da última vez que me entupi tanto de pizza, e aqueles brownies que você trouxe do restaurante são maravilhosos. Já comi dois.

Dana Sue resistiu à vontade de perguntar se Annie havia comido pizza ou brownie. Sarah a poupou de tomar uma decisão.

— Você quer saber se Annie comeu, não é? — perguntou a menina.

Dana Sue assentiu.

— Você sabe por que é importante, não é, Sarah? Se não fosse, eu nunca pediria que você falasse pelas costas dela. Tenho medo de que ela esteja com problemas sérios.

— Eu sei. Também me preocupo com ela — admitiu Sarah em voz baixa. — Acho que ela está…

— Sarah, por que está demorando tanto? — gritou Annie, entrando na cozinha. Quando viu as duas juntas, seus olhos imediatamente se estreitaram em suspeita. — Oi, mãe. Você chegou cedo. Por quê?

— Erik disse que podia cuidar de tudo, então decidi aproveitar a noite — disse Dana Sue, desapontada que a interrupção de Annie impedisse Sarah de responder. Ela forçou um sorriso. — Está se divertindo, filha?

— Estamos nos divertindo muito, não é, Sarah?

— Sim — confirmou a amiga, evitando os olhos de Dana Sue.

— Você não vai ficar aqui com a gente, vai? — questionou Annie.

— Claro que não — disse Dana Sue, observando as bochechas coradas da filha e se perguntando se era por causa do entusiasmo ou da culpa pela presença dos meninos mais cedo. — Já estou indo para a cama.

Annie assentiu.

— Tudo bem, então. Sarah, vou ajudar você a pegar esses refrigerantes. Todo mundo está com calor de tanto dançar.

Dana Sue se demorou enquanto as meninas pegavam meia dúzia de latas de refrigerante e água mineral da geladeira. Enquanto iam saindo da cozinha, Sarah olhou para trás e balançou a cabeça de leve para dizer que Annie não estava comendo com todo mundo. Dana Sue teve vontade de se sentar à mesa e chorar.

Queria tanto acreditar que todos os seus instintos estavam errados, que Annie tinha anorexia, no fim das contas. Havia prestado tanta atenção no ano anterior, redobrando seus esforços depois daquele desmaio no casamento de Maddie. Mas estava claro que Annie era mais esperta em esconder seu transtorno alimentar do que Dana Sue em detectá-lo. Poderia colocar a culpa na falta de tempo, em estar fora de casa durante muitas refeições, mas realmente tentara ao máximo supervisionar a alimentação de Annie. Ela insistia para que a filha fosse jantar no restaurante. Preparava almoços nutritivos. Mas a verdade era que ela não estava lá para acompanhar cada garfada da menina e, quando surgiram os sinais mais óbvios de que Annie estava em crise, Dana Sue obviamente entrara em negação.

Mas não mais. Teriam que enfrentar a questão de frente. Já havia chegado a hora. Passado da hora. Como ainda por cima Annie tinha recebido os meninos em casa, desafiando as instruções de Dana Sue, o dia seguinte seria difícil. Ela e a filha teriam uma conversa franca, e Annie não ficaria feliz com o desfecho — uma ida ao consultório do dr. Marshall e um mês de castigo.

Com a música a todo volume no andar de baixo, Dana Sue só conseguiu pegar no sono — agitado e pouco revigorante — por volta das duas da manhã. A sensação foi que mal tinha fechado os olhos quando despertou com alguém sacudindo-a.

— Sra. Sullivan, acorde! — ordenou Sarah, parecendo em pânico.

Os olhos de Dana Sue se abriram.

— O que houve?

— Annie — disse a menina, com lágrimas escorrendo pelo rosto. — Ela desmaiou e não conseguimos acordá-la. Rápido, por favor.

Dana Sue desceu as escadas correndo, com Sarah logo atrás, ainda chorando. As outras meninas estavam ajoelhadas ao redor da filha inerte.

— Acho que ela não está respirando — disse Raylene, olhando para Dana Sue com os olhos arregalados. — Estou fazendo a reanimação, igualzinho aprendemos na escola.

— Dá licença — disse Dana Sue, recorrendo a alguma reserva interior de calma, embora estivesse apavorada. — Alguém ligue para a emergência.

— Já liguei — disse uma das garotas, soando assustada.

— Obrigada. Fique esperando por eles, por favor? — disse Dana Sue, concentrando-se no rosto pálido de Annie.

Os lábios estavam ficando azuis e ela estava imóvel. Completamente imóvel. Ajoelhando-se ao lado da filha, Dana Sue começou a fazer compressões torácicas conforme havia aprendido em seus tempos de escola, tentando forçar o ar a entrar em seus pulmões. As meninas ficaram paradas em um silêncio consternado, de mãos dadas, os rostos molhados de lágrimas.

O tempo parecia suspenso enquanto Dana Sue tentava desesperadamente dar um sopro de vida à filha. Mal notou as sirenes quando a ambulância chegou. Em seguida, os paramédicos entraram, forçando-a a se afastar, assumindo o controle, falando em um jargão que ela não entendia, recitando informações sobre a frequência cardíaca em repouso e outros sinais vitais pelo celular que, ao que tudo parecia, os mantinha em contato com o hospital. Sarah abaixou para ficar ao lado de Dana Sue e agarrou sua mão.

— Ela vai ficar bem — sussurrou Sarah. — Ela vai ficar bem.

Dana Sue apertou a mão da garota.

— Claro que vai — concordou ela, embora não tivesse certeza.

Raylene se aproximou.

— Liguei para a sra. Maddox — disse ela. — Tudo bem? Ela disse que ia ligar para a sra. Decatur e pedir que ela viesse nos buscar. A sra. Maddox está vindo para acompanhar você para o hospital.

Dana Sue lançou a Raylene um olhar agradecido.

— Você fez a coisa certa — disse ela, impressionada com a capacidade da garota de agir tão rápido em uma crise. Tinha uma cabeça fria e ótimos instintos. — Obrigada.

— Queremos ir para o hospital também — disse Sarah. — Nós podemos? Nossos pais não estão nos esperando em casa, de qualquer maneira. Por favor, sra. Sullivan. A sra. Decatur pode nos levar até lá assim como nos levaria para casa.

Dana Sue sabia como era ficar esperando por informações quando alguém estava gravemente doente. Ela havia ficado sozinha no pronto-socorro do hospital quando sua mãe fora internada pela última vez. Na época era apenas alguns anos mais velha do que aquelas meninas. Annie tinha cerca de 2 anos e Ronnie ficara em casa com a filha. Maddie e Helen tinham vindo correndo no segundo em que Dana Sue ligara para elas, mas a espera pela chegada das duas e por mais notícias lhe parecera interminável. Talvez fosse mais fácil para as amigas de Annie aguardarem juntas no hospital, onde teriam notícias o mais rápido possível.

— Tudo bem — cedeu Dana Sue. — Mas assim que amanhecer, quero que liguem para seus pais e digam onde estão, está bem? Então eles decidem se vocês voltam para casa ou ficam no hospital.

— Até lá, Annie já vai estar bem — disse Sarah com firmeza.

— Claro que sim — concordou Raylene.

A meia hora seguinte foi um borrão enquanto os paramédicos colocavam Annie, que agora respirava, embora ainda estivesse inconsciente, na ambulância. Helen logo pôs Sarah e Raylene em seu carro. Maddie ajudou Dana Sue a se recompor e, em seguida, passou um braço ao redor da cintura da amiga e a guiou para dentro do carro. Dana Sue ainda usava a camisa de Ronnie, mas pelo menos tinha vestido uma calça jeans.

— Annie vai ficar bem — disse Maddie, apertando a mão de Dana Sue uma última vez antes de ligar o motor e sair da garagem.

— Ela não estava respirando — gemeu Dana Sue, tremendo apesar da noite quente. — Foi como se o coração dela tivesse simplesmente parado. É esse transtorno alimentar maldito, eu sei. Meu Deus, Maddie, e se ela…? — Ela não conseguia nem verbalizar a pergunta.

— Ela está respirando agora — lembrou a amiga. — Vamos focar nisso. Você ouviu os paramédicos. Ela estava respirando bem sozinha quando saíram de casa.

Dana Sue franziu a testa para ela.

— Não fale como se isso não fosse nada de mais. Não é que nem a vez que ela desmaiou no seu casamento. As pessoas não perdem a consciência e param de respirar a menos que seja algo muito sério. Ela pode ter tido uma parada cardíaca, um derrame ou algo assim. Que tipo de mãe eu sou para deixar as coisas chegarem a esse ponto?

— Pare de pensar no pior — ordenou Maddie. — Você é uma mãe maravilhosa e seja lá o que tenha acontecido, Annie está em boas mãos agora. Eles têm especialistas de plantão no hospital e tenho certeza de que estarão lá quando a ambulância chegar.

Dana Sue assentiu com a cabeça, mas não se sentia consolada. E se o estrago já estivesse feito? E se tivesse sido algo tão terrível que sua linda menina nunca se recuperasse por completo? Dana Sue queria orar, implorar a Deus para salvar seu bebê, mas não conseguia encontrar as palavras e nem pensar em nada. Era como se tivesse acordado de um sono profundo e se descobrisse vivendo um pesadelo.

— Dana Sue? — repetiu Maddie, finalmente chamando sua atenção.

— O quê? Você disse alguma coisa?

— Perguntei se você pensou em ligar para Ronnie — disse a amiga baixinho. — Ele merece saber o que está acontecendo. Annie também é filha dele e, independentemente do que pense a respeito de Ronnie, ele sempre a adorou.

— Eu sei — sussurrou Dana Sue, as lágrimas ardendo nos olhos enquanto ela se lembrava de como Ronnie adorara Annie desde o momento em que a filha nasceu.

Nos primeiros dias, ficara tão animado quanto ela para se levantar durante a noite e cuidar da menina. Mais de uma vez, Dana Sue o encontrou embalando Annie com um olhar tão admirado no rosto que a fez chorar. Havia um álbum inteiro cheio de fotos dos dois juntos. Dana Sue o empurrara para o fundo do armário e o enterrara sob cobertores depois que Ronnie saiu de casa.

— Eu sei que preciso ligar para ele — admitiu ela —, mas não sei se consigo lidar com isso e vê-lo também.

— Eu não acho que você tenha escolha — disse Maddie. — Além disso, você é mais forte do que pensa. Pode enfrentar o que for preciso, desde que não se esqueça de que a recuperação de Annie é a única coisa que importa.

— Ter o pai aqui seria muito importante para ela — admitiu Dana Sue.

Antes do divórcio, o vínculo entre pai e filha era uma das coisas que ela mais amava em Ronnie. O laço se fortalecera cada vez mais conforme Annie ia crescendo, abrindo mão de ser carregada nas costas para aprender a andar de bicicleta ou jogar beisebol em uma tentativa de impressionar Ty. Era culpa de Dana Sue que essa conexão entre os dois tivesse sido rompida. Fora ela quem havia trazido Annie para seu turbilhão de sofrimento e ressentimento. E, quando devia ter se sentido aliviada ao saber que pai e filha estavam conversando de novo, ela sentira ciúmes, como Maddie tinha dito.

— Ligue para ele — pediu Maddie. — Você sabe onde ele está?

— Sei que ele está em algum lugar perto de Beaufort. Provavelmente posso ligar para o celular dele, duvido que tenha mudado o número. E, se tiver, aposto que Annie tem o novo escondido em algum lugar.

— Tente ligar para o celular dele primeiro — instruiu Maddie. — Se não conseguir falar com ele, eu volto para sua casa e tento dar uma olhada nas coisas de Annie.

— Vou esperar até a gente chegar ao hospital e ver como ela está — disse Dana Sue, querendo adiar a ligação o máximo possível.

Não queria ouvir a voz de Ronnie, nem a mais leve acusação de que de alguma forma havia falhado como mãe, pois como mais aquilo poderia ter acontecido? Uma coisa era culpar a si mesma, mas vê-lo também fazer isso a destruiria.

Maddie olhou a amiga com uma expressão decepcionada, mas não disse nada.

Dana Sue suspirou diante da desaprovação silenciosa.

— Ok, vou tentar falar com ele agora.

Mas como ela faria para dizer a Ronnie que sua menina querida quase havia morrido naquela noite e ainda poderia morrer? Em todos os cenários em que já se imaginara falando com o ex outra vez, sem dúvida aquele jamais tinha lhe passado pela cabeça. Talvez porque fosse tão horrível que Dana Sue nunca tivesse ousado considerá--lo... ou talvez porque fosse o único que com certeza o traria de volta para sua vida.

CAPÍTULO CINCO

O celular de Ronnie o tirou de um sono profundo e de um sonho com Dana Sue. Quando ouviu a voz da ex-esposa do outro lado da linha, imaginou que ainda devia estar sonhando. Quase sem perceber que segurava o celular na mão, ele fechou os olhos e abraçou o travesseiro um pouco mais forte, na esperança de voltar ao sonho. O telefone caiu na cama.

— Mas que droga, Ronnie Sullivan, não se atreva a voltar a dormir! — gritou Dana Sue em seu ouvido. — Ronnie, acorda! Eu não ligaria se não fosse importante. É sobre Annie.

Embora os gritos parecessem vir de muito longe, foram o suficiente para acordá-lo.

— O que houve com Annie? — murmurou ele, meio grogue, tateando os cobertores até encontrar o telefone. — Pode falar. O que houve com Annie?

O coração de Ronnie bateu mais forte no peito enquanto considerava todas as possibilidades terríveis. Um acidente? Será que aqueles meninos tinham voltado para a casa e causado algum problema? Devia ser algo ruim para Dana Sue quebrar dois anos de silêncio e ligar para ele.

Dana Sue, que sabia falar em uma voz lenta e doce quando queria convencê-lo a fazer algo, também conseguia fazer caber uma conversa de dez minutos em dez segundos quando estava agitada. E claramente era o segundo caso. Falava tão rápido que ele mal conseguia entender o que ela dizia.

— Ei, devagar, meu bem — disse Ronnie. — Você acabou de me acordar. Não estou conseguindo entender uma palavra do que você está dizendo.

— É Annie! — gritou ela, parecendo histérica. — Não quero saber onde você está, Ronnie, nem com quem você está ou quais são suas prioridades hoje em dia. Sua filha precisa de você.

Era tudo o que ele precisava ouvir. Podia descobrir o resto quando chegasse lá. Segurando o celular entre a orelha e o ombro, Ronnie vasculhou o quarto escuro até encontrar o interruptor do abajur ao lado da cama.

— Estarei aí em menos de uma hora — prometeu ele —, mas você vai ter que me dizer onde está.

— No Hospital Regional — disse ela, a voz entrecortada por um soluço.

O coração de Ronnie pareceu parar de repente no peito.

— Querida, você pode me dizer o que aconteceu?

— Eu não sei. Não direito, pelo menos. Ela convidou algumas garotas para dormirem em casa. Primeiro iam ser só Sarah e Raylene, mas então decidiu convidar mais amigas. Eu disse que tudo bem. Na verdade, até incentivei. Era tudo parte de um plano, entende?

— Meu bem, você não está falando coisa com coisa — disse ele. — Vá direto ao ponto.

— Certo. Desculpe. Estou completamente sem chão.

— Está tudo bem — acalmou Ronnie. — Apenas respire fundo e me diga.

Pela primeira vez, Dana Sue realmente o escutou. Ele conseguiu ouvir sua inspiração lenta, depois um suspiro.

— Está melhor agora? — perguntou ele.

— Na verdade, não. Mas, enfim, há pouco tempo uma das meninas me acordou e disse que Annie havia desmaiado. Raylene estava fazendo reanimação nela quando desci. Assumi o movimento pelo que pareceu uma eternidade, até que os paramédicos chegaram. — Dana Sue fez uma pausa, depois soltou um som engasgado que nem mesmo o ex-marido reconheceu. — Eu tentei e tentei, Ronnie, mas não conseguia acordar Annie.

Ele estava pulando em um pé só, tentando vestir a calça jeans sem largar o celular.

— E agora? Ela está acordada agora?

— Não — disse Dana Sue. — Pelo menos, acho que não. Acabei de chegar ao hospital. Queria ligar para você antes, mas estava sem sinal até agora.

— Está tudo bem, querida. Vai ficar tudo bem. Tem que ficar. Estou a caminho. Tem alguém aí com você?

— Maddie me trouxe e Helen já deve estar lá dentro.

Aquele era um confronto que Ronnie preferiria evitar. Aquelas duas não mediram palavras quando lhe disseram poucas e boas pelo que ele fez a Dana Sue. Ele sabia, no entanto, que elas eram exatamente o apoio de que Dana Sue precisava agora. Se a queria de volta, teria que encarar as amigas dela mais cedo ou mais tarde, de qualquer maneira. Maddie, pelo menos, sabia ser razoável. Helen com certeza o receberia com as garras de fora, mas paciência.

— Ótimo — disse Ronnie a Dana Sue. — Logo chego aí. Eu prometo — acrescentou, sabendo que suas promessas provavelmente não valiam nada, mas sem saber mais o que dizer.

— Venha logo, por favor. Preciso entrar e ver se os médicos já podem me dizer alguma coisa — suplicou Dana Sue, e desligou.

Ronnie demorou um pouco mais para afastar o celular do rosto. *Bem, aí está*, ele pensou. *O destino acaba de intervir.*

Mas, se alguma coisa acontecesse com sua filha, ele nem queria pensar no que o futuro lhe reservaria.

— Ok, liguei para ele. Está feliz agora? — disse Dana Sue a Maddie.

Sua amiga tinha ficado ao seu lado, quase como se temesse que Dana Sue não fosse cumprir a promessa de ligar para Ronnie e lhe contar como a situação era séria.

— Ronnie está vindo? — perguntou Maddie, seguindo-a até a sala de espera do pronto-socorro, um ambiente movimentado, gélido e com cheiro de desinfetante.

— Ele disse que sim — respondeu Dana Sue, sem ter certeza de como se sentia em relação a isso.

Ronnie parecera sinceramente perturbado, e ela não tinha motivo para duvidar disso. Nunca questionara a dedicação dele a Annie, apenas à própria Dana Sue. Ele batera de frente com Helen no tribunal e insistira em ter direito a visitas. Sabia quanto ele se esforçara para manter contato com a filha. Devia ter doído muito ser rejeitado tantas vezes. Já havia passado tempo suficiente para que Dana Sue quase sentisse pena de Ronnie. Agora, depois de ouvir sua voz e ansiar por sua força, ela se lembrava de muitas coisas que havia tentado desesperadamente esquecer.

— Que bom que ele está vindo — disse Maddie. — Annie precisa de vocês dois agora.

— Eu preciso vê-la — gemeu Dana Sue, dirigindo-se ao balcão para implorar permissão para entrar no cubículo onde os médicos estavam cuidando de seu bebê.

Antes que Dana Sue pudesse chegar lá, Maddie a interceptou.

— Você precisa deixar os médicos fazerem o trabalho deles — disse ela, guiando-a para um assento longe das outras famílias aglomeradas na sala de espera.

Só depois de ter certeza de que Dana Sue ficaria onde estava foi que Maddie a deixou sozinha somente pelo tempo suficiente para dizer a enfermeira de plantão que estavam ali.

Antes que Dana Sue pudesse reunir energias para correr em direção à área onde ficavam os pacientes, Maddie voltou e Helen apareceu com todas as meninas, explicando que havia parado para levar uma delas para casa.

— Alguma notícia? — perguntou ela.

Dana Sue balançou a cabeça e começou a chorar. Ela desviou o rosto das adolescentes apavoradas e se enfiou no ombro de Maddie.

— Não sei se aguento isso por mais tempo — sussurrou ela.

— Eu sei que é difícil — disse Maddie. — Esperar é a pior parte.

— E se...?

Maddie a interrompeu.

— Não se atreva a dizer uma coisa dessas — disse ela em tom severo. — Só pensamentos positivos, está me ouvindo?

— Maddie está certa — concordou Helen, embora seu rosto, em geral plácido, mostrasse sinais do mesmo medo angustiante que dominava Dana Sue.

Helen não tinha filhos e desenvolvera uma ligação especial com a prole de Maddie e com Annie. E agora que a menina estava na adolescência, Helen adorava levá-la para fazer compras em Charleston.

Deixando os próprios medos de lado, Dana Sue estendeu o braço e segurou a mão de Helen. Ver sua amiga normalmente imperturbável tão abalada era muito desconcertante.

— Por que vocês duas não vão à capela fazer uma oração por Annie? — sugeriu Maddie. — Eu fico aqui com as meninas.

Dana Sue a olhou alarmada.

— Mas e se eles vierem dar notícias?

— A capela fica logo ali no fim do corredor. Eu vou chamar você no instante em que os médicos saírem — prometeu Maddie.

Dana Sue olhou para Helen, notou as lágrimas brotando em seus olhos e soube que sua amiga estava prestes a desmoronar. Ela precisava de uma distração. As duas precisavam.

— Vamos lá, Helen — disse ela, pondo-se de pé. — Vamos ver se você consegue usar seus excelentes poderes de persuasão agora que realmente estamos precisando.

Helen abriu um sorriso fraco.

— Deus pode ser mais difícil do que um júri comum — comentou ela. — Ainda mais porque não andamos muito próximos nos últimos tempos.

— Eu também — admitiu Dana Sue. — Espero que Ele nos perdoe por nossas falhas.

— Ele não vai descontar nossos pecados em Annie — disse Helen com segurança. — Disso eu tenho certeza.

Enquanto se dirigiam à pequena capela, Dana Sue já estava orando, pedindo a Deus que curasse sua filha e lhe desse outra chance de ser uma mãe melhor. No aposento silencioso e escuro, com o cheiro de velas acesas se espalhando pelo ar, uma incrível sensação de serenidade tomou conta dela. Quase sentia como se Deus tivesse ouvido seu apelo silencioso e a estivesse envolvendo em Seus braços reconfortantes.

Dana Sue e Helen desabaram em um banco duro de madeira e ergueram os olhos na direção do pequeno vitral atrás do altar.

— Você acha que Ele ouve todo mundo que vem aqui? — perguntou ela a Helen.

— Não sei — respondeu a amiga. — Mas hoje preciso acreditar que sim. Preciso acreditar que Ele não vai deixar Annie sofrer, que Ele vai curá-la e trazê-la de volta para nós. — Com o rosto molhado de lágrimas, ela olhou para Dana Sue. — Acho que amo aquela garota tanto quanto você. Nós não podemos perdê-la.

A serenidade que tomara conta dela quando entraram na capela consolou Dana Sue.

— Não vamos — respondeu ela, com uma segurança que a surpreendeu. — Nós não vamos perdê-la.

Helen olhou assustada.

— Você parece ter certeza mesmo.

— Eu tenho. Não sei por que tenho tanta certeza, mas tenho. — Ela suspirou. — Se eu estiver certa, as coisas vão ser muito diferentes daqui em diante. Nada de continuar ignorando seu transtorno alimentar. Nada de me convencer de que ela está comendo quando lá no fundo sei que não está. Annie vai receber toda a ajuda necessária. Não vai sair deste hospital até sabermos direitinho o que fazer para curá-la. Não vou falhar com minha filha de novo.

Helen olhou para Dana Sue chocada.

— Você não falhou com ela.

— Falhei, sim — insistiu ela. — Ela está aqui, não está? E isso é culpa de quem? Eu notei os sinais, assim como todas nós. Mas eu a levei ao médico? Não. Eu percebi que ela estava em crise? Não. Qual é meu problema? Eu estava ocupada demais para ver isso?

— Claro que não. — Helen balançou a cabeça. — Como muitos pais, você só não queria acreditar no que estava vendo. A escolha foi de Annie, Dana Sue. Ela não tem 5 ou mesmo 10 anos. É quase uma mulher adulta.

— Mas ainda é nova demais para entender completamente as consequências de suas ações — argumentou Dana Sue. — Eu sabia, mas sempre postergava tomar uma atitude porque não queria causar uma briga ou deixá-la chateada com minhas suspeitas. Eu queria que ela gostasse de mim, em vez de ser a mãe responsável de que Annie precisava. Se alguma ocasião exigia um amor mais severo, era essa. Li tantos artigos. Conhecia os sintomas da anorexia. Sabia dos riscos, mas continuava dizendo a mim mesma que uma coisa dessas não aconteceria com Annie, não com aquela menina alegre que sempre gostou de viver. Ela saía com as amigas. Era ativa. Eu simplesmente não acreditei que estávamos enfrentando uma crise.

— Bem, isso já passou — Helen disse, pragmática. — Vamos todas trabalhar juntas para resolver as coisas agora.

Dana Sue fechou os olhos e tentou imaginar o choque de Ronnie quando visse Annie pela primeira vez em dois anos. De alguma forma, a mãe se acostumara a ver a sombra esquálida da garota que

Annie tinha sido. Ronnie só tinha as lembranças de uma adolescente exuberante e saudável com pele sedosa, cabelo brilhante e as primeiras curvas de uma mulher.

— O quê? — perguntou Helen, estudando-a com preocupação.

— Ronnie vai ficar uma fera quando a vir — respondeu Dana Sue. — Vai se perguntar como deixei algo assim acontecer com nossa filha sem tentar resolver as coisas. Vai querer conversar com os professores e os psicólogos para saber por que não viram a gravidade das coisas e tomaram uma atitude.

— Não é como se ele estivesse aqui para fazer a parte dele — disse Helen com raiva. — Então é claro que vai querer culpar os outros.

Dana Sue a olhou com uma expressão irônica.

— Ele não estava aqui porque foi assim que eu quis, lembra? Fui eu que insisti em visitas limitadas, e dei pulos de alegria quando Annie se recusou a vê-lo.

Houve um breve lampejo de culpa nos olhos de Helen, mas ela continuou a defender Dana Sue.

— Vamos lá, querida. Não vá agora assumir toda a culpa só para limpar a barra dele.

— Eu estava com a guarda — lembrou Dana Sue. — Você lutou por ela e conseguiu.

— Não houve muita luta — zombou Helen. — Ronnie estava doido para ir embora e seguir com a vida dele. Estava mais do que pronto para mandar os cheques e esquecer todo o resto.

Dana Sue não costumava facilitar as coisas para Ronnie, mas agora era diferente.

— Você sabe que não foi bem assim, Helen. Quaisquer que fossem os problemas de Ronnie comigo, ele amava Annie. Só concordou com as visitas mais restritas porque você o convenceu de que seria melhor se Annie não ficasse no meio de uma briga. No começo, ele ligava quase todas as noites, mas Annie desligava o telefone na cara dele. Ronnie a convidou para visitá-lo várias vezes, mas ela se recusou a ir. Ela me contou. Ultimamente, porém, eles têm se falado, talvez até com mais frequência do que eu saiba.

— Maddie comentou isso — disse Helen. — Por que você está defendendo Ronnie de repente?

— Eu não estou defendendo ninguém. Só estou tentando me preparar para a reação dele quando chegar aqui. — Dana Sue estremeceu. — Algo me diz que vai ser um inferno.

Na verdade, havia uma grande chance de Ronnie olhar a filha e ir direto para o tribunal solicitar um novo acordo, que lhe daria a guarda de Annie. Levando em conta o que havia acontecido naquela noite, Dana Sue não tinha certeza se teria a força — ou o direito — de se opor a ele.

Ronnie viu Maddie assim que entrou no hospital. Ela estava no meio de um grupo de adolescentes, mas seus olhares imediatamente se encontraram. Para sua surpresa, a expressão da amiga de Dana Sue era calorosa e cheia de compaixão.

Maddie se levantou e atravessou a sala de espera até onde ele estava parado, hesitante, logo na entrada. Mesmo nas melhores situações, os hospitais o deixavam assustado. Seus nervos estavam em frangalhos na noite em que Annie nasceu, embora o parto tivesse corrido bem. Pelo que Dana Sue lhe dissera, não era nada certo que aquela noite teria um final feliz.

— Ronnie, é bom ver você — disse Maddie, surpreendendo-o de novo. — Eu só gostaria que fosse em outra circunstância.

— Eu também — respondeu ele, arriscando o beijo na bochecha que teria vindo naturalmente alguns anos atrás.

Maddie sempre falara a favor de Ronnie para Dana Sue, pelo menos até o episódio da traição. Depois, ela se transformara em uma melhor amiga protetora, com quase nada de bom a dizer a ele ou sobre ele. Mas pelo menos ela havia suavizado com o tempo, até mais do que Ronnie tinha ousado esperar.

— Como está Annie? Dana Sue está com ela?

Maddie balançou a cabeça.

— Não sabemos de nada ainda. Dana Sue está na capela com Helen. Talvez você deva passar lá. Para avisar que chegou.

— Acho que vou esperar aqui — disse Ronnie, ao mesmo tempo temendo e desejando aquele primeiro encontro. — Ela está lidando bem com tudo? Estava péssima quando me ligou.

— Ainda está, a menos que a visita à capela tenha ajudado. Helen está tão mal quanto ela. Não costuma deixar ninguém ver seu lado mais frágil, mas ama Annie como se fosse sua própria filha.

— Ela com certeza lutou como uma mãe urso para mantê-la longe de mim — respondeu Ronnie amargurado, então deu de ombros. — Tive a sorte de conseguir direito de visita. Mal sabia eu que Annie estava com tanta raiva que nem ia querer falar comigo por quase um ano, que dirá vir me visitar.

Maddie sorriu.

— Bem, isso agora é passado. Ela o perdoou, não foi?

— Ela está falando comigo, pelo menos — respondeu ele. — Já é alguma coisa. Eu deveria ter ficado aqui na cidade para que Annie não pudesse me evitar, mas pensei que, se eu fosse embora como Dana Sue queria, talvez as duas começassem a sentir minha falta e quem sabe até me dessem outra chance.

— E como está indo esse seu plano? — perguntou Maddie, irônica.

Ronnie abriu um sorriso triste.

— Você já sabe a resposta.

Ele viu Dana Sue e Helen caminhando pelo corredor. Seu coração pareceu parar de repente. Droga, ela estava linda, mesmo com o cabelo despenteado, a camiseta do Carolina Panthers — não, a camiseta *dele*, Ronnie percebeu com uma pontada — amarrotada e folgada, e um par de tênis velhos. A pele da ex-esposa estava muito pálida, e seus incríveis olhos verdes-escuros, repletos de medo.

Ronnie fez menção de ir até ela, mas se conteve e esperou que Dana Sue tomasse a iniciativa.

— Agir como antigamente pode não ser uma boa ideia em uma noite como esta — disse Maddie em voz baixa. — Vá até ela, Ronnie. Ela precisa de você. O que quer que tenha acontecido, aquela menina é de vocês dois.

Ele não precisou de mais incentivo. Cruzou o saguão e, quase antes que percebesse, Dana Sue estava em seus braços. Seu corpo inteiro tremia com soluços; ela se agarrou ao pescoço do ex-marido.

— Sinto muito — disse ela várias vezes.

Sem saber por que Dana Sue estava se desculpando, ele apenas a abraçou com força e tentou conter suas próprias lágrimas.

— Shh, querida, vai ficar tudo bem — prometeu Ronnie, embora não pudesse ter certeza. — Annie vai ficar bem.

Antes que as palavras saíssem de sua boca, Dana Sue se desvencilhou de seu abraço, como se de repente tivesse se lembrado da raiva que ainda sentia. Afastando-se, ela abraçou a própria barriga e olhou para o chão.

Ronnie a olhou com uma expressão preocupada.

— Dana Sue, o que você não está me contando?

— Nada — respondeu ela, mas sua expressão culpada dizia o contrário.

— Os médicos já saíram? Já disseram o que está acontecendo?

Ela balançou a cabeça.

Ronnie a pressionou, certo de que ela estava escondendo algo dele.

— Mas você sabe de alguma coisa, não é? O que aconteceu esta noite?

Dana Sue abriu a boca, mas antes que pudesse falar, Helen se pôs entre eles.

— Qual é seu problema? Ela já está chateada o suficiente sem você fazer um interrogatório assim.

Apesar da frustração que sentia, Ronnie recuou na mesma hora.

— Você tem razão. Me desculpe. Só quero saber o que está acontecendo.

— Todos nós queremos — corrigiu Helen.

— Bem, talvez eu consiga algumas respostas que vocês não conseguiram ainda — disse ele.

Ignorando o olhar cético de Helen e a expressão abalada de Dana Sue, Ronnie foi até a recepção e exigiu falar com um médico.

— Ele vai sair assim que puder — disse a enfermeira, com uma expressão tão sombria que outra onda de pânico o tomou.

— Não pode me dizer *nada*? — implorou ele. — É minha filha lá dentro.

— Sinto muito — respondeu a enfermeira. — Se soubesse de alguma coisa, eu diria.

— Quanto tempo o médico vai demorar para sair?

— Isso depende de como sua filha está reagindo ao tratamento. Ela é a prioridade dele agora.

— É claro — disse Ronnie ao se afastar, mas com vontade de gritar de frustração.

Maddie apareceu ao lado dele.

— Por que não vamos buscar café para todos? — sugeriu ela. — Vai ser uma noite longa.

Ronnie já ia dizer que não queria café, e sim respostas, mas se conteve antes que pudesse explodir. *Todos eles* queriam a mesma coisa.

— Claro — disse ele por fim, então lançou um último olhar para sua ex-esposa. — Talvez eu deva ficar com Dana Sue.

— Dê um pouco de espaço a ela — pediu Maddie. — Ela está lidando com muitas emoções conflitantes agora.

— E eu não estou? — perguntou ele bruscamente, então estremeceu. — Desculpe.

Maddie sorriu.

— Você não precisa se desculpar comigo — disse ela. — Mas talvez queira pensar em um excelente pedido de desculpas para sua ex-esposa. Apesar do que aconteceu agora há pouco, quando ela se jogou em seus braços, Dana Sue ainda não está muito disposta a perdoar.

Apesar da tensão e da gravidade da situação, os lábios de Ronnie se curvaram para cima.

— Você acha mesmo?

Maddie passou o braço ao redor do dele e o levou em direção à lanchonete.

— Posso perguntar uma coisa?

— E alguma vez eu já consegui impedi-la?

— Sei que você veio por causa de Annie, mas e Dana Sue?

Ele parou de andar e a encarou.

— O que você está me perguntando, Maddie?

— Acho que estou perguntando se você ainda a ama — respondeu ela, sem rodeios. — E aí?

— Acha mesmo que este é o melhor momento para ter esta discussão? — perguntou ele.

Maddie tinha a expressão séria quando eles se olharam diretamente.

— Acho.

— Está bem, então. — Ronnie a encarou sem vacilar. — Eu nunca parei de amá-la, nem por um minuto.

Maddie suspirou aliviada.

— Foi o que eu achei.

Eles voltaram a andar, mas, antes de avançarem meia dúzia de passos, Maddie parou e deu um soco no braço de Ronnie.

— Então por que você foi embora sem lutar?

— Burrice? — sugeriu ele.

— Isso foi uma pergunta ou uma resposta? Porque, na minha opinião, precisa ser mesmo muito burro para abandonar a mulher que você ama só porque ela o pôs para fora de casa. E você, Ronnie Sullivan, nunca foi burro. Eu não consegui acreditar quando descobri que você tinha ido embora. Se soubesse onde encontrá-lo, teria ido atrás e tentado colocar algum juízo na sua cabeça.

— Helen sabia onde eu estava — disse ele.

Maddie lhe deu um olhar irônico.

— Helen não estava com vontade de compartilhar essa informação na época. Por ela, era até bom se você sumisse de uma vez.

— Ela deixou isso bem claro — lembrou Ronnie. — Quanto a eu ser burro, com certeza fui por uma noite. Acho que foi um erro tão grande que me convenceu de que eu não merecia outra chance. Foi como eu disse... pensei que Dana Sue começaria a sentir minha falta se eu fosse embora. Fiquei surpreso quando isso não aconteceu.

— E agora?

— Agora vou lutar para ter outra chance com as duas.

Maddie assentiu, satisfeita.

— Já estava na hora.

Ronnie sorriu. Não é que era verdade?

CAPÍTULO SEIS

Para Dana Sue, pareceu que eles tinham passado a vida inteira esperando. Ela orou, andou pelos corredores e tentou resistir às lágrimas tantas vezes que perdeu a conta. Ela só desabou uma vez, quando se aninhou no abraço reconfortante de Ronnie, mas então se lembrou de como estava furiosa com ele e se afastou. Não permitiria que aquele homem pensasse que tinha o direito ou a capacidade de aliviar sua angústia.

Finalmente se acomodaram em lados opostos da sala de espera. Ela estava com Maddie e Helen, uma de cada lado, e as três estavam cercadas pelas amigas de Annie, que se recusaram a ir embora apesar do horário avançado. O dia já estava amanhecendo. Dana Sue deu uma olhada na sala, culpada, viu Ronnie sentado sozinho e sentiu pena dele por um instante. Então se lembrou de que ele havia *escolhido* se tornar um estranho.

— Você não acha que deveria falar com Ronnie? — perguntou Maddie em tom gentil. — Ele estava certo antes. Você sabe mais do que contou a ele. Pode ser melhor prepará-lo para tudo o que o médico tem a dizer.

Dana Sue balançou a cabeça.

— Eu não consigo ir até lá e dizer que Annie é anoréxica e provavelmente acabou com a própria saúde. Já tentei, mas as palavras não saíram da minha boca.

— As coisas não vão ficar mais fáceis — disse Maddie.

— Deixe Dana Sue em paz! — retrucou Helen. — Se dependesse de mim, ela não teria ligado para ele.

— Então ainda bem que não era você que estava com ela antes — repreendeu Maddie. — Ronnie tem o direito de saber que Annie está no hospital. Ele é o pai dela.

— Não me lembro de você ter essa pressa em envolver Bill quando Ty estava com problemas há alguns meses — retrucou Helen.

— Ty cometeu alguns erros, mas sua vida não estava em perigo — disse Maddie incisivamente.

— Já chega! — ordenou Dana Sue. — Por que vocês duas estão discutindo sobre isso agora? Para o bem ou para o mal, Ronnie está aqui.

— E qual dos dois é? — perguntou Maddie, estudando-a com curiosidade. — Para o bem ou para o mal?

Ela suspirou.

— Por um segundo, foi muito bom vê-lo — admitiu Dana Sue. — Ronnie sempre se manteve calmo nas crises, sempre foi muito solidário. Quando minha mãe morreu, ele cuidou de tudo, embora também a amasse. Quando o vi hoje, tudo o que eu queria era um pouco da sua força. — Ela deu de ombros. — Então me lembrei de como estou com raiva dele.

— Então, em vez de buscar o apoio dele, mesmo nessas circunstâncias, você o afastou. — Maddie balançou a cabeça. — Às vezes, não tenho certeza de qual de vocês dois é mais burro.

— Quanto apoio, Maddie — disse Helen em tom sarcástico.

— Já chega — exclamou Dana Sue.

— Verdade — concordou Helen, agora com a voz surpreendentemente mansa. — Me desculpe. Você não precisa de nós duas discutindo.

— Isso mesmo — emendou Maddie. — Eu também peço desculpas.

Foi então que um médico de aparência cansada finalmente saiu da área de tratamento, parou no posto de enfermagem para falar com a recepcionista, olhou para eles e assentiu com a cabeça, então se aproximou. A expressão sombria dele fez Dana Sue agarrar a mão de Maddie.

— Eu sou o dr. Lane. Vocês estão aqui por causa de Annie Sullivan? — perguntou o médico.

— Eu sou a mãe dela — disse Dana Sue, apertando a mão de Maddie com mais força.

— E eu sou o pai dela — anunciou Ronnie, juntando-se a eles, mas evitando o olhar de Dana Sue. — Como ela está?

— Não vou mentir — disse o médico. — Foi uma noite difícil, mas a idade dela está a seu favor. Acho que Annie está estável agora. Nós equilibramos seus eletrólitos e seus exames estão melhorando, mas ela ainda não está fora de perigo. Se tudo correr bem nas próximas vinte e quatro horas, poderemos começar a nutrição, e aí ela terá uma boa chance de se recuperar.

O rosto de Ronnie ficara completamente pálido enquanto o médico falava. Dana Sue estava tão trêmula que mal conseguia ficar em pé. Ela desabou na cadeira de plástico dura, com Maddie ao seu lado.

— O que aconteceu? — perguntou Ronnie. — Ela tem 16 anos. Meninas dessa idade não têm… — Sua voz vacilou. — O que ela teve?

— Uma parada cardíaca — disse o médico. — Muito grave. Imagino que ela já esteja sofrendo de arritmia há algum tempo, por causa do quadro geral. Ela mencionou alguma coisa? Alguma sensação estranha no peito?

Dana Sue balançou a cabeça.

— Nada.

Sarah se aproximou e disse em voz baixa:

— Acho que ela estava com algumas dificuldades na aula de educação física. Ela estava ficando sem fôlego muito fácil. E não chegou a falar nada, mas acho que seu peito doía. Uma vez ela admitiu que estava se sentindo meio estranha, como se fosse desmaiar, mas então se sentou e alguns minutos depois disse que estava bem.

O médico concordou.

— Faz sentido.

Ronnie os olhou com uma expressão confusa.

— Por que ela estaria tendo arritmia? — perguntou ele. — Isso não faz sentido. Você tem certeza?

— Sim — assentiu o dr. Lane. — Sou o cardiologista de plantão para esse tipo de emergência. Devo dizer que não vejo um músculo cardíaco em tão mau estado há algum tempo. Estava tão fraco que mal conseguia bombear. — Ele desviou o olhar de Dana Sue em direção a Ronnie. — Ela estava dormindo quando isso aconteceu, não foi?

— Ela estava numa festa do pijama — disse Dana Sue. — Não sei se chegou a dormir.

Ela olhou para Sarah e Raylene.

— Pouco antes de isso acontecer, ela disse que estava muito cansada e queria tirar um cochilo rápido — explicou Sarah. — Mas pediu que nós a acordássemos assim que estivéssemos prontas para assistir ao filme.

— Mas aí não conseguimos — contou Raylene.

— Porque a frequência cardíaca dela caiu muito — disse o médico, com uma expressão sombria. — Foi uma grande sorte as meninas estarem com ela. Se Annie estivesse sozinha no quarto e ninguém tivesse visto como ela estava até a manhã seguinte, não estaríamos tendo essa conversa.

Dana Sue desabou contra Maddie.

— Você quer dizer…

— Ela poderia ter morrido — disse o médico sem rodeios.

Dana Sue ofegou. Embora a possibilidade tivesse lhe passado pela cabeça, ouvir aquelas palavras foi arrasador.

Ronnie balançou a cabeça como se não conseguisse processar a informação.

— Eu não entendo. Ela tem 16 anos — repetiu ele. — Ela não teve nenhum problema de nascença. Seu coração sempre foi saudável. O pediatra teria dito alguma coisa caso não fosse.

O olhar do médico para Ronnie foi de compaixão.

— O senhor claramente não está ciente do transtorno alimentar dela.

— Do quê? — disse Ronnie, incrédulo. Ele encarou Dana Sue. — Annie tem um transtorno alimentar?

A atenção do médico também estava em Dana Sue.

— Eu acredito que ela seja anoréxica. Não é verdade, sra. Sullivan?

Em um estado entorpecido, Dana Sue só conseguiu assentir. Não haveria como negar a verdade depois daquela noite, mesmo se ela quisesse.

Ronnie parecia querer bater em algo.

— Como uma coisa dessas aconteceu? — questionou ele com raiva. — Não posso dizer que entendo muito de transtornos alimentares, mas para chegar a este ponto… Isso não acontece da noite para o dia, não é?

O médico balançou a cabeça.

— Não. Leva um tempo para causar tanto prejuízo aos órgãos.

— Mas que droga, Dana Sue, eu passei os últimos dois anos longe. Onde você estava enquanto isso estava acontecendo? — perguntou Ronnie.

— Onde *você* estava? — retrucou Helen quando Dana Sue não conseguiu pensar em uma resposta.

O médico ergueu a mão.

— Não é essa a questão agora. Acho que todos nós precisamos nos concentrar em fazer Annie superar essa crise, e fazer com que seus exames voltem ao normal. E então vamos contar com uma equipe de especialistas. A anorexia é um transtorno complicado. Não há uma solução rápida e segura. Juntos vamos decidir o que precisa ser feito para evitar que isso aconteça outra vez. Podemos recomendar que Annie seja internada em uma unidade de tratamento onde possam monitorá-la mais de perto. Vocês devem estar preparados para essa possibilidade.

Arrasada, Dana Sue assentiu.

— Claro — disse Ronnie, mas continuou de cara feia. — O coração dela sofreu algum dano por isso?

— Não é o mesmo tipo de dano que ela teria se tivesse um ataque cardíaco provocado por um entupimento das artérias. Um caso assim poderia destruir parte do tecido cardíaco. No momento, o músculo só está fraco e seus eletrólitos não estão como deveriam. São coisas que podem ser recuperadas, desde que ela lide com a causa real... a anorexia.

Ronnie parecia estar com dificuldade para processar todas as informações.

— Posso vê-la agora?

— Ela está na UTI. Você e a sra. Sullivan podem entrar por cinco minutos. Nem um segundo a mais — disse ele com firmeza. — E quaisquer problemas que tenham um com o outro devem ficar fora da sala, entendido? Ela está dormindo, mas pode acabar ouvindo a conversa de vocês ou perceber qualquer tensão entre os dois. Vamos poupá-la de mais estresse.

Ronnie assentiu. Seu olhar se abrandou ligeiramente quando ele se virou para Dana Sue.

— Está pronta?

Ela hesitou por um instante, mas então Ronnie estendeu a mão. Incapaz de resistir, Dana Sue a segurou, preparando-se para o choque que o contato sem dúvida traria.

Mas então, naquele momento, a única coisa que importava era a força que parecia fluir por ela enquanto seguiam o médico até o elevador. Por um breve momento, o fato de que Ronnie a traíra e a abandonara não tinha importância. A única coisa que importava era Annie e que os dois estivessem lá para ela… e um para o outro.

Assim que se sentiu mais forte, porém, Dana Sue se afastou e seguiu na frente. Não podia se permitir contar com o apoio de Ronnie. A última vez que confiara nele, a última vez que contara com ele para uma coisa, ele a havia traído. Se precisasse lembrar a si mesma disso mil vezes por dia, ela assim faria. Nunca permitiria que seu coração fosse partido daquele jeito outra vez.

Depois do que havia acabado de descobrir no pronto-socorro, Ronnie queria poder ir à UTI sozinho, mas não poderia negar a Dana Sue o direito de estar lá quando os dois haviam passado boa parte da noite esperando pela chance de ver sua filha. Queria que pelo menos pudessem dar apoio um ao outro, porém, com exceção daquele momento de fraqueza quando o viu pela primeira vez e o breve contato que ela permitiu no elevador, Dana Sue manteve distância. Mesmo agora, andava na frente dele como se estivesse determinada a chegar até Annie antes dele, como se fosse uma espécie de competição.

Ronnie tinha tantas perguntas que precisou de todo o seu autocontrole para impedir que viessem à tona. O médico tinha razão. Mais tarde haveria tempo suficiente para perguntas e outras acusações, depois que visse Annie e tivesse uma noção real de como as coisas tinham ficado ruins em sua ausência.

Na porta do cubículo de Annie na UTI, o dr. Lane fez uma pausa.

— Lembrem-se do que eu disse aos dois — disse ele em tom severo. — Cinco minutos e nada de discussões.

Ronnie assentiu.

— Nós entendemos.

Ele segurou a porta e Dana Sue entrou na frente, depois cambaleou para trás. Ele a estabilizou pondo a mão em sua cintura.

— Você está bem? — perguntou Ronnie, olhando-a com preocupação.

Dana Sue endireitou os ombros e eles olharam diretamente um para o outro.

— Claro — disse ela, então foi logo ficar de pé ao lado da cama de Annie.

Ronnie demorou mais a se aproximar. O lugar tinha o mesmo cheiro de desinfetante do pronto-socorro, o que já era bastante desconcertante. Mas ali havia um silêncio estranho também. Annie nunca ficava parada, quieta. O silêncio era quebrado apenas pelo bipe constante de algum monitor e pelo suspiro que Dana Sue não conseguira conter quando ela se sentou ao lado da cama.

— Oi, querida — sussurrou ela, envolvendo a mão de Annie nas suas. — Mamãe está aqui. Seu pai também.

Ronnie finalmente conseguiu se obrigar a andar, mas quando avistou o rosto pálido e magro da filha, a intravenosa presa em seu braço e o tubo de oxigênio em seu nariz, ele quase tropeçou.

— Meu Deus — ofegou ele, horrorizado não só com todos os tubos e monitores, mas com a adolescente que estava tão magra que mal fazia volume debaixo dos lençóis.

Dana Sue lançou um olhar de advertência em sua direção e Ronnie conseguiu abafar as acusações que estavam na ponta da língua. Ele foi para o outro lado da cama e se sentou. Como a mão que estava ao lado de Ronnie continha as agulhas e tubos da terapia intravenosa, ele se contentou em passar um dedo pelo braço fino e gelado de Annie.

— Oi, meu anjo. Que susto você deu em mim e na sua mãe, mas vai ficar tudo bem. O médico disse que você só precisa descansar um pouco. Sua mãe e eu estaremos aqui com você, está bem? Lá na sala de espera do lado de fora. Se precisar de nós, só precisa avisar a enfermeira e ela vai nos chamar. E estaremos aqui para ver você sempre que deixarem.

— Isso mesmo — confirmou Dana Sue. — Não vamos a lugar nenhum. Todas as suas amigas também estão aqui. Sarah está uma fera com você por estragar a festa do pijama. Ela disse que está esperando que você organize outra o mais rápido possível. E Raylene disse que vai anotar todas as tarefas da escola, para você não perder muita coisa. Acho que ela só disse isso porque está com inveja de você por perder algumas aulas e quer ter certeza de que você não vai escapar das lições de casa.

Ronnie não tinha certeza, mas pareceu que as palavras de Dana Sue fizeram Annie abrir um levíssimo sorriso. Ele desviou o olhar e viu a enfermeira gesticulando para eles. Ronnie contornou a cama e pôs a mão no ombro de Dana Sue, então se inclinou e deu um beijo na testa de Annie.

— Temos que ir agora, eles não deixam a gente ficar mais — disse ele. — Até mais tarde, filhota.

Dana Sue se levantou com relutância, os olhos cheios de lágrimas.

— Você vai ficar bem, querida. Eu prometo. Voltaremos em breve.

Fora do quarto, ela cambaleou. Por mais furioso que estivesse com o estado de sua filha, Ronnie a segurou pelo cotovelo e a estabilizou.

— Precisamos conversar — disse ele com firmeza.

— Agora não — implorou ela.

— Agora sim. Vamos para a lanchonete. Você parece prestes a desmaiar. Precisa comer alguma coisa.

— Eu não consigo comer.

— Consegue sim — respondeu Ronnie com firmeza. Quando o queixo dela se enrijeceu teimosamente, ele perguntou: — Vou ter que jogá-la por cima do ombro e carregá-la até lá? Porque eu vou, você sabe disso. Com a raiva que estou, não me importo de fazer um espetáculo.

O olhar desafiador dela cruzou com o dele, e por um segundo Ronnie achou que Dana Sue iria testá-lo. Mas ela finalmente fez uma expressão enojada e começou a percorrer o corredor sozinha.

Ele a seguiu até a cantina, pegou uma bandeja e começou a se servir de comida. Sucos, frutas frescas, um bagel com *cream cheese*, ovos mexidos, panquecas e duas xícaras de café.

— Vai alimentar um exército? — perguntou Dana Sue quando ele pegou um segundo prato de panquecas.

Ronnie estudou a seleção de comidas na bandeja e decidiu que havia o suficiente para duas pessoas. Ele conhecia Dana Sue. Apesar de afirmar que não estava com fome, ela sempre comia quando havia uma crise. E já fazia muitas horas desde que ele comera o fast-food da noite anterior.

— Acho que isso vai dar para nós dois — admitiu ele, indo pagar no caixa.

Então foi na frente até uma mesa recém-desocupada perto de uma janela. Depois de todas aquelas horas em que o tempo pareceu se arrastar, Ronnie se surpreendeu ao ver o sol tão alto no céu.

A cantina fervilhava com familiares de pacientes e funcionários do hospital. Estava muito diferente dos poucos clientes exaustos que estavam presentes quando ele e Maddie desceram para um café antes.

Ronnie colocou tudo o que havia comprado na mesa, então deixou a bandeja vazia em outra mesa próxima. Dividiu os ovos e as panquecas entre os dois, colocou um prato na frente de Dana Sue e começou a comer. Quando ela continuou sentada e imóvel, e a comida, intocada, ele sorriu.

— Você vai precisar de alguma sustância para brigar comigo — comentou ele. — Coma. As panquecas são boas. Os ovos estão ok, mas ficarão piores depois que esfriarem.

— Ah, agora sim estou com apetite — respondeu Dana Sue, mas pegou o garfo e provou as panquecas.

— E aí? — perguntou ele.

— Não são tão boas quanto as que faço para o brunch de domingo no Sullivan's.

Ronnie conteve um sorriso. Mesmo sob aquelas circunstâncias, ela continuava competitiva.

— Quando Annie estiver bem, terei que dar uma passada lá para experimentar as suas — disse ele, tomando um gole de suco de laranja. — Eu me lembro que eram sensacionais quando você as preparava para nós nos feriados.

— Não comece a desenterrar o passado, Ronnie — interrompeu Dana Sue. — Não tenho vontade nenhuma de ficar trocando recordações com vocês.

— Ok, então vamos falar sobre algo mais recente — disse ele, encarando-a e deixando o excesso de gentileza de lado. — Puxa vida, como Annie chegou a esse ponto?

— Muitas adolescentes têm transtornos alimentares — respondeu Dana Sue, na defensiva.

— Só me importo com *a nossa* filha adolescente. Como as coisas ficaram tão ruins sem você tomar uma atitude?

Dana Sue largou o garfo e começou a chorar.

— Eu não sei — sussurrou ela. — Eu não sei, de verdade. Pensei que estava cuidando disso. Preparava comida para Annie, que jurava que estava comendo. Acho que simplesmente não queria acreditar que ela mentiria para mim sobre algo tão importante.

Ronnie estava zangado demais para se permitir um segundo de pena pela angústia óbvia de Dana Sue.

— Você estava aqui. Você devia saber que tinha alguma coisa errada. Meu Deus, ela não deve estar pesando nem quarenta quilos.

Com fogo nos olhos, Dana Sue o encarou de volta.

— Você acha que eu não sei? Acha que eu não me perguntei umas mil vezes por que não insisti mais? Eu fiz o que pude, Ronnie. Falei com ela. A festa do pijama era para eu ver se conseguia ter uma ideia se Annie estava fazendo isso sozinha ou se suas amigas eram tão obcecadas pelo peso quanto ela.

— Foi tarde demais!

— Não se atreva a colocar a culpa em mim! — disse ela. — Onde você estava?

Ronnie ignorou uma pontada de culpa momentânea e reagiu com uma farpa.

— Eu estava onde você queria que eu estivesse. Longe.

— Porque você me traiu! — respondeu Dana Sue, furiosa. — E foi isso que começou toda essa bagunça.

Ele a olhou incrédulo.

— Você está colocando a culpa da anorexia de Annie em mim porque eu te traí?

— Sim, estou — disse ela em tom feroz. — Ela acredita que, se eu fosse magra o suficiente, você não teria me traído, então decidiu passar fome para não acabar sozinha como eu.

— Isso é um absurdo — declarou Ronnie. — Ela disse isso?

— Não com essas palavras, mas ficava óbvio toda vez que ela me cobrava por causa do meu peso. Ela ficou com ódio de você por me trair, Ronnie, mas de mim também, porque no fundo ela acha que a culpa foi minha.

Ronnie afundou na cadeira e passou a mão pela cabeça. Era um gesto automático que ele não abandonara mesmo depois de raspar a cabeça. Alguns hábitos eram difíceis de mudar.

Enquanto Dana Sue o olhava, seu desespero desapareceu por um breve instante.

— Gostei do novo visual — disse ela. — Ainda está se acostumando?

Ronnie assentiu.

— Não vi sentido em fingir que não estava ficando careca, então pensei… por que não?

— Combina com você. Você fica muito sexy careca.

— É mesmo? É um elogio e tanto, vindo de você.

Dana Sue fechou a cara na hora.

— Não deixe inflar essa sua cabeça careca — disse ela.

— Jamais — assegurou-lhe ele.

— Talvez devêssemos falar apenas sobre Annie — sugeriu Dana Sue.

— Seria mais seguro para nós dois — concordou ele. — Embora você nunca tenha sido de fazer só o que é seguro.

— Eu mudei — disse ela laconicamente. — Vamos nos ater ao que Annie precisa.

Apesar da vontade de continuar discutindo com Dana Sue, mesmo que só para fazer suas bochechas corarem, Ronnie suspirou.

— Nossa menininha — murmurou ele. — Eu achava sinceramente que Annie estava bem. Pelo menos era assim que ela parecia quando conversávamos. — Ele olhou com cautela para Dana Sue. — Você sabia que estávamos conversando, certo?

— Eu descobri há alguns dias — admitiu ela. — Já faz quanto tempo?

— Eu ligava desde o começo — explicou Ronnie, dando de ombros. — Ela desligava na minha cara. Há um tempo, talvez seis meses atrás, ela finalmente começou a atender. Para ser sincero, acho que ela não queria que você soubesse.

— Então não foi ideia sua ela esconder isso de mim?

— Não, claro que não. Imaginei que ela saberia como lidar com isso da melhor maneira.

— Você deixou uma garota de 16 anos decidir se mentiria para a mãe?

— Omitir, não mentir — corrigiu ele. — Eu não estava descumprindo nosso combinado, Dana Sue. Eu tinha o direito de falar com Annie e de vê-la desde o início. Se ela não disse nada para você, provavelmente é porque não queria deixá-la chateada.

Dana Sue o olhou surpresa, como se não esperasse que ele entendesse isso.

— Você está certo — admitiu ela com óbvia relutância. — Acho que lá no fundo eu precisava acreditar que você não se importava mais com nenhuma de nós duas.

— Bem, você estava errada — disse ele, categórico.

Para ganhar um pouco de tempo para pensar em como haviam estragado as coisas, Ronnie espetou um pedaço de melão com o garfo e o ofereceu a Dana Sue, que balançou a cabeça. Ele enfiou na boca e mastigou.

— Nada mal — avaliou Ronnie, depois espetou outro pedaço. — Experimente só.

— Ronnie! — protestou ela.

Ele continuou a segurar o garfo até que Dana Sue finalmente provou o melão.

— Você está certo. Está bom.

Ele sorriu diante da admissão.

— Eu falei — disse Ronnie, então ficou em silêncio. Finalmente, ergueu o olhar para ela. — O que nós vamos fazer agora?

— Sobre o quê?

— Annie, é claro.

Ela o olhou com uma expressão perplexa.

— Não sei, sinceramente. Acho que vamos ter que deixar os médicos darem uma orientação para as próximas semanas.

— Você está disposta a abrir mão do controle para os médicos? — O tom de Ronnie era cético.

— Quando estou perdida, sim — disse ela.

— Você mudou *mesmo*.

— Para melhor, eu acho.

— Eu gostaria de saber como andam as coisas — disse Ronnie, sabendo que ele estava ultrapassando os limites com os quais haviam concordado. — Mal posso esperar para ver o restaurante. Annie diz que é incrível. Ela me enviou uma resenha do jornal de Charleston.

Dana Sue pareceu surpresa.

— Ah, é?

— Fiquei muito orgulhoso de você, não só por você receber uma resenha elogiosa, mas por conseguir ser bem-sucedida fazendo o que ama.

— Obrigada — respondeu ela, claramente pouco à vontade com o elogio. — É melhor voltarmos lá para cima. Está quase na hora de ver Annie de novo.

— Pode ir. Fique alguns minutos a sós com ela. Vou terminar meu café, limpar a mesa e então eu vou para lá.

— Você tem certeza?

— Pode ir, Dana Sue.

— Obrigada — disse ela de novo, e se afastou a passos ansiosos.

Ronnie suspirou e tomou um último gole do café bem a tempo de ouvir Maddie comentar:

— Isso foi muito gentil de sua parte.

Ele ergueu os olhos e viu os olhos perspicazes dela o encarando.

— Para ser sincero, não sei se estou pronto para vê-la de novo — admitiu ele. — Ver Annie naquela cama me dá vontade de socar alguma coisa.

— Você vai dar no pé?

Ronnie franziu a testa diante da pergunta.

— Claro que não. Por que diz isso?

— Você ainda pergunta? Da última vez que as coisas ficaram difíceis por aqui, você fugiu.

— Eu fui mandado embora — corrigiu ele, mas Maddie apenas sorriu.

— Imagino que seja uma questão de interpretação.

— Bem, desta vez eu vou ficar — disse Ronnie.

— Só por Annie?

Ele sorriu.

— Você ainda pergunta?

Maddie estendeu o braço por cima da mesa e apertou a mão de Ronnie.

— Ela vai tentar botar você para correr — avisou ela.

— Não tenho dúvida — concordou ele. — Mas desta vez vou ouvir o que ela *não* está dizendo, em vez de *reagir* ao que ela diz.

— Bom plano.

— Pode me fazer um favor?

— Claro.

— Quando Dana Sue sair do quarto de Annie, faça com que ela vá para casa dormir um pouco. Ela está exausta. Se eu tentar convencê-la a descansar, Dana Sue vai pensar que estou tentando ganhar pontos com Annie ou algo assim.

— Vou tentar — prometeu Maddie. — Mas, a menos que Annie esteja completamente fora de perigo, você sabe que Dana Sue não vai sair daqui.

Ronnie assentiu, sabendo que ela estava certa.

— Então vou ver se há algum quarto disponível nas proximidades para que ela possa tirar uma soneca.

— E você? Também está parecendo exausto.

— Estou acostumado a dormir pouco. Eu me viro. Posso dormir sentado na sala de espera entre uma visita e outra. Assim que nos deixarem passar mais tempo com Annie, estarei ao lado de sua cabeceira noite e dia até ela se recuperar. — Ronnie olhou para Maddie, tentando não chorar. — Eu amo aquela garota. Não sei o que faria se alguma coisa acontecesse com ela.

— *Nada* vai acontecer — disse Maddie em tom feroz.

— Ah, é? Você combinou isso com o cara lá de cima? — perguntou ele.

— Eu tenho fé, sim — respondeu ela. — Você também deveria.

— Estou tentando. Mas é difícil, estou quase desabando.

— Então pode se apoiar em mim — propôs Maddie. — Eu tenho fé o suficiente para nós dois.

— Sabe, Madelyn, acho que senti sua falta quase tanto quanto da minha família — confessou ele baixinho. — Apesar de você estar uma arara na última vez que nos vimos. Você disse algumas coisas bem pesadas naquela noite, mas eu mereci cada palavra.

— É verdade — concordou ela em tom grave, então sorriu. — Mas estou feliz que tenha voltado. Mal posso esperar para você conhecer Cal.

— Seu novo marido — disse Ronnie. — Annie me contou. Eu o vi como treinador de alguns jogos antes de ir embora. Você agora é papa-anjo, Madelyn?

Ela riu.

— É o que dizem por aí. A parte boa é que ele ainda vai poder carregar meu andador quando eu for uma velha caduca.

— Algo me diz que você ainda terá muitos anos de saúde pela frente antes que isso aconteça. Estou feliz que você esteja bem. De verdade. — Ronnie sorriu para ela. — Ouvi dizer que você também teve um bebê.

— Verdade — disse ela, com a expressão radiante. — E ter um bebê na minha idade deve provar para você que milagres com certeza acontecem.

— Você acha que vou precisar de um milagre para ter minha família de volta? — perguntou Ronnie.

— Um milagre seria o jeito mais fácil — brincou ela. — Acho que você vai ter que fazer isso sozinho, mas o Ronnie que eu conhecia tinha lábia suficiente para conquistar qualquer mulher. Por mais que ela queira, não acho que Dana Sue esteja imune. — Maddie se levantou. — Vamos lá. Você já adiou o inevitável por tempo suficiente. Precisa ir ver sua filha. Acredite em mim, as coisas vão ficando mais fáceis.

Ronnie se levantou e a seguiu, mas hesitou diante da porta do quarto de Annie e olhou diretamente para Maddie.

— Você está errada, sabe. Enquanto Annie estiver mal, nada vai ficar mais fácil.

Na verdade, àquela altura ele tinha quase certeza de que era possível um coração se partir mais de uma vez.

CAPÍTULO SETE

Dana Sue saiu para usar o celular depois da visita brevíssima a Annie, que ainda passava a maior parte do tempo dormindo. Ver a filha desacordada era difícil para Dana Sue, então ela ficou quase aliviada quando a enfermeira lhe disse que o tempo da visita havia acabado.

Além disso, ela precisava confirmar com Erik e Karen que eles poderiam segurar as pontas no restaurante. Sabia também que eles iam querer saber mais sobre o estado de Annie.

Exausta, Dana Sue se sentou em um banco de concreto em um jardim adornado pelas últimas flores do verão das roseiras bem-cuidadas. Um clube de jardinagem local cuidava do chamado jardim da serenidade, que ficava em frente à entrada principal, na esperança de que o ambiente tranquilo oferecesse conforto às famílias dos pacientes.

Fechando os olhos e virando o rosto para cima, Dana Sue deixou o sol aquecê-la. Era um dia quente e úmido, mas o calor era agradável depois de tantas horas dentro do ambiente com ar-condicionado. Depois da atmosfera asséptica do hospital, as flores alegres e perfumadas do jardim e o pequeno lago exerciam um efeito calmante. Se não estivesse tão tensa e preocupada, poderia ter dormido sentada.

— Você está bem?

Dana Sue se sobressaltou e abriu os olhos ao ouvir a voz de Erik. Seu primeiro instinto foi olhar para o relógio antes de perguntar:

— O que você está fazendo aqui? Está quase na hora de abrir o restaurante. Você bem sabe como fica cheio no sábado.

— Não precisa se preocupar — tranquilizou ele, sentando-se ao seu lado. — Fui para lá assim que você me ligou. Já adiantei tudo o que precisava. Os garçons chegaram cedo para ajudar. Karen pode cuidar de tudo até eu voltar. Vim ver como está Annie e trazer algo para você comer.

— Comi um pouco na lanchonete mais cedo — disse ela.

Erik revirou os olhos.

— E viveu para contar a história? — Ele lhe entregou uma quentinha. — Um risoto de cogumelos selvagens, uma salada de pera e nozes e uma fatia de um dos bolos sem açúcar que ando estudando.

Apesar de ter comido recentemente e de dizer que não estava com fome, Dana Sue não resistiu a dar uma espiada no conteúdo. Os aromas que saíram eram tentadores.

— Bolo de chocolate? — perguntou ela, cheirando maravilhada.

— Com Amaretto e amêndoas — confirmou Erik. — É molhadinho e saboroso, modéstia à parte. Mas não coma o bolo antes de terminar o resto primeiro.

— Quem vai me impedir?

Erik a olhou solenemente.

— Ninguém. Estou confiando no seu bom senso.

Dana Sue pegou o garfo, sorriu e pegou um grande pedaço do bolo.

— Nossa senhora — murmurou ela enquanto os sabores explodiam em sua língua. — Talvez devêssemos nos transformar em uma padaria. Você deixara todos nós ricos.

— Uma boa sobremesa é apenas a cereja do bolo de uma boa refeição — insistiu Erik, mas estava radiante com o elogio dela. — Experimente o risoto — pediu ele. — Acho que Karen aprendeu a temperar como você.

Dana Sue provou o risoto e suspirou.

— Perfeito.

Ela comeu outra garfada, então provou a salada de pera com seu molho leve de vinagrete de framboesa. Antes que percebesse, tinha acabado com toda a comida que Erik trouxera.

— Acho que estava com mais fome do que imaginava — admitiu Dana Sue. — Ou então sua comida é simplesmente maravilhosa demais para resistir.

— Quando você está sob muito estresse, precisa de uma boa comida para se sustentar — disse Erik, com os olhos cinzas cheios de preocupação. — Chega de comer no hospital. Uma das vantagens de ser dona de um restaurante é ter as refeições trazidas até você durante uma crise, certo? Karen e eu cuidaremos para que você tenha café da manhã, almoço e jantar. Assim que Annie conseguir comer alguma coisa, vamos nos esforçar para tentá-la com esses quitutes também.

Ao ver a expressão compassiva no rosto dele, os olhos de Dana Sue se encheram de lágrimas.

— Você sabe por que ela está aqui, não é?

Erik pôs um braço reconfortante em volta dos ombros dela.

— Eu tenho olhos, não tenho? Não foi difícil adivinhar.

Relaxando no abraço firme de Erik, Dana Sue sussurrou:

— Eu devo ser uma mãe horrível. Eu não tinha ideia de que era tão sério.

— Você não é uma mãe horrível — disse ele, sacudindo-a um pouco. — Vamos lá. Ela não podia ter pedido por uma mãe melhor.

Mais lágrimas escorreram pelo rosto de Dana Sue.

— Você está sendo legal demais. Está me fazendo chorar.

Erik riu.

— Meu bem, você chora por qualquer coisa, então não me culpe por essas lágrimas. Já estava na hora de chorar um pouco. Você provavelmente passou a noite toda se contendo.

— Sabe, para um cara que nunca teve filhos, você é muito sábio — disse ela. — Alguma mulher vai ter sorte de ter você um dia.

Dana Sue pensou ter visto a expressão dele ficar sombria, mas então Erik se recompôs e a olhou com um sorriso.

— Talvez eu já tenha uma queda por uma pessoa um pouco mais velha. Talvez eu seja como Cal. Ele parece muito feliz com Maddie. Quem sabe você e eu não devêssemos...

Dana Sue franziu a testa antes que ele pudesse concluir o pensamento ridículo. Erik era o melhor amigo homem que ela já teve. Não queria que a relação fosse complicada com romance.

— Nem pensar. Nosso relacionamento é perfeito do jeito que está.

— É mesmo — concordou ele. — Ainda assim, talvez você não devesse descartar a ideia. Quantas mulheres podem dizer que seus maridos são tão bons na cozinha quanto elas?

Dana Sue riu.

— Só se for nos seus sonhos. Agora volte ao trabalho antes que Karen tenha que lidar com o movimento do almoço sozinha. Ela está melhor a cada dia, mas não está pronta para isso.

Erik segurou o rosto de Dana Sue com ambas as mãos e a estudou atentamente, então assentiu.

— Sim, suas bochechas estão coradas de novo. Missão cumprida. Um de nós vai trazer o jantar mais tarde, está bem? Só me avise se vai estar aqui ou em casa. — Os olhos deles tinham um brilho perspicaz. — Se precisar de comida para duas pessoas, é só avisar também.

Dana Sue franziu a testa para ele. Será que a notícia de que Ronnie estava de volta já estava correndo pela cidade? Era bem provável. Afinal, estavam em Serenity.

— Você vai começar a fazer comida para meu ex-marido no dia de São Nunca — murmurou ela.

— Tem certeza? — perguntou ele. — Você fica com um brilho nos olhos toda vez que alguém menciona o nome dele...

— É raiva — garantiu ela.

— Raiva, paixão. Às vezes é difícil perceber a diferença — comentou Erik.

— Eu sei a diferença — disse ela.

— Se você diz — respondeu ele, com claro ceticismo. — Mas, enfim, se precisar de qualquer coisa, é só ligar.

— Obrigada, querido — disse Dana Sue, com os olhos marejados outra vez. — Não sei o que faria sem você. De verdade.

— Provavelmente serviria bolo de caixinha para os clientes — respondeu Erik, gesticulando de maneira exagerada. — Dê um abraço na Annie por mim, está bem?

Dana Sue assentiu com a cabeça e o observou se afastar a passos rápidos em direção ao estacionamento. Ela notou, não pela primeira vez, que Erik tinha uma bela bunda. Mais importante do que seu corpo sexy, entretanto, era sua personalidade tão generosa. Embora soubesse muito pouco sobre a vida pessoal dele antes de sua mudança para Serenity, sabia que Erik era um cara legal, o tipo de homem que cuida dos amigos e os apoia.

Como ela teve tanta sorte? Tinha as melhores amigas do universo, Maddie e Helen. Agora Erik e Karen estavam se tornando uma família. Ironicamente, Dana Sue talvez nunca tivesse conhecido os dois se não fosse pelo divórcio com Ronnie, que a forçara a pensar sobre seu futuro e abrir o Sullivan's. Era surpreendente que algo tão bom pudesse vir de algo tão ruim.

Mais uma vez, ela voltou o rosto para o sol e fez uma prece silenciosa agradecendo tudo o que tinha. Em seguida, acrescentou um apelo sincero para que sua filha se recuperasse e um dia percebesse quanto era abençoada.

Ronnie se sentou ao lado da cabeceira de Annie e tentou não chorar diante do estado em que a menina se encontrava. Uma parte dele queria sair dali, pegar o carro e ir para algum lugar no país onde pudesse ficar sozinho e gritar a plenos pulmões sobre como era injusto o que estava acontecendo com sua filha. Outra parte queria fazer picadinho de Dana Sue por deixar que aquilo acontecesse, mas ele sabia racionalmente que apenas parte da culpa era da ex-esposa. O resto era dele. Ronnie não estivera presente para pôr um ponto-final naquilo antes que a situação saísse do controle. Não que ele fosse ser capaz de fazer mais do que Dana Sue. Mas se ela estivesse mesmo certa sobre o que desencadeara o transtorno alimentar de Annie, talvez a presença dele tivesse feito alguma diferença.

— Sr. Sullivan?

Ronnie desviou o olhar do rosto pálido de Annie e viu uma mulher de 40 e poucos anos, mais ou menos da idade dele, vestindo um jaleco branco sobre uma blusa rosa-claro e saia rosa-choque. Seus cachos castanhos indomáveis e a cor forte de sua saia pareciam contradizer sua aparência fria e profissional.

— Eu sou Ronnie Sullivan — confirmou ele.

— Posso falar com você aqui fora por um minuto? — perguntou ela, lançando um olhar significativo na direção de Annie.

— Certo.

Ele a seguiu até o corredor.

— Eu sou Linda McDaniels — disse ela. — O cardiologista de Annie me pediu para examinar o caso dela e ver se eu poderia ajudar.

Ronnie sentiu o coração martelar mais forte de pavor.

— Ela está pior? Teve alguma complicação?

Linda tocou o braço de Ronnie de leve, com uma expressão cheia de compaixão.

— Não, não é nada disso. Me desculpe, eu deveria ter explicado. Sou psiquiatra. Trabalho com muitas garotas como Annie, que têm transtornos alimentares.

Ronnie ainda não conseguia se acostumar a ouvir essas palavras associadas à filha. Annie sempre fora tão sensata, demonstrando um apetite perfeitamente normal por pizza, sorvete, hambúrgueres, batatas fritas, todas as coisas que as crianças de sua idade comiam.

A maioria não fazia muito bem, mas Dana Sue sempre equilibrara a alimentação da menina com refeições saudáveis. Ela até conseguira convencer Annie de que palitos de cenoura ou uvas eram lanches saborosos. E, sempre ativa, Annie nunca ganhara um grama a mais do que deveria. Não conseguia entender por que ela ficara obcecada com o peso.

Quando ele não respondeu, a dra. McDaniels o olhou com compaixão.

— Você sabe alguma coisa sobre anorexia? — perguntou ela.

— O básico, eu acho. Uma pessoa desenvolve aversão a comida, mais ou menos. Parece afetar principalmente as adolescentes.

— É algo assim, embora as pacientes pareçam estar ficando cada vez mais jovens, o que é uma tendência preocupante. Na maioria das vezes, começa como uma dieta simples e básica porque sua autoimagem não é boa, pela pressão das amigas para ser mais magra, ou por acharem que estão acima do peso. Então, algo dá errado e isso se torna uma obsessão. Talvez algo em sua vida saia dos trilhos e a ingestão de alimentos seja a única coisa que ainda conseguem controlar, então é o que fazem, até o extremo. O senhor tem alguma ideia do que pode estar acontecendo no caso de Annie?

Isso é fácil de responder, Ronnie pensou, culpado.

— A mãe dela e eu nos divorciamos há dois anos e eu saí da cidade — respondeu ele, então de repente se lembrou de outra coisa. — No dia em que fui embora, quando dei a notícia, ela se levantou da mesa, correu para o banheiro do restaurante e vomitou. Isso pode ter sido o começo de tudo?

— É possível, pelo menos no sentido de que um grande trauma em sua vida passou a ser associado à comida. Pelo menos isso me dá um ponto de partida. Se você e sua ex-esposa concordarem, gostaria de passar um tempinho com Annie enquanto ela ainda está aqui no hospital. É importante começar a lidar com isso imediatamente, em um ambiente controlado.

— O cardiologista falou que ela pode precisar ir para uma clínica de tratamento — disse Ronnie. — Isso é provável?

— Prefiro esperar para avaliar depois que a nutricionista e eu nos encontrarmos algumas vezes com ela. Não conseguimos oferecer os programas de um centro médico maior, mas temos pessoas que sabem o que estão fazendo. Se Annie cooperar e observarmos algum progresso, se pudermos aumentar sua ingestão calórica e vê-la ganhar alguns quilos, então é possível evitar a internação. Às vezes, no entanto, essa é a melhor opção se quisermos evitar a reincidência desse comportamento extremo. Ainda é muito cedo para saber no caso de Annie. Você e sua ex-esposa estão confortáveis com a ideia de mandá-la para outro lugar, se julgarmos que seria o melhor no caso dela?

— Faremos o que for melhor para Annie — garantiu Ronnie.

Se tivesse que obrigar Dana Sue a concordar, ele faria o que fosse preciso. Claro, seu considerável poder de persuasão estava meio em baixa nos últimos tempos.

O olhar da dra. McDaniels era muito astuto.

— Vamos falar sobre você um pouquinho. Você disse que foi embora depois do divórcio.

Ronnie assentiu.

— Imagino que você esteja se sentindo muito culpado agora — disse ela.

— Claro que estou. Se eu estivesse ficado na cidade…

— As coisas poderiam ter acontecido exatamente da mesma maneira, a menos que isso pudesse ter evitado o divórcio. — Quando ele fez menção de responder, a psiquiatra ergueu a mão e acrescentou: — Mas não importa. Ficar se perguntando "e se" é uma perda de tempo, sr. Sullivan. Vamos lidar com a situação concreta e seguir em frente, está bem? Você estaria disposto a participar de algumas sessões, caso eu ache necessário? Sei que sua presença também ajudará a nutricionista. Ambos gostamos do envolvimento dos pais nesse processo. Você vai ficar na cidade por tempo suficiente para isso?

— Ficarei aqui por tempo indeterminado — respondeu ele. — E eu farei o que for preciso.

— E sua ex-esposa?

— Ela também.

Quaisquer ressalvas que Dana Sue pudesse ter sobre estar no mesmo ambiente que Ronnie teriam que ser deixadas de lado até que Annie estivesse saudável outra vez. Dana Sue era uma mãe boa demais para não concordar com isso.

— Ótimo. Então assim que Annie estiver estável e consciente começarei a passar um tempo com ela e direi quais serão os próximos passos a partir disso.

— Obrigado.

— Não me agradeça ainda. Ainda nem começamos a parte difícil — alertou a psiquiatra. — Suspeito que todos vocês terão motivos para me odiar antes de terminarmos. Algumas das emoções com as quais lidaremos serão bastante dolorosas. E haverá momentos em que terei que ser dura com Annie. Prepare-se para isso. — Linda sorriu de uma forma calorosa, para amenizar o aviso. — Entrarei em contato em breve.

Ronnie a observou se afastar, depois se virou e viu Dana Sue o encarando com raiva. Quando ela tentou passar perto dele bufando de desdém, ele segurou seu braço.

— Ok, o que você está pensando? — perguntou Ronnie.

— Que você não perde tempo em achar alguém para dar em cima — retrucou ela. — Me larga. Quero ver Annie.

— Você não quer ouvir o que a dra. McDaniels disse primeiro?

A expressão de Dana Sue vacilou.

— Ela é médica?

— Psiquiatra — confirmou ele. — Ela vai trabalhar com Annie assim que nossa menina estiver bem o suficiente. Também quer que participemos de algumas sessões. Ela disse que uma nutricionista também vai querer nosso envolvimento. A conversa não foi pessoal, Dana Sue. Foi apenas sobre nossa filha.

— Ah — disse ela em tom mais brando. — Bem, ela é uma mulher bonita. Você não pode me culpar por tirar conclusões precipitadas.

Ronnie reprimiu um sorriso.

— Não, realmente não posso.

Mas faria tudo ao seu alcance para garantir que Dana Sue nunca mais tivesse motivos para chegar àquela conclusão de novo.

Os dias seguintes foram os mais longos da vida de Dana Sue. Não só estava preocupada com sua filha, como também era perturbador ver Ronnie em sua cola a cada vez que se virava. Ele estava mais bonito do que nunca, e tão amável e atencioso que quase a fazia esquecer por que o expulsara de casa. Aquele lampejo momentâneo de ciúme fora um lembrete gritante, mas Ronnie conseguira fazer a raiva se dissipar quando explicou quem era a dra. McDaniels.

Além de tudo isso, ele não havia saído do lado de Annie por mais do que alguns minutos de cada vez. Os olhos azuis dele estavam preocupados e exaustos, mas, sempre que Dana Sue sugeria que ele fosse dormir um pouco, Ronnie de alguma forma virava o jogo e fazia Helen ou Maddie levá-la para casa para tirar um cochilo.

— O que você acha que ele está tramando? — perguntou ela a Maddie enquanto a amiga a levava para casa pela primeira vez.

Maddie tinha concordado com Ronnie, o que foi o principal motivo pelo qual Dana Sue aceitou ir. Não tinha forças para brigar quando os dois se uniam contra ela.

— Não acho que ele esteja tramando nada — disse Maddie. — Acho que está preocupado com Annie.

— Claro, só que tem mais coisa aí — insistiu Dana Sue. — Ele não para com esses olhares curiosos, como se estivesse tentando descobrir o que estou pensando.

Maddie deu uma risadinha.

— Com certeza ele está. Deve estar esperando você acordar e se lembrar do que ele fez, então fazer picadinho dele. Não foi como se você tivesse virado para ele, falado "tchau" e o mandado embora. Aquela cena no gramado da frente da casa deixou a cidade em polvorosa por meses. Com seu temperamento, tenho certeza de que Ronnie acha que isso pode acontecer de novo a qualquer momento.

Dana Sue fez uma careta.

— Uma vez foi o suficiente. Foi humilhante.

— Ele mereceu — corrigiu Maddie.

— Não, estou dizendo que fiquei humilhada quando pensei sobre aquilo depois. Graças àquela cena, toda a cidade ficou sabendo o que ele fez comigo. Não é de admirar que Annie tenha faltado à escola por uma semana depois disso. Eu queria me enfiar em um buraco também.

— Bem, tudo isso são águas passadas agora — consolou Maddie.

— Você não acha que tê-lo de volta aqui vai fazer todo mundo se lembrar?

Maddie deu a ela um olhar pensativo.

— Você se arrepende de ter ligado?

Dana Sue refletiu um pouco e balançou a cabeça.

— Por mais que me doa admitir, ele tem todo o direito de estar aqui. E talvez ele consiga mudar a cabeça de Annie. Com certeza eu não consegui.

— Talvez esse susto seja o suficiente para resolver o problema — sugeriu Maddie. — Desmaiar é uma coisa. Uma parada cardíaca na idade de Annie é bem diferente.

— Eu queria poder concordar com você, mas a dra. McDaniels, a psiquiatra, parece pensar que o impacto disso tudo vai ser apenas temporário, a menos que Annie lide com as questões mais internas. Ela disse a mim e a Ronnie que é importante fazer terapia. Não discordo, mas algo me diz que Annie vai ter um ataque.

— Deixe ela ter um ataque, mas a obrigue a ir de qualquer maneira. Se a alternativa for ser internada em uma clínica, imagino que ela vai concordar. E vai ser bom ter Ronnie do seu lado.

Dana Sue piscou de surpresa ao ouvir isso.

— Ele não vai ficar. Com certeza está só esperando os médicos dizerem que Annie está fora de perigo e então vai embora de novo.

Maddie pareceu chocada.

— Ele não vai ficar em Serenity? Eu tive a impressão... — Sua voz sumiu. — Talvez eu tenha entendido errado.

O pânico invadiu Dana Sue.

— Ele disse outra coisa, Maddie?

— Fale com ele — encorajou a amiga. — Vocês deveriam conversar sobre isso um com o outro, não comigo. Eu me recuso a ficar no meio.

— Ah, pretendo falar com ele, sem dúvida — disse Dana Sue em tom sombrio. — A ligação daquela noite não foi um convite para ele voltar para cá.

Maddie sorriu.

— Não acho que ele concorde.

— Não?

— Acho que ele falou algo sobre obra do destino para Helen.

Dana Sue se endireitou no banco do carro, de repente revigorada e com vontade de brigar.

— Destino é o caramba! Me leve de volta ao hospital agora mesmo. Preciso ter uma conversinha com meu ex.

— Tem certeza de que quer ter essa conversa lá? — perguntou Maddie, preocupada.

— Por que não?

— Porque, meu bem, é um hospital. Você vai ter que falar baixo.

Essa era uma desvantagem, pensou Dana Sue, mas ela conseguiria fazer isso. Certa vez, tinha dito poucas e boas a um vendedor de frutas e verduras sem que ninguém no restaurante percebesse. Claro, fazer Ronnie Sullivan entender qualquer coisa sem gritos e louças quebradas era outra história.

Annie ficou tão surpresa ao encontrar o pai sentado ao lado de sua cabeceira do hospital que quase desmaiou de novo.

— Papai? — sussurrou ela com voz fraca, para o caso de estar tendo alucinações.

Um sorriso se abriu no rosto de Ronnie.

— Estou aqui, meu anjo. É bom ver esses seus grandes olhos azuis abertos de novo.

— Pensei ter ouvido você falando comigo, mas tinha certeza de que era um sonho. Há quanto tempo você está aqui?

— Desde a noite em que trouxeram você.

Tudo estava tão confuso. Annie se lembrava da ânsia de vômito ao ver toda a comida que a mãe havia trazido para a festa do pijama. Então ela e as amigas estavam dançando quando aquela sensação esquisita no peito começou, como se algo estivesse apertando seu coração com força. Nunca havia sentido nada parecido antes na vida, nem mesmo na educação física, quando precisava correr. Ela decidiu tirar uma soneca, e aquela era a última coisa de que se lembrava.

— Quando foi isso?

— Alguns dias atrás.

— Quantos? Por que não me lembro de ter vindo para cá? Ou algo que aconteceu desde que cheguei aqui? Por que tem todas essas coisas ligadas em mim?

— Os aparelhos estão monitorando como você está e o soro está injetando alguns fluidos e medicamentos em você. Você tem dormido desde aquela noite. Você nos deu um susto e tanto — repreendeu Ronnie em tom suave.

— Desculpa. Como você soube que deveria vir?

— Sua mãe me ligou.

Aquilo significava que sua mãe devia ter ficado com medo que Annie fosse morrer. Não conseguia pensar em nenhum outro motivo para ela decidisse ligar para Ronnie.

— Quanto tempo você vai ficar? — perguntou ela.

— Para sempre — disse ele.

Annie apenas o olhou enquanto uma leve centelha de esperança se agitava seu coração.

— A mamãe sabe?

— Ainda não — admitiu ele. — Acha que ela vai surtar?

Annie deu um sorriso vacilante.

— Com certeza.

Ronnie suspirou.

— Sim, foi o que pensei também.

Ela estendeu a mão para ele.

— Não deixe ela fazer você mudar de ideia, está bem?

— Sem chance, meu anjo. Sem chance.

Annie encarou o pai para ver se ele estava dizendo a verdade. Ele nem mesmo piscou.

— Você promete? — perguntou a menina, só para ter certeza.

— Juro de pés juntos. — Era o que ele dizia depois de qualquer promessa que fazia a ela.

Ela pensou um pouco. Seu pai nunca quebrara uma dessas promessas. Podia ter traído a mãe dela, mas sempre fora honesto com Annie, mesmo quando doía.

— Bom — sussurrou ela.

Annie ainda segurava à mão dele quando voltou a dormir.

CAPÍTULO OITO

Quando Annie acordou de novo, uma mulher desconhecida estava sentada ao lado de sua cama. O jaleco branco por cima das roupas normais provavelmente significava que era médica. Embora exibisse um sorriso amigável, a expressão grave nos olhos dela deixou Annie nervosa. Teve a sensação de que não ia querer ouvir o que aquela estranha tinha a dizer. E, sempre que ficava com medo, usava a hostilidade para disfarçá-lo. Annie tentou ao máximo olhar feio para a mulher, mas ela apenas a encarou de volta.

— Cadê o meu pai? — Annie finalmente perguntou em um tom cheio de suspeita, como se a mulher fosse de alguma forma responsável pela ausência dele. — Ele estava aqui agora há pouco.

Annie não tinha ideia se aquilo era verdade. Tendo em vista a maneira como o tempo estava passando sem que ela percebesse, Ronnie poderia ter saído *horas* antes.

— Eu não sei onde seu pai está agora — afirmou a mulher, o tom perfeita e irritantemente calmo. — Ele não estava aqui quando cheguei.

Annie a estudou com uma suspeita que só aumentava.

— Quem é você e por que está no meu quarto?

— Eu sou a dra. McDaniels. Vou trabalhar com você por um tempo.

Vários alarmes dispararam na cabeça de Annie.

— Trabalhar comigo como? Na fisioterapia ou algo assim?

Dessa vez, o sorriso da mulher alcançou seus olhos.

— Receio que não. Sou psiquiatra. Vamos tentar trabalhar com seu transtorno alimentar.

— Você é uma terapeuta! — disse Annie, horrorizada. A última coisa que queria era alguém mexendo em sua cabeça, como se fosse louca. — Sem chance.

— Posso mostrar a você meu diploma — disse a mulher, como se Annie estivesse querendo provas.

— Não estou interessada — respondeu a menina, teimosa. — Não preciso de terapia. Não tem nada de errado comigo. Com certeza não tenho um transtorno alimentar.

— É mesmo? Então por que você está no hospital?

Annie percebeu que não sabia todos os detalhes sobre como tinha ido parar ali. Provavelmente sua mãe e as amigas tinham surtado com alguma besteira.

— Fiquei doente. Não é grande coisa — afirmou Annie com bravata. — Devo sair ainda hoje.

— Duvido muito — respondeu a dra. McDaniels. — Eu diria que deve demorar de uma semana a dez dias, isso se você se esforçar muito.

Annie entrou em pânico ao ouvir a certeza da mulher.

— Estou dizendo que não é nada de mais — insistiu ela. — Eu estou bem. Se eu quisesse, provavelmente poderia até correr uma maratona esta tarde.

A médico se inclinou para a frente e olhou Annie diretamente.

— É mesmo? Você acha?

— Claro — disse a garota. — Minha mãe provavelmente exagerou na outra noite. Ela faz isso direto.

— Não desta vez — disse a dra. McDaniels em tom mais gentil. — Você conheceu o dr. Lane, certo?

Annie assentiu.

— E você sabia que ele é cardiologista?

Ele provavelmente dissera, mas ela esquecera.

— Ele cuida do coração — disse Annie devagar. — Por que eu precisaria de um cardiologista?

— Porque não comer pode prejudicar seriamente o coração. Foi o que aconteceu no seu caso. Você desenvolveu uma arritmia, que é um batimento cardíaco irregular e muito rápido. Você se lembra de sentir algo assim?

Annie engoliu em seco.

— Talvez — admitiu a menina. — Mas me sinto bem agora.

— Porque a equipe aqui tem trabalhado para reequilibrar todos os seus eletrólitos e começar a aumentar seus níveis de nutrição. No entanto, nós não podemos fazer muito. A parte mais difícil fica com você. Caso contrário, da próxima vez você pode não ter tanta sorte.

Annie começou a tremer com as consequências que a psiquiatra deixara implícitas. Antes que a menina pudesse se controlar, as lágrimas estavam brotando de seus olhos e rolando por suas bochechas.

— Você só está dizendo isso para me assustar — protestou ela. — Foi minha mãe que pediu, porque ela não gosta que eu esteja emagrecendo e ela não.

— Annie, não estou dizendo nada disso para chatear você. E sua mãe não me pediu para fazer nada. Só quero que você entenda que isso é muito, muito sério, mas ainda podemos consertar as coisas. Se quiser, posso trazer o dr. Lane aqui para explicar exatamente o que aconteceu com seu coração e por quê — ofereceu a dra. McDaniels. — Ele pode entrar em detalhes sobre como seu coração está fraco e como o nível de potássio e os outros eletrólitos estão preocupantes. Ou você pode acreditar em mim quando digo que nunca mentiria sobre algo tão importante.

Annie deixou cair a cabeça no travesseiro e fechou os olhos. Infelizmente, tudo fazia sentido, de um jeito horrível. Nada menos grave do que um ataque cardíaco teria levado sua mãe a ligar para seu pai — aquilo dizia mais do que qualquer outra coisa. Annie tinha certeza de que ele não teria voltado correndo para casa se ela só tivesse desmaiado ou algo assim. Mas aquilo era uma loucura. Adolescentes não tinham ataques cardíacos.

Ela sentiu um toque frio na mão e levantou a cabeça para encontrar o olhar cheio de compaixão da dra. McDaniels.

— É bem assustador, não é? Imagino que você nunca tenha pensado que o que estava fazendo pudesse ter essas consequências.

— Eu não fiz nada — protestou Annie de novo, mas agora havia menos convicção em sua voz.

— Falaremos sobre isso da próxima vez que eu passar por aqui — disse a dra. McDaniels. — Por enquanto, quero que você mantenha a mente aberta quando Lacy Reynolds chegar. Coopere com ela, está bem? Ela só quer o seu bem.

— Quem é ela?

— Ela é a nutricionista que vai ajudar você a ficar saudável de novo. Ela vai regular sua ingestão de alimentos e ensiná-la sobre nutrição.

— Minha mãe é dona de um restaurante. Ela entende de comida.

— Conheço o Sullivan's — disse a dra. McDaniels. — Tem um menu excelente. Pena que você não tem comido o que sua mãe serve lá.

— Quem disse que não tenho? — perguntou Annie em tom raivoso.

— A balança não mente — respondeu a psiquiatra sem se alterar. — E o fato de você estar aqui também diz bastante coisa.

A menina estudou a dra. McDaniels por um minuto. Ela não parecia o tipo de pessoa que seria cruel ou faria drama sem motivo. Na verdade, parecia mais triste do que má, como se se sentisse mal por Annie estar ali e realmente quisesse ajudar. Annie não estava pronta para confiar nela ainda, mas não podia rejeitá-la como queria de início.

— Você pode chamar minha mãe ou meu pai para mim? — perguntou a garota. Sabia que não soava tão corajosa quanto antes.

— Claro. Vou dizer a eles para virem assim que sua consulta com Lacy terminar — prometeu a psiquiatra. — Foi um prazer conhecê-la, Annie. Acho que vamos progredir muito juntas.

Annie a observou sair e fechou os olhos de novo. Devia haver algum engano, disse a si mesma. Tinha que haver. Mas, em algum lugar bem no fundo, ela sabia que a dra. McDaniels estava falando a verdade.

Sem perceber que isso poderia acontecer, Annie quase tinha se matado.

Quando a porta de seu quarto se abriu de novo, Annie esperava ver seus pais. Em vez disso, entrou uma mulher de calça branca, blusa hospitalar florida e sapatos brancos de sola grossa, com cabelo preto arrepiado e um piercing na sobrancelha. O uniforme e o crachá revelavam que era funcionária do hospital. Caso contrário, Annie teria pensado que era uma universitária ou talvez uma integrante de uma banda de rock.

— Oi, Annie — cumprimentou ela alegremente. — Eu sou Lacy Reynolds.

— A nutricionista — disse Annie, surpresa.

— Ah, pelo visto a dra. McDaniels já falou sobre mim.

— Não que você era tão jovem e estilosa — comentou Annie com franqueza. — Queria que minha mãe me deixasse fazer um piercing.

— Quando tiver a minha idade, vai poder fazer o que quiser. É algo para aguardar ansiosamente. — A mulher sorriu para ela. — Não significa que eu não seja durona, então tome cuidado. Quando o assunto é quem come o quê neste lugar, eu estou no comando, e, acredite em mim, eu descubro tudo o que acontece.

Apesar do alerta, Annie não conseguiu não gostar dela. Pelo menos ela expunha tudo com clareza para que a pessoa entendesse as regras.

— A dra. McDaniels disse que você ia conversar comigo sobre comida — disse Annie. — Minha mãe entende muito de comida e vou muito no restaurante dela.

— Então você sabe alguma coisa sobre comida também — disse Lacy. Ela tirou um caderninho do bolso. — Vamos conversar sobre o que você tem comido nos últimos tempos.

Annie se remexeu na cama.

A nutricionista continuou esperando, com a caneta perto do bloco de papel.

— E então? — insistiu Lacy.

— Eu como muitas coisas diferentes — afirmou Annie depois de um tempo.

Lacy lhe lançou um olhar desapontado.

— Esta é a primeira regra, Annie: você tem que ser honesta. Se eu não sei em que ponto você está, então não sei até onde temos que ir. Vamos ser específicas. O que você comeu no dia em que veio parar aqui?

Annie tentou pensar. Ela havia pulado o café da manhã naquele dia, exceto por alguns goles de água. Na escola, comprara uma salada na cantina e comeu um pouquinho da cenoura ralada. Quando as amigas chegaram, ela fingira comer a pizza que a mãe havia pedido para elas, mas uma mordida a deixara enjoada.

— Não estava com fome naquele dia — respondeu ela por fim.

— Vamos lá, Annie. Seja franca comigo.

— Comi salada no almoço e pizza quando minhas amigas foram lá em casa — disse ela, exagerando a verdade.

Lacy não fez uma única anotação, apenas continuou olhando para ela até que Annie piscasse e desviasse o olhar.

— Está bem, eu comi um pouco da cenoura ralada na salada e uma mordida de pizza.

Lacy assentiu e finalmente fez uma anotação.

— Alguma ideia de quantas calorias tem nisso?

Annie deu de ombros.

— Eu disse, eu não estava com fome.

— Cem, no máximo, e isso se você estiver sendo sincera comigo. Ninguém pode sobreviver com tão pouco, Annie. Você entende isso, não é? — Ela esperou até que a menina assentisse antes de continuar. — Ok, o que vai acontecer é o seguinte. Nós vamos elaborar um plano juntas. Enquanto estiver aqui, você terá três refeições e três lanches por dia. No início, serão porções muito pequenas, com apenas algumas centenas de calorias a mais do que você estava comendo, mas vamos aumentar a quantidade até que você atinja a quantidade que deveria comer.

— De jeito nenhum — protestou Annie.

Só de pensar em toda aquela comida ela se sentia doente.

— Vou lhe mostrar outra alternativa, então — disse Lacy, seu tom de voz inflexível. — Não vou deixar você morrer de fome, então vamos inserir um tubo de alimentação para garantir que você receba a nutrição necessária. Você precisa pensar em comida como um remédio por enquanto. É o que a deixará melhor e permitirá que você volte para casa e leve uma vida plena e feliz. Sei que é isso que você quer, e meu objetivo é garantir que você consiga isso. Cabe a você decidir que caminho seguiremos.

A ideia de um tubo de alimentação fez Annie se encolher.

— Que tipo de comida? — perguntou a menina por fim.

— Você e eu vamos decidir juntas, com algumas sugestões de seus pais. No começo serão alimentos muito simples e básicos. Talvez algumas frutas ou biscoitos e suco, meio sanduíche de peru. Alguém da equipe médica estará presente quando você comer para garantir que você coma tudo o que deve em cada refeição ou lanche. Se tiver algo que você não consiga comer ou terminar, temos uma vitamina nutritiva que você pode tomar para repor as calorias. Talvez só precise tomar uns cinquenta mililitros, dependendo do quanto da refeição não conseguir ingerir.

Annie ficou horrorizada com a dieta. Ela se sentiria como uma espécie de animal em um zoológico com as pessoas observando cada mordida que colocava na boca.

— Quanto tempo isso vai durar?

— O tempo que for necessário para que seus exames estejam normais e sua frequência cardíaca volte a subir. A equipe vai tomar essa decisão em conjunto. Ou seja, o dr. Lane, a dra. McDaniels e eu. O monitoramento de sua alimentação continuará mesmo depois que você sair daqui. Vou trabalhar junto de seus pais para ter certeza de que eles entendam o plano alimentar.

Annie sentiu as lágrimas brotando em seus olhos e se virou.

— Acho que não consigo — sussurrou a menina.

— E eu acho que você consegue — disse Lacy. — E todos nós estaremos aqui para ajudar. Temos outra garota como você aqui agora que está quase pronta para ir para casa. Você pode falar com ela, se quiser. Pode ajudá-la a não se sentir tão sozinha.

— Não — exclamou Annie, balançando a cabeça com firmeza. Não queria que outra pessoa soubesse sobre algo tão íntimo.

— Tudo bem — respondeu Lacy. — Me avise se mudar de ideia. Nesse meio-tempo, quero que anote algumas de suas comidas favoritas para mim. Volto um pouco mais tarde para planejarmos seu cardápio do resto do dia de hoje e também para amanhã, está bem?

— Tanto faz — disse a menina, ainda sem olhar para ela.

Como podia ter pensado que Lacy Reynolds era legal? Ela era só mais uma adulta querendo mandar nela. Talvez se Annie dissesse isso aos pais eles a tirassem dali.

Ela suspirou quando ouviu a porta de seu quarto ser fechada.

Quem Annie estava querendo enganar? Seus pais estavam assustados demais para levá-la para casa. E, lá no fundo, tinha uma sensação incômoda de que também deveria estar assustada. Mas, se admitisse isso, o que aconteceria? Comida era a única coisa em sua vida que podia controlar. Fazer dieta era a única coisa em que ela era realmente boa, embora seu corpo ainda não fosse tão perfeito quanto poderia ser. Agora todas aquelas pessoas queriam que ela se entupisse de comida e estragasse tudo.

Apavorada com a imagem de si mesma como gorda e feia, Annie enterrou o rosto no travesseiro e deixou as lágrimas caírem.

Ronnie estava voltando da lanchonete quando Linda McDaniels o parou no corredor.

— Annie está perguntando por você — informou ela.

Ele quase começou a correr, mas a psiquiatra estendeu a mão para detê-lo.

— Ela sabe que tem um problema no coração e que foi provocado pelo transtorno alimentar. A nutricionista também conversou com ela. Annie está em negação no momento, então não a pressione muito para aceitar a verdade. Ela vai se dar conta disso sozinha.

— Você contou para ela?

— Ela descobriu parte da verdade sozinha. Como falei no início, às vezes meu papel é ser dura e falar a verdade sem rodeios. É melhor deixar tudo às claras, assim como o plano para o que vem a seguir.

Ronnie passou a mão pela cabeça.

— O que devo dizer a ela?

— Se Annie tiver alguma pergunta, responda se conseguir. Caso contrário, deixe para os médicos, a nutricionista ou eu esclarecermos as coisas. Na verdade, tudo que sua filha precisa nos próximos dias é saber que você está do lado dela e que ela vai ficar bem. O resto virá com o tempo.

— Você contou a ela sobre a terapia?

— Só que haveria algumas sessões, não o quão difíceis ou intensas vão ser.

— Como ela reagiu?

A psiquiatra sorriu.

— Ela me disse que não precisava de terapia, é claro. Parte do meu trabalho será convencê-la do contrário.

— Meu Deus, como as coisas chegaram a esse ponto? — lamentou Ronnie.

— Isso é o que vamos descobrir — tranquilizou a dra. McDaniels. — Nós vamos esclarecer tudo, sr. Sullivan.

Ele a olhou, cansado.

— Ela sempre foi uma boa menina, sabe. Ótimas notas. Muitos amigos. Um zilhão de atividades diferentes.

— Parece uma menina que se cobra muito — disse ela. — Ironicamente, quando essa determinação e cobrança se voltam para uma dieta, o tiro pode sair pela culatra. Mas não vamos nos preocupar com isso agora. Vamos cuidar da saúde física primeiro e então vamos tratar os problemas que a trouxeram até aqui. Lacy Reynolds, a nutricionista, já explicou os princípios básicos de seu plano alimentar, para que Annie possa começar a ver o que ingere de uma forma mais realista: como um combustível para o corpo, não um inimigo.

Ronnie assentiu, grato pela abordagem calma e razoável da dra. McDaniels. Sem ela, suspeitava que já estaria socando as paredes.

— Vá ver sua filha — encorajou a psiquiatra. — Vou ver se consigo encontrar sua ex-esposa e mandá-la entrar também.

— Acho que ela foi para casa descansar um pouco — disse Ronnie.

— Vou ligar para a casa dela, então.

— Tente o celular — sugeriu ele, anotando o número para ela. — É mais provável que ela atenda.

— Pode deixar. Obrigada. Entrarei em contato mais tarde — disse a mulher, então se afastou.

Ronnie a seguiu com o olhar, desejando ter a mesma confiança que ela aparentava ter de que Annie superaria a crise. Parte dele queria que a dra. McDaniels o acompanhasse nessa visita. Ela sabia exatamente o que dizer a sua filha, enquanto ele não fazia ideia. A situação provavelmente pedia diplomacia e tato, e nenhum dos dois era seu forte. Agora que o choque diante da aparência de Annie havia passado e que os médicos estavam mais seguros de que a menina se recuperaria, Ronnie queria lhe dar uma bronca por sua estupidez, mas tinha um palpite de que aquilo seria contraproducente.

Forçando o rosto em uma expressão que esperava ser neutra, ele entrou no quarto dela. À primeira vista, Annie parecia estar dormindo outra vez. Aliviado, Ronnie ocupou seu lugar de sempre na cadeira ao lado da cama dela e deixou sua mente vagar pelas lembranças da última vez que a vira antes de sair da cidade.

Annie estava triste e desapontada, mas pelo menos parecera uma adolescente normal, com bochechas coradas, um penteado que emoldurava o rosto bonito e um corpo que estava começando a ganhar curvas femininas. Ele estivera com medo do que aconteceria quando o interesse dela por meninos se tornasse mais sério e como ele lidaria com a questão dos namoros. No entanto, parado em seu carro na rua naquele dia, dois anos antes, Ronnie percebera que não estaria presente para influenciar as decisões que a filha logo começaria a tomar naquela aspecto da vida.

Se tivesse pensado direito no dia — ou em todos os meses que se seguiram —, ele nunca a teria deixado navegar aquele campo minado hormonal sem a ajuda de um pai. A ajuda *dele*. Era um arrependimento com o qual viveria até o fim de seus dias.

— Oi, papai — cumprimentou Annie com voz fraca, distraindo-o de suas lembranças.

— Oi, querida. Como está se sentindo?

— Melhor agora que você está aqui. Quando acordei mais cedo e você tinha sumido, fiquei com medo de você ter mudado de ideia e ido embora.

— Eu prometi a você que não iria a lugar nenhum, não foi?

Annie assentiu.

— Então pode acreditar, meu bem. Eu voltei de vez.

A menina sorriu e mais uma vez fechou os olhos, e Ronnie voltou às suas lembranças agridoces.

Dana Sue estava começando a abrir a porta do quarto de Annie quando ouviu a voz de Ronnie. Ela reprimiu uma exclamação surpresa diante da confirmação do que Maddie lhe dissera antes. Seu ex estava planejando ficar em Serenity mesmo depois que a crise passasse.

Dando meia-volta, ela marchou de volta pelo corredor até a sala de espera, onde Maddie estava.

— Ronnie vai ficar. Eu o ouvi dizer a Annie que voltou de vez — disse ela, andando de um lado para o outro, agitada. — Por que ele deixaria a menina cheia de esperanças assim?

— Talvez porque seja isso que ele esteja planejando fazer — sugeriu Maddie.

Dana Sue fez cara feia para a amiga.

— O que eu vou fazer? Tenho que impedi-lo.

— Mesmo que seja melhor assim para Annie? — perguntou Maddie em tom razoável.

Dana Sue parou na frente dela.

— Ter Ronnie Sullivan de volta em sua vida não é o melhor para Annie — retrucou ela, depois voltou a andar.

— Eu me pergunto se Annie concordaria com isso — disse Maddie, em um tom de leve reprovação. — Acho que você está projetando seus sentimentos em Annie. É *você* quem não quer Ronnie por perto.

Dana Sue fez cara feia para a amiga outra vez e continuou andando.

— Sente-se — ordenou Maddie. — Você está me deixando tonta. Agora vamos pensar racionalmente na questão. Annie precisa do pai na vida dela. Até você especulou que a partida de Ronnie podia ter algo a ver com a obsessão dela com o peso. Não acha que faz sentido que tê-lo de volta talvez… — Ao ver que Dana Sue estava prestes a interromper, Maddie ergueu a mão —… *talvez* faça Annie mudar de ideia?

Dana Sue desabou em uma das cadeiras de plástico duras.

— Talvez — admitiu ela com relutância. — Mas odeio a ideia. Não quero Ronnie aqui. Quero que seja eu a consertar isso.

Maddie mal conseguiu conter um sorriso.

— Será que realmente importa quem vai consertar as coisas, desde que Annie fique bem de saúde outra vez? — O olhar de Maddie ficou mais sério. — Do que você tem tanto medo, Dana Sue? Está com medo de que, diferentemente de você, ele consiga convencer Annie? Porque é o que parece que você está dizendo.

— Não — respondeu Dana Sue na mesma hora. — Isso seria muito egoísmo.

Naquele momento, Maddie nem se deu ao trabalho de tentar esconder seu sorriso.

— Então deve ser porque você está com medo de que Ronnie consiga convencer você.

Dana Sue suspirou. Maddie estava mais certa do que ela gostaria de admitir. Ficou tentada a negar, mas aquela era Maddie, sua melhor amiga. Ela nunca a deixaria se safar tão fácil.

— E se eu estiver? E daí? — resmungou ela.

— Então coloque todo o foco em Annie. Estabeleça algumas regras básicas sobre o envolvimento dele em sua vida. Mantenha distância de Ronnie, mas não tente mantê-lo longe de sua filha.

— Por que você sempre tem que ser tão racional e razoável? — reclamou Dana Sue.

— É um talento natural — disse Maddie, rindo. — Eu deveria lembrá-la de que eu não fui nenhuma das duas coisas quando Cal surgiu em minha vida. Resisti tanto quanto você está resistindo agora, ao tentar impedir Ronnie de voltar.

— E todos nós sabemos como isso acabou — disse Dana Sue, cansada. Não havia esperança para ela.

A menos que tomasse as rédeas da situação, ela pensou, animando-se, como Maddie dissera. Dana Sue poderia estabelecer as regras básicas e Ronnie teria que aceitá-las. Ele passaria tempo com Annie segundo os horários e as condições que *ela* determinasse.

Então Dana Sue se lembrou que um dos passatempos favoritos de Ronnie era quebrar as regras, e um pouco de seu bom humor desvaneceu. Ainda assim, podia tentar. Podia criar confusão, mantê-lo aturdido e erguer barreiras suficientes para impedir que um jogador profissional de futebol americano passasse. Podia exigir que ele fosse embora e, em seguida, chegar a um acordo, para se sair como a pessoa razoável na situação. Na verdade, talvez fosse até divertido brigar com ele outra vez.

— Precisamos sair e esperar por ele lá fora — disse ela a Maddie, levantando-se de um pulo. — Agora.

— Oi?

— Não, espera — emendou Dana Sue, parando no meio do caminho. — Vou sair e esperar por ele. Você diz a Ronnie para ele descansar um pouco. Vou emboscá-lo assim que ele sair do prédio.

Maddie a olhou como se ela tivesse ficado maluca.

— O que você vai fazer, Dana Sue?

— Eu vou mandá-lo embora. Ele vai se recusar a ir, é claro. Então vou concordar com algum meio-termo, um em que eu estabeleça regras básicas, como você me disse — respondeu a amiga em tom inocente. — Ronnie vai ficar perdidinho.

— Você não pode ir lá falar com ele e ter essa conversa de uma vez? — sugeriu Maddie. — É o que adultos maduros fazem. Eles resolvem as coisas.

— É de Ronnie que estamos falando — respondeu Dana Sue. — Uma conversa tranquila e racional não resolve nada. O nível de decibéis necessário para atravessar aquela camada de teimosia pede o lado de fora.

Maddie franziu a testa.

— Tem certeza de que é uma boa ideia?

— É uma excelente ideia — garantiu Dana Sue. — Apenas faça sua parte. Eu cuido do resto.

Assim que se convenceu de que Maddie daria um jeito de tirar Ronnie do quarto de Annie, Dana Sue desceu as escadas e saiu para esperá-lo. A ideia de estar na vantagem pelo menos uma vez a fez cantarolar alegremente.

Depois de alguns minutos, ela percebeu que a música que estava cantarolando tinha sido a música favorita deles havia muito tempo. Dana Sue parou no meio de um verso e se concentrou em trazer sua raiva de volta. Só precisou imaginá-lo enroscado na cama de algum motel com uma mulher que mal conhecia. Talvez mais tarde Dana Sue tentasse descobrir por que, depois de dois anos, ela ainda conseguia visualizar a cena com tanta prontidão. Talvez fosse porque era uma imagem muito útil sempre que sentia sua determinação fraquejar.

Ronnie estava quase pegando no sono ao lado da cama de Annie quando Maddie entrou no quarto.

— Você parece abatido — disse ela, olhando-o com pena. — Por que não sai e descansa um pouco?

— Alguém precisa estar aqui quando Annie acordar de novo — respondeu Ronnie.

— Posso ficar, e acho que Dana Sue já volta.

— Você a fez ir para casa tirar um cochilo?

— Eu tentei — disse Maddie.

Ronnie estudou seu rosto.

— Mas?

— Ela voltou.

— Não deve ter sido um cochilo muito longo.

— Nós nem chegamos à casa dela. Ela decidiu que precisava cuidar de algumas coisas por aqui.

— Tipo o quê?

— Ela achou que devia estar por perto caso Annie precisasse dela — respondeu Maddie, mas seu tom era de quem tentava se esquivar da resposta.

Ronnie a olhou com uma expressão interrogativa.

— O que você não está me dizendo?

— Acho que vou deixar você descobrir sozinho — disse ela. — O que importa é que posso ficar aqui com Annie um pouco.

— Já que você está aqui e Dana Sue não, isso significa que ela está em algum lugar por perto armando o bote — concluiu Ronnie.

Ele sabia bem como aquelas duas trabalhavam em equipe. Devia até ficar grato por Helen não estar envolvida no plano que elas haviam bolado.

— Eu nunca disse que Dana Sue voltou por sua causa — respondeu Maddie.

— Não, claro que não. Você nunca a trairia — disse Ronnie, então sorriu. — Mas você com certeza armaria para mim.

Maddie corou, culpada.

— Sem comentários.

Ronnie segurou a mão dela.

— Olha, preciso sair um pouco, é verdade. Preciso encontrar um hotel, tomar banho e descansar. Annie está dormindo, então que tal você vir comigo? Podemos dar um passeio juntos.

Maddie parou na porta.

— É melhor eu ficar.

— Annie está dormindo.

— Dois minutos atrás você estava falando que alguém precisava ficar com ela.

Ele riu.

— Não acho que isso vai demorar muito. Dana Sue deve estar de tocaia lá na porta da frente.

— Se você sabe disso, por que quer me arrastar junto?

— Quero uma testemunha para o que quer que ela esteja tramando — respondeu ele. — Vamos, Madelyn. Me proteja.

— Até parece — resmungou ela, mas acabou o acompanhando.

Dito e feito, assim que saíram do prédio, Dana Sue apareceu, as mãos na cintura, a expressão revoltada. O que aquela mulher era capaz de fazer com o desejo de um homem apenas com um olhar deveria ser proibido, pensou Ronnie.

— Você — começou ela, o dedo em riste encostando no peito dele. — Não vai. Ficar. Aqui. — Cada palavra era acompanhada por outro cutucão. — Eu não vou permitir isso, você me entende? Esta cidade não é grande o suficiente para nós dois. Acho que nem o estado da Carolina do Sul é grande o suficiente para nós dois.

Ronnie mal conseguiu conter um sorriso. Conseguiu, em vez disso, dar de ombros.

— Infelizmente você vai ter que aprender a viver com isso, meu bem. Eu vou ficar por aqui.

— Você não ouviu uma palavra do que acabei de dizer? — questionou Dana Sue.

— Tenho certeza de que todos os pacientes do Hospital Regional ouviram você — respondeu ele com calma. Então se virou para Maddie e murmurou: — Eu falei.

Maddie desviou o olhar.

Dana Sue franziu a testa diante do comentário sobre o volume de sua voz e, quando falou de novo, não foi tão alto, embora soasse tão irritada quanto antes.

— Se eu soubesse que ligar para você fosse lhe dar essa ideia maluca de voltar para cá de vez, nunca teria pegado o telefone.

— E se algo tivesse acontecido com Annie sem eu estar aqui, eu nunca teria perdoado você — respondeu Ronnie com toda a calma. — Vamos deixar uma coisa bem clara, Dana Sue. Eu amo aquela garota. Fui um idiota por sair da cidade só porque era o que você queria, e fui um idiota ainda maior por não pedir guarda compartilhada em vez do direito de visita, mas daqui eu não saio nunca mais.

Ele decidiu que aquele não era o momento de mencionar que ainda amava Dana Sue também. Ela simplesmente rebateria a declaração lembrando em detalhes o motivo do divórcio.

Com uma dificuldade aparente, Dana Sue finalmente se acalmou um pouco.

— Eu sei que você ama Annie. Foi por isso que liguei. Mas, Ronnie, é sério, não quero que você fique.

— Você deixou isso bem claro.

— Então você vai embora?

— Não.

— Mas que droga, Ronnie, você não pode querer morar aqui de novo, não quando sabe o que sinto por você, não quando sabe que isso vai trazer à tona muitas lembranças ruins e fofocas.

Mais uma vez, Ronnie se forçou a conter um sorriso.

— Posso aguentar algumas fofocas e, realmente, sei como você se sente — disse ele.

Duvidava muito que Dana Sue conhecesse os próprios sentimentos tão bem quanto ele. Ela queria acreditar que Ronnie era desprezível — e, a bem da verdade, ele não podia negar a acusação —, mas aquilo não queria dizer que ela havia deixado de amá-lo.

Ronnie provavelmente poderia ter provado isso com um beijo, mas então Dana Sue teria que lhe dar um tapa por puro orgulho.

— Acho que devemos adiar essa discussão até as coisas ficarem mais tranquilas — propôs ele. Então, sabendo que a irritaria, ele acrescentou: — Tenho certeza de que aí você vai estar mais calma.

— Calma! — repetiu Dana Sue, claramente indignada com a insinuação de que estava fora de controle naquele momento. — Você quer calma? Pois então: se você ficar, Ronnie Sullivan, vou fazer da sua vida um inferno. Ah, mas eu vou... — Ela parou, aparentemente para considerar todas as coisas terríveis que pretendia fazer com ele.

Ronnie sabia que a única maneira de calar Dana Sue quando ela ficava desse jeito era com um beijo, então decidiu arriscar a vida e o membro e fazer justamente isso. Ele a puxou para si, colou sua boca na dela e a beijou até que Dana Sue amolecesse em seus braços. Ronnie também não estava muito firme. Pelo visto, ela não havia perdido a capacidade de fazê-lo ver estrelas.

E, assim como ele tinha previsto, Dana Sue lhe deu um tapa quando ele a soltou, mas Ronnie estava preparado. Apenas sorriu.

— Da próxima vez que quiser reclamar e gritar comigo, meu bem, pense nesse beijo.

— Nunca! — respondeu ela, furiosa. — Não significou nada. Não foi nem um pouco memorável.

Ronnie deu de ombros.

— Então deve ser falta de prática. Mas, como sei que você adora descontar a raiva que sente em mim, tenho certeza de que terei muitas chances de tentar de novo. Um bom beijo de tirar o fôlego sempre foi a melhor maneira de acalmar você.

Ele se demorou o suficiente para piscar para Maddie.

— Eu disse que meu retorno ficaria interessante.

Dana Sue olhou para os dois. Ela ainda estava sem palavras quando ele passou direto por ela e foi para o carro. O sorriso de Ronnie apenas aumentou enquanto ele se dava conta do calor muito promissor causado por aquele confronto. Ah, mesmo naquelas circunstâncias, era bom estar em casa de novo!

CAPÍTULO NOVE

— Bem, isso foi… interessante — disse Maddie quando parou ao lado de Dana Sue e ficou olhando o carro de Ronnie se afastar do hospital.

— Não começa — interrompeu Dana Sue bruscamente.

— Só estou dizendo…

— Não quero ouvir nenhuma de suas opiniões ou observações sobre o que acabou de acontecer — disse Dana Sue.

— Eu só ia falar que você é boa mesmo em fazer concessões — explicou Maddie, mal contendo um sorriso. — Impressionante.

Dana Sue fez uma careta.

— Isso, ria da minha cara. Ronnie não me deu a chance de fazer concessões. Ele me deixou tão brava que eu só conseguia pensar em expulsá-lo da cidade o mais rápido possível.

— Tenho certeza de que ele não vai a lugar nenhum agora — disse Maddie, com a expressão exultante. — Que homem iria embora depois de um beijo daqueles?

— Ah, vai ver se eu estou na esquina — retrucou Dana Sue. Nunca havia sido tão humilhada em sua vida. Exceto, talvez, no dia em que expulsara Ronnie de casa e toda a vizinhança aparecera para assistir. Aquele dia no hospital sem dúvida vinha em segundo lugar. Ela ergueu a mão para conter quaisquer palavras que ainda estivessem na ponta da língua da amiga. — Nem mais uma palavra.

Maddie sorriu.

— Está bem.

— E não conte nada para Helen.

— Está bem.

— Ou Annie — acrescentou Dana Sue. — Muito menos para Annie.

— Entendi — confirmou Maddie. Não contente em deixar o assunto morrer, pelo visto, ela acrescentou: — Vou guardar segredo sobre como seu ex-marido beijou você de um jeito que pode ter embaçado todas as janelas do estado.

Apesar de estar aborrecida, um sorriso discreto apareceu nos cantos da boca de Dana Sue.

— Foi um beijo e tanto, não é?

— Você quem sabe — disse Maddie, muito obediente. — Não é para eu fazer comentários.

— Maddie, o que eu vou fazer? — perguntou Dana Sue, sem conseguir esconder o desespero na voz. Ela ainda queria aquele homem, maldito fosse.

— É para eu responder?

— Por favor.

— Dê tempo ao tempo, querida. Talvez ele mude de ideia e vá embora assim que souber que Annie está bem.

Dana Sue a encarou.

— Para ser sincera, talvez eu não queira que ele faça isso.

Embora Maddie se esforçasse para continuar séria, sua expressão deu lugar a um sorriso genuíno.

— Algo me diz que ele está contando com isso.

Maddie provavelmente estava certa, pensou Dana Sue. A amiga conhecia Ronnie muito bem, compreendia-o de uma maneira que Dana Sue era incapaz de entender. Provavelmente porque ela própria nunca usava a lógica quando a questão era o ex-marido, sempre dando ouvidos ao coração e aos hormônios. Tinha sido parceira, amante e a grande paixão de Ronnie, mas Maddie se tornara amiga dele. De certa forma, Dana Sue tinha ciúme disso. Talvez, caso ela e Ronnie tivessem conversado mais, se tivessem o tipo de relacionamento que ela desenvolvera com Erik, por exemplo, eles teriam sido capazes de resolver os problemas. Em vez disso, o rompimento fora tão caloroso e afoito quanto a própria relação.

— E se ainda existir essa atração selvagem e descontrolada, mas nenhum de nós tiver aprendido nada?

— Você vai sobreviver — disse Maddie. — Você não só sobreviveu da última vez, você fez muitos avanços.

— Porque eu precisava — respondeu Dana Sue. — Eu tinha que pensar em Annie. Não poderia simplesmente desmoronar e deixá-la sofrer, ela já estava triste demais. — Ela olhou para o hospital. — E veja *onde* viemos parar. Fiz um péssimo trabalho em protegê-la.

— Pela milésima vez, você não falhou com Annie — insistiu Maddie. — Se os pais se culpassem por cada decisão idiota dos filhos, nunca mais levantariam da cama. Os adolescentes vão errar, provavelmente muitas vezes. Tudo o que podemos fazer é estar lá para juntar os cacos e torcer para que aprendam com a experiência. — Maddie lhe lançou um olhar pensativo. — Sabe, pode ser mais fácil superar toda essa história com Annie se você estiver dividindo o fardo com alguém.

— Eu tenho você e Helen — teimou Dana Sue. — Até Erik tem sido um porto seguro. Vocês são o suficiente.

— Mas pais e filhas — disse Maddie — têm um vínculo especial.

Dana Sue pensou sobre o breve relacionamento com o próprio pai, que havia morrido quando ela tinha apenas 7 anos. Nunca se sentiu totalmente segura depois disso, e talvez aquele fosse o motivo por ter confiado tanto em Ronnie. Ele a fizera se sentir segura de novo.

— Você acha que eu deveria deixá-lo ficar, não é? — perguntou Dana Sue.

Maddie ergueu uma sobrancelha.

— Não sei bem se a decisão é sua. Ronnie tem vontade própria. No entanto, acho que você poderia encontrar uma maneira de ver o lado bom, caso ele fique.

— Mais chances de matá-lo? — sugeriu Dana Sue, e não era pura brincadeira.

— Eu estava pensando que você podia deixá-lo compartilhar o fardo que será ajudar Annie a se recuperar. Mas há um benefício para você também.

— É?

— Há muitas questões não resolvidas entre vocês dois. Como ele fugiu, você nunca lidou com nada.

— Eu o expulsei. Eu diria que isso é resolver as coisas — argumentou Dana Sue.

Maddie parecia estar se divertindo.

— Você o botou para fora em um acesso de raiva, porque seu orgulho foi ferido. Não estou dizendo que não era justificável. Só acho que isso não deu a nenhum de vocês a oportunidade de resolver os problemas, nem de discutir por que ele a traiu e se havia algo que ele podia fazer para provar que isso nunca se repetiria. Você nem deu a ele a chance de se explicar, não é?

Dana Sue a olhou incrédula.

— O que havia para explicar? Ele me traiu. Ponto-final.

— Em alguns relacionamentos longos, isso seria o início de muito trabalho, não o ponto-final — disse Maddie.

— Não me lembro de você estar assim tão disposta a aceitar Bill de volta quando descobriu que ele estava traindo você — replicou Dana Sue, referindo-se ao ex-marido de Maddie. No instante em que as palavras saíram de sua boca, porém, ela se arrependeu de pôr o dedo ferida. — Me desculpe. Eu não deveria ter dito isso.

— Está tudo bem. — Maddie não soava tão chateada quanto poderia ter ficado alguns meses antes. — A namorada dele estava grávida, lembra? Ele queria se casar com ela. Era um pouco tarde demais para pensar em resolver as coisas.

— E se Noreen não estivesse grávida, você teria tentado continuar com Bill depois que ficou sabendo sobre o caso?

— Teria — disse Maddie sem hesitação. — Ele é o pai dos meus filhos e tínhamos um casamento de vinte anos em jogo. Uma parte minha sempre vai lamentar por não termos conseguido fazer a relação dar certo. Mas se estou feliz agora? Se estou feliz que as coisas tenham acontecido do jeito que aconteceram, que Bill tenha ido embora e eu tenha conhecido Cal? Claro. Cal é incrível. — Um sorriso iluminou seu rosto. — Temos um novo bebê, algo que nunca teria imaginado se Bill e eu tivéssemos continuado juntos. Se dependesse dele, teríamos parado depois de Kyle. Katie foi uma surpresa para nós dois. Ela acabou sendo uma bênção, mas ele foi muito firme quanto a não ter mais filhos e, de qualquer maneira, eu também achei que já tinha passado da idade para considerar a possibilidade. Graças a Deus Cal não acha que estou velha demais para fazer o que quero.

Dana Sue não achava que sua amiga estava sendo totalmente honesta.

— Você parece ter se esquecido de um detalhe.

— O quê?

— Bill e Noreen nunca se casaram. Ele decidiu que queria voltar. E você escolheu Cal.

As bochechas de Maddie coraram.

— Verdade, mas muita coisa havia acontecido então. Mesmo assim, hesitei por alguns segundos e considerei voltar para Bill por causa das crianças. Mas então tive que aceitar que havia muito tempo que não me sentia tão feliz como quando estava com Cal.

— Talvez eu esteja mais feliz sem Ronnie — sugeriu Dana Sue.

— É mesmo? — perguntou Maddie.

Ela achou o ceticismo irritante.

— Eu tenho Annie. Tenho o restaurante. Estou mais ocupada do que nunca.

— E você nunca saiu com o mesmo homem mais de duas vezes — disse Maddie. — Você mantém distante o único homem que poderia ser compatível.

Dana Sue franziu a testa.

— E quem seria esse? — perguntou ela, embora já soubesse.

— Erik.

— E você tem uma teoria sobre isso?

— Claro — disse Maddie. — Você ainda gosta de outro.

— Puxa, pensei que é porque a maioria dos homens é um bando de idiotas — respondeu Dana Sue, então emendou — e porque Annie surtava sempre que eu tinha um encontro.

— Nem todos eles eram idiotas — rebateu Maddie. — Helen apresentou você a alguns caras que eram homens legais, inteligentes e bem-sucedidos.

— Verdade — admitiu Dana Sue.

— Você também botou defeito neles — disse Maddie. — Principalmente porque eles não eram Ronnie.

— Não, isso era uma vantagem — insistiu Dana Sue.

Maddie revirou os olhos.

— Que seja. Mas e Erik? Quais são os defeitos dele?

— Nenhum que eu tenha notado — admitiu Dana Sue. — Ele é um homem maravilhoso. Só que não sinto nada por ele. Nunca arriscaria estragar a amizade e a relação de trabalho que temos.

— É isso mesmo ou é porque Ronnie era e continua sendo sua alma gêmea, e você sabe disso?

Dana Sue olhou a amiga com perplexidade.

— Não entendo. Achei que você tinha ficado tão furiosa com a traição de Ronnie quanto eu.

— Eu fiquei — concordou Maddie.

— Mas eu vi vocês dois juntos nos últimos dias. Você deu um desconto para ele, e agora estão amigos de novo, como eram anos atrás.

— Porque lá no fundo Ronnie Sullivan é um cara bacana. Ele cometeu um erro idiota, mas que muitos homens cometem. Ele não era um traidor em série, não vivia atrás de qualquer rabo de saia. Não estou dizendo para deixar passar em branco, só que ele merece uma chance de reparar seu erro.

— Helen discordaria de você — disse Dana Sue.

— Helen trabalha com direito de família. Ela é mais desiludida — respondeu Maddie. — Enfim, a vida é sua, a decisão é sua. Só estou dizendo que talvez você deva considerar a ideia. Estarei cem por cento ao seu lado independentemente do que decidir fazer.

— Mesmo se eu o mandar embora?

— Mesmo se você *tentar* mandá-lo embora.

— Você acha que não consigo?

Maddie ergueu as mãos.

— Ei, nem pense em transformar isso em um desafio só para provar que estou errada. É a sua felicidade que está em jogo.

Sim, e era aquele o problema, Dana Sue admitiu para si mesma. Lá no fundo, sabia que não havia outro homem no mundo que poderia fazê-la mais feliz do que Ronnie Sullivan. O que a apavorava, porém, era que nenhum outro homem era capaz de deixá-la tão infeliz.

Annie estava começando a achar que a mãe estava mantendo distância de propósito. Ah, ela entrava e saía da UTI, dizia que a amava, mas evitava ter a conversa sincera que a menina estava esperando. Seja porque o pai estava por perto, seja porque estava tão furiosa com Annie que não queria arriscar uma briga enquanto a filha ainda estava deitada em uma cama de hospital.

Ela torcia para que não fosse porque Ronnie tinha voltado. Caso fosse e a mãe criasse alguma confusão, Annie tinha medo que seu pai fosse embora de novo. E ela não achava que conseguiria suportar se ele partisse outra vez, não agora, quando sua vida estava tão ruim.

Uma fresta da porta de seu quarto se abriu e sua mãe enfiou a cabeça lá dentro.

— Está acordada? — perguntou ela baixinho.

— Acordada e entediada — disse Annie.

Dana Sue entrou no quarto, deu um beijo na testa da menina e puxou uma cadeira para perto da cama.

— Como você está se sentindo?

— Péssima — respondeu Annie.

Os olhos de sua mãe se encheram de preocupação e ela se levantou rapidamente.

— O que foi? Quer que eu chame a enfermeira? O médico? É o seu coração?

Annie a encarou.

— Mãe, relaxa. Só quis dizer que estava cansada desse monte de gente vindo aqui bisbilhotar minha cabeça e mandar em mim.

Os ombros de Dana Sue desabaram de alívio.

— Ah. — Ela parecia querer dizer muito mais, porém, em vez disso, voltou a se sentar, parecendo pouco à vontade.

Annie perdeu a paciência com aquele pisar em ovos em vez de falarem logo o que estavam pensando.

— Mãe, por que você não diz logo de uma vez?

— Dizer o quê?

Os olhos de Annie se encheram de lágrimas.

— Que eu fiz uma coisa idiota e você está com raiva de mim.

— Eu não estou…

Annie a encarou com olhos incrédulos e marejados.

— Ah, me poupe — disse a menina, enxugando as lágrimas. — Você está morrendo de vontade de me dar uma bronca. Você acredita no que todo mundo aqui anda dizendo, que eu estava passando fome de propósito. Por que não admite logo? Você sempre achou que eu era anoréxica. Agora você tem o apoio das outras pessoas. Vai poder dizer "eu avisei" por uma eternidade.

Sua mãe a olhou com ar cansado.

— Eu preferia que não fosse verdade, querida. E não estou brava com você. Estou com raiva de mim mesma por não ter encarado isso de frente antes e ter buscado ajuda para você. — Os olhos de Dana Sue se encheram de lágrimas também. — Não acredito que fui tão burra. Achei que estava cuidando disso. Achei que você fosse esperta o suficiente para ver o que estava fazendo consigo mesma depois do desmaio no casamento de Maddie. Achei muitas coisas que não eram verdade, pura e simplesmente. Não dá para resolver algo assim só esperando o melhor.

Annie ficou abalada pelas lágrimas escorrendo pelo rosto de sua mãe. Ela nunca a tinha visto chorar antes, nem mesmo quando o pai saíra de casa. Ah, claro, Dana Sue chorava quando assistiam a certos filmes, mas não era a mesma coisa. Aquilo ali era a vida real. E as lágrimas eram culpa de Annie.

A menina segurou a mão de Dana Sue.

— Me desculpe, mamãe. Por favor, não chore.

Sua mãe ergueu o rosto, a expressão cheia de angústia.

— Nós poderíamos ter perdido você, Annie. Se Raylene e Sarah não estivessem lá...

Annie estremeceu. Finalmente começava a assimilar a gravidade do que quase tinha acontecido. Pior ainda, se o que a dra. McDaniels estava dizendo era verdade, não havia garantia de que isso não se repetiria.

— Mãe, estou com medo — sussurrou ela. — De verdade.

Dana Sue foi para o lado da cama de Annie e puxou a filha para seus braços.

— Eu também, minha filha. Mas nós vamos superar isso. Todos nós juntos.

— Meu pai também? — perguntou ela, hesitante.

Ela pensou ter sentido a mãe suspirar contra sua bochecha.

— Sim, querida, seu pai também.

Ronnie encontrou um quarto de um hotel barato bem na metade do caminho entre o hospital e a casa que ele um dia dividiu com Dana Sue. Enquanto entrava no estacionamento, sabia o que estava por vir. Os proprietários do Pousada Serenity, Maybelle e Frank Hawkins, tinham vivido na cidade a vida toda. Sabiam quem eram todos os hóspedes, inclusive aqueles que ficavam só um ou dois dias. Conheciam os pais de Ronnie e a família inteira de Dana Sue, incluindo o tio ovelha negra dela e seus filhos encrenqueiros que moravam fora da cidade e causavam mais problemas com sua destilaria ilegal e jogos de azar do que as Doces Magnólias jamais sonharam em criar. Maybelle e Frank compareciam a todos os jogos de futebol americano da escola, além das partidas de basquete e beisebol. E eram frequentadores assíduos da Wharton's, onde a fofoca da cidade se espalhava mais rápido do que resfriado no inverno.

No entanto, a Pousada Serenity, com suas paredes caiadas e os vasos cheios de gerânios, era limpo, barato e confortável. E também guardava algumas boas lembranças…

Mesmo sabendo que aquela era a melhor das poucas opções que Serenity tinha a oferecer, Ronnie se aproximou da recepção com uma sensação de pavor. Ele estampou um sorriso no rosto e abriu a porta, aliviado ao ver que não havia ninguém atrás do balcão. O som da campainha na porta, entretanto, trouxe Maybelle a passos rápidos da sala dos fundos.

Um sorriso levantou todas as rugas em seu rosto redondo e maternal quando ela o reconheceu.

— Ronnie Sullivan, mas que surpresa. Não achei que veria você por estas bandas outra vez. — Antes que ele pudesse responder ao cumprimento surpreendentemente caloroso, a expressão de Maybelle ficou séria e seu olhar gelou. — Estou surpresa de você ter coragem de mostrar a cara por aqui depois do que fez com Dana Sue. Mas imagino que tenha voltado por causa de Annie. — A frieza deu lugar à preocupação. — Como ela está? Está melhor hoje?

Quase tonto com as mudanças repentinas no humor de Maybelle, ele assentiu.

— Ela vai ficar bem. É bom ver você, sra. Hawkins. Tem um quarto disponível?

Ela o estudou com o olhar ponderado que uma mãe lançaria a um filho rebelde.

— Por quanto tempo?

— Até eu arrumar um lugar — disse ele.

Suas palavras pareceram pegá-la de surpresa.

— Você vai ficar?

— Esse é o plano.

— E o que Dana Sue acha disso?

Ronnie sorriu, pensando no beijo.

— Ela ainda está se acostumando com a ideia.

Maybelle o estudou por mais um momento, então finalmente assentiu e pegou um formulário.

— Preencha isso. Vou lhe dar o desconto semanal por enquanto. — Ela apontou um dedo para ele. — Mas se eu ficar sabendo que você está incomodando aquela garota, não vou pensar duas vezes em botar você na rua. Entendido?

Ronnie assentiu.

— Sim, senhora — respondeu ele com toda a humildade.

Ela finalmente sorriu.

— Ah, mal posso esperar para contar a Frank que você está de volta. Ele ainda fala sobre aquele *touchdown* no último ano, quando você correu noventa e oito jardas e decidiu o jogo. Minha nossa, foi incrível mesmo. Todos nós pensamos que você seria uma estrela na faculdade ou talvez um jogador profissional.

— Você tem uma boa memória, sra. Hawkins. — Ronnie se inclinou para mais perto. — Não conte para ninguém, mas aquele *touchdown* foi pura sorte. Eu sabia que não tinha a menor chance de correr daquele jeito de novo, então decidi parar enquanto estava ganhando.

— Você desistiu porque não conseguia ficar longe de Dana Sue — corrigiu ela com autoridade. — Depois que pôs os olhos naquela garota, casar com ela era a única coisa em que você pensava. E, só para você saber que não passou batido, eu sei que vocês dois vinham escondidos aqui depois que o funcionário da noite assumia o turno. — Maybelle balançou a cabeça com pesar. — Por que você foi estragar algo assim é algo que não consigo entender.

— Eu também não — admitiu Ronnie. — Mas nunca é tarde para reparar um erro, não é?

— Nunca é tarde para tentar — concordou ela. Mas seu tom era cético o suficiente para avisá-lo que ela não achava que Dana Sue estaria receptiva à ideia. — Aqui está sua chave. Não permitimos festas, portanto, comporte-se.

— Festas dificilmente me ajudariam a mostrar para Dana Sue que estou andando na linha, não é? — disse ele, piscando para ela. — Vou ficar tão tranquilo que você nem vai perceber que estou aqui.

Na verdade, estava tão exausto que duvidava que alguém fosse ouvir algum barulho mais alto do que um ou outro ronco vindo de seu quarto por pelo menos vinte e quatro horas.

Depois do confronto desconcertante com Ronnie e da visita emotiva a Annie, Dana Sue estava inquieta demais para ficar sentada na sala de espera do hospital entre as visitas à UTI. Precisava se ocupar, fazer algo que a fizesse se esquecer daquele beijo.

Olhando para o relógio, ela viu que eram quatro horas, o auge da correria dos preparativos para o jantar no restaurante. Então passou no posto de enfermagem para lhes dizer como entrar em contato caso Annie precisasse dela e foi trabalhar. Algumas horas picando vegetais com uma faca afiada poderiam aliviar um pouco do estresse. Ela poderia imaginar que era o pescoço de Ronnie debaixo da lâmina.

No Sullivan's, Dana Sue foi ao pequeno escritório olhar a pilha de recados, então pegou um dólmã de chef branquíssimo que acabaria sujo de comida em minutos e foi para a cozinha, onde o barulho era confortavelmente familiar.

Erik a viu primeiro.

— Oi, querida, o que você está fazendo aqui? Veio ter certeza de que não estamos destruindo seu negócio?

— Imagina — disse ela. — Eu só preciso fazer alguma coisa normal por algumas horas. Sei que você e Karen devem ter dividido as tarefas, mas deve haver algo que eu possa preparar.

Karen ergueu os olhos das folhas de salada que estava distribuindo nos pratos e sorriu.

— Abro mão de preparar as saladas com todo o prazer. Acho que é o trabalho mais chato de todos.

Dana Sue olhou para os pratos.

— São só saladas da casa?

Karen assentiu com a cabeça.

— Não temos tempo para fazer nada mais sofisticado.

— Nós temos peras? Nozes? Gorgonzola? — perguntou Dana Sue.

— Claro — disse Erik. — Tenho feito as encomendas seguindo as listas que estão em seu escritório. Você é tão organizada que este lugar poderia funcionar por um ano sem você colocar os pés aqui.

— Não sei se gosto muito dessa ideia — respondeu Dana Sue.

— Bem, tem sido uma bênção nos últimos dias — emendou ele. — Não significa que não precisamos de você, então, se quiser fazer saladas chiques, fique à vontade. Eu coloco no quadro de especiais do dia e aviso os garçons.

Enquanto Dana Sue preparava tudo para fatiar as peras em rodelas finíssimas e colocá-las por cima das verduras, sentiu um cheiro no ar. Era o aroma típico de canela. Parecia maravilhoso.

— Qual é a sobremesa especial do jantar? — perguntou ela quando Erik voltou.

— Torta de maçã.

— Já está pronta? — quis saber Dana Sue, com água na boca.

— Tem algumas tortas esfriando agora — disse ele. — Quer uma colherzinha?

— Quero uma fatia inteira — respondeu ela. — Com sorvete de baunilha por cima.

Erik lhe lançou um olhar preocupado.

— Dana Sue... — começou ele.

Ela ergueu a mão.

— Não é seu trabalho fazer um sermão sobre o que eu como. Estou morrendo de fome e quero torta de maçã com sorvete. Preciso lembrar você da nossa hierarquia?

Em vez de ir buscar a torta, ele puxou um banquinho para o lado dela e se sentou.

— O que está havendo?

— É só um pedaço de torta, pelo amor de Deus. Qual é o problema?

— Você sabe qual é o problema — disse Erik com toda a calma. — Sua filha está no hospital por causa de um transtorno alimentar. Você quer acabar na cama ao lado dela porque não está cuidando da glicemia?

Furiosa, Dana Sue se virou para ele, mas quando viu a preocupação sincera nos olhos do amigo, sua raiva murchou.

— Está bem, eu sei que você está certo. Só preciso de uma comida reconfortante agora.

— Vamos servir bolo de carne hoje à noite. Que tal uma fatia dele com molho de cogumelos? — sugeriu ele.

Dana Sue finalmente relaxou e sorriu.

— Posso pelo menos comer uma colherzinha da torta depois?

— Pode — concedeu Erik, indo preparar o prato para ela. Quando trouxe o bolo de carne, ele a olhou com curiosidade. — Aconteceu alguma coisa hoje à tarde? Quer conversar?

Ela experimentou o bolo de carne para protelar a resposta.

— Meu Deus, está melhor que o meu. O que você fez com ele? Erik gesticulou para o outro lado da cozinha.

— Pergunte a Karen. Ela que fez.

Dana Sue olhou para a assistente.

— Foi você que fez? Está incrível.

— Mudei um pouquinho a sua receita — disse Karen, com o rosto corado. — Espero que não se importe.

— Me importar? Você está brincando? Eu acho que o bolo de carne vai ser o sucesso da noite, e nossos clientes vão pedir para que entre para o menu.

— Está falando sério? — perguntou Karen.

— Claro que estou — disse Dana Sue. — Se você tiver ideias para qualquer outro prato, converse com Erik ou comigo, se eu estiver por aqui, e fique à vontade para fazer experiências.

— Obrigada — disse Karen, radiante. — Não queria passar do limite.

— Nós somos uma equipe. Posso ser a dona, mas, quando a comida é excelente, todos nós saímos ganhando. Quero que a reputação do Sullivan's melhore a cada ano. Não quero dormir sobre os louros da vitória.

Dana Sue se virou para Erik, que ainda a observava com atenção. Ele sussurrou:

— Ela precisava muito ouvir isso — disse ele. — Agora, vamos voltar à minha pergunta anterior. Aconteceu alguma coisa hoje à tarde que deixou você aborrecida? Annie está bem?

— Ela está melhor a cada dia — respondeu Dana Sue. — Ela teve as primeiras sessões com a psiquiatra e a nutricionista. Pelo que soube, não foram muito agradáveis, mas as duas profissionais acham que ela vai cooperar.

— Se Annie está no caminho certo, então deve ter sido outra coisa que fez você vir aqui atrás de uma comida reconfortante.

— Erik, ficar cuidando de mim e do meu humor não é seu trabalho.

— Eu faço isso porque sou seu amigo — respondeu ele, parecendo ofendido. — Pelo menos era o que sugeria o lindo discurso que você acabou de fazer.

Dana Sue sentiu um nó no estômago.

— Eu não comi a torta, está bem? O que mais você quer?

O olhar dele não vacilou.

— Uma explicação — respondeu Erik em tom calmo. — Teve algo a ver com o beijo que seu ex-marido deu em você na porta do hospital?

Dana Sue sentiu a cor sumir de seu rosto.

— Você está sabendo disso?

— Grace Wharton estava chegando para ter notícias de Annie — explicou ele. — Ao que parece, ela deu meia-volta e foi direto para a central de informações de Serenity. Era o assunto mais comentado no balcão da Wharton's cinco minutos depois.

— Você estava lá?

Ele balançou sua cabeça.

— Karen.

Dana Sue escondeu o rosto nas mãos.

— Eu odeio isso. Odeio muito. Eu devia ir morar em uma cidade grande onde ninguém teria a menor ideia de quem eu sou.

— Você seria infeliz — disse Erik. — Então, quer falar sobre o beijo ou não?

— Não.

— Tudo bem, então, mas se isso mexeu com você a ponto de fazê-la querer se entupir de torta de maçã e sorvete, é melhor não repetir a experiência — aconselhou ele.

— Ah, não se preocupe com isso — tranquilizou ela. — Ronnie Sullivan não vai chegar a menos de trinta metros de mim nunca mais.

Erik sorriu.

— É mesmo?

— É sim — disse ela.

— Então talvez seja melhor colocar isso no papel — sugeriu ele, gesticulando para algo atrás dela.

Dana Sue se virou para ver o rosto do ex-marido, que parecia estar se divertindo.

— Falando sobre mim? — perguntou Ronnie em tom alegre.

— Fora daqui — respondeu ela. — Achei que você tivesse ido se enfiar em algum buraco para descansar um pouco.

— Eu só precisava de um pequeno cochilo — disse Ronnie. — Além disso, assim que deitei naquela cama na Pousada Serenity, fiquei me lembrando da última vez que dormi nela, na noite de formatura, vinte e dois anos atrás.

— Você alugou o mesmo quarto? — gaguejou Dana Sue. — Aquele em que… — Ela olhou para as expressões fascinadas de Erik e Karen, então deu um suspiro. — Vou comer aquela torta de maçã agora, por favor.

Dessa vez, Erik não discutiu. No entanto, não lhe deu sorvete.

CAPÍTULO DEZ

A suposta primeira refeição de Annie foi uma tortura absoluta. A enfermeira trouxe uma bandeja com o que parecia ser uma montanha de comida, embora na verdade não passasse de uma salada pequena com um minúsculo potinho de molho e um pacote de bolachas água e sal. Também havia alguma bebida aguada, cor de laranja.

— Vai ajudá-la a reequilibrar seus eletrólitos — disse a enfermeira em tom alegre.

Annie não tinha ideia do que eram eletrólitos, e a bebida parecia nojenta.

— Eu tenho mesmo que beber isso? — perguntou ela, olhando para a garrafa com desânimo.

— É o que diz no prontuário — explicou a enfermeira animada demais. — Lacy disse que já está vindo fazer companhia enquanto você come.

Ótimo, Annie pensou. Obviamente ninguém naquele lugar confiava que ela fosse de fato comer.

Como parecia que a enfermeira não iria a lugar nenhum, Annie misturou o molho na salada com grande pompa. Ela abriu o pacote de bolachas e os colocou lado a lado na bandeja, então tirou a tampa da bebida com todo o cuidado. Quando não havia mais nada a fazer a não ser comer, ela tentou se obrigar a pegar o garfo e colocar uma folha de salada na boca. Na metade do caminho, o cheiro de vinagre e azeite a deixou enjoada.

— Vou vomitar — disse a menina, largando o garfo e virando o rosto para longe da comida.

Em alguns segundos, a enfermeira estava ao seu lado com uma pequena bacia de plástico nojenta, para o caso de Annie cumprir a ameaça. Naturalmente, foi nesse momento que Lacy entrou no quarto.

— Como estamos indo? — perguntou a nutricionista, então se adiantou para ocupar o lugar da enfermeira. — Obrigada, Brook. Pode deixar comigo agora.

Depois que a enfermeira saiu, Lacy foi até a cadeira ao lado da cama.

— Isso não vai colar, sabe — disse ela com toda a calma.

Annie franziu a testa.

— O quê?

— Fingir que a comida deixa você enjoada.

— É verdade — disse Annie, indignada. — Esse molho para salada não é que nem o da minha mãe. Tem um cheiro horrível.

— Você quer que eu peça a ela para trazer alguns molhos para amanhã?

As lágrimas começaram a escorrer dos olhos de Annie quando ficou claro que Lacy era tão durona quanto tinha avisado que seria.

— Para mim tanto faz — murmurou ela.

— Você tem trinta minutos para comer sua refeição — disse Lacy. — Já que é a sua primeira, vamos começar a contar agora e não quando a bandeja chegou.

Annie a olhou em pânico.

— Você vai cronometrar? Você quer mesmo que eu coma tudo isso em meia hora?

— São as regras — respondeu Lacy, com o olhar inabalável. Ela olhou diretamente para o relógio. — Estou contando a partir de agora.

— Mas…

Annie não conseguia pensar em um único argumento que aquela nutricionista determinada fosse aceitar. Ela pôs uma folha de alface pequena na boca e mastigou o máximo que pôde, na esperança de que Lacy desviasse o olhar para que ela pudesse cuspi-la em um guardanapo. Quando ficou óbvio que isso não aconteceria, Annie engoliu, sentindo ânsia de vômito.

— Acho que não consigo comer mais — sussurrou ela.

— Claro que consegue — respondeu Lacy. — Experimente a bolacha ou a bebida.

— Essa bebida parece nojenta.

Os lábios de Lacy se contraíram, mas ela não permitiu que um sorriso se formasse.

— Até que é boa, na verdade. Experimente.

Annie tomou um pequeno gole e quase vomitou outra vez.

— Muito bem — disse Lacy, como se Annie não tivesse quase morrido engasgada. — Agora a bolacha.

Foi assim, mordida por mordida, gole por gole, até que a meia hora se passou. Annie olhou para a bandeja e viu que havia conseguido comer apenas uma bolacha e nem metade da salada. Ela arriscou um olhar para Lacy, esperando ver decepção, mas, em vez disso, a nutricionista abriu um sorriso encorajador.

— Nada mal para a primeira refeição. Vou buscar aquela vitamina de que falei para compensar a comida que você não terminou.

Annie sentiu as lágrimas brotarem de novo em seus olhos.

— Eu tenho que beber um copo inteiro de vitamina? Não consigo.

— Não é um copo inteiro. São só sessenta mililitros. Você consegue terminar em alguns goles. Lembre-se do que eu falei sobre pensar na comida como um remédio. É só beber e depois você só come de novo na hora do lanche.

— Mais comida? — disse Annie, recostando-se nos travesseiros.

Ela não tinha ideia de quando comer havia se tornado uma tortura tão grande.

— Não vai ser tão ruim — prometeu Lacy. — Só meia banana. As bananas estavam na lista que você me deu.

Só porque Annie tinha sido coagida a escrever algo ou deixar Lacy decidir. Pelo menos fazer a lista lhe dera uma sensação mínima de que ainda tinha algum controle.

— Você não vai ficar aqui sentada comigo para isso, vai? — perguntou ela, esperançosa.

— Eu não — disse Lacy. — Mas alguém vai.

— Ah — respondeu Annie, sem expressão. — Ninguém confia em mim, não é?

— Nós deveríamos?

— Acho que não — admitiu a menina a contragosto.

Ela e Lacy sabiam bem que, na primeira oportunidade, Annie jogaria toda aquela comida na privada.

Ronnie estava impressionado com o Sullivan's. O restaurante era aconchegante e convidativo. Era elegante sem ser pretensioso e, a julgar pelo quadro com os especiais do dia na recepção, tinha um cardápio diversificado de itens que agradariam aos locais ao mesmo tempo que expandiriam seus horizontes culinários. Mas, até aí, ele estava tão farto de comida da cantina do hospital que qualquer coisa pareceria gourmet.

— Você vai preparar alguma coisa para eu comer, meu bem, ou preciso implorar? — perguntou ele enquanto Dana Sue comia uma fatia de torta de maçã de dar água na boca.

— Ainda não abrimos — respondeu ela em tom definitivo, colocando outra garfada de torta na boca.

— Nem mesmo para a família?

— Você *não* é família.

— Eu sou o pai da sua filha e o melhor marido que você já teve — afirmou Ronnie.

— Você é o *único* marido que já tive, infelizmente — retrucou ela.

Depois do que pareceu um impasse sem fim e silencioso, durante o qual Ronnie apenas ficou esperando, Dana Sue finalmente o encarou.

— Você não vai embora, não é?

— Não até eu ter comido alguma coisa — concordou ele em tom alegre, ignorando os olhares fascinados que a mulher ao fogão lançava em sua direção.

Ronnie imaginou que ela poderia amolecer com um pouco de charme, mas estava um pouco mais preocupado com a postura rígida do cara que estava tão perto de Dana Sue que era impossível não se perguntar se havia algo mais entre os dois.

— Muito bem. — Dana Sue saltou de seu banquinho e passou por ele. — Traga o bolo de carne para ele — disse ela por cima do ombro. Em seguida, acrescentou: — Para viagem. Vamos esperar lá na frente.

Ronnie sorriu.

— Você acha que o restaurante vai perder a classe se eu jantar aqui?

— Não, mas acho que isso vai aumentar ainda mais as fofocas que já estão circulando pela cidade — disse ela. — Sinceramente, não preciso de mais dor de cabeça. Além disso, temos que voltar para o hospital. Annie é sua prioridade, não é?

Não havia como não perceber o desafio na expressão de Dana Sue.

— Claro — respondeu Ronnie. — Liguei para ver como ela estava um pouco antes de vir aqui. A enfermeira disse que Annie estava terminando sua primeira refeição sob a supervisão da nutricionista. Disse para voltarmos por volta das seis e meia. — Ele olhou para o relógio. — Ainda não são nem cinco e meia.

— Eu quero voltar agora — teimou a ex-esposa.

— Então vamos agora — disse ele, com a voz alegre. — Você vai pegar seu carro ou posso te dar uma carona?

Ronnie a viu debater consigo mesma o absurdo de ambos irem em dois carros quando depois eles voltariam para lugares tão próximos.

— Eu dirijo — decidiu ela por fim. — Você pode ir comendo seu jantar.

— Ainda precisa controlar tudo, não é, querida?

Dana Sue deu de ombros.

— Pois é. Da última vez que relaxei e confiei em outra pessoa, fui traída.

O golpe o atingiu em cheio.

— Você já não deveria ter superado a essa altura? — perguntou Ronnie.

Ela o fitou com um olhar que poderia ter perfurado aço.

— Para sua informação, Ronnie, as mulheres não superam uma coisa dessas. Elas vestem uma armadura e seguem em frente.

Ele assentiu.

— Vou me lembrar disso.

Quando Erik saiu da cozinha com a embalagem para viagem, Ronnie a pegou.

— Quanto deu?

— Dessa vez é por conta da casa — disse Dana Sue, ainda tensa. — Agora vamos.

— Sem me apresentar ao seu amigo?

Ele já sabia o nome de Erik pela descrição elogiosa que Annie fizera do homem, bem como pelo vislumbre que teve dele no hospital, sentado com Dana Sue na sala de espera e outra vez do lado de fora.

— Ah, ele sabe muito bem quem *você* é — respondeu ela, em um tom que sugeria que Ronnie deveria se preocupar com a possibilidade de sua comida estar envenenada. — Suspeito que a fofoca tenha sido bastante específica. — Dana Sue olhou para Erik em busca de confirmação.

Ele assentiu com a cabeça, então deu a Ronnie um olhar de homem para homem, com vaga compaixão.

162

— Eu sou Erik Whitney, chefe de confeitaria de Dana Sue e o braço direito dela por aqui.

— Prazer em conhecê-lo — disse Ronnie, aliviado pela apresentação não ter incluído nada que sugerisse que o relacionamento era pessoal.

— Também sou amigo dela — acrescentou Erik, incisivo. — Nós cuidamos um do outro.

Ronnie assentiu.

— Bom saber. Espero cuidar dela também.

— Vocês dois já terminaram de marcar território? — perguntou Dana Sue, irritada. — Temos que ir.

Erik e Ronnie riram.

— Talvez possamos conversar outra hora — sugeriu Ronnie.

— Acho que não — disse Dana Sue, inexpressiva. — Não se vocês quiserem viver.

Erik deu de ombros.

— Ela é a chefe.

— Sempre foi — concordou Ronnie.

No carro, ele olhou diretamente para Dana Sue.

— Deve ser bom ter alguém tão protetor ao seu lado. Ele está meio apaixonado por você.

Ela o olhou, incrédula.

— Não está, não. Ele é um amigo e trabalha para mim. Não é de bom-tom namorar funcionários.

— Isso não impediria algumas mulheres.

— Bem, impediria a mim — disse ela, categórica.

Ronnie escondeu um sorriso aliviado e disse:

— Isso também é bom saber.

Ele percebeu que havia feito bastante progresso em descobrir como andava a vida de Dana Sue naquele momento, incluindo quem eram seus amigos — além de Maddie e Helen, é claro — e a quem ela era leal. Se continuasse assim, não demoraria muito para Ronnie decidir onde poderia se encaixar em sua vida.

No hospital, Dana Sue seguiu pelo corredor na frente de Ronnie, determinada a chegar ao quarto de Annie antes do ex-marido. Sabia que era ridículo ser tão competitiva em relação a algo tão mesquinho; no entanto, desde que tinha declarado sua intenção de voltar à cidade, ele parecia estar despertando aquele lado dela. Não queria que Ronnie levasse a melhor em nada, não importava quanto lhe custasse vencê-lo.

Quando ela abriu a porta do quarto de Annie na UTI e viu a cama vazia, um barulho de surpresa escapou antes que ela pudesse se conter. Dana Sue se virou e agarrou o braço de Ronnie.

— Ela sumiu!

— Como assim, ela sumiu? — questionou ele, olhando para dentro do quarto.

— Olha só — disse Dana Sue. — Ela não está na cama. O quarto está vazio. Ronnie, se alguma coisa tiver acontecido com ela enquanto você e eu estávamos longe, nunca vou me perdoar.

Recuando, Ronnie agarrou seus ombros e a olhou diretamente.

— Calma, Dana Sue. Annie estava bem quando falei com a enfermeira há menos de uma hora. Tenho certeza de que há uma explicação lógica. Vou perguntar no posto de enfermagem.

— Eu vou junto — disse Dana Sue, logo atrás dele. Se havia más notícias, ela queria que eles as ouvissem juntos. Não queria que as informações fossem filtradas por Ronnie.

Uma enfermeira magra e loira com lábios rosados e carnudos estava atrás do balcão. Naturalmente, Ronnie conseguiu dar a ela um de seus sorrisos marotos, sua marca registrada, em uma tentativa óbvia de encantá-la. *O homem maldito precisa flertar com todas as mulheres que cruzam seu caminho?*, perguntou-se Dana Sue, irritada. Ainda mais ali, naquela situação?

— Cadê nossa filha? — interpelou ela antes que Ronnie tivesse tempo de falar.

A enfermeira — Brook, de acordo com seu crachá — sorriu para os dois.

— Boas notícias — tranquilizou ela. — O cardiologista a viu há pouco tempo e decidiu que ela estava pronta para ser transferida para um quarto normal. — A enfermeira olhou para um papel na mesa. — Ela está no segundo andar, no quarto 206.

Dana Sue suspirou de alívio.

— Obrigada, meu Deus.

Ronnie passou um braço em volta do ombro da ex-esposa.

— Viu só, está tudo bem. Vamos ver nossa garota.

Dana Sue deixou o braço dele continuar onde estava por cinco segundos, tirando forças daquele contato, então se desvencilhou.

— Pode ir. Quero ligar para Helen e Maddie e dizer onde podem nos encontrar quando vierem mais tarde.

Ronnie a olhou com um quê de decepção no rosto, então disse:

— Se prefere assim...

Ela ficou olhando enquanto o ex-marido caminhava até o elevador. Só depois que Ronnie sumiu foi que Dana Sue respirou fundo e relaxou. Ela pegou o elevador seguinte e foi fazer suas ligações. Nenhuma das amigas estava em casa, então ela deixou recados e depois tentou recuperar a compostura antes de ir ver Annie.

Dana Sue se sentou em um banco perto da fonte que jorrava água no pequeno lago e deixou o som acalmá-la. A brisa farfalhando as palmeiras completava a melodia tranquilizadora. Foi lá que Helen a encontrou alguns minutos depois.

A amiga se deixou cair ao lado de Dana Sue no banco.

— Tudo certo?

— Acabei de deixar um recado para você. Eles transferiram Annie para um quarto normal.

— Isso é ótimo — disse Helen. Quando Dana Sue não respondeu, ela ficou com a expressão mais séria. — Não é?

— Algo me diz que ainda há um longo caminho a percorrer antes que tudo fique bem de novo.

— Com Annie? Ou é algo a ver com Ronnie?

As lágrimas brotaram dos olhos de Dana Sue e escorreram pelo rosto.

— Tudo — sussurrou ela, enxugando as lágrimas inutilmente.

— Ei, calma — tranquilizou Helen. — Annie vai ficar bem. Concentre-se nisso. Todo o resto vai se encaixar.

— Até parece — disse Dana Sue, cética. — Para isso meu ex--marido teria que voltar para o buraco de onde saiu, o que, segundo ele, não vai acontecer.

Helen estremeceu.

— Eu estava com medo de que isso fosse acontecer. Posso tomar algumas medidas para restringir seu contato com ele. Eu provavelmente conseguiria mantê-lo longe de Annie também.

— Para ela me odiar? — respondeu Dana Sue. — Sem chance. Só preciso encontrar uma maneira de lidar com isso.

— Eu poderia falar com Ronnie e dizer que ele está piorando a situação — propôs Helen um pouco solícita demais. — Imagino que poderia convencê-lo a repensar seu plano, pelo menos quando a crise passar.

— É a mesma questão — disse Dana Sue com pesar. — Annie nunca nos perdoaria.

Helen parecia desapontada por não poder usar suas consideráveis habilidades de persuasão.

— Acho que você tem razão — admitiu a amiga por fim. — Sem dúvida o tiro saiu pela culatra da última vez que consegui tirá-lo da vida de Annie. — Ela estudou Dana Sue. — Então, o que você vai fazer?

— Eu também queria saber. Talvez eu só precise parar de ficar obcecada com isso.

— Seria um começo — concordou Helen. — E se você mudar de ideia sobre me deixar fazer algo oficial, é só me falar.

Dana Sue deu um sorriso choroso.

— Obrigada. Não vamos falar sobre Ronnie agora. Como andam as coisas com você? Ainda está se exercitando? Você anotou suas metas e as entregou ao dr. Marshall?

Helen corou.

— Não exatamente.

Dana Sue a olhou chocada.

— Helen! O dr. Marshall deve ter ficado uma fera. Ele cumpriu a ameaça de fazer você tomar remédio para a pressão arterial?

— Hã, não — disse Helen, sem fazer contato visual.

— Você cancelou a consulta, não foi? — adivinhou Dana Sue.

Helen assentiu, culpada, de maneira quase imperceptível.

— Você está doida? — interpelou Dana. — Isso é importante, Helen. Você não pode continuar ignorando isso e esperando que sua pressão melhore sozinha. Você tirou pelo menos um dia de folga para relaxar, como prometeu?

— Não tive como nesta semana — disse ela, na defensiva. — Cada segundo em que não estava no escritório ou no tribunal eu passei aqui.

— Ok, chega — disse Dana Sue, feroz. — Amanhã de manhã vamos nos encontrar no Spa da Esquina às oito da manhã. Vou até andar vinte minutos naquela maldita esteira, se você também andar. Combinado?

Helen a olhou com óbvia relutância, depois assentiu.

— Está bem. Combinado.

— E, depois disso, vamos estabelecer nossas metas — continuou Dana Sue. — Maddie pode digitá-las para nós depois, para que todas tenhamos uma cópia. Isso vai ajudar a nos manter motivadas e motivar umas às outras. Acho que deveríamos incluir alguma punição para caso alguma de nós comece a retroceder em vez de avançar.

— Você não acha que a grande recompensa já é motivação suficiente? — provocou Helen. — Achei que você queria muito aquele conversível.

— Sim, mas é uma recompensa a longo prazo. Algo me diz que vamos precisar de muitos estímulos ao longo do caminho. Se a pessoa mais obsessiva que conheço não consegue cumprir uma meta de saúde por mais de dois dias de cada vez, então o resto de nós está perdido.

— Posso seguir firme em tudo o que eu quiser — declarou Helen.

— Então, obviamente, você não quer fazer isso.

— E você quer? — disse Helen.

Dana Sue olhou para a amiga, então suspirou.

— Não muito, para ser sincera. Mas há uma grande diferença entre não querer e saber que algo precisa ser feito.

— Idem — admitiu Helen. — Sinceramente, achei que o desafio me faria cumprir o combinado.

— E então Annie ficou doente — disse Dana Sue. — Temos que estar decididas a não deixar *nada* atrapalhar isso, está bem? Você não pode usar o trabalho como desculpa e eu não posso deixar de fazer as coisas por causa de Annie.

— Você está certa. — Helen assentiu com a cabeça. — Agora vamos subir e ver Annie.

— Ronnie está com ela — disse Dana Sue.

Os olhos de sua amiga brilharam com malícia.

— Então, vamos expulsá-lo. Vai ser divertido.

Dana Sue não conseguiu conter a risada.

— Você tem uma concepção estranha de diversão.

— Diga-me que não gostou da ideia — desafiou Helen.

— Está bem, eu gostei — confessou Dana Sue. — Pelo menos um pouco. Mas uma coisa…

— O quê?

— Como ele vai voltar para o motel? Eu dei carona para ele até aqui.

— Melhor ainda — comemorou Helen. — Uma longa caminhada fará bem para ele. Pode lhe dar um tempo para pensar melhor se quer mesmo ficar por aqui.

— Ou deixá-lo com raiva suficiente para inventar uma vingança maligna — disse Dana Sue.

— Não se preocupe. Quando foi que algum homem conseguiu levar a melhor sobre as Doces Magnólias? — perguntou Helen, confiante.

— Quase nunca, é verdade — admitiu ela.

Mas isso não significava que seu ex-marido não fosse tentar. A possibilidade desencadeou um pequeno calafrio em seu corpo. O mais preocupante era que ela não sabia se era de pavor ou expectativa.

Apesar da batalha mais cedo para conseguir comer só uma parte da minúscula refeição, enquanto descansava na cama do hospital, Annie não se sentia tão bem havia meses. Seu pai estava bem ali ao lado dela, e Sarah e Raylene vieram assim que souberam que a amiga podia receber visitas. Elas lhe disseram que Ty também queria vê-la. Ele viria com Maddie depois do jantar. Annie não sabia se gostava da ideia de ser vista naquele estado, mas então se lembrou de que ele testemunhara várias situações vergonhosas ao longo dos anos e ainda era seu amigo. A ansiedade superou a apreensão.

Annie não prestou muita atenção na maioria das novidades que Sarah e Raylene estavam contando. Não passava de um monte de fofoca da escola, e nada daquilo parecia importante naquele momento. Uma semana antes, ela teria gostado de ouvir cada palavra, certa de que sua vida estaria arruinada se perdesse uma notícia escandalosa. Agora entendia o que aquilo significava de verdade. A menina se sentia cem anos mais velha do que suas duas melhores amigas.

— Você está ouvindo? — interpelou Sarah. — Você parece estar no mundo da lua.

— Sim — prometeu Annie, então sorriu. — Bem, mais ou menos, na verdade.

— Você está ficando muito cansada? — perguntou Raylene, olhando para o pai de Annie para saber sua opinião. — Devemos ir embora?

Ronnie olhou para a filha.

— Annie, a decisão é sua. Você ainda está se sentindo bem?

— Talvez eu *esteja* um pouco cansada — admitiu ela por fim. Era melhor do que dizer que estava entediada de ouvir as fofocas sem graça. — Mas voltem amanhã, está bem?

— Logo depois da escola — prometeu Sarah. — Minha mãe disse que nos traria sempre que quisermos.

— A minha também — emendou Raylene.

Elas estavam quase na porta quando Sarah voltou correndo e deu um abraço em Annie que quase a deixou sem fôlego.

— Você deu um susto na gente — disse ela, sua voz um pouco raivosa. — Nunca mais faça isso, está me ouvindo?

— Não tenho qualquer intenção de repetir isso — garantiu Annie.

— Mas a sra. Franklin disse na aula de educação física que os transtornos alimentares não desaparecem da noite para o dia. — A expressão de Sarah estava carregada de preocupação. — Você tem que *querer* que as coisas mudem, Annie.

Annie corou de vergonha. Ao que parecia, estava sendo usada de exemplo na escola.

— A sra. Franklin estava falando de mim na aula?

— Ela nunca citou nomes — Raylene apressou-se em dizer. — Mas todo mundo sabia de quem ela estava falando. Acho que ela pensou que a oportunidade de dar um sermão era boa demais para deixar passar.

— Só sei que, se eu não vir você comendo de verdade toda vez que deveria, daqui em diante vou dedurar — ameaçou Sarah. — Não quero nem saber se você vai me odiar.

— Eu também — disse Raylene.

Depois que as duas foram embora, Annie fechou os olhos, cheia de vergonha. Nunca tinha percebido o impacto de suas decisões sobre as amigas.

— Você está bem, querida? — perguntou Ronnie.

— Claro — disse ela, fungando.

— Essas duas são boas amigas — comentou ele.

— Eu sei. Pelo visto as coloquei em uma posição complicada antes, não é?

— Você assustou as meninas, com certeza.

Ela balançou a cabeça.

— É mais do que isso. Sarah sabia, embora eu não admitisse o que estava acontecendo. Ela tentou conversar comigo, mas eu ignorei. Fiz a mesma coisa com a mamãe.

— Não acho que nenhuma das duas vai deixar você se safar tão fácil de novo — disse ele.

— Fico surpresa de Sarah ainda *querer* ser minha amiga — desabafou Annie.

— Por que ela não iria querer?

— Porque eu sou toda problemática. — Annie sufocou um soluço.

— Você não é toda problemática — disse o pai, sentando-se na beira da cama e a abraçando. — Você só cometeu um erro, meu bem. Um erro muito grave, mas vamos consertar as coisas.

Com o rosto enterrado no ombro do pai, ela murmurou:

— Não sei se consigo.

— Você consegue — disse Ronnie com confiança. — Sua mãe e eu vamos ajudar, assim como a dra. McDaniels e a nutricionista.

Ela sabia que de nada adiantaria reclamar da nutricionista, mas precisava tentar tirar aquela psiquiatra da sua cola.

— Eu não quero fazer terapia.

— Não é uma escolha — respondeu ele, decidido. — Você não pode resolver isso sozinha.

— Mas você e a mamãe…

— Nós não sabemos o que fazer. Precisaremos da ajuda da dra. McDaniels e da sra. Reynolds. Estamos todos juntos nisso, Annie. Você não tem que fazer nada sozinha.

— Mas sou eu que estou doente. Sou a única que pode resolver isso, e acho que não consigo.

Ronnie a segurou pelos ombros para poder olhá-la nos olhos.

— Sim, você consegue — repetiu ele. — Você é uma garota inteligente, Annie. Consegue fazer tudo que quiser. Não vai ser da noite para o dia, mas vai dar certo. Aos poucos, você vai fazer as mudanças de que precisa na sua alimentação e na maneira como vê a si mesma.

— Eu preciso contar uma coisa — sussurrou ela, cheia de culpa.

— O quê?

— Eu não queria comer a comida que trouxeram enquanto eu ainda estava lá na UTI. Se pudesse, teria jogado na privada. — A voz de Annie falhou e ela soltou outro soluço quando viu o choque nos olhos do pai. — Me desculpe.

Mais uma vez, Ronnie a abraçou.

— Está tudo bem, querida. O que importa é que você *não* jogou a comida fora, não é?

— Só porque a Lacy… a sra. Reynolds… estava me vigiando. Se tiver a oportunidade, provavelmente vou — admitiu a menina, resignada.

— É por isso que você precisa de uma rede de apoio forte ao seu redor agora — disse ele em tom razoável. — Vai ficar mais fácil. Eu prometo.

Annie queria acreditar no pai. Queria mesmo. Mas estava tão apavorada que só queria fugir para algum lugar e se esconder. E se a forçassem a comer e ela engordasse? E se começasse a gostar de comida de novo e não conseguisse parar de comer? A ideia lhe deu vontade de vomitar.

Ronnie a soltou depois de um tempo, e Annie se sentiu como no dia em que ele tinha ido embora — abandonada, embora ele ainda estivesse bem ali ao lado dela.

— Tive uma ideia — disse ele. — Acho que sua mãe tem um estojo de maquiagem na bolsa. Que tal eu ir falar com ela e trazer para você? Assim você pode se arrumar antes de Ty chegar.

Embora não quisesse que ele fosse embora, nem mesmo por um minuto, Annie assentiu.

— Está bem. Seria ótimo.

Ronnie deu um beijo na testa da filha.

— Volto já, já — prometeu ele.

Ele saiu do quarto como se mal pudesse esperar para ir embora. Quando a porta se fechou, Annie pensou tê-lo ouvido chorar, o que a deixou mais assustada do que qualquer coisa. Seu pai era o homem mais forte que ela conhecia. Se ele estava com medo, então as coisas deviam estar realmente ruins, talvez até piores do que ela imaginava.

— Me desculpa, papai — sussurrou Annie. — Eu vou resolver isso. Eu juro. Por favor, não vá embora de novo.

CAPÍTULO ONZE

Annie aparentara estar bem quando Ronnie deixou o hospital na noite anterior. Suas bochechas estavam rosadas durante a visita de Ty e ela chegou até a rir uma ou duas vezes, parecendo a garota alegre de que o pai se lembrava de antes do divórcio. Vê-la assim fora um alívio. Ele finalmente estava começando a acreditar que tinham feito progresso, não só físico, mas emocional.

Acreditar nisso o inspirou a ir a Beaufort na manhã seguinte. Ele precisava largar o emprego lá e recolher os poucos pertences que ainda estavam em seu quarto de hotel. Ambas as coisas seriam rápidas. Embora seu chefe gostasse dele porque Ronnie era confiável, experiente e tinha feito um bom trabalho para a Thompson & Thompson Empreendimentos, não era como se não houvesse cinquenta outros caras que poderiam fazer o serviço tão bem quanto. Ronnie duvidava que sua partida abrupta fosse provocar uma grande comoção, ainda mais depois que ele explicou que precisava ficar perto da filha durante a recuperação da menina.

— Você vai procurar o mesmo tipo de trabalho em Serenity? — perguntou Butch Thompson, puxando a calça jeans desbotada por cima da leve barriguinha de chope e ajustando o boné surrado.

Para um homem rico, dono de uma das maiores construtoras do estado, Butch não era metido. Trabalhava com seus empregados quando podia, tomava uma cerveja com eles nas noites de sexta-feira depois do expediente. Era tão bom com as ferramentas quanto qualquer outra pessoa de sua equipe, provando que passara seus primeiros anos aprendendo o ofício do zero. Ronnie nunca o tinha visto de terno e gravata.

— Ouvi dizer que há um novo empreendimento sendo construído naquela parte do estado — acrescentou Butch, com a expressão pensativa. — Eu poderia ligar para algumas pessoas, ver se descubro algo para você. Pode contar comigo se precisar de uma boa referência.

— Eu também ouvi falar disso — admitiu Ronnie. — Agradeço a oferta, mas acho que vou procurar outra coisa. Estou cansado de subir escadas e trabalhar em cima de telhados.

— Você sabe fazer outra coisa? — perguntou Butch, com o ar cético. — Eu odiaria ver você sair do ramo. Depois de todas as nossas conversas, fiquei com a sensação de que você ama o trabalho tanto quanto eu.

— É verdade — admitiu Ronnie. — Mas tenho uma ideia que pode conciliar minha experiência em construção com outra coisa. — Ele hesitou, então decidiu pedir a opinião de Butch. O homem tinha fundado a Thompson & Thompson sozinho quarenta anos antes e a transformado em um empreendimento lucrativo. Talvez estivesse disposto a dar alguns conselhos para Ronnie. — Se tiver alguns minutos, eu gostaria de saber o que acha.

Butch olhou para o relógio.

— Está na hora do almoço. Você está me convidando?

Ronnie sorriu.

— Seria um preço pequeno a pagar pelo seu conselho.

— Não se eu decidir que estou com vontade de comer uma boa bisteca — disse Butch, sorrindo.

— Pode pedir o que quiser — insistiu Ronnie.

O homem mais velho o estudou por um minuto e balançou a cabeça.

— Não sei se minha opinião vale tudo isso, mas aceito o convite mesmo assim. Minha esposa agora inventou de não comer carne. Tenho que comer escondido. E ela botou minha filha para me vigiar também. — Butch balançou a cabeça. — Imagine só, um homem ser dedurado para a esposa pela própria filha. Nunca devia ter trazido aquela garota para trabalhar na empresa.

— Tornar Terry sócia foi a coisa mais inteligente que você já fez, como sabe muito bem — rebateu Ronnie.

Butch sorriu com orgulho, mas não admitiu nada.

Eles foram a um restaurante a pouco mais de um quilômetro do canteiro de obras, onde os cortes de carne eram grossos e malpassados e acompanhados por anéis de cebola e batatas fritas. Provavelmente a refeição tinha colesterol suficiente para obstruir todas as artérias do corpo de uma vez só.

Quando fizeram os pedidos e a garçonete trouxe chá gelado para ambos, Butch se recostou na cadeira e o estudou.

— Certo, diga logo. Parece que você está prestes a explodir. Essa ideia é muito maluca ou o quê?

— É o que estava esperando que você pudesse me dizer — disse Ronnie.

Ele não teve pressa ao tentar organizar os pensamentos que vinham rondando sua cabeça desde que passara de carro pelo centro de Serenity pela primeira vez desde seu retorno. Ver os gramados da cidade cheios de prédios vazios que antes eram negócios prósperos o entristecia. A velha lojinha onde Dana Sue costumava gastar sua mesada em doces estava fechada, assim como a pequena boutique onde a mãe dele comprava a maioria de suas roupas. A barbearia onde os homens antes se reuniam nas manhãs de sábado havia fechado quando o dono morreu.

Restava apenas a Wharton's, e só porque Grace e o marido eram dois teimosos que ganhavam dinheiro suficiente com a máquina de refrigerantes e sorvete para compensar a queda nas vendas da farmácia. Depois que surgiram várias grandes redes de lojas a menos de uma hora de distância, a boutique, a lojinha e o restante do comércio familiar foram fechando. A rua principal não era mais o centro movimentado de quando ele e Dana Sue eram adolescentes. Ronnie achava que tinha uma ideia para ajudar a mudar aquilo.

— Certo, vou dizer no que venho pensando — disse ele a Butch. — Quero abrir uma loja de ferragens em Serenity.

O presidente da construtora o olhou como se Ronnie tivesse anunciado sua intenção de abrir um clube de striptease. Na verdade, não, ele suspeitava que Butch acharia um clube de strip um negócio menos arriscado.

— Primeiro me escute — disse Ronnie, antes que o homem mais velho pudesse expressar seu desdém pela ideia. — Não estou falando de uma loja de ferragens qualquer. Sei que não é muito lucrativo vender chaves de fenda e martelos para os residentes de uma cidade de quatro ou cinco mil habitantes. Deve ser por isso que a antiga fechou.

— Então por que você teve uma ideia idiota dessas? — interpelou Butch.

— Olha, você mesmo disse. Há vários empreendimentos novos sendo construídos naquela região — começou ele.

— E vai levar anos até que elas tragam gente suficiente para você ficar rico vendendo martelos e chaves de fenda — zombou Butch.

— Não estou planejando ganhar dinheiro com ferramentas para quem quer fazer as coisas em casa ou vendendo sacos de terra para jardineiros — explicou Ronnie, se animando com a ideia agora que finalmente podia verbalizá-la para alguém capaz de entender o potencial. — Claro que vou atender essas pessoas também, mas quero vender para as construtoras que estão trabalhando nesses novos empreendimentos. Se eu puder oferecer um serviço melhor e mais rápido com madeira, isolamento, ferramentas, pregos, o que for, estando ali do lado em vez de a uma hora ou mais de distância, como é o caso das grandes lojas, não acha que me escolheriam? Esses novos projetos estão a oeste de Serenity. As lojas grandes ficam bem ao leste. Eu estaria bem no caminho.

O ceticismo de Butch desapareceu. Ele se inclinou para a frente com um olhar de interesse.

— Você acha que conseguiria chegar nos preços das grandes empresas?

— Eu poderia chegar perto se tiver volume suficiente — disse Ronnie com confiança. — A questão é que, como você disse, eu conheço o ramo. Posso prever o que eles vão precisar comprar só de visitar os canteiros de obras. Não vou gastar dinheiro à toa com coisa parada no estoque. Posso comprar os materiais quando forem necessários e vender rápido. Giro é o segredo de qualquer negócio, certo?

— Em outras palavras, você vai oferecer atendimento personalizado ao cliente — disse Butch devagar. — Algo que com certeza não vemos muito hoje em dia, seja qual for o setor.

— Exatamente — disse Ronnie, então se recostou. — O que você acha? Você trabalharia com uma empresa pequena local como essa, se ela entendesse e pudesse atender às suas necessidades?

— Com certeza — respondeu Butch sem hesitação. — Mesmo que me custasse um pouco a mais. Isso me pouparia tempo e dor de cabeça. Acho que no fim não sairia mais caro, e eu gosto da ideia de apoiar um negócio local, para variar. Seria uma maneira de um empreiteiro inteligente fazer parte da comunidade, em vez de ser visto como uma espécie de abutre que veio só ganhar dinheiro.

A expressão de Butch ficou pensativa, mas então ele encarou Ronnie.

— Não seria barato abrir as portas. Você já elaborou um plano de negócios?

Ronnie balançou a cabeça.

— Só comecei a considerar a ideia quando voltei a Serenity e percebi que a antiga loja de ferragens fechou. Ainda preciso pôr tudo no papel, ver quanto custa um imóvel no centro da cidade. Muitos estão vazios há um tempo, então não deve sair muito caro. Vi que a antiga loja de ferragens ainda tem parte do estoque lá dentro, então provavelmente viria junto com o lugar. Terei que ver a que tipo de empréstimo posso me candidatar. Tenho um dinheiro guardado, mas mal daria para pintar a loja e reformar as estantes. Sei que devo ter me esquecido de um monte de detalhes, mas parece certo para mim, entende o que quero dizer? Como se fosse algo maior do que simplesmente abrir um pequeno negócio. Pode ser uma contribuição para a cidade.

Butch o olhou incisivamente.

— E uma maneira de impressionar sua ex-esposa?

Ronnie sorriu.

— Também.

Aquilo mostraria a Dana Sue de uma vez por todas que ele não iria embora. Ela finalmente teria que se acostumar com a ideia.

— Então isso tudo não é só para você ficar perto de sua filha, certo? — disse Butch. — Você quer sua família de volta.

Ronnie assentiu.

— Sempre quis.

— Bem, então me ligue quando tiver esse plano no papel. Nós conversamos de novo.

— Sua opinião hoje foi mais do que suficiente — respondeu Ronnie, mais grato do que poderia expressar. — Não quero incomodar.

— Ah, pare com isso — disse Butch, acenando com a mão para descartar a ideia. — Eu posso querer ser seu sócio se os números parecerem bons depois que você tiver posto tudo no papel.

Ronnie ficou boquiaberto.

— Você está brincando.

Seu antigo chefe riu.

— Rapaz, você não sabe que eu nunca brinco quando o assunto é ganhar dinheiro? Sei reconhecer um bom investimento. Além disso, gosto de você, Ronnie. Você tem sido um bom funcionário, embora nós dois saibamos que você vale muito mais do que eu pude pagar pelo tipo de trabalho que você tem feito em Beaufort. E também é capaz de muito mais. Queria ter podido promovê-lo, mas já contava com bons supervisores. Além de tudo, você é um homem de família com boas intenções que, pelo que me contou, cometeu um erro e provavelmente não vai repeti-lo. Se eu tivesse um filho, em vez de um bando de filhas, gostaria que ele fosse igual a você.

Ronnie sorriu. Ele duvidava que a filha mais velha de Butch fosse gostar da insinuação de que um filho poderia ter feito alguma coisa que ela não pudesse. Na opinião de Ronnie, Terry Thompson entendia tanto de construção quanto o pai, provavelmente porque ela o seguia aonde quer que Butch fosse desde que tinha idade suficiente para andar e usar um capacete. Era muito respeitada pela equipe e pelos clientes.

— O que Terry vai pensar se você tomar uma decisão dessas sem consultá-la? — perguntou Ronnie.

— Não é da conta dela — disse Butch, curto e grosso. — Isto é entre mim e você. Não tem nada a ver com a empresa. Serei um sócio que não se envolve. É o seu plano e a sua execução. Só quero um bom retorno do meu investimento. Me apresente um plano de negócios que garanta isso e nós estamos combinados.

— Não sei o que dizer, sinceramente — respondeu Ronnie, mal ousando acreditar que a conversa tinha corrido tão bem.

Butch cortou a bisteca e saboreou um pedaço, então gesticulou em direção ao prato.

— Este almoço já conta como um obrigado. É a primeira vez em semanas que sei o que estou comendo. Experimente viver de soja o tempo todo e vai entender o que quero dizer.

— Você precisa vir a Serenity jantar no restaurante da minha ex--esposa. Não tem nada de soja no cardápio, isso eu garanto — disse Ronnie a ele.

Os olhos de Butch se iluminaram.

— Um minutinho. Você está falando do Sullivan's? É *esse* o restaurante da sua ex-esposa?

Ronnie assentiu, sentindo uma explosão de orgulho.

— Você já ouviu falar nele?

— Já *li* sobre o lugar — disse Butch. — No jornal de Charleston, se bem me lembro. Culinária sulista, foi o que disseram, mas com algumas releituras interessantes. Contanto que uma dessas releituras não envolva soja, estou dentro. É onde vamos jantar para comemorar nossa parceria.

— Então você não está planejando trazer sua esposa? — perguntou Ronnie.

— Claro que estou — respondeu Butch com um brilho diabólico nos olhos. — Antes de começar com essa história de comida fitness, Jessie gostava de uma comida com mais substância. Era uma excelente cozinheira, inclusive. Os pãezinhos que ela fazia derretiam na boca e o frango frito deixava o do coronel no chinelo. Foi um dos motivos pelos quais me casei com ela. Talvez isso a lembre do que ela está perdendo.

— Que tal eu dar a ela também um vale-presente do outro negócio de Dana Sue? — ofereceu Ronnie. — O lugar se chama Spa da Esquina, e ouvi dizer que a massagem é muito boa.

— Eu sempre me perguntei como seria um lugar desses — disse Butch com toda a seriedade.

Ronnie riu.

— Desculpe, mas não será dessa vez que você vai descobrir. É só para mulheres.

— Bem, isso não parece justo — disse Butch, com clara decepção. — Ah, bem, se Jessie vai ficar feliz, acho que não posso reclamar. Agora é melhor eu voltar ao trabalho antes que todo mundo passe a tarde inteira de bobeira porque o chefe saiu.

— Ninguém fica de bobeira com Terry por perto — lembrou Ronnie.

Butch pareceu surpreso por um segundo, então sorriu.

— Ela saiu igualzinha a mim, não é?

— Eu diria que sim, Butch. Mas pode ir. Vou pagar a conta e depois vou direto para Serenity.

— Mas entre em contato logo, ouviu? — pediu Butch, apertando a mão de Ronnie.

— Logo, logo — prometeu ele, então se sentou enquanto Butch se afastava. — Caramba.

Ronnie olhou para a conta, deixou quarenta dólares na mesa e se considerou um homem de sorte. Foi o melhor investimento em seu futuro que ele já fizera.

Dana Sue estava sentada em uma das mesas no pátio do Spa da Esquina. O sol atravessando a copa de um velho carvalho salpicava os tijolos rosados do piso. Uma brisa agitava as barbas-de-velho. Uma música clássica baixinha saía dos alto-falantes mais acima, uma mudança que Maddie havia feito depois da última visita de Dana Sue.

— O que achou da música? — perguntou Maddie quando veio sentar com ela.

— É bem calma — disse Dana Sue, embora não entendesse nada de Bach, Beethoven ou Mozart. George Strait e Kenny Chesney eram mais o seu estilo.

Maddie assentiu, satisfeita.

— Também achei.

— É elegante também — completou Dana Sue. — Mais uma coisa que torna este lugar diferente dos outros.

— Fico feliz que você tenha gostado — disse Maddie. — Agora, me diga por que está com essa cara tão pensativa. Parece que sua melhor amiga acabou de morrer.

Pela primeira vez, Dana Sue não se deu ao trabalho de tentar negar o humor em que estava. Precisava falar sobre aquilo com alguém antes de entrar em pânico completo.

— A dra. McDaniels me ligou antes de eu vir para cá.

— A psiquiatra da Annie? — perguntou Maddie.

— Bem, era para ela ser, mas toda vez que tenta fazer uma visita Annie dá uma desculpa para não conversar. Já faz mais de uma semana e elas não estão fazendo nenhum progresso.

Maddie não pareceu tão surpresa.

— Imagino que a ideia de fazer terapia deve ser bem assustadora para uma jovem de 16 anos. A maioria dos adolescentes nessa idade não quer nem dizer se já fez o dever de casa.

— Isso é o que a dra. McDaniels falou. Ela me disse que não é incomum que crianças e adolescentes fiquem em negação.

— Então por que você está tão preocupada? — perguntou Maddie.

— Porque a vida de Annie está em jogo — respondeu Dana Sue, frustrada. — Se ela não falar com a psiquiatra, se não descobrirmos o que está acontecendo, ela pode acabar voltando para a UTI e, da próxima vez, talvez não tenhamos tanta sorte. Eu sei que a dra. McDaniels está preocupada com isso, embora não tenha falado com todas as letras. Annie precisa começar a cooperar, não só ficar fingindo animação, como se nada tivesse acontecido.

— Você já disse isso a ela? — perguntou Maddie.

— Não.

— E por que não, caramba?

— Imagino que eu estava tentando não botar mais pressão em Annie — disse Dana Sue. — Claramente foi a abordagem errada.

— Talvez o hospital daqui não seja o melhor lugar para ela se tratar, se você vai deixá-la escapar tão fácil — sugeriu Maddie com um tom gentil. — Talvez seja hora de considerar uma clínica.

Dana Sue franziu a testa, preocupada.

— Não. Acho que eu não aguentaria mandá-la para longe, ainda mais quando ela está tão vulnerável.

— Nem mesmo para salvar a vida dela? — perguntou Maddie.

Dana Sue olhou para a amiga.

— Meu Deus, Maddie, o que eu vou fazer? Ela claramente precisa de ajuda.

— O que Ronnie disse?

— Ele não disse nada. Tentei ligar para ele depois de conversar com a dra. McDaniels, mas ele não atendeu o celular. Também não está no hospital. Talvez tenha sido coisa demais para Ronnie e ele tenha ido embora outra vez.

— Você sabe que não é isso — repreendeu Maddie. — Ele vai aparecer e vocês dois podem discutir o assunto. Mas aí vem Helen, e ela está com aquela cara de que está em uma missão e não vai deixar pedra sobre pedra.

Dana Sue não conseguiu conter um sorriso.

— Pena que não servimos nada mais forte do que café por aqui.

— Eu tenho uma garrafa de champanhe que sobrou da inauguração lá no meu escritório, mas abrir seria um mau exemplo — disse Maddie, com a expressão melancólica.

— A menos que a gente se tranque no seu escritório e beba tudo antes de deixar Helen entrar — propôs Dana Sue.

Aparentemente, Helen ouviu o suficiente para querer fazer uma reprimenda.

— Ninguém vai a lugar nenhum para beber — alertou ela, sentando-se e abrindo sua pasta de sempre, e em seguida distribuindo blocos de papel para todas. — Certo, senhoras, este é o primeiro dia do resto de nossas vidas. Mão à obra. Dez metas em dez minutos. Comecem a escrever. Não temos o dia todo.

Dana Sue fez cara feia para ela.

— Eu sugiro que você anote aí em letras garrafais: PARAR DE SER MANDONA.

Helen retribuiu a careta.

— Não tem a menor graça.

Dana Sue piscou para Maddie.

— Você achou que eu estava tentando ser engraçada?

— Não — disse Maddie.

— Está bem, comediantes, vocês prometeram levar isso a sério. Precisamos de metas. Precisamos de um plano.

— Você por acaso remarcou sua consulta com o dr. Marshall? — perguntou Dana Sue.

— É amanhã de manhã, na verdade.

— O que explica por que você está com tanta pressa para escrever isso — concluiu Maddie. — Imagino que você já tenha procurado um tabelião para autenticar nossas assinaturas na sua lista quando terminarmos.

Helen corou, culpada.

— Para falar a verdade, Patty Markham está por aqui com o carimbo do cartório. Ela disse que vai malhar até as oito e quarenta e cinco. Outro motivo pelo qual precisamos começar logo. Já são oito e quinze e, depois que terminarmos de escrever tudo, ainda temos que concordar com nossas metas. Vamos lá.

Dana Sue e Maddie se entreolharam.

— Ela está desesperada.

— Já falei, ela é tipo A — concordou Maddie.

Helen fulminou as amigas com um olhar.

— É por isso que preciso dessas metas ainda mais do que vocês duas. Agora me ajudem, em vez de ficarem rindo de mim.

Dana Sue suspirou.

— Ela tem razão. Não estamos ajudando.

Ela pegou a caneta e tentou formular suas metas de alimentação e exercícios e um cronograma para alcançá-las. Infelizmente, porém, não conseguia se concentrar no estado da própria saúde quando sua filha estava com tantos problemas e parecia determinada a resistir a cada etapa de sua recuperação.

Em vez disso, ela escreveu "Fazer Annie se recuperar" várias e várias vezes, como se as palavras tivessem sido ditadas por um professor para fixar uma lição importante.

Exatamente dez minutos mais tarde, Helen olhou para o relógio e disse:

— O tempo acabou. O que vocês escreveram?

Dana Sue piscou, depois olhou para o papel com suas metas e sentiu as lágrimas surgirem nos olhos.

Helen pegou a mão da amiga na mesma hora.

— O que foi? Qual o problema, querida?

Dana Sue balançou a cabeça, sem conseguir falar. Maddie pegou o bloco de notas e olhou para o papel, então contornou a mesa e se agachou ao lado dela.

— Annie vai superar isso — disse ela, confiante. — Ela tem a gente. Tem o pai dela. E também a dra. McDaniels e a nutricionista.

— E se isso não for suficiente? — sussurrou Dana Sue, enxugando as lágrimas com impaciência.

Ela viu Maddie e Helen trocarem um olhar preocupado antes de Helen apertar sua mão e dizer em um tom prático:

— *Vai* ser suficiente. Vamos cuidar para que seja.

Dana Sue abriu um sorriso choroso e rezou para que a sabe-tudo da Helen estivesse certa mais uma vez.

Duas horas depois, Dana Sue e Ronnie foram chamados ao consultório da dra. McDaniels.

— Alguma ideia do que se trata? — perguntou Ronnie enquanto esperavam a psiquiatra do lado de fora.

Dana Sue assentiu.

— Ela me ligou hoje de manhã. Annie não está cooperando durante as sessões. Em geral, ela se recusa a falar. A dra. McDaniels me disse que não é incomum, mas é preocupante.

Ronnie pareceu atordoado.

— Achei que ela estava melhorando. Ela estava rindo ontem à noite, quase como antigamente.

— Isso é negação — disse Dana Sue, cansada. — Não é um sinal de que ela está curada. Ela quer que a gente ache que está tudo bem.

— Ela precisa colaborar — observou Ronnie, irritado.

— E? Você quer ir até o quarto dela dar uma bronca? — perguntou Dana Sue em tom sarcástico. — Com certeza vai resolver tudo.

Ronnie a olhou chocado.

— Eu nunca disse isso. Sei que gritar não vai resolver nada. Mas é tão frustrante, sabe?

— Ah, eu sei muito bem — respondeu ela, pensando em quando tinha desabado mais cedo.

Foi quando a dra. McDaniels chegou.

— Desculpem o atraso — disse ela ao destrancar a porta e gesticular para que os dois entrassem. — Tive uma crise inesperada com um dos meus pacientes.

Dana Sue estudou o rosto sério da dra. McDaniels e notou que a médica parecia exausta. Será que todos os seus pacientes eram como Annie?, ela se perguntou. Lidar com adolescentes com problemas devia ser muito exaustivo.

Em vez de se sentar do seu lado da mesa, a dra. McDaniels puxou uma cadeira para perto de Dana Sue e Ronnie.

— Certo, vamos às últimas atualizações. Depois da nossa conversa hoje de manhã, Dana Sue, fui ver Annie outra vez e não chegamos a lugar nenhum. Ela ainda está negando que haja algo de errado, embora eu tenha percebido que ela está cooperando um pouco mais com Lacy. Mas, até aí, Lacy pode dar a Annie metas muito específicas e monitorá-la para ter certeza de que ela está progredindo. É mais difícil fazê-la falar se ela não quiser. Acho que Annie tem medo de que, se admitir o que vinha fazendo, vai ter que lidar com o problema, e ela acha que não dará conta.

Ronnie assentiu.

— Foi o que ela me disse outro dia.

Dra. McDaniels pareceu surpresa.

— É? Gostaria que você tivesse me contado.

Ele se contorceu.

— Desculpe. Não me ocorreu contar.

— No estágio em que estamos, qualquer coisa sobre o estado de espírito de Annie é relevante. É importante me contar — disse a dra. McDaniels.

Ronnie assentiu com a cabeça e disse:

— Pois então tem outra coisa que você deveria saber. Ela me disse que teve vontade de jogar a comida na privada. A única coisa que a impediu foi que Lacy a estava vigiando durante a refeição.

— O quê? — disse Dana Sue, olhando incrédula para o ex-marido. — E você não achou isso relevante?

— Ela sabia que era errado — respondeu Ronnie. — Eu realmente acho que ela sabe qual é a coisa certa a fazer. Tenho certeza de que não vai agir por impulso.

— Então você ainda não entendeu que ela mente sobre comida — retrucou Dana Sue.

A dra. McDaniels ergueu as mãos.

— Certo, já basta. Não chegaremos a lugar nenhum com ataques.

— Sinto muito — disse Dana Sue. — O que podemos fazer?

— Cada um de vocês tem um relacionamento único com Annie por causa do divórcio — disse a psiquiatra. — Ela vai atrás de vocês em busca de apoio emocional. Não sei como é a dinâmica de vocês desde o divórcio, mas, a partir deste momento, quero que apresentem uma frente unida.

Dana Sue sentiu o coração subir pela garganta.

— Você não está dizendo… — começou ela, mas não conseguia nem pôr em palavras a ideia absurda.

A médica a olhou com uma expressão confusa.

— Dizendo o quê?

— Que Ronnie e eu... — Ela hesitou, engoliu em seco, então disse de uma vez: — Que nós deveríamos reatar.

Ronnie a olhou com firmeza, como se a ideia não fosse de todo insana ou desagradável. A dra. McDaniels manteve a expressão completamente neutra.

— Eu não ousaria lhes dizer o que fazer sobre isso — tranquilizou a psiquiatra. — Estou falando apenas de como interagem com Annie. Se concordarmos com um plano, vocês dois precisam apoiá-lo. Não há espaço para um ser bonzinho e outro o vilão, nem entre vocês dois ou entre vocês e eu. Estamos todos no mesmo time. Podemos concordar com isso?

— É claro — disse Dana Sue imediatamente.

Ronnie assentiu, embora seu olhar estivesse voltado para a ex-esposa. Ela podia ver a especulação nos olhos dele.

— Então combinado — disse a dra. McDaniels. — Conversei com o dr. Lane e ele e eu chegamos a um acordo. Embora ele diga que Annie está fisicamente bem o suficiente para voltar para casa, amanhã ela terá de ouvir algumas verdades bastante duras. Vou lhe explicar que ela não vai para casa a menos que coopere com Lacy e comigo. Ponto-final. Vocês podem aceitar isso?

— Com certeza — respondeu Ronnie.

Dana Sue quis protestar, mas sabia que não podia, não se quisesse que Annie ficasse bem.

— Posso — assentiu ela com relutância. — Mas e se isso não for suficiente?

— Então começaremos a discutir clínicas de tratamento — disse a dra. McDaniels com uma expressão grave. — A longo prazo, essa pode ser a melhor opção.

— O que devemos dizer a ela? — perguntou Ronnie.

— Ela vai querer que vocês me façam voltar atrás — explicou a psiquiatra. — Vai implorar para ser levada para casa, já que o cardiologista disse que ela está melhor. Vai prometer mundos e fundos, dizer que vai fazer o que vocês quiserem quando estiver em casa de novo. Vocês precisam me apoiar: enquanto ela não fizer progresso, não vai ser liberada. Fim da história. Estamos em uma situação que exige um amor com mais disciplina. Podem concordar com esses termos?

— Não temos escolha — disse Dana Sue, olhando fixamente para o ex-marido.

Apesar de todas as promessas dele de fazer o que fosse necessário e dos receios culpados dela própria, era Ronnie quem corria o maior risco de fraquejar. Ele odiava ver a filha triste.

Ele finalmente estremeceu sob seu olhar.

— Eu consigo — murmurou ele.

— Mesmo quando ela chorar? — perguntou Dana Sue, cética.

— Mesmo quando ela chorar — repetiu Ronnie em um tom surpreendentemente decidido. — Eu sei que sempre peguei leve com ela, mas não nisso, Dana Sue. Não dessa vez.

— Espero que você cumpra sua palavra — disse ela.

A dra. McDaniels assentiu com satisfação.

— Ótimo. Se você se sentir tentado a ceder, lembre-se de uma coisa. Annie precisa que vocês sejam os pais dela agora, não seus amigos.

— Quando é que vamos começar com essa história de amor com disciplina? — perguntou Ronnie.

— Por que deixar para amanhã o que se pode fazer hoje? — disse a dra. McDaniels. — Talvez isso deixe Annie mais receptiva quando eu for vê-la amanhã de manhã.

Dana Sue lançou um olhar irônico à psiquiatra.

— Eu não teria tanta esperança. Ela é teimosa feito o pai.

— Ah, o sujo falando do mal lavado — respondeu Ronnie. — Vamos lá, meu bem. É bom acabarmos logo com isso enquanto ainda temos coragem.

A dra. McDaniels riu.

— Sempre que sua coragem estiver fraquejando, lembrem-se de que estou aqui. E, mais uma coisa: já lidei com adolescentes mais teimosos do que Annie. Nós vamos convencê-la e fazê-la ficar boa de novo.

Dana Sue queria acreditar nela. Ela *precisava* acreditar nela.

CAPÍTULO DOZE

Ronnie e Dana Sue estavam quase chegando ao elevador quando ele entrou em pânico. Ele pôs a mão sob o cotovelo dela e a conduziu em direção à saída do hospital.

— Ronnie, o que foi? — interpelou ela. — Achei que fôssemos falar com Annie.

— Nós íamos. Nós vamos. Só que não agora.

Dana Sue o olhou confusa.

— Por que agora não?

— Porque não sei se consigo fazer isso agora, por isso — admitiu ele. — Você estava certa em me questionar lá no consultório. Se Annie olhar para mim com aqueles olhões e começar a chorar, vou dar qualquer coisa que ela pedir.

— Não comigo lá — disse Dana Sue ferozmente. — Você *concordou* que tínhamos que ser inflexíveis, Ronnie.

— E sei que é a coisa certa a fazer — respondeu ele. — Mas estamos falando sobre Annie. Ela ainda é uma criança.

— Ela tem 16 anos e quase se matou — lembrou Dana Sue, com a voz carregada de emoção.

A ex-esposa tinha motivos para ter raiva, mas de alguma forma Ronnie não conseguia associar aquelas palavras com sua linda filha.

— Foi um acidente — disse ele.

— Se você quer dizer que ela não percebeu que poderia morrer se ficasse sem comer, então, sim, foi um acidente — concordou Dana Sue em um tom mais calmo, mas não menos inflamado. — Mas não comer foi uma decisão, Ronnie. Talvez houvesse uma série de fatores em jogo que ainda não entendemos, mas ela via comida todos os dias e decidia ficar sem comer, mesmo depois de desmaiar no casamento de Maddie e nos dar um susto.

— Ela desmaiou antes? — perguntou ele, chocado. — Por que não me contou? Não importa quão brava você estava comigo, eu tinha o direito de saber.

Dana Sue pareceu um pouco culpada.

— Provavelmente sim, mas eu ainda estava em negação na época. Consegui me convencer de que não era grande coisa, assim como você está fazendo agora. Muitas pessoas pulam algumas refeições. Muitas pessoas desmaiam. Não quer dizer que elas têm problemas. Soa familiar?

As palavras de Dana Sue o atingiram em cheio. Ele tinha pensado todas aquelas coisas, mesmo depois de ver Annie deitada em uma cama de hospital parecendo uma sombra do que tinha sido. Mesmo depois de ter que aceitar o fato de que uma parada cardíaca a pusera ali.

— Eu odeio isso — sussurrou ele. — Eu simplesmente odeio.

Dana Sue levou a mão ao rosto de Ronnie.

— Eu sei. Eu também. — Ela começou a se afastar e fez menção de voltar para os elevadores. — Vamos vê-la logo, está bem?

— Não! — protestou Ronnie bruscamente. — Precisamos conversar, Dana Sue. Quero saber tudo. Talvez então eu consiga entender melhor isso.

— Eu sei sobre isso há meses e ainda não entendi — respondeu ela. — O que faz você pensar que vai entender depois de uma conversa?

— Por favor, vamos sair daqui por uma hora e comer alguma coisa. Então vamos voltar e conversar com Annie.

— Mas a dra. McDaniels disse…

— Ela não sabe tudo — disse Ronnie, tenso. — E, pelo visto, nem eu. Isso precisa mudar.

O olhar de Dana Sue vacilou. Por fim, ela assentiu com a cabeça.

— Certo, aonde você quer ir?

— Só tem um lugar na cidade onde vale a pena comer, pelo que eu sei — respondeu ele, menos tenso agora que Dana Sue tinha concordado. — Admita. Você vai se sentir melhor se puder dar uma olhada em como estão as coisas no Sullivan's, de qualquer maneira.

Dana Sue hesitou, depois assentiu.

— Mas quero passar cinco minutos na cozinha para verificar tudo — negociou ela, mas logo depois se corrigiu. — Melhor dez minutos.

Ronnie riu.

— Leve o tempo que quiser, meu bem. Estarei esperando quando você terminar de se esconder.

— De ver como andam as coisas — corrigiu ela.

— Chame do que quiser, desde que saiba que não vou a lugar nenhum.

Dana Sue revirou os olhos.

— Eu sei. Estou começando a achar que você é tipo fungo. Quando volta, é ainda mais difícil se livrar dele.

— Isso é jeito de falar do homem que você prometeu amar por toda a eternidade? — Ronnie estava se divertindo, apesar da tentativa dela de insultá-lo.

— Esse homem está morto para mim — afirmou ela.

Talvez fosse apenas mais uma coisa sobre a qual Ronnie estivesse querendo se enganar, mas ele achava que não era bem o caso.

— Veremos, querida. Veremos — disse ele com uma piscadela.

★ ★ ★

Dana Sue mal podia esperar para fugir para a cozinha do restaurante. Apesar de tentar ao máximo manter distância de Ronnie e fazê-lo sentir seu desdém, ele estava começando a afetá-la. Parte do motivo era a preocupação genuína dele com Annie, mas ela sempre soube que Ronnie amava ser pai, que a menina era a maior alegria de sua vida. Era a persistência dele que estava começando a minar suas barreiras. Algum neurônio traidor estava começando a acreditar que Ronnie tinha mudado, que queria reparar o que acontecera no passado, que a queria de volta e não desistiria até isso acontecer.

Claro que ainda havia cinquenta bilhões de células que não estavam caindo nessa, mas aquele neurônio mais influenciável parecia prestes a começar a se dividir e dominar sua mente. Dana Sue tinha que evitar aquilo. Precisava de algumas horas com o cinismo de Helen para conseguir esse feito, o que não seria possível naquela noite. A natureza protetora de Erik teria que dar conta do recado.

— Era seu ex-marido que estava com você? — perguntou ele quando Dana Sue entrou na cozinha.

Dana Sue assentiu.

— Você o trouxe aqui? Por livre e espontânea vontade?

— Para ser mais exata, ele que trouxe a gente de carro, mas, basicamente, sim — disse ela, já se sentindo melhor agora que Erik a estava pressionando.

Ele podia não estar em sua vida na época do divórcio, mas conhecia os detalhes o suficiente para garantir que ela não mudasse de ideia a respeito de Ronnie.

Erik a olhou com a típica perplexidade masculina diante das ações contraditórias de uma mulher.

— Por quê? Achei que você o odiasse.

Dana Sue sentou-se em um banquinho fora do caminho dos ajudantes de cozinha, que entravam com bandejas cheias de pratos sujos. Ela considerou a negação, mas não tinha funcionado com

Annie. Não daria certo naquele momento também. Ela olhou para Erik com uma expressão resignada.

— Ao que parece, não o odeio tanto assim.

Ele parecia atordoado, ou talvez o que Dana Sue viu em seus olhos fosse apenas décepção. Ela entendia. Também estava desapontada com a própria fraqueza.

— Você está se apaixonando por ele de novo? — perguntou Erik, como se ele não quisesse acreditar que ela fosse fazer algo tão estúpido.

— Talvez. — Ela aproximou o polegar do indicador, deixando apenas um espaço mínimo entre eles. — Só um pouquinho.

— Meu Deus do céu. O que devo fazer? Chamar um exorcista?

Dana Sue riu.

— Nunca pensei nisso antes. Eu me pergunto se funcionaria.

Se ela achasse que sim, poderia até tentar. Mas como se livrar dos sentimentos que teve por um homem durante a maior parte de sua vida adulta? Se o fato de ele a ter traído e humilhado não fora suficiente, o que mais seria?

— Eu voto por dizer a ele para cair fora, e falar sério — disse Erik em tom inexpressivo.

— Não enquanto Annie estiver doente.

A expressão de Erik mudou na mesma hora.

— Não, é claro que você não pode fazer isso agora. Como ela está?

— Ela está sendo teimosa e não está cooperando.

— Típico de Annie. — Ele sorriu. — E da mãe dela.

— Ha-ha — respondeu Dana Sue, sem achar a menor graça. — É por isso que Ronnie e eu estamos aqui. Estamos tentando encontrar uma maneira de fazer Annie ouvir. E antes de tudo ele quer saber de todos os detalhes de como ela chegou a esse ponto. Ele não vai ficar feliz quando eu disser que não tenho todas as respostas.

— Então você não está aqui para um jantar romântico com ele? — brincou Erik. — Isso é um alívio.

Ela franziu a testa.

— Posso estar fraquejando, mas ainda não pulei do precipício.

— Então, já que Helen e Maddie não estão aqui para fazer isso, deixe-me ajudar você a sair dessa beirada escorregadia — ofereceu ele. — Ronnie a traiu. Preciso dizer mais?

Dana Sue assentiu.

— Por muito tempo, essa foi a única parte que importava.

— Então, por que você está pensando em voltar com ele? Simplesmente não entendo. Você não devia se rebaixar assim, Dana Sue. Você merece muito mais de um parceiro.

— Você não o conhece — começou ela.

— Eu sei o suficiente sobre ele — disse Erik, firme. — Eu sei que ele magoou você e Annie.

— Não posso negar isso — admitiu Dana Sue. — Mas estou apenas começando a lembrar que ele fez muito mais do que isso.

E isso a assustava quase tanto quanto o que estava acontecendo com Annie.

Ronnie estava conversando com a garçonete sobre os especiais do dia enquanto esperava Dana Sue voltar quando viu Mary Vaughn Lewis entrar no restaurante. Quando ele saíra da cidade, ela era casada com o filho do prefeito e era a melhor corretora imobiliária da região. Conhecendo sua natureza motivada, que estava abaixo apenas da de Helen, e por pouco, Ronnie imaginava que ainda era a melhor.

— Com licença — disse ele à garçonete, uma adolescente alegre que se apresentou como Brenda. — Acho que vou esperar até Dana Sue estar liberada para fazer o pedido. Acabei de ver alguém com quem preciso falar.

— Claro — respondeu Brenda. — Vou avisar Dana Sue.

— Obrigado.

Ronnie se levantou do sofá e foi até a mesa onde Mary Vaughn já estava sentada, falando com o celular grudado na orelha. No instante em que o reconheceu, disse algo para a pessoa do outro lado da linha e desligou. Ela se levantou e o abraçou.

— Ronnie Sullivan, você é um colírio para os olhos — disse Mary Vaughn, dando-lhe um selinho. Ela baixou a voz. — Você sabe que Dana Sue provavelmente está por aqui, não é? Está disposto a arriscar que ela venha atrás de você com um facão?

Ronnie riu.

— Agradeço a preocupação, mas ela sabe que estou aqui. Deve ser por isso que não sai da cozinha já faz um tempo. Isso e porque ela sabe que vou fazer um interrogatório sobre Annie.

A expressão de Mary Vaughn ficou séria.

— Pobre menina. Como ela está?

— Melhor — respondeu Ronnie, sem querer discutir o assunto. — Você tem um minuto? Queria conversar com você sobre uma coisa.

— Sente-se — pediu ela. — Vou encontrar alguém daqui a pouco, mas ele sempre se atrasa. Duvido que esta noite seja diferente.

Ronnie puxou uma cadeira e se sentou ao lado dela.

— Você está ótima, por falar nisso — disse ele.

Mary Vaughn tinha o físico de uma jogadora de tênis, um esporte que começou a praticar quando decidiu que o clube country seria o melhor lugar para encontrar clientes ricos em potencial.

— E aí, você ainda é uma magnata do mercado imobiliário da cidade?

Ela riu.

— A maior. Por quê?

— Por acaso você está cuidando dos imóveis à venda na avenida principal? Eu não reparei quem estava anunciando a venda nas vitrines.

— Quase todos — disse ela. — E mesmo que um e outro não sejam meus, posso colocar você em contato com os donos. O que foi?

— Isso precisa ficar entre nós por enquanto, está bem?

— Você me conhece, sou discretíssima — afirmou ela.

Ronnie riu.

— Deve ter sido difícil para você mudar tanto — provocou ele. — Antigamente nada acontecia na escola sem que você ficasse sabendo e espalhasse a informação.

Mary Vaughn estremeceu com o lembrete.

— Não é um traço que combina com este negócio. Eu sei coisas... — Ela se interrompeu. — Claro que, se eu contasse, só confirmaria o que você disse, não é? Pode confiar em mim, Ronnie. Eu juro.

Ele assentiu.

— Eu gostaria de dar uma olhada na antiga loja de ferragens. Quando foi posta à venda?

— Faz só alguns meses — respondeu ela. — Fiquei de coração partido por ver mais um negócio fechar as portas. Rusty teve um ataque cardíaco e Dora Jean precisava cuidar do marido e fazê-lo seguir as orientações do médico, então não conseguiu tocar o negócio. Não que estivesse indo muito bem antes, de qualquer maneira. Ela pôs um cartaz de fechado na vitrine, me ligou e disse para vender com tudo dentro.

— Quando eu poderia dar uma olhada na loja?

Ela pegou uma agenda abarrotada de cartões de visita e pedaços de papel. Quando finalmente encontrou seu calendário, passou o dedo pelo papel.

— Oito da manhã amanhã — respondeu Mary Vaughn por fim. — Ou então só depois das seis. Vou ter um dia cheio. Tenho uma reunião com a construtora às nove para discutir minha possível exclusividade na venda das casas do novo empreendimento que eles estão começando. São seiscentas unidades, acredite se quiser. Ao meio-dia tenho um almoço de duas horas na Câmara de Comércio. E então tenho que mostrar algumas propriedades para um casal que se mudou de Michigan. — Ela revirou os olhos. — Já mostrei tudo duas vezes. Estou começando a achar que só gostam de olhar.

— Então estamos combinados para as oito — disse Ronnie imediatamente.

Se gostasse do que visse e ouvisse durante o tour pela propriedade, talvez conseguisse convencer Mary Vaughn a deixá-lo ir à reunião com a construtora. No mínimo, poderia conseguir uma reunião algum outro dia, para que pudesse falar sobre os serviços que iria oferecer aos empreiteiros quando inaugurasse sua loja. Mais uma vez, parecia obra do destino.

Foi então que o homem que Mary Vaughn estava esperando chegou, um senhor elegante que Ronnie não reconheceu. Ele se levantou e apertou a mão do sujeito quando foram apresentados. Embora estivesse de terno e gravata, o recém-chegado parecia passar muitas horas jogando golfe.

— Dave Carlson, este é Ronnie Sullivan, um velho amigo de escola — disse Mary Vaughn.

— Não vou atrapalhar sua noite — emendou Ronnie. — Só estava agendando uma reunião com Mary Vaughn para amanhã.

O homem deu de ombros.

— Já estou acostumado. Além disso, ela é uma das minhas principais corretoras, então nunca reclamo quando ela está tratando de negócios que podem trazer mais dinheiro.

— Ah, então você é o chefe — concluiu Ronnie.

Mary Vaughn franziu a testa para o recém-chegado.

— E, desde o meu divórcio, o homem com quem vou para casa à noite — completou ela, e acrescentou de maneira bastante incisiva: —, pelo menos por enquanto.

De repente, Ronnie sentiu como se estivesse em um campo minado. Eles eram casados ou não? Parecia haver tensão em relação a isso.

Ele se inclinou e beijou a bochecha dela.

— Nos vemos amanhã. Tenham uma boa noite.

— Obrigada — disse ela.

Ronnie levou no máximo dois segundos para voltar à mesa e se esconder atrás do cardápio.

Logo em seguida, Dana Sue se sentou no sofá em frente ao dele.

— Por que você estava falando com Mary Vaughn? — perguntou ela, inclinando o menu para baixo para olhá-lo diretamente.

— Negócios — respondeu ele, evasivo.

Ela o encarou, desconfortável.

— Você vai começar a olhar casas, Ronnie?

— E se eu for, isso incomodaria você?

— Você sabe que sim — disse ela.

— Por quê? Porque isso significaria que vou ficar, como falei que faria? — Ele lançou um olhar incisivo à ex-esposa. — Ou porque isso quer dizer que não vou ficar esperando você me convidar para voltar para casa?

Dana Sue fez cara feia.

— Você está olhando casas ou não?

— Não — respondeu Ronnie, então fitou o menu com toda a atenção. — O que você recomenda para hoje, meu bem? O bagre frito ou as vieiras?

Ela parecia estar com vontade de recomendar que ele fizesse algo fisicamente impossível, mas pelo visto pensou melhor.

— O bagre é um dos pratos que mais saem. — Dana Sue estava com a voz tensa.

— Então vou pedir — disse Ronnie em tom alegre. — E, para acompanhar, algumas informações.

A expressão da ex-esposa ficou mais cautelosa.

— Sobre Annie?

— Não. Na verdade, eu queria mesmo saber como anda sua vida social — confessou Ronnie, o que claramente a sobressaltou. — Alguém especial em sua vida desde que fui embora?

— Não é da sua conta — respondeu ela, curta e grossa.

— Só estou tentando conhecer a competição — explicou ele, apreciando o rubor que surgiu nas bochechas de Dana Sue.

— Você não está no páreo — afirmou ela.

— Você não quer me desafiar assim — respondeu ele, divertido. — A não ser que esteja pronta para as consequências.

— Que consequências? — perguntou ela, com certa preocupação na voz.

Por baixo da mesa, ele encostou o joelho no dela. No espaço apertado entre os sofás, Dana Sue não tinha para onde fugir, não sem fazer um espetáculo. O olhar dele se fixou na boca da ex-esposa. Então, antes que Dana Sue pudesse afastar a mão, Ronnie a pegou e roçou os nós dos dedos com o polegar, depois a trouxe até os lábios e beijou a pele que sofrera ferimentos de faca mais de uma vez. Embora ela tentasse ao máximo fingir indiferença, ele sentiu seu pulso acelerar e viu os olhos dela se nublarem de desejo.

Satisfeito por ter obtido a reação esperada, Ronnie soltou a mão dela em cima da mesa e piscou.

— Essa, para começar.

A mão dela tremia quando Dana Sue pegou seu copo d'água. Ela tomou um longo gole, pareceu cogitar jogar o resto na cara dele, então murmurou:

— Você é um nojento.

— Você já me chamou de coisa pior — observou ele.

— Você mereceu.

— Sem dúvida — concordou ele. — Agora que concordamos, vamos voltar à sua vida social. Quem tem dormido na sua cama, Dana Sue?

— Não vou falar sobre isso com você — disse ela, irritada. — Ou fazemos o pedido agora mesmo ou vou embora.

— Vamos pedir — emendou ele rapidamente. — Posso comer e fazer perguntas ao mesmo tempo. Talvez a comida melhore seu humor. Antigamente era assim.

Dana Sue olhou feio para ele, acenou para a garçonete e pediu bolo de chocolate e nada mais.

— Ele vai querer o bagre — disse ela em tom seco quando Brenda veio correndo, claramente ansiosa para impressionar a chefe. — Com veneno de rato, se Erik souber onde está.

A caneta da garota ficou imóvel e seus olhos se arregalaram.

— O quê?

Dana Sue deu um leve sorriso.

— É brincadeira. Pode ser bagre com batatas fritas e legumes.

— Tudo bem — disse Brenda, e saiu correndo.

Dois segundos depois, Erik saiu furioso da cozinha e se aproximou da mesa deles com uma expressão intimidadora.

— O que está havendo aqui? — interpelou ele, olhando fixamente para Ronnie.

— Sua chefe está cuspindo fogo hoje. Não se preocupe. Estou acostumado com o mau humor dela.

— Se ela está pedindo o bolo de chocolate, não está cuspindo fogo. Está tentando se matar.

— Erik! — repreendeu ela.

Até mesmo o ex-marido reconheceu o tom de Dana Sue, de quem tinha perdido o último fio de paciência. Erik não se abalou, no entanto, o que Ronnie achou ser um ponto a seu favor.

— Bem, eu me recuso a servir aquele bolo para você — disse Erik. Ele se virou para Ronnie. — E, se você se importasse com ela, não teria deixado que ela pedisse.

Ronnie sabia que estava perdendo algo, alguma coisa importante. Ele encarou Dana Sue.

— Do que ele está falando?

— Não é da conta dele nem da sua — bufou Dana Sue, jogando o guardanapo na mesa. — Homens! — continuou ela, como se fosse um xingamento, e depois se levantou e se afastou.

Ronnie ficou aliviado ao vê-la marchar em direção à cozinha em vez de sair pela porta da frente.

— Talvez você devesse me dizer o que está acontecendo — sugeriu ele a Erik.

— Sim, eu deveria, mas preciso voltar lá e impedi-la de fazer uma idiotice. Seu bagre já vai sair.

Ronnie ficou olhando para a porta da cozinha e refletindo. Não sabia direito se tinha acabado de testemunhar uma briga estranha de casal ou algo totalmente diferente. De todo modo, estava claro que os dois tinham um vínculo. Ronnie não achava que fosse um relacionamento, não sexual, pelo menos, mas dava para perceber que Dana Sue e Erik eram próximos o suficiente para trocarem confidências e protegerem um ao outro.

Então, que segredo Dana Sue tinha que não queria dividir com ele? Até alguns anos antes, Ronnie sabia tudo sobre ela. Sabia que ela não conseguia começar o dia sem café. Sabia que ela usava meias para dormir quando o clima esfriava. Sabia onde ficava cada uma de suas zonas erógenas, inclusive uma que nunca tinha aparecido em qualquer manual de sexo que ele já tinha visto.

E, embora Dana Sue nunca falasse sobre o assunto, Ronnie sabia como ela sentia falta da mãe e morria de medo de um dia ter diabetes também.

Quando pensou nisso, ele teve um estalo. Diabetes! Não era de admirar que Erik tivesse surtado quando ela pediu somente o bolo. Depois de Ronnie ir embora, parecia que Dana Sue tinha começado a ter problemas com a glicemia, problemas que não queria contar para ele.

Ele poderia perguntar sobre o assunto ou fingir que não tinha entendido a discussão dela com Erik. Por enquanto, talvez a segunda opção fosse melhor. Assim, daria a Dana Sue tempo para que ela mesma pudesse contar. No ínterim, Ronnie poderia ficar de olho nela, ver se estava cuidando direito da saúde. Não que ele soubesse bem o que isso implicaria, mas poderia descobrir. A internet era uma dádiva de Deus quando se tratava de fazer pesquisas sobre esses assuntos. E a biblioteca de Serenity tinha computadores que ele poderia usar. A velha sra. Harrington, a viúva mais avarenta do planeta, chocara a todos ao doá-los.

Ao pensar na mãe de Dana Sue e nas complicações da diabetes que levaram à sua morte, Ronnie percebeu que havia perdido o apetite. Quando sua refeição chegou, não faria diferença se fosse um prato de isopor. Ele comeu mesmo assim. Dana Sue se orgulhava tanto da comida do Sullivan's que ele não queria ter que explicar por que havia deixado uma migalha sequer no prato.

Então, estampando um sorriso no rosto, Ronnie arriscou enfiar a cabeça na cozinha. À primeira vista, não viu Dana Sue, mas Erik gesticulou em direção ao fogão.

Ela estava de costas para ele. Tinha posto um avental e estava salteando cinco coisas diferentes ao mesmo tempo, servindo a comida em pratos com guarnições. Em seguida, acrescentou um pouco de molho com uma firula e tocou a campainha para chamar o garçom.

Dana Sue voltou sua atenção para mais três pedidos em pedaços de papel pendurados acima de sua cabeça e recomeçou o processo. Seus movimentos eram eficientes e rápidos, sua concentração, intensa.

Ronnie se aproximou de Erik.

— Vocês estão precisando dela aqui?

Ele balançou a cabeça.

— Karen estava cuidando de tudo até Dana Sue chegar. Só está fazendo uma pausa.

— Que bom, porque vou levá-la embora. Precisamos voltar ao hospital para ver Annie. — Ronnie notou o olhar preocupado do confeiteiro e decidiu que estava na hora de tentar fazer dele um aliado em vez de seu inimigo. — Ela comeu?

Erik pareceu surpreso com a pergunta.

— Eu a convenci a comer bolo de carne de novo. — Erik deu de ombros. — Comida caseira em geral funciona.

Ronnie decidiu não insistir no assunto, mas suspeitava que Erik tivesse entendido que ele agora sabia o que estava acontecendo com Dana Sue.

— Não vou deixá-la chateada daquele jeito de novo — prometeu Ronnie em voz baixa, então suspirou. — Bem, provavelmente vou, mas vou mantê-la longe de qualquer coisa que ela não possa comer.

A expressão de Erik ficou mais séria, mas, como Ronnie, ele não traiu seus sentimentos. Em vez disso, apenas assentiu.

— Espero que sim.

— Vou fazer o possível.

A voz de Dana Sue se sobrepôs ao barulho ao redor deles.

— Vocês dois vão parar de ficar de segredinho? — interpelou ela, ainda de costas para eles. — Está me dando nos nervos.

Erik sorriu.

— Ah, vamos calar a boca imediatamente. Se há uma coisa que odeio na cozinha, é uma mulher nervosa com facas na mão.

Dana Sue passou a leva seguinte de pedidos para Karen e depois foi se juntar a eles.

— Você deveria se lembrar disso mais vezes — disse ela a Erik, dando um tapinha em sua bochecha. Então encarou Ronnie. — Pronto para voltar ao hospital?

— Claro. E você?

— Tanto quanto possível.

Ronnie sabia como ela se sentia. Cada vez que pensava na batalha dura que Annie estava travando, sentia vontade de sentar e chorar. E agora, com os problemas que a própria Dana Sue também estava enfrentando em segredo, ele se perguntou se as coisas algum dia voltariam ao normal.

CAPÍTULO TREZE

Dana Sue ficou aliviada ao encontrar Annie cercada pelas amigas quando ela e Ronnie voltaram para o hospital. Isso significava que poderiam adiar a conversa que a dra. McDaniels havia sugerido. Talvez ter companhia — ainda mais de Ty, que estava afundado em uma cadeira no canto, observando Annie com uma expressão preocupada no rosto — melhorasse o humor da menina o suficiente para que ela ficasse mais receptiva a qualquer coisa que os pais lhe dissessem mais tarde.

Dana Sue olhou para Ronnie e viu que ele parecia tão aliviado quanto ela.

— Nós devíamos mandar todo mundo embora para podermos falar com ela — sugeriu ele, não parecendo muito animado.

— Daqui a pouco eles saem — disse Dana Sue. — Além disso, se nós os expulsarmos, ela vai ficar chateada demais para querer ouvir qualquer coisa que tenhamos a dizer.

Helen os encontrou alguns minutos depois.

— O que vocês dois estão cochichando do lado de fora da porta de Annie?

— Estamos planejando uma estratégia — respondeu Dana Sue.

— Ah, é? — Helen ficou olhando de um para o outro. — É alguma má notícia?

— Só se Annie não ouvir o que temos a dizer. — A expressão de Ronnie era sombria.

Helen assumiu uma postura alerta.

— Ela piorou?

Dana Sue abraçou a amiga pela cintura.

— Não. É só o que eu estava falando para vocês hoje de manhã no spa. Ela ainda está dificultando o trabalho da psiquiatra.

— Negação — deduziu Helen, muito sábia. — Quem nunca fez isso antes, não é mesmo?

Dana Sue a estudou e reconheceu a postura tensa. Suspeitava que nem tudo aquilo fosse apenas em razão da preocupação com Annie.

— Você está bem? Você foi à consulta com o dr. Marshall hoje?

Helen franziu a testa ao ouvir a pergunta, então lançou um olhar significativo para Ronnie.

Dana Sue entendeu o recado.

— Com licença — disse ela ao ex, então arrastou Helen até a sala de espera. No instante em que se sentaram em um canto relativamente isolado, Dana Sue interpelou: — O que aconteceu?

Helen abriu a pasta e pegou um frasco de remédios.

— Isso aconteceu — respondeu a amiga, sem expressão.

— Remédio para pressão? — adivinhou Dana Sue.

— Diuréticos — disse Helen, olhando-os com nojo. — Só gente velha toma isso. Quem quer passar o dia inteiro indo ao banheiro? Você consegue me imaginar interrompendo um julgamento a cada dez minutos para dizer: "Com licença, juiz, mas preciso usar o banheiro *de novo*?" Vou virar motivo de piada no tribunal.

Dana Sue mordeu o lábio inferior com força para não rir. Estava claro que, para Helen, aquilo tudo tinha mais a ver com ficar velha do que com admitir que precisava dar mais atenção à pressão arterial.

— Sua pressão não está alta porque você é velha, pelo amor de Deus — exclamou Dana Sue. — Está alta porque você está completamente sobrecarregada, trabalha demais, não se exercita e não come direito. — Ela lançou à amiga um olhar severo. — Mas você já sabe de tudo isso, não é?

— Claro que sim — respondeu Helen em tom impaciente. — Eu disse ao dr. Marshall que estava cuidando disso. Mostrei minhas metas, aquelas que você e Maddie assinaram hoje de manhã. Um dia de folga por semana. Exercício aeróbico por uma hora, três dias por semana, e treino com pesos dois dias por semana. Aula de meditação. Um jantar saudável no mesmo horário todas as noites. Blá-blá-blá. Havia dez metas naquele papel, tudo registrado em *cartório*. Do que mais ele precisa?

— Ele não falou?

— Na verdade, ele disse que era tarde demais — resmungou Helen. — Disse que minha pressão arterial subiu desde minha última consulta e, até que eu voltasse com uma pressão mais baixa e provasse que estava cumprindo essas metas, eram só palavras em um pedaço de papel. — Ela estava quase tremendo de indignação. — Como se eu fosse mentir sobre minha intenção de cumpri-las.

— Você já fez isso antes — lembrou Dana Sue com delicadeza.

Helen fez cara feia para a amiga.

— Você está do lado de quem? — retrucou ela.

— Do seu, sempre, mas ele tem razão — disse Dana Sue, ignorando a ironia de estar justamente apoiando a postura firme do médico. *Ela* sem dúvida nunca ouvia uma palavra do que ele dizia, ou, para ser mais exata, nunca seguia seus conselhos. — Há quanto tempo você vem prometendo que vai resolver isso fazendo exercícios e se alimentando melhor?

— Eu faço exercícios. Eu me alimento bem — argumentou Helen, então estremeceu sob o olhar cético de Dana Sue. — Enfim, pelo menos na maior parte do tempo. Olhe para mim. Não tenho um grama de sobrepeso.

— Porque você trabalha o tempo todo e fica estressada quando *não* está trabalhando — disse Dana Sue. — Ele não está receitando o remédio para ofendê-la ou duvidar de você. O dr. Marshall quer ver você saudável. Só isso.

— Se eu fosse você, não seria tão rápida em defendê-lo — retrucou Helen. — Você vai ser a próxima da fila.

A previsão de Helen com certeza tinha fundamento, um dos motivos pelos quais Dana Sue ainda não tinha marcado uma consulta com o doutor. Não queria ir vê-lo e descobrir que estava mais perto de precisar de comprimidos ou insulina para controlar a glicemia. Ela se sentia bem… na maior parte do tempo, pelo menos. E, quando se lembrava de medir o açúcar no sangue, os números não eram tão ruins.

Reconhecendo que aquilo tudo não passava de uma tentativa fajuta de se justificar, Dana Sue estremeceu. Elas eram patéticas, concluiu, cansada. Preferiam ignorar os problemas a encará-los de frente. Como podia cobrar uma atitude diferente de Annie quando tinha a mesma postura? Talvez a negação fosse seu estado natural, mas era perigosa para Annie e Helen. Naquele momento, Dana Sue precisava se concentrar na filha e na melhor amiga.

— Me diga uma coisa — começou ela. — Se um cliente vier até você com um problema, o que você faz?

— Dou o melhor conselho que consigo — respondeu Helen, parecendo confusa. — O que isso tem a ver?

— Tenha um pouco de paciência — pediu Dana Sue. — Você espera que eles sigam?

— Claro — afirmou ela, como se qualquer outra opção fosse inconcebível.

— Quando você vai a uma consulta com o dr. Marshall, espera que ele lhe dê sua opinião médica, certo? Não espera que ele diga apenas o que você quer ouvir, da mesma forma como você não faria o mesmo com um de seus clientes.

Helen franziu ainda mais a testa.

— Você está começando a ficar toda racional e irritante igual a Maddie — acusou ela.

Dana Sue sorriu.

— Vou tomar isso como um elogio. — Ela tirou o frasco de comprimidos do punho cerrado de Helen. — "Um por dia" — leu. — Parece um pequeno preço a pagar se isso ajudar a controlar sua pressão arterial.

— É uma questão de princípio — queixou-se Helen, que claramente ainda estava não pronta para ceder.

— Não, é uma questão de orgulho e teimosia — corrigiu Dana Sue. — Você não gosta de admitir que precisa de ajuda. Pense em como você vai se sentir bem no dia em que puder jogar esse remédio no lixo para sempre.

Helen suspirou e pegou o frasco.

— Está bem. Vou tomar os malditos comprimidos, mas não venha reclamar para mim quando ele lhe der remédios para diabetes. Vou esfregar esse mesmo blá-blá-blá lógico e calmo de volta na sua cara.

Dana Sue riu.

— Fique à vontade.

Só depois de Helen se afastar para enfiar a cabeça no quarto de Annie para desejar boa noite foi que Dana Sue afundou na cadeira de plástico desconfortável e suspirou. Ela era uma hipócrita. Quando chegasse a hora da verdade e fosse ela com uma receita provando que não conseguia controlar a glicemia sozinha, seria tão resistente quanto Helen. Talvez até pior.

Mas assim como ela estava lá para apoiar Helen naquela noite, Helen e Maddie estariam ao lado dela para lembrá-la de seus objetivos: ficar viva e bem.

Pensar nisso a fez lembrar que ela e Ronnie precisavam fazer o mesmo por Annie naquela noite. Recompondo-se, ela marchou pelo corredor, preparada para enfrentar lágrimas, raiva ou qualquer outra coisa que a filha usasse contra eles.

Ela encontrou Ronnie e Annie sozinhos no quarto. Estavam jogando damas, que sempre fora um de passatempos favoritos dos dois depois do jantar desde que a menina tinha idade suficiente para entender as regras.

— Ela ainda consegue tirar meu coro — disse ele enquanto Dana Sue puxava uma cadeira ao lado da dele.

Annie abriu um largo sorriso.

— Verdade, mas acho que você não está se concentrando direito — disse ela. A menina imediatamente capturou suas últimas três peças e ganhou mais uma partida.

Ronnie deu um suspiro dramático.

— Viu só o que eu disse? — Ele se virou para Dana Sue. — Ela é implacável.

— Foi você quem ensinou, então não adianta reclamar agora — disse Dana Sue. Quando Annie começou a arrumar o tabuleiro para outro jogo, a mãe a interrompeu. — Já chega por hoje, querida. Nós precisamos conversar.

Annie pareceu preocupada.

— Sobre o quê?

— Suas sessões com a dra. McDaniels — disse Ronnie.

Dana Sue lhe lançou um olhar de gratidão, aliviada por ele não deixar toda a conversa nas costas dela.

O bom humor de Annie desapareceu num piscar de olhos.

— Eu não preciso de uma psiquiatra — bufou ela, carrancuda. — Não sei por que ela fica vindo aqui. Já falei para ela que estou bem.

— Você não está bem — insistiu Dana Sue. — Olhe onde você está, minha filha. Nenhuma garota da sua idade acaba no hospital com problemas cardíacos a menos que haja um problema sério.

— Mas estou melhor agora — argumentou Annie. — Tenho comido as coisas que Lacy e eu combinamos, a não ser quando é algo muito nojento. E depois eu bebo aquelas vitaminas horríveis para compensar. Pode perguntar para ela. Lacy vai dizer que minhas calorias diárias estão quase normais, ou o que ela considera normal. Estou me sentindo ótima. O dr. Lane diz que estou ficando mais forte a cada dia. Aposto que ele vai me dar alta amanhã ou depois.

— Não depende só dele — disse Ronnie, mantendo o tom inflexível. — E, só para você saber, ele concorda com a dra. McDaniels que você não deve receber alta a menos que comece a cooperar com ela.

— Eles resolveram se unir contra mim? — perguntou Annie, incrédula. — Que saco.

— Você deveria ser grata — alertou Ronnie. — Se não procurar entender por que tudo isso aconteceu, Annie, vai acabar voltando para cá, e da próxima vez você pode não ter tanta sorte.

Annie encarou o pai e as lágrimas brotaram de seus olhos.

— Mas estou bem agora, de verdade. Por favor, papai, me leve para casa. Isso nunca mais vai acontecer. Eu juro.

Dana Sue viu o músculo da mandíbula de Ronnie se contrair e soube que ele estava com sentimentos conflitantes.

— Levar você para casa antes que a dra. McDaniels autorize não é uma opção — disse ele por fim. — Não importa quanto você chore ou quantas promessas faça. Até termos certeza absoluta de que você não vai parar de comer de novo, não podemos arriscar, Annie.

A menina pareceu atordoada com a recusa do pai.

— Você não pode voltar depois de me abandonar e querer mandar em mim — resmungou ela em tom amargo. — Se você me amasse, não teria ido embora e não estaria me obrigando a fazer isso.

Embora estivesse visivelmente abalado com a acusação, Ronnie não deixou sua determinação vacilar.

— Sua mãe e eu amamos você mais do que qualquer coisa no mundo. Acho que você sabe disso. Não queremos perder você, querida.

— Mas eu estou bem — protestou Annie, levantando a voz. — Bem! — Ela saltou da cama de um pulo. — Olha só — disse ela, e começou a dançar ao som de uma música que estava tocando apenas em sua cabeça.

— Pare com isso agora mesmo! — ordenou Dana Sue. — Volte para a cama.

O tom autoritário fez Annie parar. Piscando para conter mais lágrimas, a menina se sentou na beirada da cama. Dana Sue se sentou ao lado da filha. Pensando no que Ronnie havia revelado no início do dia, ela perguntou:

— Eu preciso saber a verdade sobre uma coisa. Você tem comido as refeições que estão trazendo para você? Está realmente consumindo todas as calorias que acham que você está?

— Não estou jogando nada na privada, se é isso que você está perguntando — disse Annie na defensiva. — Alguém fica aqui comigo para não deixar que isso aconteça.

— Não foi isso que perguntei — respondeu Dana Sue, mantendo o tom gentil. — Você está comendo tudo?

Annie evitou o olhar da mãe.

— Está? — insistiu ela.

— É muita comida — protestou Annie, mas parecia envergonhada.

— Você chegou a comer alguma coisa? — disse Dana Sue, sem ceder um centímetro.

— Um pouco — disse Annie.

— E o resto? Você deixa na bandeja para as enfermeiras decidirem se você está seguindo as regras? Antes de responder, lembre-se que sei como você consegue fingir bem quando quer que achem que você está comendo direito.

Annie retesou o maxilar e ela continuou em silêncio, teimosa.

— Foi o que achei — disse Dana Sue, cansada.

— Eu já falei, elas ficam me vigiando — resmungou Annie. — Não é como se eu fosse conseguir esconder nada. Não é de admirar que eu esteja sem apetite.

Dana Sue não estava convencida de que a filha não havia encontrado outra maneira de burlar as regras.

— Se você não joga nada na privada, o que faz então? Você está escondendo em algum lugar até elas irem embora?

Dana Sue se levantou e fez menção de pegar a lata de lixo, mas, antes mesmo que pudesse olhar o conteúdo direito, Annie começou a chorar.

— Mãe, pare com isso — implorou a menina. — Não você também. Ninguém mais confia em mim?

Dana Sue encontrou um guardanapo no fundo da lixeira com metade de um sanduíche de peru. Com o coração doendo, ela levantou a prova.

— Querida, você não entende? É exatamente por isso que você precisa falar com a dra. McDaniels. Mal se passou uma semana desde que você saiu da UTI e já está se comportando como antes.

— E você? — respondeu Annie, em um tom mordaz. — Quantas vezes você tomou um pote de sorvete inteiro desde que papai voltou para a cidade? Vamos falar sobre como você está se comportando.

Dana Sue sentiu as bochechas corarem.

— Não é esse o ponto — disse ela, evitando o olhar de Ronnie. — Você é a única em crise agora, não eu.

— Sua mãe está certa — concordou ele, com a voz surpreendentemente severa. — E não quero ouvir você falando com ela desse jeito de novo. Entendido?

Annie parecia querer explodir com os dois, mas em vez disso assentiu.

— Desculpa, mãe — disse ela em tom mais brando.

— Tudo bem.

Dana Sue afastou uma mecha de cabelo do rosto de Annie. Se precisava de um lembrete de como as coisas estavam ruins e por que estavam fazendo aquilo, tocar os fios quebradiços foi suficiente.

— Estou cansada — reclamou Annie, arrastando-se para debaixo das cobertas e se virando para o lado.

— Então vamos deixar você descansar um pouco — disse Dana Sue, exausta. — Por favor, pense no que dissemos. Quando a dra. McDaniels vier amanhã, converse com ela. Ela não é sua inimiga. Ela está do seu lado.

Annie não respondeu.

Dana Sue lançou um olhar desamparado para Ronnie, então se levantou enquanto ele se inclinava para beijar Annie.

— Boa noite, meu bem — disse ele. — Eu te amo.

— Também te amo — murmurou Annie, a voz falhando em um soluço de choro.

Dana Sue teve que sair do quarto antes de desabar em lágrimas também. Quando Ronnie a seguiu, ela olhou para o rosto perturbado do ex-marido.

— Você acha que ela vai ouvir? — perguntou a ele.

— Não faço a menor ideia — disse ele. — Fizemos o melhor que podíamos.

Eles se encararam, e Dana Sue expressou seu pior medo.

— E se não for o suficiente?

— Tem que ser — respondeu ele simplesmente. — Tem que ser e pronto.

Embora Ronnie estivesse animado para entrar na velha loja de ferragens e ver seu potencial, não conseguia tirar o episódio da noite anterior da cabeça. Será que, quando a menina se encontrasse com a dra. McDaniels, aquele dia seria melhor do que os outros? E se não fosse, o que viria em seguida? A possibilidade de mandar Annie para uma clínica pairava como uma sombra. Ele sabia que Dana Sue detestava a ideia tanto quanto ele. Ambos estavam rezando para que a situação não chegasse àquele ponto.

Deixando aquela preocupação de lado por um instante, Ronnie ficou andando de um lado para o outro na calçada em frente à loja de ferragens, quinze minutos antes do encontro com Mary Vaughn. Ele já estava uma pilha de nervos quando ela chegou e estacionou bem atrás de seu carro. Muita coisa dependia do que haveria lá dentro e do valor que ela lhe passaria.

— Gosto de um cliente ansioso — disse ela com um sorriso ao encontrar a chave certa em sua bolsa e destrancar a porta. — Em geral, isso significa que posso conseguir um negócio melhor para o vendedor.

Ronnie riu de sua franqueza.

— Estou interessado, mas não sou burro — brincou ele. — Se eu decidir comprar, o que é só uma possibilidade, serei o mais justo possível com Dora Jean e Rusty, dadas as limitações do meu orçamento.

— Parece razoável — disse Mary Vaughn. — Você prefere que eu apresente o espaço ou quer dar uma olhada sozinho?

— Sozinho, se você não se importar. Depois podemos conversar se eu tiver alguma dúvida.

A corretora assentiu.

— Vou esperar aqui fora, então. Preciso dar alguns telefonemas, de qualquer maneira. A rua é o único lugar com um sinal de celular decente por aqui. Minhas ligações caíram três vezes ontem à noite, enquanto eu estava no Sullivan's. Eu não devia nem ter tentado atender.

— Pode fazer suas ligações. Eu vou ficar bem — disse Ronnie, ansioso para entrar logo.

O lugar cheirava a mofo por ter ficado fechado, mesmo que apenas por alguns meses. Ronnie caminhou pelos corredores, milhares de lembranças surgindo enquanto ele pensava em todas as vezes que visitara a loja e incomodara Rusty pedindo conselhos sobre ferramentas e os vários projetos de reforma que estava fazendo na casa dos pais. A casa de quarenta anos de idade tinha seus encantos, mas sempre havia algo quebrado ou precisando de pintura ou algum outro reparo. Seu pai não entendia do assunto e sua mãe ficava impaciente. Ronnie tinha gostado do trabalho com reforma, e cuidar ele mesmo dos reparos impedia que a mãe ficasse atazanando o pai. Na época, conseguiu ganhar uma boa mesada do pai agradecido, que insistiu em se mudar para um condomínio em Columbia depois da aposentadoria de ambos.

As prateleiras não estavam mais cheias como nos velhos tempos. E tudo estava coberto de poeira. Ainda assim, o estoque que sobrara era de boa qualidade e funcionaria bem como um pontapé inicial. Ronnie imaginou que Rusty o colocaria em contato com fornecedores. Talvez até quisesse vir trabalhar de vez em quando, se sua saúde permitisse. Ronnie gostava da ideia de ter o velho por perto, aquilo daria uma continuidade ao lugar.

A grande sala dos fundos continha um modesto suprimento de madeira, isolamento e outros materiais de construção, mas Ronnie sabia que precisaria de um depósito para o tipo de empreendimento que estava imaginando. Ainda assim, aquele lugar poderia servir como ponto de partida, pois tinha, literalmente, as ferramentas para começar a construir o negócio.

Ele foi para trás do balcão e pegou o caixa antigo de latão intrincado. Provavelmente precisaria substituí-lo por algo mais moderno e eletrônico, mas aquele ali tinha um certo charme que fazia Ronnie querer mantê-lo.

Ele conseguia ver a praça lá fora através de uma camada de sujeira na vitrine. Imaginou o vidro brilhando ao sol, uma belo mostruário expondo os produtos em uma prateleira embutida ou brilhando com luzes de Natal. Parecia tão certo que, se Mary Vaughn tivesse aparecido naquele exato instante, ele teria concordado com qualquer proposta que ela apresentasse.

Ainda bem que ela ainda estava do lado de fora, com o celular grudado na orelha. Ele foi para a rua e Mary Vaughn encerrou a ligação na mesma hora. Quando saiu do carro, Ronnie percebeu que ela se demorou, dando-lhe a oportunidade de olhar suas pernas bem torneadas. Não deixou de se perguntar se isso fazia parte de sua estratégia de vendas ou se o relacionamento dela estava indo tão mal quanto ele suspeitara na noite anterior. Mary Vaughn indo à caça era uma complicação de que Ronnie não precisava.

— E então? — perguntou ela, estudando seu rosto.

— Andar por ali me traz muitas lembranças — disse ele. — Você tem os detalhes e o valor que estão pedindo?

Mary Vaughn assentiu com a cabeça e tirou os papéis de sua pasta.

— Também tenho um contrato comigo, se quiser fazer uma oferta.

Ronnie estava tão tentado que precisou de todo o seu autocontrole para não topar, e no fim conseguiu negar com a cabeça.

— Preciso dar uma olhada com mais calma — disse ele. — E tem umas pessoas com quem quero conversar primeiro.

— Não demore muito — alertou Mary Vaughn, embora os dois soubessem que não haveria outro comprador disputando a propriedade, não até que alguém tomasse a iniciativa de tentar revitalizar o centro da cidade.

— A gente se fala — prometeu Ronnie. — Como está o Rusty? Gostaria de ir vê-lo, se ele estiver bem o suficiente para receber visitas.

Mary Vaughn estreitou os olhos com suspeita.

— Você não tentaria fazer um acordo direto com ele pelas minhas costas, não é?

Ronnie a encarou sem hesitar.

— Acho que você me conhece bem o suficiente para saber que eu não faria isso — respondeu ele, irritado por ela ter precisado perguntar.

A corretora estremeceu ao ouvir o tom de voz de Ronnie.

— Desculpe. Só fico um pouco nervosa quando os compradores querem fazer reuniões a sós com os proprietários.

— Eu entendo — disse ele. — Mas imagino que há coisas que apenas Rusty poderia me contar sobre este lugar. Além disso, gostaria de conversar sobre os velhos tempos com ele.

Mary Vaughn pareceu visivelmente mais relaxada.

— Ele deve estar doido por companhia. Dora Jean está de olho nele.

Ronnie assentiu.

— Vou dar uma passada na casa dele, então. Entrarei em contato com você.

— Alguma ideia de quando?

Ele precisava visitar Rusty, então falar com Butch outra vez. Considerando a quantidade de horas que precisava dedicar a Annie, tudo isso levaria vários dias.

— Fim da semana — sugeriu Ronnie. — Talvez só na próxima.

A corretora pareceu um pouco desapontada, mas fez uma anotação em sua agenda.

— Vou ligar para você se não tiver notícias.

— Claro que vai — brincou ele, então deu um beijo rápido na bochecha dela. — Você não seria a rainha do mercado imobiliário se não tentasse fazer as coisas acontecerem.

Ronnie estava prestes a ir embora quando se lembrou da outra reunião que ela teria naquela manhã. O fato de ter esquecido algo tão importante era prova de como estava distraído com a rebeldia de Annie.

— Você me faria um favor? — perguntou ele.

— Claro.

— Quando estiver falando com seu amigo da construtora hoje, pode falar sobre mim?

— Se importa se eu perguntar por quê?

— Vamos dizer apenas que faz parte deste plano que estou bolando.

Como se pressentisse que aquilo poderia ajudá-la a fechar o negócio, Mary Vaughn disse:

— Você poderia vir comigo. Tenho certeza de que ele não se incomodaria. É um cara muito tranquilo.

Ronnie pensou, então achou melhor não.

— Eu ainda preciso cuidar de alguns preparativos primeiro — respondeu ele. — É só falar bem de mim se a oportunidade surgir.

— Pode deixar — concordou ela imediatamente. — Agora é melhor eu ir. Chegar atrasada nunca causa uma boa impressão.

Ronnie a observou entrar em seu Lexus creme e partir. Ele lançou um último olhar para a loja de ferragens e sentiu mais uma onda de empolgação. Em seguida, enfiou os papéis que Mary Vaughn lhe entregara no bolso e voltou para a pousada. Era hora de começar a fazer algumas contas para ver se aquele sonho dele tinha alguma chance de dar certo.

Annie fez cara feia para a dra. McDaniels, tentando conter sua raiva. Sabia que a mulher a havia dedurado para os pais, e agora eles iriam ficar de olho nela até que concordasse com a terapia. Era um saco.

A menina permaneceu em um silêncio estoico, embora a psiquiatra a olhasse com uma expressão de expectativa, esperando que ela simplesmente fosse começar a revelar todos os seus segredos. E daí se os pais estivessem dizendo a verdade e ela não fosse ser liberada do hospital até começar a falar? A verdade era que estava com medo. E se contasse cada um de seus segredos mais profundos e sombrios e a dra. McDaniels decidisse que ela era um caso perdido? Não, Annie não podia correr aquele risco.

— Não tenho nada para dizer — disse a menina à médica depois de um tempo. — Não como porque não sinto fome.

— Nunca? — perguntou a dra. McDaniels em um tom cético.

— Não, nunca.

— Mas você sabe que o corpo humano precisa de alimentos para sobreviver — argumentou Linda McDaniels. — Sabe que é importante ingerir líquidos para não ficar desidratada. Imagino que tenham ensinado tudo isso na escola.

— Claro — disse Annie.

Ela não acrescentou que Lacy e a própria dra. McDaniels haviam recitado as mesmas informações um zilhão de vezes na última semana. Estava ficando cansativo.

— Então, não comer ou beber é uma escolha consciente de sua parte. Você então decidiu morrer de fome. Por quê?

Annie deu de ombros.

— Não sei.

— Acho que sabe — repreendeu a psiquiatra.

— Então pode me contar por quê — retrucou Annie.

A mulher podia muito bem trabalhar pelos setenta e cinco dólares que recebia por hora!

Como se tivesse adivinhado o desafio silencioso de Annie, a dra. McDaniels apenas sorriu.

— Acho que vou deixar você encontrar suas próprias respostas, Annie. Pense um pouco e falaremos mais sobre o assunto amanhã. No mesmo horário.

— Achei que eu fosse para casa amanhã — disse ela, embora tivessem lhe dito que isso não aconteceria enquanto não estivesse conversando com a psiquiatra.

A dra. McDaniels balançou a cabeça.

— Não, a menos que eu sinta que você está cooperando. Lacy disse que você ainda está tentando enganar as enfermeiras sobre quanto está comendo. Fiquei sabendo sobre aquele sanduíche de peru que você escondeu na lata de lixo, Annie. O fato de você fazer algo assim mesmo estando internada aqui me diz que você ainda não entendeu a gravidade da situação.

— Minha mãe e meu pai contaram para você? — interpelou Annie.

A dra. McDaniels a encarou, séria.

— Eles não precisaram contar. Nós sempre descobrimos o que está acontecendo por aqui. Pense nisso como um microcosmo de Serenity. As notícias se espalham muito rápido dentro de um hospital.

— Isso é um saco — bufou Annie, mal-humorada.

— Não, isso quer dizer que há muitas pessoas aqui se dedicando à sua recuperação. Mas você também precisa querer melhorar, Annie. Precisa reconhecer que tem um problema antes de podermos resolvê-lo.

— O que acontece se eu não quiser conversar? — perguntou ela. — Você vai me manter aqui para sempre?

— Seus pais não explicaram a alternativa para você?

Annie balançou a cabeça.

— Não.

— Certo, vou repetir o que disse a eles — começou ela, olhando para Annie de uma maneira que a fez se remexer no assento. — Se você não fizer um progresso significativo, não terei escolha a não ser recomendar que você seja internada em uma clínica de tratamento.

— Mentira! — exclamou Annie.

— Verdade — respondeu a psiquiatra. — Então, essas são suas opções, Annie. Se você começar a trabalhar aqui e comer o que estiver nos cardápios que você e Lacy planejam, eu vou lhe dar alta e continuaremos a ter sessões todos os dias depois da escola. Ou você vai poder ser internada em um centro de tratamento especializado em transtornos alimentares. Tem algumas clínicas que posso indicar aqui no estado.

— Eu teria que sair de Serenity e ficar longe de todos os meus amigos? — perguntou Annie, incrédula. — Por quanto tempo?

— Pelo tempo que for necessário.

Annie balançou a cabeça.

— Meus pais nunca concordariam em me mandar para longe.

— Eles já concordaram — disse a dra. McDaniels. — Então, o que você prefere fazer?

Annie a olhou chocada.

— Eu teria que fazer essas sessões idiotas todos os dias depois da escola?

— Até você entender por que está aqui, sim. Não podemos resolver o problema até você reconhecer que ele existe e entendê-lo melhor, e aí nós vamos formular um plano para que você fique bem de novo. Quanto antes começarmos, mais cedo você vai ficar bem e se ver livre de mim.

Ninguém havia explicado essa parte para ela. Era uma droga, pensou Annie.

— E se eu tiver uma grande revelação ou coisa do tipo?

— Isso aceleraria todo o processo — admitiu a psiquiatra. — Acho que todos ficaremos felizes se você entender o que a levou por esse caminho. Assim, é menos provável que aconteça de novo. Então nos vemos amanhã, no mesmo horário. Se sua postura melhorar e você for honesta com Lacy, aí podemos conversar sobre quando você volta para casa.

— Tá — resmungou Annie.

Suas chances de sair dali eram quase nulas, a menos que ela falasse com a psiquiatra. Era melhor aceitar aquilo de uma vez. Seus pais estavam do lado dos médicos. Os dois estavam unidos, algo raro nos últimos tempos.

Era até legal, de certa forma. Annie tinha uma leve suspeita de que, se aquilo durasse o suficiente, os dois se dariam conta do que ela já sabia — que ainda se amavam. Tinha percebido aquilo assim que viu a maneira como os dois se olharam depois que ela acordou. Talvez, com o tempo, eles estariam juntos de novo como uma família. Se isso acontecesse, ficar internada naquele hospital idiota valeria a pena.

CAPÍTULO CATORZE

— Como foi a sessão de terapia de Annie hoje? — perguntou Maddie quando Dana Sue visitou o Spa da Esquina na manhã seguinte. — Se tiver um tempinho para tomar chá, vamos nos sentar no pátio. O dia está lindo e você está com cara de quem precisa de uma pausa.

— Sinceramente, não sei — admitiu Dana Sue, servindo-se de um Earl Grey forte de um dos bules da cafeteria do spa e depois indo para o pátio. — Vou ao hospital de manhã, depois volto à tarde e à noite. Entre as visitas, estou tentando resolver as pendências administrativas do restaurante.

— Ronnie também está ficando todo esse tempo no hospital?

Dana Sue assentiu.

— E, acredite em mim, isso só aumenta o estresse.

Ela fechou os olhos e virou o rosto para o sol que atravessava a copa das árvores. O calor era maravilhoso. Se pudesse, passaria o dia todo sentada ali.

— Vocês podem se revezar nos horários de visita, assim nenhum dos dois precisa ir tanto — sugeriu Maddie, estudando Dana Sue com o máximo de atenção. — Assim vocês também se veriam menos. — Sua expressão ficou presunçosa. — Se for isso que você quer, claro.

— Em teoria, é uma ótima ideia — disse Dana Sue. — Mas parece que agora nós dois precisamos conversar com Annie ao mesmo tempo para ela ouvir alguma coisa. Senão ela fica tentando jogar um contra o outro, inclusive quando estamos juntos. Ela me ataca para me deixar culpada, então começa a chorar para Ronnie.

— Você acabaria cedendo se ele não estivesse lá para dar apoio?

— Não — respondeu Dana Sue. — Já parei de fingir que tudo vai se resolver como um passe de mágica.

— E Ronnie cederia se você não estivesse perto?

— Essa é a pergunta que não quer calar — disse Dana Sue. — Ele tem sido bem rígido até agora, mas sei que está sendo muito difícil para ele. — Ela balançou a cabeça, determinada a lhe dar mais crédito. — Não, ele não cederia. Sabe quanto isso é importante.

— Ele faz ideia do estresse que você está passando e como isso é ruim para você? — perguntou Maddie, preocupada.

Dana Sue balançou a cabeça.

— Não. Quero dizer, eu não falei sobre minha saúde, mas Erik infelizmente ficou fazendo insinuações outro dia no restaurante. Não sei se Ronnie entendeu ou não. De vez em quando, porém, ele fica com uma cara que me faz achar que sim. E fica meio estranho se acha que não comi três refeições no dia. Se ele descobriu o que está havendo, prefiro não saber. Eu não conseguiria lidar com Ronnie sentindo pena de mim ainda por cima.

— Pode ser uma *preocupação* genuína, não pena — discordou Maddie. — Ele ainda gosta de você, Dana Sue. Você sabe disso.

— Eu também não consigo lidar com isso agora. — Ela olhou sua amiga, cansada. — Estou exausta. Daria tudo por uma noite de sono decente. Mas acho que não vou ter isso até Annie voltar para casa.

— Vocês já têm alguma ideia de quando ela volta?

— Se ela cooperasse logo, poderia ser amanhã ou depois de amanhã, mas ela é muito teimosa — disse Dana Sue, triste. — Pelo que a dra. McDaniels me disse, ela se saiu apenas um pouco melhor hoje, mesmo depois de Ronnie e eu termos falado com ela ontem à noite.

Quando Maddie fez menção de responder, Dana Sue ergueu a mão.

— Não consigo mais falar sobre isso agora, está bem? Estou no meu limite. Além disso, vim agradecer por fazer Ty ir visitá-la tanto. Tenho certeza de que um hospital é o último lugar onde ele quer estar, mas ele tem sido muito bacana passando tanto tempo lá.

— Ele está muito preocupado com ela — confessou Maddie. — Na verdade, a reação dele me pegou de surpresa. Acho que está se sentindo culpado por algum motivo. Tentei falar com ele, Cal também. Dissemos que o que aconteceu não foi culpa dele.

— É verdade, mas ele esteve lá na noite em que aconteceu — disse Dana Sue. — Você sabia disso?

Maddie pareceu surpresa.

— Não fazia ideia.

— Na verdade, não *quando* aconteceu, mas antes — explicou Dana Sue. — Annie estava tendo aquela festa do pijama da qual falamos, e Ty e alguns outros rapazes foram até lá em casa, embora eu tivesse proibido Annie de convidar meninos. Eu os vi indo embora. Com tudo o que aconteceu, ainda não falei com ela sobre isso.

— Vou ter uma conversa com Ty esta noite — disse Maddie, franzindo a testa. — Ele sabe que não pode ir à festa de ninguém sem que um adulto esteja em casa.

— Como ele vê Annie como outra irmã mais nova, provavelmente Ty sentiu que estava cuidado dela naquela noite — ponderou Dana Sue. — Não tenho ideia do que aconteceu enquanto ele estava lá, além de muita dança, imagino, mas ele pode se sentir responsável pelo que aconteceu depois, mesmo que já tivesse ido embora havia várias horas. Diga a ele de novo que nada foi culpa dele, que tudo começou muito antes daquela noite.

Maddie concordou.

— Acho que vou ter outra conversa séria com Ty sobre ir à casa de qualquer um de seus amigos quando os pais não estão. Adolescentes da idade dele precisam da supervisão de um adulto. Ele sabe que essa é a regra, mesmo que sempre tenha tratado *sua* casa como um segundo lar.

— Só não o impeça de visitar Annie — implorou Dana Sue. — Ela o adora. Ele é uma parte importante de sua rede de apoio agora.

Maddie sorriu.

— Eu sei. Eu a vi olhando para Ty como se ele fosse o máximo.

— Queria que ele olhasse para ela da mesma maneira — disse Dana Sue, então acrescentou em tom melancólico: — Não seria ótimo se algum dia os dois acabassem juntos?

— Algum dia em um futuro distante — interpôs Maddie. — Mas, sim, seria ótimo. Agora, no entanto, Ty só quer saber de beisebol. E eu só quero saber de fazê-lo entrar em uma boa faculdade. Cal e eu ainda discordamos sobre isso, já que ele acha que Ty poderia seguir carreira profissional direto depois da escola, e aquele olheiro que ele convidou para vê-lo jogar concorda. Até agora, Bill não se manifestou, o que significa que cabe a mim convencer Ty de que a faculdade é importante. Seria de se imaginar que Cal fosse entender a importância de fazer um curso superior, pois foi o que o salvou quando sua carreira no beisebol terminou de forma tão repentina.

Dana Sue a olhou com uma expressão melancólica.

— Quem me dera esse fosse o tipo de preocupação que eu tivesse com Annie no momento, coisas normais de adolescente.

— Ah, querida, esta crise vai passar — disse Maddie, olhando-a com compaixão. — Logo vai chegar o dia em que você só vai se preocupar se Annie voltou para casa na hora depois de um encontro e se suas notas são boas o suficiente para a faculdade que ela quer ir.

— Mal posso esperar por esse dia — desabafou Dana Sue. — Preciso ir. Quero dar uma passadinha no restaurante antes de voltar para o hospital. Vou precisar dar um bom aumento a Erik e Karen depois de toda a ajuda que me deram, mas há algumas coisas que preciso resolver sozinha. Eu faria qualquer coisa para poder passar uma noite lá cozinhando. Estou com saudade.

— Bem, mesmo que você não tenha tempo para cozinhar, coma algo decente enquanto estiver lá — aconselhou Maddie. — Ouvi dizer que a comida é excelente, mesmo com a dona fora.

Dana Sue sorriu.

— Graças a Deus. — Ela se abaixou e deu um abraço apertado na amiga. — Obrigada por me ouvir.

— Sempre que quiser — disse Maddie. — Ronnie também é um ótimo ouvinte, sabia? E ele está tão investido no desfecho de tudo isso quanto você.

— Eu sei — murmurou Dana Sue.

Só não queria começar a contar com ele e descobrir que todas as suas promessas sobre ficar em Serenity valiam tanto quanto os votos que ele fizera no dia do casamento deles.

Annie estava um caco depois de outra sessão improdutiva com a dra. McDaniels. Estava ficando cada vez mais difícil não ceder aos pedidos da psiquiatra, ainda mais sabendo que poderia passar dias presa ali se não cooperasse ou, pior ainda, acabar em alguma clínica longe de casa, onde a importunariam até ela ceder. Devia haver alguma regra contra torturar adolescentes, não? Talvez devesse perguntar a Helen.

Houve uma batida hesitante na porta, então ela se abriu. Ty enfiou a cabeça para dentro do quarto, com uma expressão hesitante no rosto.

— Posso entrar?

Annie se iluminou ao vê-lo. Ele era tão bonito, ainda mais de calça jeans e camiseta velha do Atlanta Braves.

— Claro — disse ela, animada, desejando ter se arrumado mais cedo. Ela devia estar horrorosa. — Você não deveria estar na escola?

— Eu matei aula — admitiu Ty, puxando uma cadeira para perto da cama hospitalar.

Annie o olhou chocada.

— Para vir me ver?

Ele assentiu com a cabeça, parecendo desconfortável.

— É que, toda vez que venho, o quarto está cheio de gente, suas amigas, seus pais ou minha mãe. Queria falar com você sozinho.

— Sua mãe vai ficar uma fera quando descobrir, você sabe. O treinador Maddox provavelmente também. Ele não é super-rígido quando os jogadores matam aula?

— É mesmo — admitiu Ty. — Mas ele é meu padrasto agora. Não vai ser tão chato comigo.

— Vai sonhando — brincou ela. — Ele provavelmente pensa que tem que ser mais exigente com você do que com os outros, para você servir de exemplo, mesmo que seja a estrela dele.

Ty deu de ombros.

— Não importa. Eu precisava falar com você sobre o que aconteceu.

— Você está falando da noite em que passei mal — disse ela, sentindo o entusiasmo pela visita diminuir aos poucos.

— É, isso — concordou ele. — E eu e aqueles outros caras estávamos lá. Eu tenho a sensação que a gente contribuiu para o que aconteceu.

— Claro que não — tranquilizou ela. — Você já tinha ido embora havia um tempão quando eu desmaiei.

— É, mas é a segunda vez que você desmaia quando estou por perto.

— Não foi que nem no casamento da sua mãe — insistiu Annie.

— Eu só fiquei um pouco tonta naquele dia.

— Porque não comeu — argumentou Ty. — E a gente sabe que não foi uma coisa pequena. Eu aprendi sobre anorexia na escola, Annie. É sério. Estou preocupado com você.

A menina o encarou, surpresa por ele admitir isso.

— Por quê?

— Você quase morreu, ora — disse ele, falando mais alto. — Você não sabe como todo mundo ficou assustado? Sarah e Raylene estão morrendo de medo. Fico doente só de pensar no que poderia ter acontecido. E todos nós nos sentimos culpados porque vimos o que você estava fazendo e não falamos nada. — O olhar grave de Ty encontrou o dela. — Então, agora eu não vou ficar calado. Você é minha amiga. Você é quase da família. Nós nos conhecemos desde que éramos bebês.

— Eu sei — sussurrou ela, abalada pela raiva e medo perceptíveis na voz dele.

— Então, o negócio é o seguinte — disse ele, sem vacilar. — Ou você começa a se tratar agora ou vou ficar atormentando você dia e noite sobre isso.

Lágrimas brotaram dos olhos de Annie e começaram a escorrer por suas bochechas.

— Isso é tão importante assim para você?

— *Você* é muito importante. Não só para mim, mas para muitas pessoas.

Ela o olhou, incrédula.

— Mas eu estou tão gorda — sussurrou ela. — Não sei como você consegue olhar para mim.

Ty a olhou incrédulo.

— Você está doida? — O menino se levantou de um pulo, abriu a gaveta da mesinha de cabeceira e revirou o conteúdo até encontrar um pó compacto. — Olhe só para você — mandou ele, segurando o espelhinho. — Olhe bem, Annie. Você era bonita, mas agora parece um esqueleto.

Annie não conseguiu se olhar no espelho. Começou a chorar ao ouvir as palavras duras.

Ty jogou o pó compacto de volta na gaveta e segurou a mão dela.

— Eu quero a Annie de antigamente de volta. Quero ver suas covinhas de novo. Quero ouvir você rir. Quero que a gente saia para comer pizza e hambúrguer sem você ficar empurrando a comida no prato, só fingindo que está comendo.

Annie apertou a mão dele, surpresa por tudo aquilo fazer diferença para ele.

— Não sei se consigo ser assim de novo — respondeu ela.

— Eu acho que você consegue — disse ele com confiança. — Aposto que a psiquiatra também, ou ela não estaria perdendo o tempo dela com isso. Mas você precisa querer, Annie. Você precisa querer o suficiente para lutar por isso. Sei que você anda recusando ajuda. Minha mãe estava falando com Cal sobre isso ontem à noite no jantar. Você finge que isso tudo não é sério, mas *é*.

Annie fechou os olhos para não ter que ver a decepção no rosto dele. Aquela bronca a pegou totalmente de surpresa. Gostaria de poder dizer o que ele queria ouvir. Por acaso Ty achava que ela queria morrer?

— Ei — chamou ele, apertando a mão de Annie. — Olhe para mim. — Ty esperou pacientemente até ela ceder e encará-lo de volta. — Eu sei que você está com medo. E a professora disse na aula de saúde que a anorexia tem a ver com controle. — Ele sorriu para Annie. — Então, eu penso o seguinte. Se você é forte o suficiente para controlar sua alimentação desse jeito, então você também é forte o suficiente para mudar as coisas. Você só tem que querer. — O sorriso no rosto do garoto aumentou. — E até que você queira isso sozinha, vou agir como se fosse sua consciência. Não vou deixar você em paz.

Annie não sabia se aquilo era bem uma desvantagem, mas algo naquela nova dinâmica não era tão bom assim. Ter Ty por perto era como um sonho se tornando realidade. Mas saber que ele estava lá por um único motivo, para que ela comesse, bem, estava mais para pesadelo. Na verdade, era humilhante.

— Eu consigo fazer isso sozinha — disse a menina, sem querer que ele soubesse como estava com medo de não conseguir.

Ty assentiu.

— Eu acredito em você. Mesmo assim, acho que vou ficar de olho até sair o veredito.

— Sua mãe mandou você vir aqui? — perguntou Annie.

Ele pareceu surpreso com a pergunta.

— Não, por quê?

— E a minha mãe?

Ty balançou a cabeça.

Annie se recostou nos travesseiros, satisfeita por ele ter vindo por livre e espontânea vontade. Talvez ele se *importasse* com ela, pelo menos um pouco. Não era como se estivesse apaixonado nem nada do tipo, mas era o começo que ela sempre desejara.

Pela primeira vez desde que sua vida começou a sair do controle, ela se sentiu motivada a consertar as coisas. Talvez Annie tivesse algo a dizer na próxima vez que a dra. McDaniels viesse.

Ronnie tinha acabado de virar no corredor quando viu Ty entrar no quarto de Annie. Dada a hora do dia, era óbvio que o garoto havia matado aula para fazer a visita. Ele devia ter um motivo importante.

Ronnie esperou algum tempo e então avançou pelo corredor e ficou do lado de fora. Só conseguiu entreouvir parte do que Ty disse a Annie e quase nenhuma das respostas da filha, mas ouviu o suficiente para sentir uma onda de admiração pelo garoto.

Ele ainda estava parado ao lado da porta quando Ty finalmente saiu do quarto.

— Ronnie — disse Ty, parecendo levemente culpado. — Eu não sabia que você estava por aqui.

— Acabei de chegar — mentiu Ronnie. — Agradeço você ter vindo passar um tempo com Annie.

— Tenho andado preocupado com ela — disse o adolescente, dando de ombros.

— Eu também. — Ronnie pensou se deveria dizer mais, então decidiu que o menino precisava saber quão grato ele estava por algumas das coisas que falara para Annie, verdades duras que o resto deles estava evitando dizer. — Olha, Ty, eu não estava tentando bisbilhotar, mas ouvi um pouco da conversa de vocês. Acho que você talvez tenha conseguido falar com ela de um jeito que nenhum de nós conseguiu. Não consigo dizer quanto isso significa.

Ty se endireitou, ficando até um pouco mais alto.

— Eu estava dizendo a verdade — respondeu ele.

— Eu sei. É por isso que estou tão impressionado. Você se tornou um jovem muito maduro.

Ty abriu um sorriso tímido.

— Não sei se minha mãe vai concordar quando descobrir que matei aula para vir para cá.

Ronnie passou o braço por cima do ombro do rapaz.

— Pode deixar que eu cuido da sua mãe.

Ty o olhou com alívio.

— E meu padrasto também? Ele é o treinador de beisebol e proíbe a gente de matar aula.

— Eu vou falar com ele também — prometeu Ronnie. — Na verdade, por que não resolvemos isso agora? Você tem mais aulas agora à tarde?

Ty negou com a cabeça.

— Então vou ligar para sua mãe e ver se ela e seu padrasto podem nos encontrar para tomar um milk-shake na Wharton's. Que tal? — perguntou ele, indo para a saída.

— Claro — concordou Ty. Ele desviou o olhar, então encarou Ronnie com certa timidez. — Não sei direito por que você foi embora da cidade, mas estou feliz que tenha voltado. Você e Dana Sue sempre foram um casal legal. Para mim, vocês eram meus segundos pais, sabe?

Ronnie ficou de olhos marejados com o comentário.

— Obrigado. Sempre me senti assim também. — Antes que pudesse causar constrangimento a si mesmo ou a Ty chorando, Ronnie pegou o celular e percebeu que não tinha ideia de qual era o número do Spa da Esquina. Ele estendeu o telefone para o rapaz. — Por que não liga para sua mãe?

Ty olhou para o aparelho como se estivesse coberto de sujeira.

— De jeito nenhum. A escola só termina daqui a dez minutos.

— Ah — disse Ronnie. — Então me diga o número.

— É, *bem* melhor assim — disse Ty.

Quando Maddie respondeu, Ronnie riu ao ouvir a impaciência em sua voz. Ela estava claramente muito ocupada.

— Parece que liguei bem a tempo — disse ele.

— Ronnie?

— Aham.

— Hoje está um caos por aqui. Desculpe se fui grossa.

— Imagina. Que tal matar o trabalho hoje? — perguntou ele, com um sorriso conspiratório para Ty.

— Parece que eu tenho tempo para isso? — perguntou ela.

— Não, e é justamente por isso que você devia fazer uma pausa. Tudo vai parecer muito menos estressante quando você voltar.

— Não sei — protestou ela. — Estou cheia de coisa para fazer.

— Isso vai mudar se você passar uma hora longe?

— Provavelmente não — admitiu Maddie.

— Então me encontre na Wharton's. Estou com vontade de tomar um milk-shake de chocolate. Seu filho também.

Houve um longo silêncio do outro lado da linha, antes de ela dizer cautelosamente:

— Como é?

— Vejo você na Wharton's em dez minutos, Madelyn — disse ele. — Convide seu novo marido para vir também.

— Você quer que eu chame Cal quando meu filho aparentemente matou aula hoje? Você está maluco?

— Acho que não. Vejo você em dez minutos. — Ronnie desligou antes que ela pudesse importuná-lo com mais perguntas.

Ty o olhou preocupado.

— Você acha que consegue? Fazer com que não me deixem de castigo, quero dizer?

— Não se preocupe. Quando eu terminar de contar essa história, você vai parecer uma mistura de Madre Teresa e dr. Phil.

Ty o olhou por um bom tempo, então abriu um largo sorriso.

— Legal.

Ronnie cutucou Ty para que ele lhe desse espaço no sofá da Wharton's, então se sentou ao lado dele para evitar que o garoto fugisse. Concluiu que tinha sido uma boa ideia quando viu Maddie surgindo, parecendo superprotetora e feroz ao mesmo tempo.

— Cal está vindo? — perguntou ele em tom alegre quando ela se sentou no sofá em frente a eles. Ao lado de Ronnie, Ty se remexeu e evitou o olhar furioso de sua mãe.

— É melhor alguém explicar logo o que está acontecendo — disse Maddie com firmeza. — Quanto antes, melhor.

Ronnie ficou feliz em ter feito o pedido assim que ele e Ty chegaram. Empurrou o milk-shake de Maddie um pouco mais perto.

— Tome um gole. Você vai se sentir melhor.

— Me encher de sorvete não vai funcionar — reclamou ela, mas tomou um gole mesmo assim.

Ela nunca conseguiu resistir a milk-shakes ou sundaes com calda quente de chocolate. Na verdade, Ronnie lembrava, aquelas eram suas drogas preferidas quando estava chateada. Ela provavelmente estaria mais calma logo mais.

Alguns momentos mais tarde, depois de ela ficar alternando o olhar entre Ronnie e Ty como se tentasse decidir qual dos dois estrangular primeiro, sua expressão se iluminou de leve.

— Oi, querida — disse o homem com quem ela havia se casado na ausência de Ronnie, então lhe deu um beijo em sua bochecha. Com uma expressão muito mais perigosa, virou-se para o menino. — Tyler.

— Iiih… — murmurou Ty ao lado de Ronnie.

— Maddie, você vai me apresentar ao seu marido? — perguntou Ronnie bem rápido.

— Ronnie Sullivan, Cal Maddox — disse ela, curta e grossa. — Agora desembucha. Por que meu filho não foi à escola agora à tarde e por que ele está com você?

Com uma expressão encorajadora, Ronnie se virou para Ty e depois olhou diretamente para Maddie.

— Na verdade, ele estava com Annie.

Maddie pareceu chocada.

— No hospital? — Ela se voltou para Ty. — Você esteve lá ontem à noite. Por que mataria aula para isso?

— Porque à noite tem sempre muita gente em volta — disse Ty. — Eu achei que talvez se conseguisse falar com ela… sabe, confrontá-la de verdade, talvez conseguisse fazê-la ver que o problema é sério.

Maddie se recostou no sofá, claramente atordoada. Ao seu lado, Cal parecia dividido entre a exasperação e o orgulho. Ele finalmente quebrou o silêncio.

— E? — perguntou ele. — Como foi?

Ty olhou para Ronnie em busca de apoio.

— Muito bem, eu acho. Parece que ela realmente me ouviu.

— Ele foi incrível — disse Ronnie. — Eu estava no corredor e ouvi parte da conversa. Você deveria estar muito orgulhoso dele, Maddie. Ele não deu folga para Annie e disse algumas coisas que estavam entaladas até na minha garganta. — Ele olhou para Cal. — Mencionou algumas coisas que a escola ensinou sobre anorexia.

Cal balançou a cabeça devagar.

— Fico feliz em saber que ele aprendeu alguma coisa, mas…

Ronnie o interrompeu.

— Olha, Cal, eu sei que Ty errou em matar aula, mas desta vez acho que foi pelo motivo certo. Você não pode dar um desconto para ele?

Cal estava claramente dividido entre as regras e a compreensão do bem que Ty havia feito.

Então o padrasto finalmente pareceu se decidir, porque sorriu para Ty.

— Eu não estou dizendo que o que você fez foi certo…

— Nem eu — acrescentou Maddie em tom severo.

—… mas estou muito orgulhoso de você — continuou Cal. — E, já que tecnicamente a temporada de beisebol só começa daqui a alguns meses, não preciso suspender você de um jogo por quebrar as regras.

A expressão de Maddie se suavizou.

— E eu vou escrever um bilhete para a escola explicando que você tinha minha permissão para faltar à aula por causa de um assunto de família e que foi minha culpa não ter avisado com antecedência.

O alívio de Ty era inconfundível.

— Obrigado. E prometo que não vou fazer nada parecido de novo. Eu só achei que era importante e fiquei com medo de vocês dois não me deixarem ir se eu pedisse para faltar.

— Era importante, e é por isso que não vamos botar você de castigo — disse Cal. — Mas não fique pensando que pode fazer algo do tipo de novo e esperar que a gente fique feliz depois. Da próxima vez, pergunte antes.

— Sim, senhor — respondeu Ty solenemente. — Posso comer um hambúrguer? Não almocei para chegar logo ao hospital.

— Diga a Grace que vai ser por minha conta — disse Ronnie, levantando-se para deixá-lo sair do sofá.

Depois que o garoto saiu, Ronnie se voltou para Maddie.

— Ele cresceu muito desde que fui embora.

O olhar dela seguiu o filho antes de se virar.

— Alguns dias me dói ver quanto, mas devo dizer que nunca tive tanto orgulho dele quanto hoje.

— Idem — disse Cal. — Você acha que ele conseguiu fazer Annie ouvir?

— Vou saber com certeza depois da próxima sessão dela com a dra. McDaniels — explicou Ronnie. — Mas realmente acho que sim. Se for o caso, estarei em dívida com ele pelo resto da minha vida.

Maddie estendeu o braço e apertou a mão dele.

— Todos nós.

Agora que tinha aliviado as coisas para Ty, Ronnie se recostou no sofá e avaliou Cal Maddox.

— Então, treinador, me diga como você conseguiu a segunda melhor mulher de Serenity?

— Segunda melhor? — protestou Maddie.

Ronnie sorriu para ela.

— Dana Sue está no topo da *minha* lista, querida, mas com certeza você vem logo em seguida.

O olhar que Cal lançou a Maddie tinha calor suficiente para fazer Ronnie querer que Grace Wharton ligasse o ar-condicionado.

— Sinto discordar, mas, para mim, *Maddie* é imbatível.

Ela entrelaçou o braço no de Cal e sorriu para Ronnie.

— Ou seja, foi assim que ele me conquistou.

— Acho que só nos resta esperar para ver se ele merece você — disse Ronnie.

Maddie riu.

— Não é a sua opinião que conta.

Cal se inclinou por cima da mesa e olhou diretamente para Ronnie.

— Talvez devêssemos falar sobre como você deixou uma mulher como Dana Sue escapar.

Ele não vacilou sob o olhar direto de Cal.

— Essa é fácil. Burrice, pura e simples. — Ronnie piscou para Maddie. — E, só para constar, agora sou muito mais inteligente. Não vai se repetir.

O olhar de Maddie estava sério quando ela ameaçou:

— Acho bom você cumprir essa promessa, Ronnie Sullivan. De verdade, porque se partir o coração dela de novo, não me responsabilizarei pelo que vou fazer com você.

— E eu vou apoiá-la — disse Cal.

Ronnie sorriu para os dois, impressionado por vê-los tão unidos.

— Não se preocupe. Eu tenho um plano.

— Quer me contar? — perguntou Maddie, obviamente curiosa.

— Não até eu estar com tudo bem encaminhado — respondeu Ronnie. — E, mesmo assim, acho que Dana Sue deveria ser a primeira a saber.

— Por acaso esse seu plano envolve a antiga loja de ferragens? — perguntou Maddie.

Ronnie franziu a testa.

— Como você ficou sabendo disso?

— Meu bem, estamos em Serenity. Você esqueceu que a fofoca viaja na velocidade da luz por aqui?

Não deveria ter esquecido, admitiu Ronnie. A notícia de seu caso com certeza se espalhara muito rápido. Mas desta vez ele havia pedido segredo a Mary Vaughn.

— Pode parar de fazer cara feia — disse Maddie. — Mary Vaughn não disse uma palavra. Um monte de gente passou de carro enquanto você olhava a loja outro dia. E Grace ligou seu radar assim que viu você e Mary Vaughn estacionarem no fim do quarteirão. Se queria manter segredo, deveria ter ido na calada da noite.

— Vou me lembrar disso na próxima vez — disse Ronnie. — É melhor eu pagar a conta e dar o fora. Agora que a notícia já está correndo, não quero perder tempo. Tenho que dar alguns telefonemas.

— Não deixe Dana Sue sem saber o que está acontecendo por muito tempo. Ela deve ter ouvido as mesmas fofocas que eu — alertou Maddie.

E, Ronnie suspeitava, já devia ter interpretado seu silêncio como uma conspiração para mantê-la alheia a tudo.

— Eu contarei a ela assim que houver algo para contar — prometeu ele.

Maddie estremeceu.

— Vocês podem ter expectativas diferentes do que seria isso.

Ronnie suspirou.

— É bem provável, mas é o melhor que posso fazer. Se ela disser alguma coisa para você... — começou ele.

Maddie sorriu e ergueu as mãos.

— Eu não sei de nada.

Cal, que havia ficado em silêncio até então, finalmente falou.

— Quer meu conselho?

— Claro — disse Ronnie.

— Diga a ela tudo o que há para dizer agora. Posso não ter a mesma história com Dana Sue que você, mas a maioria das mulheres fica ressentida se for a última a saber, ainda mais quando se trata de alguém com quem você está querendo voltar.

— Mesmo se não for nada certo? — perguntou Ronnie, incerto. — Mesmo que possa não dar em nada?

— Mesmo assim — disse Cal, olhando para Maddie para confirmação.

— Ele está certo — concordou ela. — Fale com ela agora, Ronnie. Quanto antes você a incluir no seu plano, mais ela vai começar a sentir que vocês são uma equipe de novo.

— É um bom ponto. — Ele assentiu. — Vou falar com ela na primeira oportunidade.

Com alguma sorte, não seria tarde demais.

CAPÍTULO QUINZE

Quando Dana Sue entrou na cozinha do Sullivan's por volta das quatro horas, Erik a cumprimentou com um olhar esgotado.

— O que foi? — perguntou ela assim que o viu.

— A babá da Karen furou — disse ele, enquanto tentava fazer meia dúzia de coisas ao mesmo tempo, desesperado.

Ele terminou de empanar alguns pedaços de bagre em um fubá apimentado, colocou-os em uma assadeira e os enfiou na geladeira, de onde tirou as folhas para a salada. Vagens já cortadas estavam prontas para ser cozidas ao vapor, havia amêndoas em lascas em uma tigela e ele já cozinhava o quiabo no fogão.

Dana Sue o empurrou para fora do caminho.

— Eu fico com as saladas. Quais são os especiais de hoje?

— Graças a Deus estamos no meio da semana. Acho que podemos servir um só. Pensei em lagostim com linguine — disse ele. — É rápido e fácil.

— Perfeito. E para a sobremesa?

Erik a olhou desanimado.

— Não preparei nada. Nem tinha passado pela minha cabeça. Tive que me concentrar totalmente nos preparativos para os pratos principais e os acompanhamentos.

Como chef confeiteiro, aquilo mostrava como estava estressado.

— Brownies de nozes com sorvete — sugeriu ela, sabendo que era algo que Erik podia preparar de olhos fechados. — É só fazer uma assadeira grande, cortar em pedaços e pronto. Acho que também temos uma das suas tortas de maçã no freezer. Vou tirá-la agora, assim ela descongela antes de abrirmos para o jantar. A gente esquenta uma fatia no forno e depois serve com sorvete de canela.

Erik não discutiu, embora em um dia normal ele fosse reclamar de servir algo que não tivesse sido preparado no mesmo dia.

— Ainda temos sorvete de canela? — perguntou ele.

— Se não tiver, pode ser de baunilha. Com certeza temos desse — disse Dana Sue.

Era tão básico que ela sempre mantinha um estoque. Mesmo assim, foi conferir o freezer.

— Por que não me ligou assim que teve notícias de Karen? — perguntou Dana Sue enquanto pegava a torta e a colocava na prateleira de sobremesas para descongelar.

— Você já está muito ocupada — respondeu Erik. — Eu achei que fosse dar conta. É só uma noite e nem é uma das mais movimentadas. Não deve ser o fim do mundo.

Ela sorriu.

— Nós temos uma assistente por um motivo. Às vezes, nós três precisamos estar aqui. Você sabe disso. Você não é o SuperCozinheiro. E este restaurante é minha responsabilidade. Da próxima vez que tiver uma emergência, me ligue.

— Pode acreditar, eu vou — disse ele, parecendo menos alucinado agora que começava a tarefa mais familiar de misturar os ingredientes para seus brownies úmidos e saborosos. — Ah, e tem mais uma coisa.

— O quê?

— Um dos garçons ligou avisando que estava doente dois minutos antes de você chegar. Ainda não tive tempo de ligar para um substituto.

— Quem foi? — perguntou ela.

— Paul.

Dana Sue estremeceu, tentando visualizar o quadro de funcionários. No meio da semana, em geral conseguiam se virar com apenas dois garçons e os ajudantes. Paul poderia cuidar de uma casa cheia sozinho, mas ninguém mais era capaz desse feito.

— Isso quer dizer que só temos a Brenda, certo? Ela já está aqui há algum tempo, mas só em meio período e sempre com alguém mais experiente. Droga, isso não podia ter acontecido em uma noite pior, com Karen tendo que faltar também. Não posso ajudar no salão.

— Eu sei — lamuriou-se Erik.

— Vou pensar em alguma coisa — prometeu Dana Sue, e então viu Ronnie parado na porta.

Estreitando os olhos, ela o estudou e tomou uma decisão impulsiva que lhe pouparia algum tempo. Deixaria para pensar mais tarde se tinha sido uma boa ideia ou não.

— Sei que você não faz isso desde que éramos adolescentes, mas ainda se lembra de como servir mesas? — perguntou ela.

— É importante não errar os pedidos e não derramar comida nos clientes — respondeu Ronnie, olhando-a com uma expressão perplexa. — Isso é um teste? Eu passei?

— Passou raspando — disse Dana Sue. — Pegue um cardápio e decore. Vou mostrar com que mesas você vai ficar daqui a pouco.

— Você quer que eu cubra algum garçom? Hoje? — perguntou ele, incrédulo, embora não tivesse dado meia-volta e fugido.

Erik parecia tão chocado quanto Ronnie.

— Tem certeza, Dana Sue?

— Ele está aqui agora — disse ela em tom seco. — E me deve uma.

— Não sabia que esse era o critério de seleção — comentou Erik, mas se calou diante do olhar fulminante de Dana Sue.

— Por quê? — perguntou Ronnie, embora já tivesse pegado um cardápio que havia sido deixado em uma prateleira perto da porta. Ele puxou um par de óculos de leitura do bolso e os colocou.

— Emergência — explicou ela, decidindo não fazer qualquer comentário sobre os óculos. — Se tiver alguma dúvida, pode me perguntar ou, melhor ainda, perguntar a Brenda.

— Aquela menina que nos serviu da última vez que estive aqui? — perguntou ele.

Dana Sue sorriu.

— Esta noite aquela menina está apenas um nível abaixo de mim na hierarquia, meu chapa. Faça o que ela mandar.

Ronnie deu de ombros.

— Se você diz.

Pela primeira vez, Dana Sue estava grata pela personalidade relaxada do ex-marido.

Quando os preparativos estavam finalmente sob controle e Erik não parecia mais tão exausto, ela foi até seu escritório ligar para Annie.

— Oi, querida — disse ela quando a filha atendeu.

— Oi, mãe. Onde você está?

— No restaurante. Tivemos um pequeno imprevisto aqui esta noite, então não vou conseguir passar para ver você. Eu sinto muito. Tenho certeza de que Helen ou Maddie aparecerão por aí mais tarde. Como você está?

— Melhor — disse Annie, e pela primeira vez parecia ser verdade. — Ty veio me ver hoje.

— É mesmo?

— Eu conto melhor quando a gente se encontrar — prometeu Annie. — Ele me disse muitas coisas que fizeram sentido.

— Fico feliz em saber.

— Você sabe onde meu pai está? Ele também não veio.

— Na verdade, ele está comigo — disse Dana Sue. — Eu pedi para ele ficar de garçom hoje.

Annie riu.

— Você está brincando, né?

— Não. Ele até que fica bem de avental. — Ela baixou a voz. — Ah, e sabe o que aconteceu?

— O quê? — perguntou Annie, obviamente intrigada.

— Ele botou óculos para ler o cardápio — confidenciou ela.

— Mentira!

— Ele ficou uma graça.

— É mesmo? — Annie parecia animada.

Dana Sue pensou em se censurar para não dar falsas esperanças à filha, mas decidiu ser honesta.

— Só porque ele é seu pai e eu ainda estou chateada com ele não quer dizer que eu não consiga ver que ele é um gato.

Annie deu risadinhas.

— Mãe, você é muito engraçada.

Satisfeita por ter sido capaz de fazer Annie rir, Dana Sue disse:

— Eu tenho que ir, querida. Se não for muito tarde, ligo de novo quando as coisas estiverem mais calmas por aqui. Senão, estarei aí amanhã cedo.

— Eu te amo — disse Annie. — Diga ao papai que eu o amo também.

— Pode deixar — prometeu Dana Sue, então desligou.

Ela sentiu esperança pela primeira vez em muito tempo. Talvez fosse porque sua filha parecia tão otimista, talvez fosse a ideia de trabalhar com Ronnie por uma noite. Fosse o que fosse, era uma ótima sensação.

Ronnie não era o garçom mais rápido do universo. Ele culpava em parte o fato de que era parado por todo cliente que o reconhecia, querendo saber por que ele voltara à cidade. Ele reencontrou muitos velhos amigos enquanto equilibrava bandejas com copos d'água, pão e bebidas. Ronnie só errou dois pedidos a noite inteira, o que era excelente, considerando que não trabalhava servindo mesas havia mais de vinte anos.

Também tinha sido divertido e revelador ver como Dana Sue era capaz de se dividir entre seus deveres na cozinha e a tarefa de encantar os clientes. Ronnie viu muitos olhares especulativos lançados na direção deles sempre que se cruzavam e paravam para falar, mesmo que a conversa muitas vezes fosse sobre o prato especial da noite.

O movimento finalmente diminuiu por volta das nove. Ronnie estava prestes a suspirar aliviado quando Helen entrou e foi direto se sentar em uma das mesas em sua seção.

— Vim ver se os boatos eram verdade — disse ela, estreitando os olhos quando ele se aproximou.

— Que boatos? — perguntou Ronnie.

— Que Dana Sue acabou de contratar o homem que a traiu — respondeu Helen. — O que mais você está disposto a fazer, Ronnie?

Ele se irritou com a acusação.

— Há tantas coisas erradas no que você acabou de dizer que não sei nem por onde começar. Talvez eu devesse deixar Dana Sue explicar, já que com certeza você nunca acreditaria no que digo.

— Consigo ver uma mentira de longe — rebateu Helen. — Quero ouvir sua versão.

— Para início de conversa, não estou trabalhando aqui — explicou ele. — Só estou dando uma força para Dana Sue hoje à noite. Ninguém nem falou sobre pagamento. E eu não preciso do dinheiro dela. Agora, quer pedir alguma coisa? A cozinha está quase fechando. E, antes que pergunte, o especial do dia acabou, então se veio por causa dele talvez seja melhor chegar mais cedo da próxima vez.

Helen pareceu surpresa com a resposta rápida, então suspirou.

— Me desculpe — disse ela, para a surpresa de Ronnie. — Quando Annie me disse que Dana Sue pôs você para trabalhar, tirei conclusões precipitadas.

— Tirou mesmo — concordou ele. — Talvez seja bacana você trabalhar nisso. Não é um bom hábito, ainda mais para uma advogada que aprendeu a só tirar conclusões depois de todos os fatos serem apresentados.

— Você está certo — disse Helen com aparente sinceridade. — Eu realmente peço desculpas.

Ronnie olhou em volta para ter certeza de que suas mesas ainda estavam vazias, então puxou uma cadeira.

— Olha, você e eu precisamos fazer as pazes. Entendo que você só está tentando cuidar de Dana Sue, mas não sou o inimigo. Não mais.

— Prefiro não tirar conclusões precipitadas sobre isso — murmurou ela em tom seco.

— Tudo bem.

Antes que ele pudesse dizer mais alguma coisa, Dana Sue saiu correndo da cozinha e foi direto para a mesa deles.

— Brenda me disse que você estava aqui — disse ela para Helen. Então lançou um olhar preocupado para o ex-marido e a amiga. — Que bom, não houve derramamento de sangue.

— Hoje não — respondeu Helen.

— Estamos negociando uma trégua — acrescentou Ronnie.

Dana Sue pareceu não acreditar muito naquilo.

— E como está indo?

Ele sorriu.

— Tão bem quanto seria de se esperar quando alguém está negociando com Helen. Ela é durona.

— É uma boa característica — disse Helen, na defensiva.

— Na maioria das vezes, sim — concordou Dana Sue.

— Alguém tem que botar pressão — disse Helen.

— Sou perfeitamente capaz de fazer isso — garantiu Dana Sue.

— Ela é mesmo — confirmou Ronnie.

Helen finalmente se recostou na cadeira e relaxou.

— Mas acho bom não esquecer que estou de olho em você — ameaçou ela.

Ronnie piscou para Dana Sue.

— Já era de se esperar. E aí, você vai querer jantar ou não? — perguntou a Helen, e depois olhou para sua ex-esposa. — E você? Já comeu alguma coisa?

Dana Sue deu de ombros.

— Não tive tempo. E não estou com fome, de qualquer maneira.

— Você precisa comer — disse Helen em tom severo. — Eu vou querer o salmão. Peça a mesma coisa para ela.

Na cozinha, Ronnie repassou os pedidos a Erik, pôs copos d'água e pão em uma bandeja, depois voltou para perto do fogão, onde o *sous* chef já estava colocando legumes nos pratos ao lado do salmão regado com azeite de oliva e ervas.

— São os últimos clientes? — perguntou ele a Ronnie.

— Dana Sue e Helen, na verdade. — Ele fez uma pausa. — Posso fazer uma pergunta?

Erik o olhou com cautela.

— Pode.

— Eu conheço o histórico familiar de Dana Sue — disse Ronnie. — Eu estava aqui quando a mãe dela morreu de complicações de diabetes, e sei que Dana Sue sempre teve medo de passar pela mesma coisa. Ela foi diagnosticada com diabetes?

Erik negou com a cabeça, mas começou a falar antes que Ronnie pudesse ficar aliviado:

— Mas o médico avisou que ela precisa tomar cuidado, comer direito e fazer exercícios, ou vai precisar de remédios para controlar o açúcar no sangue. Já está começando a ficar perigoso. Ela deveria medir a glicemia pelo menos uma vez por dia e se consultar com ele uma vez por mês. Só que não acho que ela esteja fazendo isso, pelo menos não todos os dias, e provavelmente com ainda menos frequência desde que Annie foi internada.

— Foi por isso que você brigou com ela por causa do bolo de chocolate na outra noite?

Erik assentiu com a cabeça.

— E não vou dizer mais. Se quiser saber mais alguma coisa, pergunte a Dana Sue.

— Obrigado. Isso confirma o que eu já havia adivinhado. E pode ficar tranquilo, vou cuidar dela.

Erik deu a ele o primeiro sorriso sincero desde o dia em que se conheceram.

— Você já está cuidando. Eu vi. É só por isso que ainda não me ofereci para fazer picadinho de você.

— Mais uma pergunta — Ronnie disse. — Vocês dois... parecem próximos.

— Nós somos — concordou Erik. — Eu poderia deixar você interpretar isso como se algo estivesse acontecendo entre nós, mas não vou. Dana Sue e eu somos apenas colegas de trabalho. E, só para você saber, não foi por falta de tentar convencê-la a ter algo a mais.

— Não vamos ter que duelar ao amanhecer ou algo assim, vamos? — perguntou Ronnie.

Erik ergueu as mãos.

— Eu não. Sou um pacifista. Contanto que você seja bom para ela, não teremos problemas.

Ronnie assentiu, apreciando a franqueza.

— É melhor eu levar a comida logo, antes que a proprietária comece a reclamar do serviço. Se bem que ela sabe que o barato às vezes sai caro, e ela não está me pagando nada.

Erik riu.

— Não deixe Dana Sue vir limpar a cozinha. Já tenho tudo sob controle.

— Eu volto para ajudar você.

— Não precisa. Pode fazer companhia a ela e Helen.

— Algo me diz que seria mais sábio me esconder aqui até Helen ir embora — disse Ronnie. — Ela não é minha maior fã.

— E você não acha que pode conquistá-la? — perguntou Erik, claramente se divertindo.

— Não em uma noite — respondeu Ronnie. — Durante anos eu me comportei bem, e mesmo assim ela não estava muito feliz comigo na época.

E, apesar de ter feito algum progresso em conquistar Dana Sue, ele suspeitava de que ganhá-la seria uma tarefa ainda mais difícil do que ganhar Helen, pelo menos no que dizia respeito àquele voto de confiança final.

Annie não estava lá muito animada para ver a dra. McDaniels na manhã seguinte, mas era a primeira vez que seu estômago não se revirava diante da ideia de uma daquelas sessões. Ela poderia lhe contar algumas coisas, e se a psiquiatra não reagisse mal, então talvez entrasse em mais detalhes. Recusar-se a admitir que era anoréxica não estava levando a lugar nenhum, de qualquer maneira. Todo mundo já sabia, até mesmo Ty. Ele não a tratara como se fosse esquisita na conversa que tiveram, e aquilo finalmente dera a Annie a coragem para conseguir reconhecer seu problema em voz alta. Ela até tinha começado a treinar, ensaiando quando estava sozinha. Depois de algumas tentativas, conseguiu dizer em voz alta sem sentir náusea.

Quando a porta de seu quarto se abriu, ela quase torceu para que fosse sua mãe, mas era a psiquiatra, na hora certa.

— Bom dia, Annie — disse a dra. McDaniels no mesmo tom alegre que sempre irritava Annie. — Você está parecendo melhor hoje.

Annie a olhou com um sorriso tímido.

— A enfermeira me ajudou a lavar e secar o cabelo.

— Ficou ótimo. Suas bochechas também estão mais coradas.

— É por causa do blush — admitiu ela.

— Não tem problema usar um pouco de maquiagem — disse McDaniels. — E isso me diz que você está começando a se interessar pela sua aparência de novo. Algum motivo particular?

— Ty, um amigo meu, esteve aqui ontem e me fez começar a ver as coisas de maneira diferente — explicou Annie.

— Ah, é? Como assim?

— Ele me deu uma bronca por ser tão burra e não me importar o suficiente comigo mesma.

A dra. McDaniels tentou conter um sorriso. Annie percebeu que ela tentava resistir, mas os cantos da boca se ergueram.

— Ele deu uma bronca, foi? Talvez eu devesse ter tentado essa estratégia.

Annie balançou a cabeça.

— Acho que eu precisava ouvir dele. Ty é muito legal. Ele é a estrela do time de beisebol. A gente se conhece desde pequeno. Quando ele me falou que estava com medo por mim, consegui ver tudo do ponto de vista dele, não só do meu. Quer dizer, eu já tinha ouvido isso dos meus pais, da Sarah e Raylene, minhas melhores amigas, mas dessa vez fez sentido.

— Ty fez você perceber que suas atitudes afetam todas as pessoas que se importam com você — sugeriu a dra. McDaniels.

Annie assentiu.

— Ele fez outra coisa também, segurou um espelho e me fez olhar nele.

— E então?

— Não gostei do meu reflexo, porque eu me vi pelos olhos dele. Ele não via a pessoa gorda que eu vejo. Ele me fez perceber que não estou com uma aparência tão boa.

— Parece que você teve uma revelação e tanto — disse a dra. McDaniels, claramente satisfeita. — Você está pronta para começar a tentar mudar o comportamento que a trouxe até aqui?

Annie sabia o que a mulher queria ouvir. Não queria só que ela concordasse em mudar. Queria que Annie admitisse e reconhecesse que tinha um problema.

Ela se obrigou a olhar a psiquiatra nos olhos.

— Por eu ser anoréxica, você quis dizer?

A dra. McDaniels sorriu.

— É exatamente isso que eu quis dizer.

Annie engoliu em seco.

— E se eu não conseguir mudar isso?

— Você consegue — disse ela em tom enfático. — Eu acredito nisso. E você também deveria. O primeiro passo é admitir o problema. Não estou dizendo que não vai ser difícil, em alguns dias você vai odiar a mim, Lacy e todas as enfermeiras monitorando sua ingestão de alimentos. Vai ter horas em que você vai pensar que seria mais fácil desistir das sessões, ou que você vai olhar para a comida e ter vontade de vomitar. Mas você consegue, Annie. Estou aqui para ajudar, assim como Lacy. Seus pais vão fazer qualquer coisa para apoiá-la. E parece que seus amigos Ty, Sarah e Raylene estarão ao seu lado também.

Annie sorriu.

— Ty disse que não ia me deixar em paz até ter certeza de que estou comendo.

— Isso é ótimo. Agora, tem algumas coisas que quero que você pense para amanhã — disse a dra. McDaniels. — A única maneira de ter certeza de que você não vai voltar aos comportamentos antigos é descobrindo como isso tudo começou. Quero que pense nisso. Talvez você quisesse apenas perder alguns quilos antes de uma festa, ou algo maior do que isso. Pense bem e veja se consegue se lembrar de um episódio em que a comida de repente se tornou sua inimiga. Pode ser?

Annie assentiu. Ela poderia ter respondido naquele exato instante, mas não queria falar sobre o assunto. Não gostava nem de pensar sobre isso.

A dra. McDaniels a olhou com atenção.

— Annie, você já sabe a resposta? Quer falar sobre isso agora? Posso ficar mais um pouco.

— Não — respondeu ela bem rápido. — Não quero.

A psiquiatra pareceu um pouco decepcionada, mas não insistiu.

— Tudo bem. Nós conversaremos amanhã — disse ela, assim que a porta do quarto de Annie começou a abrir.

Ao ver sua mãe na porta, Annie deu um suspiro de alívio. Estava livre da dra. McDaniels. O lado ruim era que tinha quase vinte e quatro horas pela frente para sofrer antes da próxima sessão.

Quando viu a dra. McDaniels no quarto de Annie, Dana Sue se sentiu culpada por interrompê-las.

— Desculpe. Não sabia que você estava atendendo — disse ela, tentando descobrir pelo rosto da psiquiatra como a sessão estava indo. — Vou ficar na sala de espera até vocês terminarem.

— Não precisa — disse a médica. — Quer entrar? Acabamos de terminar.

— Tem certeza? — perguntou Dana Sue. — Não acabe mais cedo por minha causa.

— Imagina. Annie e eu conversamos por algum tempo — disse a dra. McDaniels com um sorriso caloroso. — Fizemos algum progresso hoje, não foi, Annie?

A adolescente assentiu, embora não parecesse tão alegre.

— Isso é maravilhoso — disse Dana Sue.

— Na verdade, fizemos progresso suficiente para me convencer de que podemos dar alta para Annie amanhã, desde que ela concorde em continuar vindo me ver todos os dias em meu consultório.

A expressão de Annie se iluminou. Estava claro que aquilo era novidade para ela também.

— É sério? Posso ir para casa?

— Se Lacy e o dr. Lane concordarem, pode receber alta logo depois de nossa sessão de amanhã — disse a dra. McDaniels.

Ela se virou para Dana Sue.

— E então eu gostaria de agendar uma sessão em família para o dia seguinte, se for possível para você. Você e o sr. Sullivan podem vir?

Dana Sue assentiu com a cabeça.

— É claro.

— Nós vamos repassar todas as diretrizes que precisam ser seguidas para a recuperação de Annie e talvez a gente converse um pouco sobre o que cada um de vocês pode fazer para ajudá-la a continuar no caminho certo — explicou ela. — Acho que vou pedir à nutricionista que se junte a nós também.

— E o primeiro dia dela em casa? — perguntou Dana Sue. — Preciso fazer algo de diferente?

A dra. McDaniels olhou para Annie.

— Que tal você passar tudo para sua mãe depois que Lacy e eu explicarmos em detalhes amanhã?

Annie assentiu, claramente satisfeita que a psiquiatra confiasse nela para ser honesta sobre as regras.

A dra. McDaniels se levantou.

— Você se saiu bem hoje, Annie. Estou orgulhosa.

— Não foi tão difícil quanto achei que seria.

— Vai ficar mais difícil — avisou a médica. — E haverá desafios. Você precisa entender isso, então não desista.

Annie assentiu.

— Está bem.

— Então vejo você de manhã — disse ela.

Depois que a médica saiu, Dana Sue foi até Annie para dar um abraço na filha.

— Estou tão orgulhosa de você, querida. E mal posso esperar para ter você de volta em casa. Acho que não dormi direito esse tempo todo em que você esteve fora.

— Mesmo sem eu estar tocando música alta?

Dana Sue deu de ombros e admitiu com tristeza:

— Acho que senti falta disso também. — Ela se sentou ao lado da filha na cama. — Quer fazer uma pequena comemoração por estar de volta em casa? Apenas Maddie, Helen, seu pai e talvez Ty, Sarah e Raylene?

— Isso seria incrível — disse Annie. — Mas, mãe, pouca comida, está bem? Na verdade, você poderia convidá-los depois do jantar? Vai ser estranho se todo mundo estiver me olhando para ver o que como.

— Se você prefere assim — concordou Dana Sue.

Talvez fosse cedo demais para esperar que Annie se sentisse à vontade em uma ocasião que envolvesse comida.

Ou talvez, pensou Dana Sue preocupada, aquilo fosse um sinal de que ela já estava buscando maneiras de agir como antes e evitar refeições com outras pessoas para que ninguém percebesse que não estava comendo.

Odiando não poder confiar na filha, Dana Sue resolveu conversar com a dra. McDaniels sobre o que esperar do comportamento de Annie e que sinais lhe diriam que Annie estava regredindo. Desta vez, Dana Sue não ignoraria nada.

CAPÍTULO DEZESSEIS

Ronnie tinha acabado de passar uma hora ao telefone com Butch Thompson, que concordara em vir a Serenity na manhã seguinte para dar uma olhada na loja de ferragens e no plano de negócios do ex-funcionário.

— Vou cobrar aquela ida ao restaurante da sua esposa que você me prometeu — dissera Butch.

— A *sua* esposa vem também?

— Dessa vez não. Vamos marcar com ela assim que tivermos toda a papelada assinada. Não deve levar mais do que uma ou duas semanas.

Ouvir Butch falando como se o negócio já estivesse certo deixou Ronnie felicíssimo, e ele estava mais alegre do que o normal quando o telefone tocou de novo.

— Ronnie? — perguntou Dana Sue, como se não tivesse certeza de que era mesmo ele.

— Oi, meu bem. Como você está?

— Bem. Você parece bem animado. Aconteceu alguma coisa?

— Eu conto mais tarde — prometeu ele, lembrando-se de como tinha ido ao restaurante na véspera especificamente para deixá-la a par da novidade. Depois acabou distraído com a pequena emergência do restaurante e se esqueceu. Não queria continuar adiando, mas preferia dar a notícia cara a cara para poder avaliar sua reação. — Por que está ligando?

— Você pode me encontrar lá em casa em uma hora?

— Claro — disse ele, embora estivesse surpreso com o convite. Devia ser algo importante se ela estava disposta a deixá-lo a pisar lá outra vez. — Quer me dizer o motivo?

Dana Sue hesitou, mas nunca foi boa em guardar segredos. Ronnie ficou esperando até ela não conseguir se segurar mais.

— Annie volta para casa amanhã! — exclamou ela por fim. — Não é maravilhoso?

Ele sentiu uma onda de alívio, com um pouco de cautela.

— Maravilhoso é pouco — disse Ronnie. — Os médicos têm certeza de que ela está pronta?

— Eu falei com a dra. McDaniels agora há pouco. Pelo visto, ela acha que Annie finalmente fez um progresso significativo. Ela marcou uma sessão em família para todos nós depois de amanhã.

— Deve ter sido a visita de Ty — especulou Ronnie.

— Que visita? — perguntou Dana Sue, soando confusa. — Quero dizer, Annie me falou que ele passou aqui ontem, mas, com toda aquela confusão no restaurante ontem à noite, acabei esquecendo completamente.

— Eu também acabei me esquecendo de falar sobre isso — disse ele. — Eu conto tudo quando encontrar você em casa.

— É bom mesmo — respondeu ela, com uma determinação severa de repente. — Espero que não esconda nada de mim no que diz respeito à nossa filha.

— Eu não estava escondendo nada de você — disse Ronnie, sabendo como a ex-esposa pensava.

Dana Sue poderia transformar aquilo em uma grande ofensa em um piscar de olhos, assim como faria se ele não lhe contasse seus planos para a loja de ferragens.

— Se você diz… — aceitou ela por fim, embora seu tom ainda fosse frio. — Sei que devo estar exagerando. Vejo você daqui a uma hora e então nós resolvemos isso.

Foi só depois que Ronnie desligou o telefone que se lembrou de seu compromisso com Butch no dia seguinte. Alguns anos antes, teria tentado conciliar tudo. Mas, naquele momento, sabendo bem quais eram suas prioridades, ele entendia que, por mais importante que fosse aquela reunião, não se comparava com a volta de Annie para casa. Ele ligou para o celular de Butch.

— Butch, sou eu de novo. Podemos adiar nosso encontro por alguns dias? Acabei de descobrir que minha filha vai sair do hospital amanhã. Quero ficar com ela. E no dia seguinte precisamos conversar com a psiquiatra dela. Como ainda não tenho os detalhes, acho mais fácil remarcarmos para o final da semana.

— Não tem problema — disse Butch na mesma hora. — Vejo você na sexta, no mesmo horário. Que tal?

— Perfeito. Obrigado.

— Não precisa me agradecer. Você se importar tanto com essa menina é um dos motivos pelos quais gosto tanto de você.

Aliviado por ter feito a coisa certa e tudo ter corrido bem, Ronnie tomou banho assobiando e vestiu roupas limpas antes de ir para a casa que havia sido seu lar por quase vinte anos. Não sabia como se sentiria ao passar por aquela porta outra vez depois de tanto tempo. Ficava feliz por Dana Sue finalmente estar disposta a deixá-lo entrar em casa em vez de recebê-lo no gramado com uma frigideira na mão.

Dana Sue percebeu que tinha dez minutos para deixar a casa mais ou menos apresentável antes que Ronnie a visse outra vez. Com Annie no hospital, ela havia largado os sapatos do lado da porta e os deixado lá. Pratos e copos de lanches estavam espalhados por toda a parte. As superfícies estavam empoeiradas. Dana Sue nunca tinha sido uma dona de casa muito dedicada, mas o lugar estava uma bagunça até mesmo para seu baixo padrão de exigência.

Ela teve tempo apenas de guardar os sapatos no armário e colocar a louça suja na lava-louças quando ouviu a caminhonete de Ronnie estacionar na frente da garagem. Para evitar qualquer constrangimento sobre se ele deveria ou não bater e esperar antes de entrar na casa onde havia morado, ela o encontrou do lado de fora.

— Obrigada por ter vindo — disse Dana Sue, abrindo passagem para Ronnie.

Ao passar ao lado dela, ele lhe deu um beijo rápido na testa, que a deixou completamente desconcertada. Tinha sido tão inocente, tão casual, como se estivesse beijando uma prima distante. Não era nada como os beijos ardentes que trocavam assim que ele entrava pela porta. A falta de paixão despertou seu espírito impulsivo, a mulher que agarrava o que queria como se sua vida dependesse disso.

Parecendo intrigado por Dana Sue não o seguir porta adentro, Ronnie se virou e olhou para ela.

— Você está bem?

Ela estava bem?, Dana Sue se perguntou. Estava mesmo bem quando precisava resistir ao desejo de puxá-lo pela camisa para aproximar seu rosto e beijá-lo? Ou estava maluca?

Embora o calor do desejo percorresse seu corpo, ela se convenceu de que *estava* maluca. Era apenas uma reação instintiva ao tê-lo de volta debaixo daquele teto, naquela sala onde transaram tantas vezes, ambos impacientes demais para subir as escadas até o quarto. Passaram a ser mais discretos depois do nascimento de Annie, mas a sala ainda abrigava um número surpreendente de memórias hipnotizantes.

— Dana Sue? — perguntou Ronnie, ainda olhando para a ex--esposa com uma expressão confusa.

Ela afastou as memórias e forçou um sorriso alegre.

— Desculpe. Foi só um lapso momentâneo.

Dana Sue ia passar por ele e se refugiar na cozinha, mas Ronnie segurou seu braço e a encarou.

— Eu também me lembro — disse ele baixinho.

— Se lembra do quê? — perguntou ela, forçando uma voz alegre.

Ronnie sorriu diante da tentativa dela de fingir que não estavam pensando exatamente na mesma coisa.

— Tudo — respondeu ele, o olhar fixo no dela. — Eu costumava ficar acordado à noite no meu quarto de hotel e pensar em nós dois juntos, em como a gente não precisava de mais do que um olhar ou um toque para pegar fogo.

— Não — implorou Dana Sue.

— Não o quê? Não é para eu falar isso ou você não se lembra? — perguntou Ronnie.

— Os dois — sussurrou ela. — Não podemos voltar a como as coisas eram, Ronnie.

— Não — concordou ele, ainda encarando-a. — Mas podemos começar de novo, criar novas lembranças.

— Como? Porque a cena em que penso, que não consigo esquecer, não é tão bonita.

— O meu caso — disse ele sem rodeios.

— Sim, o seu caso.

— Foi um caso de uma noite só, não significou nada — explicou Ronnie. — Isso não quer dizer que não errei, mas é motivo suficiente para desistir de nós para sempre?

— Eu achava que sim — disse Dana Sue, então percebeu que havia falado no passado, o que podia ser interpretado como o incentivo que ele estava claramente procurando. — Eu ainda acho — acrescentou ela. — Pelo visto você também, já que saiu da cidade.

— É melhor pensar bem antes de falar nisso — disse Ronnie com toda a calma. — Eu fui embora porque você não me deu escolha.

— Ah, me poupe, eu não proibi você de morar aqui.

— Não, mas deixou bem claro como ficaria magoada se eu fizesse isso. Fui embora porque já me sentia culpado por ter feito você sofrer. A última coisa que eu queria fazer era prolongar o sofrimento e deixar as coisas mais difíceis para você e Annie.

— Então por que agora está insistindo tanto em ficar?

— Porque finalmente percebi que foi um erro eu ir embora — explicou Ronnie, depois sorriu. — E, apesar do que você diz, não acho que queira mesmo que eu vá embora.

— Eu quero — disse ela, mas sem muita sinceridade.

— Quer mesmo? — perguntou o ex-marido. — Não está começando a amolecer um pouco? Você não viu como trabalhamos bem juntos ontem à noite, como se pudéssemos ler a mente um do outro? Não viu como nos saímos muito bem na hora de apresentar uma frente unida para Annie? Separados, somos bons pais, mas juntos somos incríveis.

Dana Sue tinha notado tudo aquilo, mas não tinha tanta confiança no que via. Ainda não conseguia.

— Não vou discutir isso com você — disse ela, desviando o olhar antes que pudesse cair em sua lábia e em seus braços. — Você só está aqui agora por causa de Annie. Achei que podia me ajudar a planejar o retorno dela.

Ronnie recuou na hora, sentindo que a ex-esposa estava perdendo a paciência.

— Eu adoraria. E também queria conversar com você sobre uma coisa, se tiver um tempinho.

— Vamos sentar na cozinha — pediu Dana Sue, na esperança de que houvesse menos memórias lá, que sempre foi seu domínio. — Vamos nos concentrar na volta de Annie para casa, está bem? Vou preparar um chá gelado para nós.

Ronnie estreitou os olhos, o que sugeria que ele sabia que era a última coisa que ela deveria beber.

— Vou usar adoçante — disse ela.

— Eu por acaso reclamei? — perguntou ele.

— Não, mas nós dois sabemos que você sabe de alguma coisa, ou pensa que sabe. Já que não quero discutir isso, terá que acreditar em mim quando digo que sei o que devo ou não comer.

— Tenho certeza que sabe — disse Ronnie, botando panos quentes. — E você é sem dúvida inteligente o suficiente para seguir as ordens do médico.

— Sim, eu sou — respondeu ela.

Pelo menos quando se lembrava ou não se entregava a comidas reconfortantes para aplacar a irritação que sentia em relação àquele homem.

Dana Sue pôs água para ferver, tirou saquinhos de chá do armário e pegou um punhado de pacotes de adoçante.

— Está feliz? — perguntou ela enquanto os abria e despejava o conteúdo na água, adicionando os saquinhos de chá em seguida.

— Felicíssimo — comentou ele, irônico.

De cara feia, ela o encarou.

— Tem uma coisa em você que continua igualzinho.

— O quê?

— Você ainda é muito irritante.

Ronnie sorriu.

— Prefiro pensar que sirvo para acelerar o seu metabolismo.

— Você que pensa — zombou Dana Sue, mas teve que conter uma risada.

Em alguns momentos, embora fosse preferir comer areia a admitir isso, ter Ronnie por perto outra vez a lembrava de como ela se sentia na época em que estava completamente viva. Para seu desgosto, aquela sensação havia se tornado completamente desconhecida para ela desde que o ex-marido foi embora, sem exceção.

Dana Sue afastou esses pensamentos.

★ ★ ★

Annie não sabia o que a deixava mais feliz, estar em casa de novo ou ver os pais juntos sob o mesmo teto, tentando se dar bem, mesmo que estivessem fazendo isso só por causa dela.

Eles haviam chegado em casa um pouco antes da hora do almoço, e sua mãe insistiu que todos se sentassem juntos para comer sanduíches e tomar chá. Ela preparou sanduíches de peru no pão integral, cortando-os em quatro na diagonal, como Annie gostava quando pequena. Instintivamente, Dana Sue tomara a decisão acertada de servir as fatias em um prato no meio da mesa, em vez de colocar um sanduíche enorme na frente da menina.

Annie sabia que seus pais a estavam vigiando enquanto ela pegava uma pequena fatia e a colocava no prato, acrescentando em seguida uma pequena colher da salada de batata feita pela mãe. Em outros tempos, ela poderia ter comido a tigela inteira, mas agora só conseguia dar uma garfada antes de querer sair correndo da mesa para vomitar. Ainda assim, era um avanço, e a menina adivinhou pelas expressões dos dois que eles entendiam. Para seu desgosto, Annie sabia também que Lacy lhes dera uma lista muito detalhada do que ela deveria comer e a que horas, todos os dias. O regime não mudaria só porque não estava mais sob a supervisão das enfermeiras do hospital.

— Erik mandou um pouco de sorvete de canela para mais tarde — disse sua mãe. — Ele achou que podíamos tomar quando todo mundo chegasse.

— Legal — respondeu Annie, surpresa que a ideia de fato lhe parecesse boa. O sorvete feito por Erik era incrível. Quando o cozinheiro estava formulando a receita no restaurante, Annie apenas provou um pouco, mas apostava que a mãe tinha comido um balde.

— Você não convidou muita gente, né?

— Só as pessoas que comentei — garantiu Dana Sue. — E não vão ficar muito. Vão chegar por volta das sete, depois do jantar, como você queria.

— Obrigada.

Annie deu uma mordida no sanduíche e se obrigou a engolir. Para sua surpresa, estava gostoso, melhor do que os sanduíches do hospital, de alguma forma. Talvez porque sua mãe o tivesse preparado. Annie comeu outro pedaço.

— Você devia descansar um pouco depois do almoço — disse o pai. — Não é bom exagerar no seu primeiro dia em casa.

Annie franziu a testa para ele.

— Eu só entrei no carro — protestou ela. — Mesmo no hospital, me obrigaram a sair de cadeira de rodas. Uma palhaçada.

Ronnie sorriu.

— Você não pareceu reclamar muito na hora. Notei que o auxiliar era bem bonito.

Annie revirou os olhos enquanto comia outro pedaço do sanduíche, terminando a pequena fatia.

— Me poupe. Kenny deve ter tipo vinte e três anos. Não deve ter nem terminado a escola. Deve ser o melhor trabalho que ele vai ter na vida.

— É bom saber que você é exigente — brincou Ronnie. — Só não seja tão rápida em julgar as pessoas. Você nunca sabe que talentos ocultos elas podem ter.

— Se Kenny tem algum talento, está tão oculto que ninguém jamais vai descobrir — zombou Annie, então percebeu que distraidamente pusera outro quarto do sanduíche em seu prato. Dando de ombros, ela deu uma mordida.

— Tem certeza de que Kenny não tem talentos? — perguntou seu pai.

Annie o estudou.

— O que você sabe sobre ele que eu não sei?

— Só que ele é um carpinteiro muito talentoso — disse o pai. — Ele faz móveis há anos e os vende em consignação em algumas galerias que se especializam em peças feitas por artesãos locais. Acho que você vai ouvir falar muito de Kenny um dia.

Sua mãe pareceu tão surpresa quanto Annie.

— Como você sabe disso? — perguntou Dana Sue.

— Eu me dei ao trabalho de conversar com ele — disse Ronnie. — Ele é tímido, não burro. — Ele olhou para a filha com ar de sabedoria. — Aí está outra lição, por falar nisso.

— Você está tentando me fazer sair com ele ou algo assim? — perguntou Annie, depois de engolir mais um pouco de sanduíche e tomar um gole do chá sem açúcar.

— Claro que não — disse seu pai na mesma hora. — Ele é velho demais para você.

— Então por que estamos tendo essa conversa? — interpelou a menina, irritada por ter perdido a chance de conhecer um cara que parecia muito mais interessante do que ela havia imaginado. Talvez fosse mesmo uma esnobe, como o pai estava insinuando.

— Acho que eu sei por quê — disse sua mãe, olhando para seu pai com uma expressão divertida. — Ele está distraindo você, para você não ficar pensando na comida. Você comeu e pronto. E funcionou.

Annie olhou para ela.

— Como assim?

— Você comeu um sanduíche inteiro, minha filha.

Annie olhou para o prato e viu que todos os pedaços de sanduíche haviam sumido. Seu pai podia ter comido vários, mas não todos. E Dana Sue nem gostava de sanduíche de peru.

— Eu comi um sanduíche inteiro? — perguntou ela, ainda sem acreditar, mesmo depois que seu pai confirmou com um aceno satisfeito. Mas isso não deveria tê-la deixado enjoada? No entanto, não estava passando mal. Na verdade, Annie se sentia bem. Ela tinha comido uma refeição inteira com outras pessoas sem surtar. Uma sensação estranha de triunfo tomou conta da menina. Ela sorriu para o pai. — Legal. Um pouco de sacanagem, mas legal.

— Acho que isso resume o seu pai — disse Dana Sue em tom de brincadeira, então o comentário não soou maldoso.

Annie se lembrava de muitas refeições naquela mesa, e quase todas tinham sido como aquela, com brincadeiras e conversas sérias sobre a vida e outras coisas. Ela sentia falta daquilo, mais do que tudo, desde que seu pai foi embora. As refeições com a mãe, nas poucas vezes em que se davam ao trabalho, eram silenciosas e solitárias, mesmo com as duas ali. Nos últimos tempos, Dana Sue passava as noites no restaurante e nunca tinha tempo de jantar com a menina.

— Fico feliz que você esteja aqui — disse ela ao pai, sem querer saber se isso deixaria sua mãe maluca.

Talvez, se ela finalmente percebesse quanto era importante para Annie ter o pai de volta em sua vida, Dana Sue fosse tomar uma atitude para fazê-lo ficar.

— Eu também — disse ele. — Senti saudade de Serenity.

— Não estou falando só disso — emendou Annie, querendo que ele entendesse. — Eu quis dizer aqui com a gente.

— Annie… — advertiu sua mãe.

— Só estou dizendo que é ótimo ele estar aqui. — O tom de Annie tinha um toque de hostilidade. — É como eu me sinto. A dra. McDaniels diz que preciso reconhecer meus sentimentos. — A menina se levantou. — Vou tirar um cochilo agora. Me acordem antes de todo mundo chegar, especialmente se a gente for jantar primeiro. Quero estar bonita para que eles não ficarem achando que vou desmaiar a qualquer momento.

— Vou acordar você com bastante antecedência — prometeu sua mãe.

Annie olhou para o pai.

— E você ainda vai estar aqui, certo?

— Estarei aqui — confirmou ele.

— Você não podia *ficar* aqui? — perguntou ela, mesmo sabendo que sua mãe provavelmente ficaria maluca com a sugestão.

— Estou aqui perto — disse o pai. — Nós nos veremos o tempo todo.

Claro que Ronnie não ia colocar Dana Sue em uma posição difícil, mas Annie não tinha medo de fazer isso e achava que tinha encontrado a maneira perfeita. Ela tocaria no assunto na sessão de terapia em família do dia seguinte. Annie tinha a sensação de que nenhum dos dois iria querer negar o que ela pedisse se fizesse um pouco de drama com a dra. McDaniels. Certo, era um pouco manipulador de sua parte, mas ela poderia viver com essa culpa se isso deixasse seus pais um passo mais perto de ficarem juntos. Às vezes, os adultos só precisam de um empurrãozinho para fazerem o que secretamente já queriam fazer.

— Nem pense nisso — murmurou Dana Sue em tom feroz assim que Annie saiu da sala.

— Pensar no quê? — perguntou Ronnie, inocente, embora soubesse muito bem a que a ex-esposa estava se referindo.

— Você não vai se mudar para cá e ponto-final — disse ela. — Nem mesmo por Annie.

— Ela vai falar nisso na sessão de terapia em família amanhã — Ronnie previu.

Dana Sue o olhou alarmada.

— Ela não ousaria.

— Claro que ousaria — disse ele. — Você não viu aquele brilho nos olhos dela? Nossa Annie botou essa ideia na cabeça e sabe que tem bastante influência agora.

Dana Sue afundou na cadeira, pegou uma colher e começou a comer o restante da salada de batata.

— Você deveria…? — começou Ronnie, mas fez silêncio diante do olhar fulminante da ex-esposa. No entanto, Dana Sue jogou a colher de volta na tigela.

— Bem, desta vez ela não vai conseguir o que quer — disse Dana Sue em tom decidido, embora não parecesse acreditar tanto assim nas próprias palavras. — Você vai ter que me apoiar nisso.

— E se eu achar que ela tem razão? — perguntou ele.

— Então você está louco — respondeu ela sem rodeios. — Seria loucura você se mudar para cá sob quaisquer circunstâncias.

— Há um quarto de hóspedes — lembrou Ronnie. — E estou jogando dinheiro fora ficando na pousada.

— O quarto de hóspedes fica uns quinhentos quilômetros mais perto do meu do que você deveria estar — retrucou Dana Sue. — Não está na hora de você voltar para Beaufort ou… onde quer que você estivesse?

— Não — disse ele. — Larguei meu trabalho lá.

Dana Sue o olhou chocada.

— Por que você fez isso?

— Não seria justo pedir que segurassem minha vaga quando eu não tinha intenção de voltar.

— Mas você tem que voltar — disse ela, parecendo desesperada.

— Por quê?

— Você sabe muito bem por quê. Você me traiu, Ronnie, e não vou quero você aqui me lembrando disso toda hora.

Estava claro que ainda não era um bom momento para falar da loja de ferragens.

— De que parte você acha que o pessoal da cidade mais se lembra, do meu caso ou que você jogou todos os meus pertences no gramado da frente de casa e depois me expulsou antes que eu conseguisse juntar metade das coisas?

Dana Sue estremeceu.

— Devem se lembrar igualmente das duas coisas — teimou ela, embora ambos soubessem que não era verdade.

As pessoas se esqueciam fácil das fraquezas de um homem, mas provavelmente jamais esqueceriam uma mulher no meio de uma vingança escandalosa. Uma comoção como aquela podia deixar uma impressão duradoura.

Ronnie sorriu para ela.

— Quer fazer uma votação?

Ela o olhou.

— Do que você está falando?

— Vamos dar uma volta por aí e perguntar do que as pessoas mais se lembram sobre nós dois.

Dana Sue balançou a cabeça.

— Você é patético.

— Patético por quê?

— Você sabe muito bem que só as mulheres estão em casa a esta hora do dia. Você só precisa usar seu charme e todas elas ficarão do seu lado. Com alguma sorte, pode ser convidado para ir morar com *uma delas*.

— Achava que as mulheres se aliavam quando se tratava de um assunto assim.

— É verdade — disse Dana Sue, então emendou: — Na maioria das vezes. Mas veja só Maddie, por exemplo. Ela já voltou a ser sua melhor amiga. Nunca conseguiu resistir ao seu sorriso. Pelo menos Helen não se deixa enganar tão fácil.

— Helen está ficando amarga demais em relação aos homens — observou Ronnie. — Ela precisa encontrar o cara certo logo, antes que todos aqueles divórcios horrorosos a deixem insensível demais.

Dana Sue pareceu ofendida.

— Isso não é muito legal de se dizer.

— Não me diga que você nunca pensou a mesma coisa — retrucou ele. — Você é uma amiga boa demais para não perceber o que está acontecendo com ela.

Dana Sue suspirou.

— Certo, você tem razão. Ela anda um pouco insensível e precisa de alguém que possa ajudá-la a levar uma vida mais leve. Só não sei se conseguir o tipo de homem de que ela precisa em Serenity.

— Ela trabalha por todo o estado — lembrou Ronnie, aliviado por ter distraído Dana Sue do próprio relacionamento no momento.

— Com certeza em algum lugar da Carolina do Sul tem um homem solteiro inteligente e corajoso o suficiente para ficar com ela.

— Ela conhece vários homens legais — disse Dana Sue. — Até me apresentou a alguns deles.

Uma onda de puro ciúme tomou Ronnie ao pensar em Dana Sue com um advogado chato.

— Você e Helen não têm o mesmo gosto para os homens — comentou ele em tom mal-humorado.

— E olhe só o que aconteceu comigo — respondeu ela.

— Mais de vinte anos felizes, se contar a época do colégio — disse Ronnie, sem se intimidar com a alfinetada.

— E dois anos de pura infelicidade — completou Dana Sue.

Ronnie reprimiu um sorriso.

— Se você tivesse me dado a mínima chance que fosse, a infelicidade não teria durado tanto.

Dana Sue enrolou o guardanapo e jogou nele.

— Sem chance.

— Veremos — murmurou ele. — Veremos.

Ela podia não querer admitir, mas eles já estavam fazendo progressos.

CAPÍTULO DEZESSETE

Dana Sue se demorou na sala de jantar, observando Ronnie e Cal em um canto conversando sobre esportes ou algo do tipo como velhos amigos. Ronnie nunca tinha se dado muito bem com Bill, o primeiro marido de Maddie, apesar de conhecê-lo desde a época da escola. Na verdade, Ronnie havia sido o primeiro a reconhecer que Bill não era a pessoa certa para Maddie. Como vieram a descobrir, sua opinião de que o homem era egoísta e insensível estava correta.

Não que ele tivesse falado alguma coisa, Dana Sue se lembrava. Não para Maddie, pelo menos. E também não quisera que a então ex-esposa saísse contando as impressões de Ronnie para os outros.

— Maddie é casada com ele — dissera Ronnie em mais de uma ocasião. — Minha opinião sobre Bill não importa. Vou tentar me dar bem com ele por ela, assim como Helen faz.

Na época, Dana Sue tinha ficado surpresa com a insinuação de que Helen gostava de Bill tanto quanto Ronnie. Mas acabou descobrindo que a outra amiga também tinha ficado quieta, pelo bem de Maddie. Já sua opinião de Ronnie, Helen nunca fizera questão de esconder. Praticamente desde o dia em que se conheceram, Helen sempre esperou o pior dele e nunca mediu palavras sobre seus temores.

Apenas Dana Sue percebera como Ronnie ficava incomodado com a maneira como Bill tratava Maddie. Ela suspeitava que ele era o único que não teria ficado surpreso ao saber que Bill estava tendo um caso com a enfermeira de seu consultório. Mas àquela altura Ronnie já havia ido embora.

Ao observá-lo naquele momento, Dana Sue viu que ele não parecia ter as mesmas reservas em relação a Cal, apesar da diferença de idade que tinha sido motivo de tantos comentários da cidade um ano antes.

Ronnie ergueu os olhos e flagrou a ex-esposa encarando-o, então ele deu uma piscadela. Poucos minutos depois, aproximou-se.

— Você e Cal parecem ter bastante assunto — observou Dana Sue, sem saber como se sentiria se os dois virassem amigos. Seria apenas mais um fio prendendo Ronnie em sua vida.

— Eu gosto dele — disse Ronnie. — Tem uma cabeça boa e é pé no chão. Ele ama Maddie e a filhinha, e Ty, Kyle e Katie claramente o admiram. Ele parece fazer bem a todos eles.

— Então você aprova a escolha dela desta vez?

— Não que seja da minha conta, mas sim. Ele me contou que Bill queria voltar com Maddie assim que seu relacionamento com a enfermeira acabou. É verdade?

Dana Sue assentiu.

— Ainda bem que Maddie recusou. Ela é mais feliz com Cal do que jamais foi com Bill.

Ronnie examinou a sala até seu olhar pousar em Maddie.

— Ela está com uma cara ótima, não é? O casamento e ser mãe de novo parecem ter feito bem. Antes, com os outros filhos, ela estava com um aspecto cansado, provavelmente porque Bill esperava que Maddie fizesse tudo em casa enquanto ele se concentrava no trabalho. Duvido que aquele homem já tenha trocado uma fralda ou ficado acordado cuidando de um filho doente, apesar de ser pediatra.

Ronnie se voltou para Dana Sue e a expressão dele se suavizou.

— Você estava linda quando estava grávida de Annie. Estava com um brilho ao seu redor.

Ela o olhou sem acreditar muito.

— Deve ter sido durante os cinco segundos do dia em que eu não estava vomitando.

Ronnie acariciou a bochecha dela.

— Não faça isso, Dana Sue.

— Fazer o quê?

— Se colocar para baixo desse jeito. Você é uma mulher linda. A gravidez só a valorizou ainda mais.

Por impulso, Dana Sue tocou os quadris arredondados.

— Agora estou com os quilos extras, mas não vou ter um bebê para justificar.

Ronnie franziu a testa para ela.

— Eu acho você bonita.

— Claro — debochou ela. — Todo homem sonha com sua esposa engordando.

Ele a olhou chocado.

— Não estou entendendo que conversa é essa. Você esperava vestir roupas minúsculas a vida toda, ainda mais com sua altura? Você parece uma mulher, Dana Sue. Do tipo saudável, atraente e que tem curvas. Na minha opinião, é assim que uma mulher deveria ser.

Dana Sue queria acreditar em Ronnie, queria se enxergar como ele a via, mas só conseguia pensar nos quilos extras que via a cada vez que subia na balança. Naquela manhã, constatara que havia ganhado mais um. Ter Ronnie de volta e em sua cola a levara a buscar consolo na comida mais vezes do que ela gostaria.

— Você não pode estar falando sério — protestou ela.

Os olhos de Ronnie se incendiaram e ele chegou mais perto. Dana Sue recuou por instinto, mas o ex-marido avançou até as costas dela baterem na parede. Não havia para onde fugir, e o brilho determinado nos olhos dele lhe provocou um calafrio.

— Você ainda é a mulher mais linda que já conheci — disse Ronnie baixinho, aproximando a boca da dela. — E eu ainda quero você.

Dana Sue engoliu em seco ao ouvir a sinceridade na voz de Ronnie, ao ver os olhos dele escurecerem. Ela conhecia aquele olhar ardente, sabia aonde geralmente levava. Mas eles estavam com a casa cheia de gente. Ele não iria...

Com as mãos na parede de cada lado da cabeça dela, prendendo-a onde estava, Ronnie se inclinou para a frente. A boca de Dana Sue ficou seca. Quando ela a abriu para protestar, ele a cobriu com a sua. O choque do beijo foi familiar, sensações perigosas tomando conta de seu corpo. Com os joelhos fracos, Dana Sue o agarrou com força enquanto a língua de Ronnie invadia sua boca, deixando-a tonta.

Não podia ser assim entre eles, ela pensou, com uma última tentativa de se agarrar à sanidade. Era errado desejá-lo tanto, querer que as mãos dele cumprissem as promessas que os beijos faziam, querê-lo dentro dela, trazendo-a à vida outra vez.

Mas parecia tão certo, Dana Sue admitiu enquanto o corpo de Ronnie se colava ao dela, fazendo-a sentir o calor e a prova inegável de que seu desejo era tão poderoso quanto o dela.

Muito antes de ela estar pronta, Ronnie se afastou com relutância, parecendo tão atordoado quanto Dana Sue se sentia por dentro.

— Lembre-se disso da próxima vez que questionar como qualquer homem... como *eu*... poderia querer você — disse ele, com a voz grave e baixa.

— Aham — respondeu ela, enquanto seus pensamentos giravam em um turbilhão tão grande que ela não conseguia se concentrar em mais nada.

Então Ronnie foi embora, e Dana Sue afundou na cadeira mais próxima e pegou uma garrafa d'água de um isopor cheio de gelo ali perto. Se não houvesse um monte de gente em volta, ela teria derramado a água por cima da cabeça sem pensar no estrago que faria no piso de madeira. Em vez disso, decidiu tomar um longo gole que não ajudou a resfriar o calor que ainda fervia dentro dela.

— Que cena — comentou Maddie, puxando uma cadeira e sentando-se ao lado dela. — Esses beijos quentes estão virando um hábito. Fiquei achando que ia ter que virar esse isopor de gelo em cima de vocês dois.

— Por que você não virou? — reclamou Dana Sue, com uma voz chorosa. — Talvez me ajudasse a colocar a cabeça no lugar.

— Duvido muito — disse Maddie. — Vai ser preciso mais do que um pouco de gelo para esfriar o que está acontecendo entre vocês dois.

— Não diga isso — implorou Dana Sue.

— É verdade. Por que não aceita logo que dói menos? Você sabe que não está feliz sem ele.

— Eu estava infeliz por causa dele — retrucou Dana Sue.

— Ele cometeu um erro terrível — disse Maddie. — E aprendeu a lição.

— Como posso ter certeza disso?

Maddie começou a responder, então deu de ombros.

— Talvez você nunca tenha certeza, querida. — Ela olhou em volta até seu olhar cair sobre Cal, que estava conversando com Erik, enquanto Katie lutava contra o sono no colo do padrasto. — Talvez você tenha que agarrar o que faz você feliz agora e trabalhar muito para continuar assim.

— Achei que era isso que eu estava fazendo durante o casamento — disse ela. — E ele ainda dormiu com outra.

— Você perguntou a ele por quê?

Dana Sue balançou a cabeça.

— Não sei se quero saber. Que diferença faria, no fim das contas?

— Você talvez ficaria mais tranquila se soubesse que não teve nada a ver com você — especulou Maddie.

— Ele era meu marido. Eu diria que teve a ver comigo, sim — disse Dana Sue em tom sarcástico.

— Eu quis dizer que você não foi responsável. Às vezes, os homens perdem a cabeça e fazem alguma coisa idiota.

— E tudo bem?

— Claro que não. Mas você desistiria de seu casamento se um de vocês dois tivesse batido o carro?

Dana Sue franziu a testa para ela.

— Não é a mesma coisa.

Maddie suspirou.

— Acho que não estou explicando direito. Só estou querendo dizer que, para Ronnie, aquela única noite pode ter tido a mesma importância em longo prazo que um acidente que amassou o carro. Aconteceu. Passou. Não foi um caso longo, com envolvimento emocional, como aconteceu com Bill e Noreen. O caso de Ronnie só envolveu sexo. O outro foi um relacionamento, uma intimidade real e contínua entre duas pessoas que ameaçava o que Bill e eu tínhamos.

— Acho que sim — disse Dana Sue, não totalmente convencida. — Mas doeu tanto quanto.

— Claro, querida. E ele errou, com certeza, mas pense no resto. Ronnie ama muito você. O que aconteceu não foi nada perto de mais de vinte anos juntos. — Maddie deu um tapinha na mão da amiga. — Só pense um pouco nisso, está bem? Não deixe seu orgulho impedi-la de ter o que você realmente quer.

— Não é uma questão de orgulho — retrucou Dana Sue, na defensiva.

Maddie ergueu a sobrancelha.

— Certeza?

Dana Sue se virou para longe do olhar penetrante da amiga.

— Eu preciso ver como Annie está. Ela pode estar ficando cansada.

— Annie está bem — disse Maddie, gesticulando em direção à varanda. — Ela está lá com Ty, Sarah e Raylene. Mas, de qualquer forma, é melhor a gente ir para lá. Que horas vai ser a sessão de terapia em família amanhã?

— Às dez horas — disse Dana Sue. — Tenho que admitir que estou com medo.

— Medo de quê?

— Do que vai acontecer lá — confessou ela. — E se tudo isso for minha culpa?

— Não acho que o objetivo seja jogar a culpa em alguém. Acho que é seguir em frente, para que Annie não volte a ter o mesmo comportamento destrutivo de antes.

— Sei que você está certa — admitiu Dana Sue.

— Então por que você está preocupada?

— Annie quer que eu volte com o pai dela. E, no momento, eu faria quase qualquer coisa no mundo para deixá-la feliz — explicou Dana Sue. — Mas isso? — Ela balançou a cabeça. — Não posso reatar com Ronnie porque é o que Annie quer.

Maddie sorriu.

— Talvez você devesse voltar porque é o que *você* quer.

Antes que Dana Sue pudesse protestar de novo, Maddie deu um beijo na bochecha da amiga.

— Falo com você amanhã. Vou chamar a trupe e ir para casa. Assim todo mundo deve perceber que está na hora de ir embora.

— Obrigada — disse Dana Sue, muito grata.

Apesar de que, quando todos saíssem, não haveria ninguém para ficar entre ela e Ronnie. A lembrança do beijo de alguns minutos antes fez seu sangue ferver de novo.

No entanto, quando ela olhou em volta enquanto a casa ia esvaziando, não viu sinal do ex-marido. Dana Sue se virou para Annie depois de se despedir do último convidado e fechar a porta.

— Cadê seu pai?

— Ele terminou de limpar a cozinha e foi embora — disse Annie, com um olhar penetrante ao examinar a reação de Dana Sue. — Está decepcionada, mamãe?

— Não, claro que não — insistiu ela. Mas estava, o que com certeza não era bom sinal.

— Mentirosa — acusou Annie com um sorriso. — Se você o deixasse voltar para casa, ele ainda estaria aqui.

— Não é uma opção — disse Dana Sue.

— Talvez devesse ser — provocou Annie. — Boa noite, mãe. Até amanhã.

— Boa noite, querida. Estou tão feliz por você estar de volta em casa.

— Eu também.

Annie começou a subir as escadas, então voltou e abraçou Dana Sue.

— Eu te amo. Obrigada por ficar ao meu lado.

— Sempre — respondeu ela. — Não importa o que aconteça.

Dana Sue apenas rezava para que nunca precisassem passar por outra crise como aquela e que nos próximos meses todos tivessem força para enfrentar os obstáculos que estavam por vir durante a recuperação de Annie.

A saída à francesa de Ronnie na noite anterior tinha sido proposital. Ele sabia quanto seu beijo havia abalado Dana Sue. Também havia mexido com ele. Ronnie sabia também que qualquer coisa além disso estava fora de cogitação no momento. Melhor sair de fininho do que fazer algo que a afastasse justo quando estavam progredindo.

Ele também queria ter uma boa noite de sono antes daquela história de terapia em família. Não sabia o que esperar nem quão culpado seria pelos problemas de Annie. Estava preparado para aceitar parte da responsabilidade, e Dana Sue também já assumira uma parcela da culpa. Na verdade, ela parecia inclinada a carregar tudo sozinha, ao mesmo tempo que se martirizava pelo próprio ganho de peso.

Uma hora antes da consulta, Ronnie parou na frente da garagem, notando que o vigamento da casa de tijolos precisava de uma nova demão de tinta. Talvez pudesse fazer aquilo no fim de semana. Seria mais um agrado a Dana Sue.

A porta da cozinha se abriu e ela apareceu.

— Você vai entrar?

Ronnie saiu do carro e entrou.

Ela o examinou com cautela quando ele passou pela porta.

— Você já comeu? Posso preparar um ovo mexido.

— Não, obrigado. Não estou com muito apetite hoje. — Ronnie deixou seu olhar percorrer o corpo de Dana Sue devagar. — Só para coisas que não deveria.

As bochechas dela coraram na hora.

— Ronnie!

— É verdade. Pensei naquele beijo a noite toda.

— Pois não deveria.

— Então você não deveria tê-lo tornado tão memorável — argumentou ele, então mudou de assunto para algo mais neutro de propósito. — Onde está Annie?

— Se arrumando.

— Você está com tanto medo da consulta quanto eu? — perguntou ele, e viu alívio nos olhos da ex-esposa.

Dana Sue assentiu.

— Muito estranho, não é? É como ser mandada para a sala do diretor.

Ele riu.

— Eu com certeza passei por isso mais do que você, mas sim, é exatamente isso.

— Mas acho que não deveria ser igual — disse ela. — Quer dizer, todos nós queremos a mesma coisa, certo?

— É o que me parece — concordou ele. — Por que você não pede para Annie se apressar para a gente poder ir embora? Quanto antes começarmos isso, mais cedo terminamos.

— Boa ideia — disse Dana Sue, e seguiu em direção às escadas.

Enquanto ela estava longe, Ronnie se serviu de uma xícara de café e tomou um longo e satisfatório gole. Dana Sue ainda fazia o melhor café que já havia provado.

Dois minutos depois, ela estava de volta e parecia abalada.

— O que foi? — perguntou Ronnie. — Annie está bem?

— Ela estava no banheiro — disse Dana Sue, com a voz embargada. — Ronnie, ela estava vomitando. Eu ouvi. Ela tinha comido o café da manhã todo. Sentei aqui na cozinha com ela para ter certeza. Então foi lá para cima e vomitou tudo. — Havia pânico nos olhos de Dana Sue quando ela o olhou diretamente. — O que nós vamos fazer?

Ronnie a abraçou, sentindo-se tão impotente quanto na primeira vez que viu Annie no hospital.

— O que for preciso — disse ele em tom desanimado. — Você falou alguma coisa?

Junto de seu peito, ele sentiu Dana Sue balançar a cabeça.

— Não — sussurrou ela.

— Não faz mal. Vamos resolver isso com a dra. McDaniels. Fique aqui. Vou lá chamá-la, ver se ela está bem.

Ronnie subiu as escadas dois degraus de cada vez. Parte dele estava com tanta raiva que sua vontade era dar um soco em alguma coisa. Mais forte do que tudo, porém, era o terror de que estavam prestes a encarar outra novidade com Annie. Será que ela estava trocando um transtorno alimentar por outro? Será que as adolescentes faziam isso?

Antes que pudesse ficar maluco com mais perguntas sem respostas, ele viu Annie saindo do banheiro. Ela abriu um sorriso fraco.

— Oi, papai.

Seu coração ficou apertado quando viu a expressão desolada da menina.

— Oi, querida. Você está bem?

Annie respondeu com um olhar penetrante.

— Minha mãe me ouviu, não foi? Sei que ela subiu agora há pouco.

Ele assentiu.

— Eu não estava vomitando de propósito — explicou Annie, com um olhar suplicante para que acreditasse nela. — Eu não estava! Só fiquei com medo e de repente me senti mal.

— Está tudo bem — acalmou ele. — Você está se sentindo melhor agora?

— Acho que sim.

— Conversaremos melhor sobre isso quando estivermos com a dra. McDaniels.

A menina pareceu murchar um pouco.

— Você não acredita em mim, não é?

Ronnie colocou a mão sob o queixo da filha e a olhou nos olhos.

— Eu quero, querida. Quero muito.

— É verdade, eu juro. Eu não consigo forçar isso — disse ela, estremecendo. — Não consigo, é sério.

Ele não sabia o que responder.

Annie o olhou com pesar.

— Sei que preciso conquistar sua confiança de novo, a sua e a da mamãe, mas é difícil, sabe?

— Eu sei. Algo me diz que isso é uma daquelas coisas que demoram um pouco para serem resolvidas. Vamos ter que ir devagar.

— Que nem você e minha mãe? — perguntou ela.

Ronnie sorriu.

— Sim, como eu e sua mãe.

De repente, Annie abriu um largo sorriso, e a dor no coração de Ronnie sumiu diante de tanta beleza.

— Eu vi o beijo de ontem à noite — disse ela. — Mandou ver, pai!

Ronnie deu uma piscadinha.

— Como eu disse, temos que ir devagar.

— Sei não, viu — respondeu Annie, com um brilho travesso nos olhos. — Um beijo daqueles não me pareceu nada devagar.

— Sua mãe é uma mulher teimosa e meu erro foi bem grave — lembrou ele. — Não seria muito inteligente de minha parte dar nada como garantido.

— Só não desista, está bem? — pediu ela.

— Nunca — tranquilizou ele. — Nem dela e nem de você. Jamais faria isso.

Annie estava começando a se sentir enjoada de novo. Todo mundo a estava olhando com tanta expectativa, como se quisessem que ela dissesse algo profundo que fizesse tudo ficar bem. Mas nada estava bem. Nada estava bem desde que o pai tinha ido embora.

Será que ela podia dizer isso? Será que não pioraria as coisas se dissesse que a comida agora estava misturada em sua cabeça com as lembranças do dia em que o pai lhe dissera que iria embora? E se Annie dissesse que havia parado de comer para não engordar como sua mãe? Era parte do motivo também. Pelo menos ela achava que era.

Mas se Annie deixasse escapar algo assim, será que eles não se sentiriam ainda pior? Isso realmente resolveria alguma coisa? Era problema dela, não deles.

— Annie — disse a dra. McDaniels, dando-lhe um aceno encorajador. — Tudo bem dizer o que está pensando. É a única maneira de deixar o passado para trás e seguir em frente.

— Talvez a gente possa falar sobre hoje de manhã — disse Annie, hesitante.

A dra. McDaniels pareceu surpresa, mas assentiu com a cabeça.

— Como quiser. O que aconteceu hoje de manhã?

— Minha mãe me ouviu vomitar e sei que ela surtou, porque mandou meu pai ir atrás de mim. Ele parecia preocupado e assustado.

— Você pode culpá-lo? — perguntou a psiquiatra.

Annie balançou a cabeça.

— Mas eu não fiz de propósito — justificou ela, encarando a mãe. — Eu estava nervosa pela sessão de hoje e passei mal. Não quero que vocês fiquem doidos toda vez que eu ficar enjoada. É capaz de vocês me mandarem direto para uma clínica se eu pegar uma gripe.

— Você se sentia enjoada antes de desenvolver um transtorno alimentar? — perguntou a dra. McDaniels.

Annie assentiu.

— Sempre que eu tinha uma apresentação na escola, vomitava de manhã. Lembra, mãe?

Dana Sue assentiu devagar, com um quê de alívio na expressão.

— É verdade — disse ela.

A dra. McDaniels também assentiu.

— Então, vamos supor que esse episódio tenha mais a ver com ansiedade do que com comida. Talvez da próxima vez que se sentir assim, Annie, você possa pedir um refrigerante de gengibre ou alguns biscoitos para ajudar a acalmar o estômago, que tal? Não só vai fazer você se sentir melhor como também vai tranquilizar seus pais.

Annie de repente pensou em como sua mãe sempre comia quando se sentia mal. Ela chegava a se empanturrar.

— Não! — protestou a menina de maneira enfática, antes que conseguisse se conter. — Não vou fazer isso!

— Fazer o quê? — perguntou a dra. McDaniels, a voz calma apesar da óbvia agitação de Annie.

— Ser como minha mãe — deixou escapar Annie.

Ela viu Dana Sue corar e soube que tinha dito a coisa errada, embora fosse o que sentia.

— O que quer dizer com isso, Annie? — perguntou a psiquiatra, acenando para Dana Sue esperar quando ela fez menção de responder.

— Quando minha mãe fica chateada, ela come. Ela engordou muito, talvez uns dez quilos, antes mesmo de meu pai ir embora, e não parou mais.

— Sua mãe me parece ótima — disse a médica. — Por que o peso dela incomoda tanto você?

Annie sabia que agora era tarde demais para parar, mesmo se quisesse. Tinha que dizer tudo.

— Porque, se ela não tivesse engordado, meu pai não teria dormido com outra e minha mãe não o teria expulsado de casa — atacou ela, apesar da expressão aflita de Dana Sue. — Eu odeio que você tenha feito isso! Odeio!

— Pode parar — ordenou Ronnie, a voz mais ríspida do que Annie jamais tinha ouvido. — Não dormi com outra mulher porque sua mãe ganhou alguns quilos.

— Então por quê? — perguntou Annie. — Ela deve ter feito *alguma coisa*.

Ronnie ficou olhando de Annie para Dana Sue, então balançou a cabeça.

— Sinceramente, não sei explicar por que fiz o que fiz, mas sei que não teve nada a ver com o peso da sua mãe. Para mim, ela está maravilhosa.

Annie não conseguia acreditar, mas então pensou no beijo que vira na noite passada. Ele com certeza parecera gostar. Sem dúvida tinha agido como se achasse a mãe dela atraente.

— Sério? — perguntou a menina, ainda não convencida. — Não foi por isso?

— Não mesmo — disse ele com firmeza. — É a única coisa da qual tenho certeza.

— Annie, você acha que isso teve algo a ver com sua decisão de parar de comer? — perguntou a dra. McDaniels. — Ou talvez você estivesse punindo sua mãe pelo que interpretou como um fracasso em cuidar de si mesma?

Annie considerou as duas possibilidades.

— Eu não sei — respondeu a menina por fim. — Talvez.

— Isso não soa muito autodestrutivo? — perguntou a psiquiatra em tom gentil. — Quem se machucou mais?

— Eu — admitiu Annie.

— Exatamente — disse a dra. McDaniels. — Pense nisso até amanhã. Vamos continuar esse assunto.

— Você quer que a gente venha de novo? — perguntou Dana Sue.

— Não, acho que as próximas sessões serão apenas com Annie. Por que não agendamos outra sessão em família para daqui a duas semanas?

Dana Sue e Ronnie pareceram aliviados. Annie não podia culpá--los. Sabia que tinha feito os dois se sentirem mal. Ela suspeitava que a volta para casa seria muito tensa.

— Aliás — começou a dra. McDaniels quando estavam prestes a sair —, por enquanto, vamos manter essa nossa conversa dentro do consultório.

— Você não quer que a gente fale sobre isso? — perguntou Dana Sue, incrédula. — Como vamos ignorar se todo mundo vai estar pensando nisso?

A dra. McDaniels sorriu.

— Ainda assim, é melhor do que reagir no calor do momento e dizer algo de que podem se arrepender. Vamos falar sobre os problemas aqui por enquanto.

Annie a olhou agradecida.

— Obrigada.

— Não fique animada demais — advertiu a dra. McDaniels. — Quero que você possa dizer o que pensa aqui, por mais doloroso que seja, mas seus pais terão a vez deles também. Nosso objetivo é colocar tudo às claras, sem censura ou retaliação, para que possamos descobrir uma maneira mais saudável de lidar com os problemas quando eles surgirem. Precisamos desfazer essa confusão entre emoções e comida, e acho mais seguro fazer isso em um ambiente controlado, está bem? — A psiquiatra lançou um olhar severo para Annie. — E não se esqueça de que você tem uma consulta com Lacy amanhã, logo depois de nos encontrarmos. Ela vai querer ver seu diário alimentar, e não se esqueça de que sua mãe ou seu pai precisa rubricar todas as páginas, ok?

Annie revirou os olhos.

— Caramba, eu tenho que ter *duas* pessoas se unindo contra mim? — disse a menina, apenas parcialmente de brincadeira. — Não parece justo.

— Duas? — disse sua mãe, voltando a sorrir. — Você se esqueceu de contar seu pai, eu, Maddie, Helen, Ty e Erik. Você não vai ter a menor chance, garota. É bom se acostumar.

Para sua surpresa, Annie não se sentiu ressentida, pelo menos não muito. Na verdade, era bom saber que havia tantas pessoas ao seu lado. Ela só torcia para não os decepcionar, porque algo lhe dizia que a parte mais difícil ainda estava por vir.

CAPÍTULO DEZOITO

Quando Ronnie se ofereceu para levar Annie para casa e passar o dia com a filha, Dana Sue aceitou. Ela precisava de um tempo para absorver tudo o que Annie dissera durante a sessão. Lá no fundo, sempre soube que a menina a culpava pela traição de Ronnie e por ele ter ido embora, mas ouvi-la dizer aquilo em voz alta a deixara abalada.

Em vez de ir ao restaurante, Dana Sue foi para o Spa da Esquina. Pela primeira vez, porém, não foi até a sala de Maddie em busca de consolo. Assim que chegou, foi direto para o vestiário e se trocou, pondo as roupas de ginástica que mantinha lá, mas quase nunca usava. Determinada a começar a fazer algumas das mudanças em sua lista de metas agora que finalmente havia colocado tudo no papel, ela foi até sua odiada esteira, ligou o aparelho e começou a andar.

Estava andando havia quinze minutos em um ritmo lento, mas constante, quando a vista tranquila da floresta e do riacho começou a fazer efeito. Suas pernas e articulações estavam começando a doer, mas Dana Sue se sentia infinitamente mais calma do que quando chegou. Ela se obrigou a continuar andando mais um pouco.

Tinha caminhado três quilômetros quando Maddie a viu. Dana Sue parou a esteira, sentindo-se triunfante.

— Veja só — disse ela, apontando para o painel eletrônico que monitorava tudo, incluindo a distância percorrida, as calorias queimadas e a frequência cardíaca. — Mais de três quilômetros. Deve ser meu recorde.

— Parabéns! — respondeu Maddie. — Normalmente não consigo fazer você chegar perto dessas esteiras. O que aconteceu? Começou a pensar em ganhar aquele conversível? Talvez Helen estivesse certa sobre esses prêmios serem uma boa motivação, embora ela não esteja sendo muito assídua aqui nos últimos tempos.

— A lista de metas foi só parte do motivo — explicou Dana Sue.

— E qual é a outra? — insistiu Maddie. — Você teve uma vontade incontrolável de vir aqui ficar secando Elliott? Se eu não fosse casada com o homem mais sexy da cidade, também passaria bastante tempo admirando nosso personal trainer.

Dana Sue enxugou a testa e revirou os olhos.

— Não, não vim por causa de Elliott, por mais gostoso que ele seja — disse ela, mas sem conseguir evitar uma olhadela rápida na direção dele. — A verdade é que minha filha disse na sessão de hoje que estou gorda e foi por isso que Ronnie me traiu.

Maddie a olhou com compaixão.

— Isso deve ter doído.

Dana Sue deu de ombros.

— Não é como se ela nunca tivesse dito isso antes, pelo menos a parte sobre meu peso. Mas ouvi-la dizer com todas as letras que Ronnie me traiu por causa disso me deixou arrasada. Se Annie realmente pensa assim, estou surpresa que ela não me odeie.

— Você sabe que Annie nunca poderia odiar você — protestou Maddie. — O que Ronnie disse sobre tudo isso?

— Ele se saiu bem, na verdade, e respondeu que o caso não teve nada a ver com isso e que ele me acha maravilhosa. Ele soou muito convincente hoje e já tinha me dito a mesma coisa antes.

— Eu também — lembrou Maddie. Ela deu um tapinha na própria barriga arredondada, que ainda não tinha sumido depois da gravidez. — Na nossa idade, muitas de nós poderíamos perder alguns quilinhos pelo bem de nossa saúde, mas estamos longe de ser obesas ou pouco atraentes. Eu não estou emagrecendo tão rápido depois desta gravidez como nas três primeiras.

Dana Sue a olhou com curiosidade.

— E isso não incomoda você?

— Se Cal me achava bonita quanto estava no nono mês de gravidez, com pés de galinha e uma barriga de baleia, não vai se incomodar com alguns quilos extras nos quadris — disse Maddie com confiança e a expressão serena. — Isso não significa que eu queira continuar assim, mas não vou ficar obcecada com meu peso. Fiz essa lista de metas por mim. — Ela sorriu. — E porque quero muito ir para o Havaí com meu marido.

— Gostaria de ter essa percepção do meu próprio corpo também — lamentou Dana Sue. — Acho que uma parte de mim concorda com Annie.

— Mesmo Ronnie tendo dito que não? — perguntou Maddie.

Ela gesticulou, como se afastando a pergunta.

— Ele não tem ideia de por que dormiu com aquela mulher, então como posso ter certeza de que não teve nada a ver com o fato de eu estar acima do peso, pelo menos inconscientemente?

— Porque é a única coisa que ele sabe com certeza — sugeriu Maddie. — Por que ele mentiria?

— Porque está tentando me reconquistar — respondeu Dana Sue na hora. — Ele dificilmente admitiria algo assim agora, não é?

Maddie a olhou, pensativa.

— Sabe, essa conversa com você me deu uma ideia.

— O quê?

— Vou ligar para aquela psiquiatra com que vocês estão se consultando e perguntar se ela teria interesse em vir aqui dar uma oficina sobre autoimagem.

Dana Sue pareceu cética.

— Você acha que alguém se inscreveria nisso?

Maddie sorriu.

— Você sim, porque não vou te dar escolha.

— Ah, a Maddie mandona está de volta — disse Dana Sue, rindo. — É bom revê-la. Eu estava com medo de que o casamento fosse deixar você boazinha e melosa.

Maddie lançou um olhar azedo à amiga.

— Sem chance, ainda mais quando ainda fico com os tornozelos inchados no fim do dia e um desejo de comer nachos com jalapeños que não foi embora só porque a bebê nasceu.

— Mentira! Você comeu nachos com jalapeños enquanto estava grávida? Eu não vi. Isso pode explicar os tornozelos inchados, aliás. Tem muito sal.

— Vai por mim, eu sei. E você nunca me viu porque eu obrigava Cal a preparar para mim no meio da noite. — Maddie deu de ombros. — Fico nervosa só de pensar no que isso pode querer dizer sobre a personalidade de Jessica Lynn. Cal tem calafrios toda vez que prepara os nachos para mim.

— Mas ele prepara assim mesmo?

Maddie abriu um sorriso presunçoso.

— O que posso dizer? Ele é um marido muito dedicado. Se eu dissesse que quero comer pizza às três da madrugada… bem, você já viu aquele comercial da companhia aérea com o marido que voa até Chicago para comprar pizza para a esposa grávida? Cal é assim. Acho que ele pensa que atender meus caprichos é obrigação dele, considerando que também ajudou a fazer esse bebê.

— Seria bem fácil tirar vantagem de um homem que pensa assim — disse Dana Sue. — Então, ainda tem alguma coisa que você esteja doida para ter, alguma necessidade que não foi atendida?

A expressão de Maddie era travessa.

— Ah, minhas necessidades estão sendo muito bem atendidas atualmente. Cal também vê *isso* como responsabilidade dele e a cumpre com bastante entusiasmo, devo acrescentar. E ele é tão fofo com a bebê. Toda vez que a segura no colo, fica com uma expressão incrivelmente admirada. No começo, eu estava meio hesitante quando ele sugeriu que tivéssemos um filho juntos, mas agora estou muito feliz com a decisão.

Dana Sue suspirou.

— Estou morrendo de inveja.

A expressão de Maddie ficou séria.

— Por causa da bebê?

— Não, porque você tem um homem em sua vida que a adora. É Helen quem tem inveja da bebê.

Maddie franziu a testa.

— É mesmo? Ela nunca falou nada.

— Ela não gostaria de atrapalhar sua felicidade, mas acho que está começando a perceber o que está perdendo — disse Dana Sue. — Sinceramente, acho que é isso que está por trás dessas metas dela. Ela quer ficar saudável para ter um filho. Não que esteja pronta para admitir isso, mas é o que vejo nos olhos dela quando olha para Jessica Lynn.

— Caramba — disse Maddie. — Como eu não vi isso?

Dana Sue sorriu.

— Você tem andado ocupada demais para se preocupar se suas amigas sentem inveja de sua felicidade.

— Bem, você com certeza não tem motivo. Você poderia ter um homem em sua vida, se quisesse — lembrou Maddie. — Só precisa abrir seu coração para as possibilidades.

— É mais fácil falar do que fazer — respondeu Dana Sue.

Ela se perguntou se algum dia voltaria a confiar em Ronnie o suficiente para aceitá-lo de volta em seu coração e em sua vida.

Na sexta-feira de manhã, Ronnie estava ansioso para acabar logo com a reunião com Butch Thompson. Ele tinha feito cálculos até sonhar com números. Além disso, esboçara um plano de negócios e depois usara o computador de Annie para colocá-lo no papel. Sem dúvida era muito mais amador do que Butch estava acostumado, mas Ronnie tinha se esforçado para equilibrar a realidade e o que havia imaginado.

Estava esperando por Butch na Wharton's, nervoso, quando Mary Vaughn entrou. A corretora o viu e foi direto para a mesa de Ronnie.

— Achei que já teria tido notícias suas — disse ela. — Você não retornou nenhuma das minhas ligações.

— Paciência, Mary Vaughn — pediu ele. — Ligarei quando as coisas se ajeitarem, quem sabe ainda hoje.

A expressão da corretora se iluminou.

— É mesmo? Devo ligar mais tarde?

Ele sorriu ao vê-la tão afoita.

— Não, *eu* ligo. Seja para uma resposta positiva ou negativa. Eu prometo. Agora dê o fora daqui. Tenho uma reunião de negócios e o cavalheiro que estou esperando acabou de entrar.

Mary Vaughn se virou e abriu um sorriso enorme quando viu quem era o convidado.

— Oi, tio Butch, o que está fazendo em Serenity?

Ronnie ficou chocado ao vê-la abraçar Butch e dar um beijo afetuoso em sua bochecha.

— Vocês dois se conhecem? — perguntou ele.

Butch sorriu.

— Essa garotinha é minha sobrinha favorita.

— Sou sua *única* sobrinha — corrigiu ela.

— Ainda é a minha favorita — disse Butch. — A mãe dela é minha irmã mais velha.

Ronnie balançou a cabeça.

— Que mundo pequeno, hein?

Quando Butch se sentou, Mary Vaughn puxou uma cadeira sem esperar por um convite.

— Ok, desembucha. Que tipo de negócio vocês dois vão fazer juntos? Estou perguntando como sua parente.

Butch lançou um olhar de reprovação para a sobrinha.

— E eu estou pedindo, como seu parente, para ir embora e deixar os homens conversarem em paz.

— Se eu não soubesse que você não é machista, ficaria ofendida — resmungou Mary Vaughn, mas se levantou. Virando-se para Ronnie, ela acrescentou: — Nós nos falaremos mais tarde, ouviu?

— Com certeza — disse ele, sorrindo.

Depois que ela se foi, Butch o olhou com uma expressão curiosa.

— O que minha sobrinha tem a ver com essa sua ideia?

— Ela é a corretora de imóveis da propriedade que quero comprar aqui na cidade — explicou Ronnie.

— Ah, então ela está prestes a fechar um grande negócio — disse Butch em tom de aprovação. — Essa menina sempre foi empreendedora. Estou até surpreso de ela ter ido mesmo embora.

— Eu também, para ser sincero — respondeu Ronnie. — Mas acho que podemos ter certeza de que ela logo vai tocar no assunto.

Naquele momento, Grace Wharton se aproximou para anotar o pedido.

— Café para você, eu imagino — disse ela a Ronnie, então sorriu para Butch. — E para o senhor? Está com vontade de tomar café da manhã? Fazemos uma omelete excelente.

— Já tomei café da manhã — respondeu Butch. — Um café está bom.

Grace não foi embora.

— Você e Dana Sue vão ao festival de outono no fim de semana? — perguntou ela a Ronnie.

Ele a olhou, confuso.

— Eu nem tinha pensado nisso, para falar a verdade. Desde que Annie ficou doente, perdi a noção do tempo.

— Bem, vocês três deviam ir — disse Grace. — Você se lembra de como Annie convencia vocês a comprar algo para ela de quase todos os vendedores porque ficava com pena se achava que não estavam tendo muito movimento?

Ronnie sorriu.

— Aquela garota vivia cheia de tranqueiras. Metade ia parar na nossa próxima venda de garagem — lembrou ele. — Você tem razão, Grace. Vou falar com Dana Sue e Annie sobre passearmos lá.

Grace sorriu para ele.

— Vou buscar seu café agora — disse ela, afastando-se a passos apressados.

Depois que ela trouxe o café, Butch se acomodou no sofá.

— Você trouxe informações e números para mim? — perguntou ele.

Ronnie pegou a pasta que estava ao seu lado no sofá e a entregou. Com os nervos à flor da pele, ficou sentado em silêncio enquanto Butch olhava os papéis.

Em determinado momento, os olhos do homem mais velho se arregalaram.

— Há tantos projetos de construção assim para a região?

Ronnie assentiu.

— Isso, e estou fazendo uma estimativa conservadora. Esses são só os projetos que já obtiveram aprovação do governo. Consegui a lista lá na prefeitura. Vi pelo menos um ou dois que ainda precisam passar pela comissão de planejamento urbano.

— Impressionante — disse Butch. — E você acha que pode fazer acordos com esse pessoal?

— Com alguns deles, pelo menos — respondeu Ronnie. — Vou saber mais quando conversar com as empreiteiras, mas não queria fazer isso enquanto não tivesse algo mais concreto.

Butch assentiu. Ele chegou à última página.

— Este é seu número final, então?

Ronnie fez que sim com a cabeça. Ele também havia tentado chegar a um número conservador, mas era muito dinheiro mesmo assim — embora talvez não para um homem como Butch.

O homem mais velho tirou os olhos do papel e o encarou.

— Você manteve o número baixo para eu não virar as costas agora, não é?

— Tentei ser realista sobre o que poderia fazer com os custos iniciais — corrigiu Ronnie.

— Você iria à falência em seis meses — disse Butch categoricamente. — Negócios pequenos nunca começam tão bem quanto o previsto. Os clientes nunca pagam exatamente quando você espera. Você precisa de um pouco de folga, senão vai quebrar antes de ter a chance de crescer. O pior erro de uma empresa iniciante é estar subcapitalizada.

— Eu não queria…

Butch o interrompeu.

— Você não queria abusar da nossa amizade — disse ele. — Mas isso são negócios, Ronnie. Se meu investimento vai ser lucrativo para nós dois, temos que pensar assim. Nada de barato que acaba saindo caro depois, nem de tentar sobreviver com menos do que você precisa.

Butch pegou uma caneta e escreveu na parte inferior da página, então empurrou o papel na direção de Ronnie.

— Eu diria que este é um número mais realista, não?

Ronnie ficou boquiaberto. Era quarenta por cento a mais que sua estimativa e muito mais do que jamais teria sonhado em pedir.

— Você tem certeza?

— Tenho certeza de que é o valor necessário se quiser tirar esse negócio do papel — disse Butch. — Vai dar uma margem de segurança por alguns anos até você conseguir se estabelecer.

— E você tem tanta confiança assim nessa ideia? — perguntou Ronnie, quase sem ousar acreditar que Butch daria tanto apoio.

— E em você — acrescentou ele. — Agora, onde fica o lugar que você quer comprar? Está perto o suficiente para darmos uma olhadinha?

— Fica no outro quarteirão — disse Ronnie, sentindo-se tonto.

— Vou pagar o café e damos uma passada lá, mas é claro que não podemos entrar sem Mary Vaughn.

— Então ligue para ela — ordenou Butch. — Já que estamos aqui, vamos satisfazer sua curiosidade. Assim, ela já começa a cuidar logo da papelada.

As duas horas seguintes foram um borrão para Ronnie. Butch era rápido quando queria resolver alguma coisa. Dentro da loja de ferragens, apontou as reformas que Ronnie deveria considerar fazer imediatamente, então passou a Mary Vaughn uma cifra para oferecer aos proprietários, bem abaixo do preço que estavam pedindo.

Ronnie estremeceu quando ouviu a oferta.

— Não quero tirar vantagem de Rusty e Dora Jean — protestou ele. — Eles passaram a vida inteira trabalhando nesse lugar.

— Aí está uma lição que você precisa aprender — respondeu Butch. — Não há espaço para sentimentos quando estamos tratando de negócios. Gosto de ser justo, não idiota. O valor ainda está milhares de dólares acima do que pagaram por este lugar e milhares acima do que têm no bolso agora. Só a tranquilidade de não terem mais gastos com essa propriedade deve valer a diferença entre o que pediram e a nossa oferta.

Mary Vaughn e Ronnie se entreolharam. Para sua surpresa, ela assentiu.

— Ele tem razão. É uma boa oferta.

— Então tudo bem — disse Ronnie. — Mas, antes de entrar em contato com Rusty, me deixe conversar com seu tio em particular, pode ser?

— Estarei lá fora preenchendo a papelada — respondeu ela.

Depois que Mary Vaughn saiu, Ronnie encarou Butch.

— Achei que você estava planejando ser um investidor silencioso.

Butch imediatamente assumiu uma expressão pesarosa.

— Você tem razão. Estou tão acostumado a assumir o controle e fazer o que quero que acabei me deixando levar. Prometo que não vai acontecer de novo.

Ronnie o olhou com ceticismo.

— Certo, provavelmente vai — admitiu Butch. — Mas sinta-se à vontade para me dizer para parar de me meter. Vou colocar no papel, se precisar. Não vou ficar me intrometendo em cada mínima decisão.

— Acho que vou querer por escrito mesmo — respondeu Ronnie. — Só por segurança.

— Você vai se sair bem sozinho — disse Butch com aprovação.

— Agora, que tal aquele almoço que me prometeu? Talvez Mary Vaughn já tenha notícias antes de terminarmos de comer.

— Não quer primeiro assinar os papéis do nosso negócio antes de ela apresentar minha oferta aos proprietários? — perguntou Ronnie.

— Eu cumpro o que prometo — disse Butch. — Você também. Vamos colocar tudo no papel para deixar os advogados felizes, mas, de minha parte, temos um acordo agora. — Ele rabiscou sua assinatura no pé da página dos documentos que Ronnie havia preparado, logo abaixo do valor que ele anotara. — Pode assinar também. Aí deixamos os advogados organizarem tudo.

Ronnie assentiu.

— Estou ansioso para fazer negócios com você, Butch. De verdade. E, apesar de ter feito tanta questão de lembrar que você é um investidor silencioso, sei que vou pedir tantos conselhos que você vai ficar cansado da minha cara.

— Impossível — tranquilizou Butch. — Não tem nada que eu goste mais do que falar sobre negócios com um cara interessado em aprender. Agora vamos dizer a minha sobrinha para fazer a parte dela e então vamos almoçar. Gastar dinheiro sempre abre meu apetite.

Ronnie percebeu que também estava faminto.

— Vamos pegar meu carro. O Sullivan's fica a cerca de um quilômetro daqui.

Durante a rápida viagem de carro, Ronnie percebeu que, no final das contas, ainda não tinha contado a Dana Sue sobre seus planos. Assim que Mary Vaughn apresentasse a oferta para a loja de ferragens, a notícia se espalharia como fogo. Ele apenas rezou para conseguir falar com a ex-esposa antes que ela ficasse sabendo pela rede de fofocas de Serenity.

Quando Dana Sue entrou na cozinha do Sullivan pela porta dos fundos, Erik a olhou surpreso.

— Achei que você só viesse mais tarde.

— Eu estava meio inquieta em casa e acho que Annie já está cansada de eu ficar em volta dela — explicou ela. — Acompanhei o almoço dela e então aproveitei para dar uma fugidinha e ver como andam as coisas por aqui.

— Seu ex está almoçando no salão — contou Erik.

— Sozinho?

Erik balançou a cabeça.

— Está com um homem que nunca vi antes e, há uns cinco minutos, Mary Vaughn se juntou a eles.

Dana Sue se irritou. Ela conhecia Mary Vaughn a vida toda, praticamente. Em geral as duas se davam bem, mas, desde o divórcio de Mary Vaughn e Howard Lewis Jr., o filho do prefeito, a mulher estava à caça. Já fazia alguns meses que morava com o chefe, mas segundo boatos o relacionamento não ia bem. Nas últimas vezes que tinham ido ao Sullivan's, o clima entre eles estava pesado. Dana Sue pensou em Mary Vaughn escolhendo Ronnie como seu próximo alvo e não gostou nada da ideia. Como Dana Sue dizia a qualquer um que quisesse ouvir que não queria voltar com o ex-marido, Mary Vaughn não veria problema em ir atrás dele.

— Já volto — disse Dana Sue em uma voz tensa, entrando no salão e examinando a multidão até Ronnie e ela fazerem contato visual.

Ele lhe deu um aceno distraído, então voltou a ouvir atentamente o que quer que Mary Vaughn estivesse dizendo. Dana Sue teve um desejo repentino de enfiar um cutelo no coração da mulher. Ou talvez no do ex-marido.

Sua reação foi tão intensa que a assustou. Não porque jamais fosse fazer algo assim, mas apenas por tal *pensamento* lhe ter vindo à mente. Aquilo significava que Ronnie estava começando a ser importante para ela outra vez. Também significava que ela ainda não confiava nele.

Maldizendo-se por sua burrice, Dana Sue ignorou a tentação de interromper a conversa e se fechou em seu escritório. Pelo menos teve a presença de espírito de não bater a porta e deixar Ronnie e o resto do mundo saber que estava com raiva. Lá dentro, cobriu o rosto com as mãos.

— Burra, burra, burra — murmurou ela.

Estava óbvio que não podia se envolver com Ronnie de novo, não sem virar uma mulher amarga e desconfiada. Não pela primeira vez, rezou para que o ex-marido resolvesse o problema indo embora da cidade, mesmo que a ideia agora a deixasse arrasada.

Dana Sue se obrigou a dar alguns telefonemas e trabalhar na papelada em sua mesa. Já estava ocupada com essas tarefas havia uma hora quando a porta de seu escritório se abriu e Ronnie enfiou a cabeça pelo vão. A expressão do ex-marido estava empolgada como ela não via havia anos. Se tivesse algo a ver com Mary Vaughn, Dana Sue pensou sombriamente, ela teria que matar os dois.

— Você pode falar um minutinho? — perguntou Ronnie, então entrou sem esperar pela resposta.

Ele olhou em volta procurando um lugar para se sentar, balançou a cabeça diante da bagunça, empurrou uma pilha de catálogos para o lado e se acomodou na beirada da mesa dela, o joelho roçando a coxa de Dana Sue.

— O que foi? — perguntou ela, impaciente. Droga. Aquele homem sempre a deixava tão nervosa.

— Achei que você devia saber dos meus planos antes que a notícia se espalhe por toda a cidade — disse Ronnie por fim.

— Você vai embora? — perguntou ela, esperançosa.

— Já falei que isso não vai acontecer.

— Você falou muitas coisas ao longo dos anos, depois mudou de ideia. Seus votos de fidelidade, por exemplo — acusou Dana Sue, incapaz de esconder a amargura em sua voz.

— Notícia velha — disse ele em tom alegre.

— Mas não esquecida — respondeu ela. — Olha, estou ocupada. Me diga logo o que é e vá embora.

— Acabei de comprar a antiga loja de ferragens — anunciou o ex-marido, como se não fosse muito diferente do que comprar uma calça jeans nova.

Dana Sue o olhou perplexa.

— A loja de ferragens? Por quê?

— Vou reabri-la — explicou ele.

— Você está doido? Eles fecharam porque as lojas grandes os levaram à falência.

— Eles fecharam porque Dora Jean não aguentou tocar o negócio depois que Rusty ficou doente — corrigiu Ronnie. — E imagino que ele tenha ficado doente por causa do estresse de tentar competir com as grandes redes, então de fato você tem um pouco de razão.

— E por que você acha que se sairia melhor? E onde você conseguiu tanto dinheiro, aliás? Achei que tivesse continuado trabalhando com construção depois que saiu daqui. Você por acaso ganhou na loteria e não fiquei sabendo? E o que Mary Vaughn tem a ver com isso? Por favor, não me diga que ela é sua sócia.

Se fosse, Dana Sue realmente teria que matar um deles.

Ronnie ergueu a mão.

— Ei, uma coisa de cada vez. Muita coisa vai ser construída nessa região nos próximos anos. Tenho trabalhado no ramo desde que saí daqui e por isso acho que sei lidar com as construtoras e os empreiteiros que vão estar bombando por aqui. Se eu conseguir fornecer os materiais a um preço competitivo e com a conveniência de estar um pouco mais perto das obras, ainda mais com os custos de combustível estando tão altos, vou me sair bem. E abrir outro negócio na avenida principal será uma contribuição para a cidade. Quanto ao dinheiro, tenho um investidor. Meu chefe, Butch Thompson, de Beaufort, vê bastante potencial na ideia. Ele resolveu ser meu sócio. E Mary Vaughn está cuidando da venda da loja. É isso. Ah, ela também é sobrinha de Butch, mas eu não sabia dessa parte até algumas horas atrás. Respondi tudo?

Espantada, Dana Sue só conseguia olhar para Ronnie. Era um plano muito mais ambicioso do que jamais teria imaginado para o ex-marido, e exigia um comprometimento a longo prazo, algo que ela o achava incapaz de fazer. Estava claro que ele pretendia provar que Dana Sue estava errada.

— Você não vai dizer nada? — perguntou ele depois de um tempo.

— Ainda acho que você está maluco — disse ela por fim, mas sem muita convicção. Para ser sincera, estava admirada com a audácia dele.

— Por quê? Você fez com que esse restaurante se tornasse um sucesso mesmo quando todo mundo disse que ninguém na cidade ligava para comida requintada. Você, Helen e Maddie criaram algo incrível lá no Spa da Esquina. Metade dos homens da cidade vive reclamando que vocês não os deixam entrar. Por que eu não deveria participar da revitalização de Serenity também?

— Porque ser dono de um negócio parece tão… certinho e tradicional — disse ela por fim. — Você vai estar preso.

Ronnie sorriu.

— Está com medo que eu perca minha espontaneidade encantadora que você tanto adora, querida?

Ela o olhou diretamente.

— Talvez — respondeu Dana Sue, embora a verdade fosse muito mais complicada do que isso.

Ronnie se levantou, beijou-a de uma maneira que foi capaz de praticamente estraçalhar qualquer medo que ela pudesse sentir em relação a isso, então saiu andando. Quando Dana Sue estava começando a recuperar o fôlego, ele enfiou a cabeça dentro do escritório de novo.

— Já disse que te amo? — Ronnie deu uma piscadinha. — Achei que você devia saber. — Ele começou a sair mais uma vez, então voltou. — O festival de outono é amanhã. Acho que devíamos ir. Passarei lá às nove para buscar você e Annie.

E então ele foi embora, deixando Dana Sue atordoada e destruindo por completo a resolução que ela tomara de evitá-lo.

CAPÍTULO DEZENOVE

Pela primeira vez desde que Ronnie voltara para a Serenity, Dana Sue estava com medo — medo de verdade — de que ele fosse cumprir sua ameaça de ficar. Comprar a loja de ferragens e começar um negócio não eram decisões simples e envolviam dinheiro e comprometimento. Nenhum dos dois eram coisas que ela associava a Ronnie, pelo menos não recentemente. Ela havia se obrigado a esquecer o longo tempo que estiveram juntos e durante o qual ele *foi* fiel para se agarrar à única noite em que ele não havia sido.

Dana Sue ligou para Helen depois que Ronnie saiu de seu escritório e teve a sorte de pegar a amiga entre duas reuniões.

— Podemos nos ver hoje à noite? — perguntou ela. — Na sua casa.

— Claro — disse Helen na mesma hora. — Quer me dizer o que está acontecendo? Você parece um pouco desesperada. E por que na minha casa? Você não deveria ficar perto de Annie?

— Vou pedir para alguém ficar com Annie, não quero que ela ouça a conversa — explicou Dana Sue. — Preciso de um conselho.

— Maddie vem também?

— Vou ligar para ela agora. Queria confirmar que você estava livre antes. — Ela precisava dos dois pontos de vista se quisesse entender aquela confusão emocional, tanto a versão romantizada de Maddie de seu relacionamento com Ronnie e como a opinião muito mais cética de Helen. — Sete e meia está bom?

— Por mim tudo bem — disse Helen. — Minha cliente chegou, então preciso ir. Até mais tarde.

Cinco minutos depois, Maddie também tinha concordado em encontrá-las na casa de Helen e prometido que Ty e Cal iriam ver Annie, levando sua comida chinesa favorita para o jantar e ficando atentos para que ela comesse tudo. Satisfeita, Dana Sue se recostou na cadeira e tentou relaxar. Não havia nada que pudesse fazer para impedir Ronnie de comprar a loja de ferragens ou montar um negócio na avenida principal, mas talvez Helen e Maddie pudessem lhe ensinar como não se deixar levar por esse último indício de que seu ex-marido era um novo homem. Ela precisava saber naquela noite, para poder estar preparada antes de passar um dia inteiro com ele no festival de outono no dia seguinte, do qual não conseguiria escapar sem decepcionar Annie.

Pensando no grande plano de Ronnie, Dana Sue tentou se lembrar de uma única vez em todos os anos desde que o conheceu que o ex-marido houvesse insinuado ter vontade de abrir um negócio próprio. Sempre pareceu feliz em pegar trabalhos no ramo da construção que pagassem bem, mas não o prendessem.

Claro, ele poderia ter dito o mesmo sobre ela. Ao longo da vida, Dana Sue havia trabalhado em vários restaurantes, como garçonete em alguns, recepcionista em outros, até finalmente ir para a cozinha, o que lhe pareceu o emprego certo assim que começou. Ela havia aprendido os meandros dos restaurantes do zero e por fim encontrara uma maneira de capitalizar em cima de todos aqueles anos passados com sua avó e sua mãe preparando pratos sulistas clássicos para as reuniões em família. Dana Sue era uma chef autodidata que desenvolvera não apenas seus instintos sobre comida, mas também um tino para os negócios.

Se não tivesse se separado de Ronnie, duvidava muito que teria encontrado a coragem de lutar sozinha e abrir o Sullivan's. Foi só depois que Helen e Maddie a incentivaram a tentar, ajudando a traçar o plano de negócios e a pedir os empréstimos, que Dana Sue finalmente teve confiança suficiente em si mesma para tentar. O sucesso que se seguiu foi além de suas expectativas, algo que jamais ousara sonhar. Por que Ronnie não poderia estar pronto para correr o mesmo risco e talvez desfrutar das mesmas recompensas? E por que ela achava aquilo tão perturbador?

Aquelas foram as perguntas que Dana Sue fez às amigas quando estavam acomodadas no pátio de Helen naquela noite. Ela e Helen estavam tomando margaritas, o drinque favorito delas para conversas sérias, enquanto Maddie bebia uma bebida não alcoólica de fruta, já que ainda estava amamentando.

— Ele vai mesmo fazer isso? — perguntou Maddie, parecendo encantada. — Isso é fantástico. É disso que a avenida principal precisa. A Wharton's é o único negócio aberto, a rua está tão morta.

— Acho que você não entendeu aonde eu estava querendo chegar — reclamou Dana Sue. — Isso significa que ele vai ficar com certeza.

Maddie sorriu.

— E isso é uma surpresa? Não é exatamente o que ele tem falado que faria desde que voltou?

— Eu não acreditei nele — admitiu Dana Sue, depois se corrigiu. — Eu não queria acreditar nele.

— Ou talvez você estivesse com medo de acreditar nele — sugeriu Maddie, com delicadeza.

Dana Sue deu de ombros.

— Também. — Ela se virou para Helen. — Qual é a sua opinião sobre isso?

— Tenho que admitir que ele me pegou desprevenida. Esse plano dele é empolgante e ambicioso e pode até funcionar. De onde ele vai tirar o dinheiro? Ele já tem?

— Parece que sim. Ele disse alguma coisa sobre seu investidor ser seu antigo chefe em Beaufort e tio de Mary Vaughn.

Helen a olhou com surpresa.

— Se eles estavam bem ali, por que não foi até a mesa deles para descobrir o que estava acontecendo?

— Mary Vaughn — resumiu Dana Sue. — Fiquei incomodada ao vê-la com Ronnie. Claro que isso foi antes de eu saber que estavam falando sobre imóveis. Mas, ainda assim, não descarto ela querer ir atrás dele.

Maddie revirou os olhos.

— Você devia escutar o que diz — disse ela com impaciência. — Não para de inventar desculpas para não ficar com ele, mesmo sabendo que quer voltar. Ronnie não está interessado em Mary Vaughn. Nunca esteve, nem mesmo quando ela se atirou nele no colégio. Ele escolheu você naquela época e ele escolheu você de novo agora. Você é a única cega demais para ver isso.

— Também não sei se acredito — discordou Helen.

Maddie fez cara feia para ela.

— Porque você está amarga. Precisa começar a trabalhar em outra área do direito. Os divórcios estão fazendo você ter uma visão muito pessimista do amor. Se continuar assim, você nunca vai dar uma chance a um relacionamento.

— Eu acredito que Cal ama você — respondeu Helen, com um quê defensivo na voz. — Além disso, eu não sou o problema aqui. Acho que tenho bons motivos para desconfiar dos sentimentos de Ronnie por Dana Sue. Ela também.

Maddie gemeu.

— As pessoas erram e se arrependem. Elas mudam. Encontre um ser humano perfeito e ele vai ser a criatura mais chata do universo.

Dana Sue ficou olhando Helen tentar encontrar uma resposta e decidiu dizer o que sabia que a amiga estava pensando.

— Helen acha que é perfeita — disse ela. — Não é, querida? E sabemos que ela não é chata.

Helen franziu a testa para ela.

— Claro que não sou perfeita. Já cometi erros.

— Sério? — Dana Sue fingiu estar chocada. — É mesmo?

— Ok, pare de me provocar — resmungou Helen. — Eu sei que ninguém é perfeito, mas alguns erros são maiores do que outros e não merecem ser perdoados.

Maddie a cutucou com o pé descalço. Durante a gravidez, tinha se acostumado a tirar os sapatos porque os pés ficavam inchados. Agora, ela dizia, ficava descalça por puro prazer.

— Não é você que decide nesse caso. É Dana Sue. — Maddie se virou para a amiga. — Você realmente quer continuar presa à raiva e ao ressentimento?

— Não — disse Dana Sue, cansada, depois se corrigiu. — Sim.

Maddie sorriu.

— Qual dos dois?

— Eu não sei, caramba! É difícil ficar pensando nisso, ainda mais quando ele está sendo tão doce, mas esquecer o passado também me assusta.

— Viver é assustador — lembrou Maddie. — Só não é quando você para de correr riscos. — Ela se inclinou para a frente. — Eu com certeza não posso prometer que Ronnie nunca mais vai magoar você. Duvido que ele possa prometer isso também. Mas por acaso essa vida segura e sem graça que você tem levado desde que ele foi embora é melhor do que a empolgação e imprevisibilidade de estar com ele?

— Minha vida não é sem graça nem segura — protestou Dana Sue. — Abri meu restaurante. Fiz novos amigos. Abrimos o spa. Minha vida tem sido muito boa sem ele.

— Isso mesmo — Helen entrou na conversa. — Uma mulher não precisa estar com um homem para ser feliz.

— Claro que não — concordou Maddie. — Mas devo dizer que todas essas conquistas são mil vezes melhores se você tiver alguém com quem dividi-las, alguém que vai oferecer uma massagem à noite ou ouvir seu desabafo quando as coisas estiverem indo mal. — Ela lançou um olhar penetrante para Dana Sue. — Seja honesta, não foi mais fácil lidar com o que aconteceu com Annie com Ronnie aqui para ajudar e dividir a angústia e a preocupação?

— Ele tem dado muito apoio — admitiu Dana Sue de má vontade. — E sim, é bom saber que não estou sozinha nisso.

— Mas você ainda tem medo de começar a contar com ele — adivinhou Maddie.

Dana Sue assentiu.

— Então não faça isso — aconselhou Maddie. — Vá levando um dia de cada vez. Não é como se ele tivesse pedido você em casamento de novo. Tudo o que ele quer por enquanto é uma chance de provar que as coisas podem ser diferentes. Você não pode dar isso a ele?

A ideia parecia tão razoável quando Maddie falava. Um dia de cada vez. Nada mais. No entanto, havia um problema nisso. Bem grande. Dana Sue ainda estava apaixonada por ele. Cada dia em que deixava Ronnie voltar para sua vida, cada segundo que passava com ele, a deixava mais perto de uma situação sem volta.

E se Ronnie voltasse a decepcioná-la, ela não sabia se iria se recuperar de novo.

Além disso, tinha que pensar em Annie. Se Dana Sue e Ronnie tentassem fazer o relacionamento dar certo e não conseguissem, a filha ficaria arrasada uma segunda vez.

— Não posso correr o risco — disse Dana Sue, infeliz. — Não sou só eu e o que eu quero. Annie quase morreu por causa do que aconteceu entre mim e o pai dela. Não acho que ela sobreviveria se Ronnie e eu voltássemos e depois não desse certo.

Nem mesmo Maddie, a eterna otimista, pareceu conseguir pensar em uma resposta para aquela observação. Com aquilo, Dana Sue soube que estava tomando a decisão certa. Por mais que quisesse que as coisas fossem diferentes, não podia ter Ronnie de volta em sua vida. Infelizmente, isso não significava que pudesse mantê-lo longe de Annie, de modo que Dana Sue teria que encontrar uma maneira de proteger seu coração.

Durante o período em que Ronnie ficou fora da cidade, o festival anual de outono havia sido transferido da praça da cidade para o parque. Antigamente, era uma boa oportunidade tanto para o comércio local como para os artistas, os vendedores e as barraquinhas de comida. No entanto, conforme os tempos foram mudando, a administração municipal achou desnecessário manter o evento no centro, já que só restara a Wharton's para se beneficiar dele. E, Annie dissera a Ronnie, o parque tinha muito mais espaço para o número cada vez maior de pessoas que vinham à cidade para o festival.

— Pai, Sarah está ali. Posso dar uma volta com ela e Raylene? — implorou Annie assim que chegaram.

Ronnie olhou de soslaio para Dana Sue, tentando avaliar sua reação. Ela obviamente tinha vindo de má vontade, e ele achava que a qualquer minuto começaria a dar desculpas sobre ter que ir ao Sullivan's. Se Annie deixasse os dois sozinhos, seria mais fácil ainda para Dana Sue ir embora. Ainda assim, Ronnie se recusava a usar Annie para manter a ex-esposa por perto.

— Pergunte a sua mãe — disse ele por fim.

Dana Sue pareceu surpresa, mas assentiu.

— Pode ir — respondeu ela. — Mas nos encontre antes do almoço. Vamos comer juntos.

Annie gemeu.

— Você vai ficar me vigiando hoje também?

— Você conhece as regras — explicou Ronnie. — Mas você pode convidar Sarah e Raylene para virem com a gente, se quiser.

A expressão taciturna de Annie desapareceu na hora.

— Está bem! Certo, encontro vocês meio-dia no pavilhão, é onde ficam as barracas de comida.

Depois que a filha se afastou, ele olhou para Dana Sue e a encontrou estudando-o com uma expressão pensativa.

— Você resolveu isso muito bem.

— Por lembrar das regras? — perguntou Ronnie.

— Não, por convidar as amigas dela para o almoço. Queria ter pensado nisso.

Ele sorriu.

— Você devia estar distraída com a ideia de passar algumas horas sozinha comigo. Está com medo que eu faça algo escandaloso em público, meu bem?

Dana Sue deu de ombros.

— Eu não ficaria surpresa.

— Desculpe, querida, mas pretendo me comportar. Não quero lhe dar uma desculpa para fugir.

— Na verdade, a gente precisa conversar — disse ela, com o rosto sombrio.

Ronnie conhecia aquela cara. Significava que ele não iria gostar do que quer que Dana Sue tivesse a dizer. A única maneira de evitar isso seria distraí-la.

— Só depois de termos dado uma olhada nas barracas — disse ele, segurando a mão dela e puxando-a em direção à parte dos artistas.

— Ronnie — interrompeu ela, obviamente já com um protesto na ponta da língua.

— É o festival de outono — lembrou ele. — O dia está lindo. Não tem uma nuvem no céu. Estamos cercados por pessoas conhecidas. Annie está voltando a ser como era antes. Portanto, nada de conversas sérias hoje. — Ronnie gesticulou em direção às aquarelas expostas. — O que acha?

— Acho você impossível — murmurou ela, mas voltou sua atenção para a arte. — Bonitas, mas sem graça.

— Também achei. Será que a mãe de Maddie está com um estande este ano? Acho que algumas pinturas botânicas de Paula Vreeland ficariam lindas no Sullivan's.

Dana Sue o olhou espantada.

— Sabe, você tem razão. Não sei como nunca pensei nisso. Quando abrimos, o orçamento para a decoração era meio apertado, mas posso pagar mais agora, e os quadros ficariam perfeitos naquela parede verde-escura depois da porta.

Ronnie deu uma piscadinha para ela.

— Viu só, ao contrário do que pensam por aí, tenho bom gosto.

Enquanto caminhavam por entre os vendedores em busca da mãe de Maddie, que conquistara fama país afora por sua arte, mas uma reputação de excêntrica na região, Ronnie continuou de mãos dadas com Dana Sue. Pela primeira vez, ela não tentou se afastar.

No instante em que Paula Vreeland os viu, interrompeu a conversa que estava tendo com o artista no estande ao lado e foi cumprimentá-los.

— Ronnie, é bom ver você de volta à cidade — disse ela. — E vê-lo com Dana Sue.

— Obrigado, sra. Vreeland. Você está ainda mais bonita do que quando fui embora — elogiou ele. — E, caso já não saiba, vejo muito da sua arte em Beaufort. Perdi as contas do número de casas que visitei com pinturas suas na parede.

— E Ronnie acha que foi muita falta de bom senso da minha parte não ter alguns quadros seus no Sullivan's — afirmou Dana Sue. — Pela primeira vez concordo com algo que ele diz.

— Dê uma olhada — disse Paula Vreeland. — E se você não encontrar o que procura aqui, dê um pulo em meu estúdio semana que vem. Tenho mais coisa lá. Em geral não trago os originais para cá porque o preço é muito salgado para o público, mas, com o desconto que vou lhe dar, você pode comprá-los para o Sullivan's.

Dana Sue ficou chocada.

— Eu jamais pediria um desconto para você — protestou ela.

— Você não pediu — disse a sra. Vreeland. — Eu ofereci, e não só porque você tem sido uma amiga maravilhosa para minha filha. Ter minhas pinturas em seu restaurante vai me trazer muitas novas vendas. Você atrai uma clientela muito refinada, Dana Sue. Tenho tanto orgulho de você como se fosse minha própria filha.

Ronnie viu que Dana Sue estava piscando para conter as lágrimas, então ele a puxou até uma pintura delicada exibindo uma magnólia. Quase dava para sentir a textura aveludada das pétalas macias.

— Acho que este seria perfeito para o negócio de uma das Doces Magnólias — disse ele. — O que acha?

Dana Sue o estudou e então assentiu.

— É perfeito — respondeu ela, com a voz embargada.

— Então vai ser um presente meu para você. Eu não estava aqui para a inauguração, então estou devendo um.

— Ronnie, por favor, não precisa, ainda mais com todos os gastos que você vai ter quando abrir seu negócio — disse ela.

— Talvez eu esteja fazendo isso na esperança de ganhar um desconto no bufê para a inauguração — brincou ele. — Não discuta comigo, meu bem. Eu quero comprar o quadro. Agora dê uma olhada para ver se gosta de algum outro.

Enquanto Dana Sue examinava as outras pinturas, Ronnie ficou conversando com a mãe de Maddie, depois pagou pela pintura que havia escolhido como presente para a ex-esposa. Ela também pagou por outras duas obras de que tinha gostado.

— Podemos vir buscar mais tarde? — perguntou Ronnie. — Quando estiver na hora de ir para casa?

— É claro — disse a sra. Vreeland. — Vou colocar os adesivos de vendido neles. Podem ir se divertir.

Depois disso, começaram a andar mais devagar porque o movimento havia crescido e parecia que todos na cidade tinham ficado sabendo dos planos de Ronnie para a loja de ferragens. Todo mundo queria parabenizá-lo e agradecê-lo por fazer sua parte para restituir a importância do centro de Serenity. Até o prefeito veio conversar, dizendo a Ronnie para falar com ele se houvesse algo que a cidade pudesse fazer para apoiar o negócio.

— É só fazer suas compras lá — disse Ronnie a Howard Lewis. — E indicar para seus amigos.

— Quando vai ser a abertura? — perguntou o prefeito.

— Se conseguirmos resolver todas as pendências, gostaria de abrir antes do Natal — respondeu Ronnie, ganhando mais um olhar assustado de Dana Sue.

Depois que Howard se afastou, ela olhou para Ronnie preocupada.

— Você acha que dá para fazer isso tão rápido?

— Se eu trabalhar bastante pelas próximas seis semanas, por aí — disse ele.

— Acho que isso significa que você não terá muito tempo para Annie.

Ronnie franziu a testa para a ex-esposa.

— Sempre vou ter tempo para Annie e para você. Você sabe que abrir um negócio dá muito trabalho, mas pretendo equilibrar isso com as outras áreas importantes da minha vida.

— Claro — respondeu ela, irradiando ceticismo. — Você diz isso agora, mas quando tudo ficar mais corrido tenho certeza de que passar tempo com Annie será a primeira coisa que você vai deixar de fazer.

Ronnie parou de andar e a encarou com seriedade.

— Você está querendo arranjar briga?

Dana Sue pareceu surpresa com o tom áspero, então suspirou.

— Provavelmente — admitiu ela.

— Quer me explicar por quê? — perguntou ele.

— Preciso que você volte a ser o vilão — disse ela. — Isso facilitaria muito minha vida.

Ronnie relaxou.

— Não vai acontecer, querida. Agora, vamos escolher algumas abóboras. Vou esculpir uma cara feliz e você pode ficar com a careta assustadora.

Ela o olhou com uma expressão azeda.

— Era para ser engraçado?

Ele deu de ombros.

— Achei que talvez fosse arrancar um sorriso seu. Acho que vou ter que continuar tentando.

— Mesmo que você sendo legal esteja me deixando maluca? — perguntou ela.

Ronnie assentiu.

— Infelizmente sim.

Os lábios de Dana Sue se curvaram ao ouvir a resposta do ex-marido, mas ela se virou antes que ele pudesse ver aquilo se transformaria num sorriso. De todo modo, não importava, porque Ronnie não pararia de tentar até que voltassem a rir o tempo todo, como antigamente.

Tinha alguma coisa estranha acontecendo entre seus pais, Annie concluiu quando completou duas semanas de volta em casa. Eles ainda a ficavam vigiando, acompanhando-a em todas as refeições, sempre em seu pé para que seguisse a rotina que havia planejado com a nutricionista. Mas os dois não ficavam mais juntos. Pareciam ter desenvolvido um dom para evitar um ao outro. Era quase como se tivessem montado um cronograma pelas costas dela.

Naquela noite, seu pai mal tinha saído pela porta quando Dana Sue chegou. Annie a olhou com uma expressão perplexa.

— Você ficou esperando na esquina até ver meu pai ir embora? — interpelou a menina.

— Por que eu faria isso? — perguntou sua mãe, com uma expressão culpada que revelava a verdade.

— Porque você não quer vê-lo — disse Annie secamente. — O que ele fez agora?

— Nada — interrompeu Dana Sue. — Ele anda ocupado e eu também. Você sabe que acabei deixando o restaurante e o spa de lado. Agora estou compensando o tempo perdido.

Ela falava em um tom bem razoável, mas a menina não estava caindo na desculpa.

— Vocês dois vão estar na sessão em família amanhã?

Quando Dana Sue a olhou com uma expressão surpresa, Annie soube que ela havia esquecido.

— Você não pode fugir — declarou Annie. — Todos nós temos que estar presentes na terapia familiar. Papai vai. Eu o lembrei hoje à noite.

Na verdade, ele não parecia muito mais ansioso para ir à sessão do que a mãe dela, mas havia concordado em estar presente.

Sua mãe suspirou.

— Claro que vou. Só me esqueci.

As sessões individuais de Annie com a psiquiatra não eram tão ruins. A dra. McDaniels até que era legal. Ela entendia quando a menina tentava explicar as coisas e não julgava muito. Apenas cutucava até Annie começar a enxergar as situações de outra forma.

Como o casamento de seus pais, por exemplo. Annie agora sabia que provavelmente não havia nada que qualquer um dos dois pudesse ter feito para impedir o divórcio depois da traição de Ronnie. De todo modo, independentemente do verdadeiro motivo para ele ter dormido com outra mulher, era um problema *dele*, não de sua mãe e sem dúvida não de Annie. E parar de comer era uma maneira muito idiota de protestar pelo fato de seu pai ter ido embora da cidade.

Não que Annie tivesse percebido antes que era isso que estava fazendo — uma espécie de greve de fome bem estúpida —, mas foi o que aconteceu. Ainda não confiava em si mesma para comer direito o tempo todo, mas tinha certeza de que nunca mais seria tão burra.

Annie percebeu que tinha se distraído tentando descobrir o que estava havendo entre seus pais e acabara se esquecendo de contar a boa notícia que recebera naquela manhã.

— Adivinha só? — disse ela, sem conseguir conter um sorriso. — A dra. McDaniels falou que, se o cardiologista disser que está tudo bem comigo na consulta de depois de amanhã, posso voltar para a escola na semana que vem.

Dana Sue sorriu.

— Uau, que ótima notícia! Você tem se esforçado muito para melhorar. Sei que vai ser ótimo estar de volta às aulas e com seus amigos de novo.

A melhor parte ia ser ver Ty todos os dias, Annie pensou, mas não disse aquilo à mãe. Ele tinha vindo visitá-la bastante em casa nos últimos tempos, mas ela mal podia esperar para ver a reação dele na escola também. Não que ele estivesse agindo como seu namorado ou coisa do tipo. Ele nunca a tinha beijado, a não ser na bochecha, igual quando cumprimentava a mãe dela. Mas Annie achava que seria um grande sinal se ele a tratasse como amiga na frente de todos os caras do time de beisebol e dos outros alunos mais velhos. Como se ela fosse especial.

— E você está com a matéria em dia? — perguntou Dana Sue.

Annie assentiu.

— Sarah e Raylene trouxeram suas anotações e levaram meu dever para os professores. Posso ter que fazer algumas provas substitutivas, mas não deve ser muito difícil de recuperar. Ty disse que me daria algumas aulas particulares se eu precisasse.

Sua mãe a olhou atentamente.

— Que legal ele oferecer. Tyler tem sido um bom amigo, não é?

— O melhor — disse Annie, sentindo as bochechas corarem.

— Você não está esperando nada a mais, está? — perguntou Dana Sue, parecendo preocupada.

Annie entendeu a insinuação — de que Ty era seu amigo, não seu namorado. Mas não precisava ser lembrada disso o tempo todo.

— Claro que não — respondeu a menina. — Por que você está dizendo isso?

— Só não quero que você fique decepcionada.

— Não seria a primeira vez na minha vida — disse Annie.

Dana Sue franziu a testa.

— Você está falando sobre mim e seu pai?

— Exatamente — respondeu Annie.

Sua mãe de repente pareceu cansada e muito triste.

— E olhe como você reagiu a isso — disse ela em tom delicado. — Eu ficaria arrasada se Ty magoasse você e isso causasse esse problema de novo.

— E você nunca pensou que talvez ele *não* me magoe? — interpelou Annie em tom acalorado. — Obrigada por acreditar em mim, mãe.

A mágoa e a raiva se misturavam dentro dela enquanto corria escada acima para seu quarto e batia a porta.

Annie ouviu a mãe chamá-la, mas apenas afundou o rosto no travesseiro. Sabia que seu comentário tinha sido maldoso, e nem mesmo era verdade. Dana Sue sempre acreditara nela. Na verdade, era quem mais lhe dava apoio. Annie sabia lá no fundo que era ela própria que não se achava boa o suficiente para Ty, e por isso o comentário da mãe havia doído tanto.

Na manhã seguinte, a tensão no consultório era palpável. Annie e Dana Sue mal se olhavam, e a mulher evitava deliberadamente olhar na direção do ex-marido. Ronnie acabou optando por se sentar ao lado de sua filha.

Inclinando-se para perto, ele sussurrou:

— Você brigou com sua mãe?

A menina deu de ombros.

— Mais ou menos.

— Sobre?

— Coisas.

Ele se recostou com um suspiro, depois olhou para Dana Sue, cuja postura era rígida como uma tábua.

— E você? Quer falar sobre o que foi a briga?

— Na verdade, não.

— Então pelo visto a próxima hora vai ser muito divertida — murmurou Ronnie, aliviado quando a dra. McDaniels entrou e fechou a porta.

Talvez uma pessoa neutra pudesse resolver o problema.

— Como estão todos? — perguntou a psiquiatra, com uma expressão alegre.

Os murmúrios das duas saíram tão pouco entusiasmados que Ronnie se sentiu na obrigação de fazer uma saudação mais calorosa. A dra. McDaniels lhe lançou um olhar agradecido.

— Sinto uma certa tensão aqui hoje — observou ela.

— É mesmo? — murmurou Annie, irônica.

Dana Sue deu um suspiro.

— A única coisa que fiz foi dizer a Annie para não criar esperanças em relação a um garoto de quem ela gosta. Eu só não queria que ela ficasse decepcionada caso ele não correspondesse às expectativas dela.

Então era isso, Ronnie pensou. O motivo da briga tinha sido Ty e — o ex-marido apostava — tinha a ver com ele também.

— Essa briga foi mesmo sobre Annie não se magoar com Ty ou seu medo de arriscar ser magoada por mim? — perguntou Ronnie, encarando a ex-esposa.

Dana Sue franziu a testa para ele.

— Nunca tocamos no seu nome — disse ela com firmeza.

— Disso tenho certeza — respondeu ele. — Isso não significa que você não estava projetando seus medos em Annie e Ty.

— Um segundo, por favor — interrompeu a dra. McDaniels. — Alguém precisa me atualizar primeiro. Quem é Ty? Acho que você já o mencionou antes, Annie. Quer me contar um pouco mais sobre ele?

Annie se inclinou para a frente, animada, e falou de Ty nos termos mais elogiosos.

— Eu gosto dele — concluiu ela, com um olhar desafiador para a mãe. — Muito.

— Por isso que eu estava preocupada — explicou Dana Sue. — Ty é mais velho. Tem seus amigos, seus interesses. Tem sido maravilhoso com Annie, mas não sei se os sentimentos dele são recíprocos.

— Então você está tentando protegê-la e evitar que fique magoada — disse a psiquiatra.

— É claro que sim. Eu sou a mãe dela — respondeu Dana Sue.

— É impossível proteger os filhos sempre, eles vão crescer e cometer os próprios erros — explicou a dra. McDaniels. — E se Annie se magoar? Seria o fim do mundo? Toda garota tem o coração partido em algum momento.

— Mas não agora, caramba — disse Dana Sue com fervor. — Ela ainda está muito fragilizada. Precisa ficar saudável e forte outra vez antes de ter que enfrentar algo assim.

A psiquiatra se virou para Annie.

— Você sabe que está correndo um risco, não sabe? Você sabe que se entregar para alguém é sempre um risco?

— Claro — respondeu Annie. — Mas tudo bem. Como vou me sentir se eu não me arriscar e nunca tiver a chance de ser feliz com Ty?

— Palavras de sabedoria — murmurou Ronnie, olhando para Dana Sue.

A dra. McDaniels aproveitou o gancho do comentário.

— Você está traçando alguns paralelos entre essa situação e seu relacionamento com Dana Sue.

— Está bem claro — disse ele.

— E quanto a você? — perguntou a psiquiatra a Dana Sue. — Acha que Ronnie tem razão? Que você está projetando suas próprias inseguranças em Annie?

— Claro que não! — retrucou Dana Sue, mas então fechou os olhos. — Talvez — sussurrou depois de um tempo.

Em vez de pressioná-la, a psiquiatra se voltou para a menina.

— Qual é a pior coisa que pode acontecer caso você arrisque seus sentimentos com Ty?

— Ele pode não gostar de mim do mesmo jeito — respondeu ela imediatamente.

— E você acha que aguentaria isso?

— Seria melhor do que nunca saber o que poderia ter sido — declarou Annie.

— Isso me parece uma atitude bastante madura — disse a dra. McDaniels. — O que você acha, Dana Sue?

— Acho que ela não faz ideia de como será difícil se o sentimento dele não for recíproco.

— E você sabe disso por experiência própria, certo? — cutucou a psiquiatra.

Dana Sue assentiu.

— Mas você sobreviveu, não foi? Você superou o coração partido e construiu uma vida nova. E me parece que você tem muitas conquistas das quais pode se orgulhar.

— Bem, é claro que sim — disse Dana Sue, parecendo confusa.

— Então o que a faz pensar que Annie não poderia ser igualmente forte?

— Ela é anoréxica — respondeu Dana Sue.

— E ela está trabalhando para mudar isso — rebateu a médica. — Mais alguma coisa?

— Bem, não — admitiu Dana Sue.

— E você? Acha que vai ser menos forte se correr o risco outra vez e não der certo? — Antes que Dana Sue pudesse responder, a dra. McDaniels ergueu a mão. — Deixe-me reformular a pergunta. Pelo que entendi, depois que você e Ronnie se separaram, você ficou muito magoada, não foi?

— Isso.

— Você ficou pensando que sua vida tinha acabado?

— De certa forma, sim — admitiu Dana Sue.

— No entanto, você se arriscou muito ao abrir o Sullivan's — lembrou a psiquiatra. — Você estava preparada para a possibilidade de não dar certo?

Dana Sue assentiu.

— Mas isso não a impediu de tentar, não foi? Por quê?

— Porque eu sabia que era forte o suficiente para lidar com as consequências se fracassasse — disse Dana Sue.

— Mesmo assim, você disse que estava se sentindo muito fragilizada na época — argumentou a dra. McDaniels.

Dana Sue olhou a psiquiatra diretamente.

— Entendi o que está tentando dizer.

— Ah, é? Você entende que a vida é cheia de riscos? Se não os encarar de frente e tentar ir atrás do que quer, é como se ficasse sentada olhando a vida passar.

Ronnie ficou esperando, sem ousar respirar. Suspeitava de que o futuro dele dependia da conclusão a que Dana Sue chegasse naquele momento.

— Você tem razão — admitiu ela por fim, parecendo surpresa com a constatação.

— Bem, então, não vejo por que não deveria ir atrás do que quer — disse a dra. McDaniels.

Dana Sue a olhou com certa cautela.

— Você está dizendo que eu deveria dar outra chance a Ronnie?

— Só se isso for o que você quer — respondeu a psiquiatra em tom neutro. — A decisão é sua, não minha. Não de Annie. Assim como não é decisão sua se ela quer se arriscar indo atrás desse rapaz de quem ela gosta.

De repente, Annie estava sorrindo para a mãe.

— Não é tão fácil perceber que o destino está nas suas mãos, não é, mãe?

Dana Sue deu uma risadinha.

— É uma droga, basicamente — confirmou ela.

— Mas isso não faz você se sentir mais poderosa? — perguntou a dra. McDaniels.

Dana Sue finalmente arriscou um olhar na direção de Ronnie. Ele pensou ter visto uma centelha da velha ousadia nos olhos da ex-esposa e se animou.

— Sabe — disse ela por fim —, acho que sim. Na verdade, isso pode acabar sendo divertido.

— Não sei se estou gostando muito disso — resmungou Ronnie, em tom de brincadeira.

— Bem, vá se acostumando — disse Dana Sue. — Um novo dia está por vir.

Annie sorriu para os dois.

— Legal.

Sim, Ronnie pensou. Era muito legal e talvez um pouco assustador saber que agora caberia a ele não jogar fora a segunda chance que Dana Sue estava finalmente disposta a lhe dar.

CAPÍTULO VINTE

Dana Sue estava bastante satisfeita com as conclusões a que chegara durante a sessão de terapia em família. Estava finalmente pronta para seguir em frente, segura de que seria capaz de lidar com o futuro. Se ela e Ronnie reatassem e as coisas não dessem certo, bem, paciência. Ela já o havia superado antes, ainda que mais ou menos, e poderia superá-lo de novo. E depois de ouvir as ponderações maduras de Annie durante a sessão, estava começando a acreditar que sua filha também resistiria caso a relação acabasse de novo.

Depois que deixaram a filha em casa, Dana Sue sugeriu uma caminhada. Quando os dois começaram a andar sem rumo, ela colocou os óculos de sol — para proteger os olhos do escrutínio de Ronnie, talvez —, então virou a cabeça na direção do ex-marido.

— E agora? — perguntou ela.

O sorriso travesso de Ronnie se espalhou lentamente por seu rosto.

— Eu não tenho um plano. E você?

Ela franziu a testa.

— Ah, típico — reclamou Dana Sue. — Há semanas você tem insinuado que me quer de volta, e quando finalmente falo sobre isso de maneira direta você não tem ideia do que vem a seguir.

— Meu bem, você me pegou de surpresa agora há pouco. Eu me acostumei tanto a ter você colocando barreiras entre nós dois e eu tendo que usar várias táticas para passar por elas que não parei para pensar no que faria se você decidisse derrubá-las.

— Eu não derrubei nada — rebateu ela. — Só coloquei uma rachadura minúscula, você ainda precisa descobrir como passar por ela. Então me avise quando tiver um plano.

Dana Sue deu meia-volta e foi embora. Nenhum plano! Aquele homem era impossível. Talvez ela não passasse de um desafio para ele e representasse apenas um exemplo de Ronnie querendo o que não podia ter. Agora que o jogo tinha acabado, o ex-marido provavelmente nem a queria mais. Tinha seu novo negócio. Tinha a filha de volta em sua vida. E tinha Mary Vaughn atrás dele. Flertar com outra mulher exigia muito menos compromisso do que um relacionamento. Deveria ser mais do que suficiente para satisfazê-lo.

Dana Sue já estava na metade do quarteirão, com a postura rígida e as emoções à flor da pele, quando Ronnie a alcançou, girou-a e tomou sua boca em um beijo mais quente do que o sol da Carolina do Sul ao meio-dia. O beijo varreu todos os pensamentos, toda a raiva, para fora de sua cabeça.

Quando Ronnie finalmente a soltou, Dana Sue teve que se agarrar aos ombros dele para continuar de pé. Esse detalhe e o desejo pulsando por dela a enfureceram de novo. Ela explodiu.

— Me fazer passar vergonha em público não é a resposta — disse Dana Sue, irritada.

Ronnie sorriu, agora também de óculos de sol, de maneira que ela não podia ver a expressão divertida que sem dúvida tomava os olhos do ex-marido.

— Não é uma vergonha, querida. Foi só uma declaração pública de que estamos juntos de novo.

Dana Sue se irritou.

— Você está me marcando como se eu fosse gado de corte especial? — bradou ela, indignada.

Os lábios dele tremeram.

— Eu não diria nesses termos.

— É, eu também não ia querer admitir — bufou ela. — Mas foi isso que você fez, não foi?

— Sabe — disse Ronnie com naturalidade —, é recíproco. Você me beijou também, então agora todo mundo sabe que eu sou seu.

— Inclusive Mary Vaughn? — perguntou Dana Sue, gostando um pouco mais da ideia.

Se Ronnie estava achando que ela toleraria aquela aproximação, parceria ou o que quer que fosse, podia tirar o cavalinho da chuva.

O ex-marido a olhou, confuso.

— O que Mary Vaughn tem a ver com isso?

— Eu vi como ela fica perto de você — disse Dana Sue. — Mary Vaughn está atrás de você, Ronnie. A cidade inteira sabe que o relacionamento dela está mal das pernas e ela está procurando um substituto. Pelo visto, você é o alvo.

Ele continuou parecendo confuso.

— Ela não está morando com aquele sujeito? Acho que ela comentou que ele é o chefe dela.

— Tecnicamente, sim — admitiu Dana Sue.

— Como assim, tecnicamente? Ou ela mora com ele ou não.

— É mais ou menos como quando você era tecnicamente casado comigo e saiu para dormir com outra pessoa — retrucou ela. — Como falei, o relacionamento está mal das pernas, mesmo que ainda não tenha acabado.

— Ok, já chega — disse Ronnie, caindo na provocação de maneira previsível. — Vamos.

Ele agarrou o braço de Dana Sue e começou a arrastá-la pela calçada.

Ela tentou fincar os calcanhares, mas o ex-marido era maior, mais forte e, claramente, estava com mais raiva.

— Está maluco? — perguntou ela. — Aonde estamos indo?

— Para o meu hotel — disse ele.

— Não vou para o seu hotel — respondeu ela, horrorizada ao pensar em como a notícia logo se espalharia pela cidade.

— Você quer mesmo voltar para casa e ter essa briga na frente de Annie?

— Eu não quero nem brigar!

— Bem, quando terminarmos de brigar e quisermos fazer as pazes, também é melhor não fazermos isso perto de Annie — disse ele.

O calor que Dana Sue sentiu naquele momento nada tinha a ver com raiva, mas sim com expectativa. Aquilo era mais exasperante do que qualquer outra coisa. Depois de dois anos, seria de se esperar que ela tivesse adquirido certa imunidade àquele homem.

— E por que está tão certo de que *vamos* fazer as pazes? — perguntou ela.

— Porque é o que fazemos. Nós brigamos e fazemos as pazes. É um ciclo que deveríamos quebrar um dia desses. Mas estou disposto a lidar com isso mais tarde, se você estiver também. — Seu olhar a desafiou. — Agora, você vem por bem ou vou ter que arrastá-la?

Dana Sue o olhou chocada.

— Você não ousaria… — começou ela, então balançou a cabeça. — Não, claro que ousaria. Está bem, eu vou, mas só para conversar.

— Certo — disse ele, transparecendo ceticismo.

Na Pousada Serenity, quando Dana Sue quis parar para conversar com os proprietários, a mão de Ronnie no meio de suas costas a guiou direto para o quarto.

— Que falta de educação — bufou ela.

— Você quer mesmo ficar jogando conversa fora com eles para dar ainda mais assunto para as fofocas na hora do almoço na Wharton's?

— Você acha que passar direto vai ajudar? Agora eles vão dizer a todo mundo que estávamos tão ansiosos para chegar ao seu quarto que nem os cumprimentamos. Com certeza as pessoas vão tirar suas próprias conclusões ao ouvir isso.

— Pois que tirem — disse Ronnie, abrindo a porta do quarto.

— Já que você tem tanta certeza de que Mary Vaughn está atrás de mim, talvez a notícia ponha um fim em quaisquer ideias malucas que ela pudesse ter.

— Vai sonhando — respondeu Dana Sue enquanto o seguia para dentro. — Isso só vai aumentar o desafio. Você não a conhece?

Ele sorriu.

— Não tão bem quanto conheço você.

Ela se concentrou em inspecionar o quarto. Para sua surpresa, estava razoavelmente arrumado. Não havia roupas espalhadas, nenhuma toalha largada no chão depois do banho. A decoração era um pouco florida e feminina demais, o que dava um ar ainda mais masculino para Ronnie.

Impulsivamente, Dana Sue se sentou na beirada da cama, em vez de na única cadeira do quarto. Já tinha uma ideia de como aquilo terminaria, então podia muito bem se poupar da viagem.

— Sobre o que você quer conversar? — perguntou ela, apoiando as mãos no colo com toda a elegância.

Para surpresa dela, Ronnie pareceu indeciso agora que a tinha ali. Seus olhos percorreram o corpo da ex-esposa devagar, turvando-se de paixão.

— Quer beber alguma coisa? — ofereceu ele, com a voz estranhamente esganiçada. — Tem uma máquina de bebidas aqui do lado de fora.

Ela balançou a cabeça.

— Não, obrigada.

— Alguma bala? Salgadinhos?

Naquele momento, Dana Sue teve certeza de que ele estava nervoso. Caso contrário, nunca estaria sugerindo que comessem porcarias. Ironicamente, ela achou aquele quê de incerteza encantador. Sua raiva começou a diminuir.

— Talvez devêssemos mudar o cronograma — sugeriu ela.

O olhar dele ficou cauteloso.

— Ah, é?

— Você poderia vir para a cama comigo, em vez de ficar aí parado na porta. Nós podemos deixar para conversar depois. — Ela deu de ombros. — Sobre o que quer que você estava querendo conversar quando me arrastou até aqui.

Ronnie balançou a cabeça.

— Não, não vou chegar perto dessa cama até você ouvir o que tenho a dizer. Quero deixar essa minha traição no passado de uma vez por todas.

Ela o olhou com pesar.

— Talvez não seja possível.

— Então talvez não tenhamos um futuro no fim das contas, Dana Sue — disse Ronnie, de maneira tão categórica que ela ficou chocada. — Não consigo passar o resto da vida ouvindo você jogar isso na minha cara sempre que ficar com raiva. E não dá para você ficar paranoica, pensando sempre o pior cada vez que uma mulher olhar para mim.

— Eu sei que você tem razão — admitiu ela, assustada como não ficava havia anos. Será que chegariam tão perto de uma reconciliação apenas para tudo ir por água abaixo devido à sua teimosia em não esquecer o passado? — Não sei por que não posso simplesmente esquecer isso.

— Imagino que seja porque nunca expliquei o motivo de tudo isso. Mas é porque não consigo. Já tentei dizer isso antes, mas vou repetir. Não há desculpa, Dana Sue. Eu estava à deriva. Estava atrás de algo emocionante, mesmo sem perceber. Ou atrás de alguma outra coisa. De verdade, não sei explicar. Eu amava tanto você. Amava nossa vida juntos. Adorava Annie, mas naquela noite, quando aquela mulher me procurou, senti algo que não sentia havia muito tempo. Talvez tenha sido o perigo, o risco de ser descoberto. Só sei que não tem nada a ver com ela ou com você. Foi como se ela tivesse acendido um fósforo e incendiado algo que eu nem sabia que era inflamável. Foi a primeira e única vez que fiquei tentado a ser infiel.

Dana Sue não sabia o que responder. Nada daquilo a fazia se sentir melhor.

— Se você não sabe por que aquela noite foi tão diferente, como pode ter certeza de que isso não vai se repetir?

— Porque nos últimos dois anos finalmente aprendi a dar valor ao que tínhamos, em vez de tomar como certo — respondeu Ronnie com sinceridade. — Eu sabia que você era louca por mim quase desde o dia em que nos conhecemos. Acho que pensei que você perdoaria qualquer coisa. Ou talvez eu quisesse saber se você faria mesmo isso. — Ele deu de ombros. — Não sei. Só sei que nunca mais vou pôr nosso relacionamento em risco. Quero nossa vida de volta, Dana Sue. Quero *você* de volta.

A sinceridade por trás de suas palavras era real. Pelo menos, Dana Sue acreditava que era isso que ele queria naquele momento. Mas e no dia seguinte e depois? Se o que eles tinham antes era assim tão maravilhoso, e mesmo assim ele a traíra, o que aconteceria quando enfrentassem outro obstáculo?

Viver era sobre correr riscos, ela lembrou a si mesma. Não precisava arriscar tudo de uma vez, apenas correr um pequeno risco hoje e outro amanhã, até que os dias se somassem e ela pudesse confiar nele de novo. Talvez conseguisse fazer isso. Logo antes de estarem ali, Dana Sue havia dito a dra. McDaniels que conseguiria. Já estava disposta a quebrar sua própria promessa? Ela estendeu a mão.

— Venha aqui — disse ela bem baixinho.

Ronnie ficou onde estava, olhando-a com uma expressão pre-ocupada.

— Terminamos de conversar?

Dana Sue sorriu. Talvez Ronnie gostasse de correr riscos tão pouco quanto ela, no fim das contas.

— Você vai ter que se arriscar e pagar para ver — respondeu ela, a mão ainda estendida. — Venha aqui.

O colchão afundou quando ele se abaixou e se sentou ao lado dela, tomando cuidado para manter alguma distância entre os dois.

Dana Sue ergueu a mão que ele havia ignorado e tocou a boche-cha do ex-marido, sentindo o calor aumentar e o músculo em sua mandíbula enrijecer.

— Se não me beijar agora, Ronnie Sullivan, acho que vou ex-plodir — confessou ela, prendendo a respiração.

— Acho que vou explodir se fizer isso, ainda mais se você mudar de ideia.

— Não vai acontecer — disse Dana Sue com segurança.

Não naquele dia, de qualquer maneira. Ela percebeu que não poderia fazer promessas sobre o amanhã, muito menos Ronnie. E tudo bem. O presente era tudo que qualquer pessoa podia ter.

— Eu te amo — sussurrou ela.

O sorriso de Ronnie demonstrou alívio.

— Eu também te amo — disse ele.

Então a boca deles se tocaram, as mãos de Ronnie deslizaram por debaixo da blusa dela e o mundo inteiro começou a girar.

Ronnie se lembrou de por que Dana Sue estava gravada em seu coração para sempre. Nenhuma mulher poderia ser mais altruísta na cama, mais apaixonada, mais exuberante. Agora que estava ali, Dana Sue tinha parado de se conter. Estava tão entusiasmada quanto o ex-marido, com as mãos percorrendo o corpo dele, a boca provocando sua pele.

Agora que estavam ali, ainda vestidos, embolados na cama, os corpos se encaixando tão perfeitamente que tirava o fôlego de Ronnie, ele não conseguia entender como havia ido atrás de outra coisa. Nem mesmo a emoção do desconhecido chegava aos pés do que tinham.

Dana Sue pareceu hesitar quando ele levou a mão até os botões de sua blusa. Ronnie ergueu uma sobrancelha.

— Mudou de ideia?

Ela balançou a cabeça, e ele percebeu que as bochechas dela estavam coradas de vergonha, não de paixão. Dana Sue estava preocupada com o peso de novo. Ronnie podia ver nos olhos dela aquele leve medo de que ele não gostaria do corpo que ela tinha agora.

Eles se olharam diretamente, e Ronnie aproximou a mão do primeiro botão da blusa de Dana Sue. Desta vez, roçou um dedo pela pele no início do pescoço, sentindo o pulso dela acelerar.

— Um botão? — sugeriu ele.

— Nunca é só um com você — respondeu ela, com a respiração um pouco entrecortada.

Ronnie sorriu.

— Então vou dizer uma coisa — disse ele. — Eu te amo, Dana Sue, cada centímetro, cada grama. Se quisesse uma coisinha jovem e magricela, estaria com uma agora, não aqui com você.

Ainda assim, ela afastou as mãos dele.

— Eu não deveria ter deixado meu peso sair do controle — desabafou ela. — Ainda mais quando sei que não é bom para minha saúde.

Ronnie colocou a mão sob o queixo de Dana Sue para fazê-la encará-lo.

— Se não está contente com sua aparência, então pode fazer algo para mudar. Vou sempre apoiar você. Mas não faça isso por mim, querida. Eu amo seu corpo. Adoro tocar você e ver suas reações.

Você era uma garota bonita e sexy quando a conheci e era uma mulher bonita e sexy quando nos casamos, e nada mudou nos últimos vinte anos. *Nada*.

Os olhos dela estavam tão esperançosos que Ronnie ficou de coração partido.

— Se não acredita no que estou dizendo, me deixe mostrar para você — implorou ele.

Por fim, ela assentiu e, quando Ronnie desabotoou a blusa e a abriu, Dana Sue estremeceu, mas não tentou impedi-lo. Ele não conseguia parar de olhá-la. Na verdade, suas formas estavam ainda mais sensuais e femininas do que antes. Ele acariciou as curvas com os dedos ásperos e cheios de cicatrizes, sentindo a pele dela se aquecer sob seu toque. Sentiu um leve aroma de lavanda, tão familiar e inebriante quanto a maciez de seu corpo.

Dana Sue estava usando um sutiã branco simples e seus mamilos já estavam visíveis por baixo do tecido. Ronnie deu um beijo demorado em um deles e a ouviu suspirar de prazer, e então gemer quando ele mudou para o outro. Dana Sue não protestou quando ele abriu o fecho frontal e tirou o sutiã, continuando a beijar os seios fartos. Em outra época, ela podia chegar ao orgasmo só com isso — sua boca provocando os mamilos sensíveis. Mesmo agora, seus quadris pressionavam o colchão.

Ronnie trocou de posição e ficou por cima dela, enquanto Dana Sue se movimentava instintivamente, deixando-o ainda mais excitado. No entanto, ele se demorou um pouco antes de desabotoar a calça dela, esperando até que Dana Sue estivesse a ponto de implorar antes de abrir o zíper e deslizar a mão para dentro, tocando o interior quente e molhado. Desta vez, quando ela mexeu os quadris, Ronnie a sentiu explodir em um orgasmo que atravessou seu corpo e quase o fez perder o controle.

Sorrindo, Ronnie a olhou.

— Agora podemos ir com calma e fazer isso direito — brincou ele, terminando de despi-la e em seguida acariciando os quadris e as coxas arredondadas para que não restasse dúvida de que Dana Sue ainda o excitava e era tudo que uma mulher deveria ser.

Foi só então que ele se levantou e tirou as próprias roupas, voltando para ela rapidamente, afundando nela com a sensação de que voltava para casa depois de uma longa, longa ausência. Mantendo o contato visual, ele começou a se mover devagar, observando os olhos de Dana Sue se turvarem outra vez, sentindo seu corpo reagir a ele, sabendo o momento exato em que ela estava prestes a perder o controle, e o que fazer para que isso acontecesse.

— Eu te amo — disse ele, no instante em que sentia os tremores de outro clímax atravessarem o corpo de Dana Sue, desencadeando o seu também.

E pela primeira vez em dois anos, com Dana Sue em seus braços, Ronnie finalmente se sentiu em paz, como se sua vida fizesse sentido de novo.

Ronnie ainda estava adormecido quando Dana Sue pulou da cama e vestiu as roupas às pressas. Pronto. Ela finalmente havia perdido a cabeça e dormido com o ex-marido. E fizera isso quando estava sóbria, durante o dia. Não tinha uma desculpa que fosse.

Não era assim que a reconciliação deveria ter acontecido. Dana Sue tinha pensado que os dois sairiam em alguns encontros, talvez Ronnie passasse algum tempo em casa com ela e Annie. Então, depois de várias semanas se tranquilizando de que ele havia mudado, Dana Sue cederia e finalmente se entregaria na cama.

Tinha sido idiotice sua, ela agora percebia. O desfecho daquela tarde se tornara inevitável no instante em que Ronnie aparecera no hospital. Em tese, eles eram adultos maduros, mas nunca tiveram o mínimo de comedimento, não quando o assunto era dormirem juntos. Dana Sue só permanecera virgem até a formatura do ensino médio porque Maddie e Helen quase não a deixavam sozinha com Ronnie, pois sabiam bem que a amiga não tinha um pingo de autocontrole quando estava perto do namorado. E também porque Maddie dizia a Ronnie que a maneira de prender a namorada era não a deixando levar a melhor, Dana Sue se lembrou com tristeza. Ronnie tinha feito sua parte para manter certa distância, pelo menos até a formatura, quando foram para aquele mesmo quarto de hotel.

Ela foi devagarinho até a porta, saiu e a fechou sem fazer barulho, quase correndo pelo quarteirão na esperança de evitar olhares curiosos.

Como pôde ser tão burra? Ela havia prometido dar a Ronnie uma chance, não um convite de volta para sua cama — ou a dele, para ser mais exata.

Talvez estivesse sendo ridícula, Dana Sue pensou. Não era melhor admitir de uma vez que aquele homem ainda conseguia fazê-la ver estrelas? E tinha sido tranquilizador — mais do que tranquilizador, na verdade — ver que nada havia mudado, embora não se achasse mais sexy. Ainda assim, tivera esperança de que eles só fossem dar aquele passo depois que ela emagrecesse e ganhasse um pouco de músculo.

Instintivamente, ela dirigiu até o Spa da Esquina.

— Estou querendo chorar pelo leite derramado — murmurou ela para si mesma ao passar direto pelo escritório de Maddie e ir vestir as roupas de ginástica.

Daquela vez, em vez da esteira, foi até os equipamentos de musculação. Infelizmente, não fazia ideia de como usá-los direito. Era mais provável que acabasse estirando um músculo do que tonificando-o, concluiu.

Frustrada, olhou em volta até avistar Elliott, o único homem com permissão para entrar no spa exclusivo para mulheres. Personal trainer com barriga tanquinho, cabelo escuro e olhos castanhos, ele atendia algumas das frequentadoras do spa e servia como um colírio para as demais. Até então, Dana Sue fazia parte do segundo grupo.

Ela atravessou a academia e ficou esperando até Elliott terminar de atender sua cliente, uma mulher de cabelo branco de 70 anos que estava levantando pesos de cinco quilos como se fossem penas. Ele deu uma piscadela para a senhora quando ela terminou a série.

— Muito bem, Hazel — disse ele. — Nos vemos semana que vem.

Hazel, que Deus a abençoasse, deu um beijinho na bochecha do personal trainer e esfregou o antebraço musculoso.

— Elliott, você faz eu me sentir uma menina de novo — provocou ela. — Juro que se eu fosse quarenta anos mais nova, apareceria na sua porta.

Elliott riu.

— E o que seu marido diria disso?

— Ah, aquele velho — disse Hazel com desdém. — A catarata dele está tão ruim que ele não ia ver nada. Meu marido nunca descobriria. — Ela se virou para Dana Sue. — Cuidado, hein, querida. Esse aí é tentação pura.

Dana Sue sorriu para a cliente. O único homem que a deixava tentada estava dormindo profundamente em um quarto de hotel.

— Obrigada pelo aviso — agradeceu mesmo assim.

Elliott voltou sua atenção para ela.

— E aí? Finalmente veio malhar comigo?

Dana Sue sabia que Elliott estava brincando, porque ela já havia recusado todas as vezes em que ele lhe oferecera uma orientação gratuita como agradecimento pelo spa recomendá-lo às clientes.

— Na verdade, sim — disse ela, pegando-o desprevenido.

— Agora? — sugeriu ele com uma animação que a divertiu.

— Está com medo de que eu mude de ideia se demorarmos muito? — brincou Dana Sue.

— Não ficaria surpreso.

— Então vamos agora — disse ela. — Mas lembre que estou completamente sem músculos.

— É para isso que estou aqui — respondeu Elliott. — Vamos começar com os halteres. Experimente pesos diferentes e me diga com qual fica mais confortável.

Dana Sue automaticamente estendeu a mão em direção ao peso de um quilo.

— Ah, não ouse — ralhou ele. — Tente o de três quilos, pelo menos. Você viu que Hazel estava malhando com o de cinco. Vai deixar uma idosa humilhar você?

— Não estou orgulhosa — disse Dana Sue, mas pegou o peso que ele havia sugerido.

Trinta minutos depois, Dana Sue havia decidido que odiava Hazel e Elliott, assim como Helen e Maddie. Todos os seus músculos doíam, inclusive alguns que ela nem sabia que tinha antes.

— Por que as pessoas se obrigam a passar por isso? — resmungou ela, sentando-se em um banco e enxugando a testa com a toalha que Elliott lhe entregara.

— Para ficar em forma e viver mais — disse ele. — Vai ser mais fácil da próxima vez.

— Talvez não haja uma próxima vez — respondeu ela.

Elliott se sentou na outra ponta do banco, exibindo a pele firme e os músculos salientes.

— O que fez você vir hoje? — perguntou ele. — Tenho tentado convencer você a malhar desde a inauguração do spa, e você sempre escapulia.

Ela se lembrou da vergonha que sentiu quando Ronnie a viu nua pela primeira vez. Não que ele tivesse mostrado qualquer sinal de repulsa, mas Dana Sue sentiu sua própria aversão crescer dentro dela. Só a gentileza de Ronnie e sua própria determinação de não fugir a mantiveram naquela cama. Bem, e a necessidade que ardia dentro dela.

— Decidi que estava na hora — disse ela por fim.

— Fiquei sabendo sobre a competição na qual você, Maddie e Helen entraram. Sei que atividade física regular estava na sua lista de metas. Maddie me deixou dar uma espiada. Você por acaso decidiu que quer vencer?

Dana Sue pensou no conversível que poderia reivindicar caso vencesse, então balançou a cabeça.

— Na verdade, é a última coisa em que estou pensando.

— Entendi. — Elliott lhe lançou um olhar astuto. — Está com um homem novo na sua vida?

— Antigo, se quer saber — respondeu ela, sabendo que a notícia estava prestes a se espalhar pela cidade de qualquer maneira.

— Qualquer motivação serve, desde que você não desista — disse o treinador. — Seria melhor, porém, se você estivesse fazendo isso por si mesma, para ficar mais saudável e entrar em forma.

— Talvez seja melhor fazer isso por Ronnie, por enquanto — respondeu Dana Sue com sinceridade. — Porque se dependesse de mim você nunca mais veria minha cara.

— Tudo bem então — disse Elliott na mesma hora. — Você está fazendo isso por Ronnie. Eu posso aceitar. Nos vemos na segunda, mesmo horário?

Mil desculpas lhe vieram à cabeça, mas Dana Sue afastou todas.

— Claro — concordou ela de má vontade. — Mas tudo bem se eu odiar você?

— Você não vai ser a primeira — garantiu ele. — Mas fique sabendo que adoro quando chega o dia em que essa atitude muda, e ela vai mudar, Dana Sue. Você vai ver.

— Nesta vida? — perguntou ela sem acreditar.

— Espere uns dois meses — disse Elliott. — No Natal você já vai achar que sou a melhor coisa que aconteceu na sua vida desde que Annie nasceu. E já vi você com sua filha. Sei como você a adora.

— No momento, devo dizer que a dor que você me infligiu é mais comparável à do parto.

— Dois meses — repetiu ele. — E eu mesmo levo você para comprar um vestido novo.

O ceticismo de Dana Sue não diminuiu, mas ela pensou na aposta que tinha com Helen e Maddie. Se Elliott estivesse certo, talvez aquele conversível não fosse tão difícil de ser conquistado quanto tinha imaginado. Uma imagem de si mesma, mais magra, dirigindo pela cidade com a capota abaixada e Ronnie ao seu lado, veio à mente. Sim. Talvez ela conseguisse fazer isso, no fim das contas.

CAPÍTULO VINTE E UM

Com Annie muito melhor e prestes a voltar para a escola depois de seis semanas longe, a cozinha do Sullivan's se tornou o refúgio de Dana Sue. Grata por estar de volta à rotina familiar, ela passava cada vez mais tempo no trabalho, sempre que não estava na academia malhando sob a orientação de Elliott ou quando se reunia para uma conversa com Helen e Maddie. Pelo menos três manhãs por semana, as amigas se encontravam para tomar café ou chá e se atualizar sobre o progresso de suas metas. Às vezes, Maddie trazia a bebê quando não aguentava deixar Jessica Lynn com uma babá.

Até então, todas estavam indo bem no cumprimento de suas metas de exercícios. Dana Sue tinha perdido dois quilos e o abdômen de Maddie estava mais tonificado.

Naquela manhã de fim de outubro, o centro das atenções era Helen, que acabara de anunciar que recusara um cliente em Charleston porque o caso teria lhe tomado tempo demais.

Maddie e Dana Sue a olharam com espanto e brindaram à conquista com copos de chá gelado sem açúcar e sem cafeína.

— Muito bem, Helen! — disseram em coro.

— Como você se sentiu ao dizer não? — perguntou Maddie.

— Fiquei com dor de barriga — admitiu ela. — E se começarem a falar por aí que não estou aceitando novos casos e eu acabar sem nenhum cliente?

— E se sua reputação agora for de que está aceitando apenas alguns clientes selecionados? — respondeu Dana Sue. — Pessoas que precisam da melhor advogada vão fazer tudo para contratá-la. Você vai poder cobrar uma fortuna.

— Eu já cobro uma fortuna — brincou Helen, os cantos de sua boca se levantando num breve sorriso.

— Ainda assim, isso é muito, muito bom — disse Maddie. — Vamos ajudar você a pensar na melhor estratégia de marketing.

Então, antes que Dana Sue pudesse ficar confortável por não ser o foco, Maddie se virou para a amiga.

— E você, quantos quilos perdeu?

— Nenhum desde a última vez que nos encontramos — confessou Dana Sue, tentando esconder a decepção com a recusa da balança em mostrar mais do que os dois quilos que havia perdido rapidamente. — Mas estou ganhando massa magra. Elliott sempre me diz que músculo pesa mais do que gordura e são as medidas que contam. Meu dólmã de chef está ficando mais folgado, daqui a pouco vai estar grande demais. Vou ter que começar a ajustar as roupas.

— É melhor comprar roupas novas quando precisar — disse Maddie. — Eu me lembro do desastre que foi com aquela saia na época da escola. Você jamais deveria pegar em uma agulha de novo.

Dana Sue riu.

— A dra. Watkins disse que nunca tinha visto uma barra tão torta e eu não consegui alinhar o zíper direito para ele fechar.

— Exatamente — disse Maddie. — Você precisa de um dólmã profissional para impressionar seus clientes. Você está ótima, aliás! Aposto que Ronnie está muito feliz com seu novo eu.

Dana Sue corou.

— Ele já parecia gostar do antigo eu.

— Já conversaram sobre qual vai ser o próximo passo de vocês? — perguntou Maddie, então desviou o olhar quando Jessica Lynn choramingou no carrinho.

Ela pegou a bebê e começou a dar tapinhas tranquilizadores nas suas costas.

Dana Sue balançou a cabeça.

— É que nem um programa dos Doze Passos, mas ao contrário. Estamos vivendo um dia de cada vez, só que em vez de tentar viver sem álcool, estamos tentando ver se conseguimos viver um *com* o outro.

Helen a encarou, incisiva.

— Se tudo está indo tão bem, por que você está passando tanto tempo escondida no Sullivan's?

— Eu sou a dona. Não estou me escondendo — respondeu Dana Sue, imediatamente na defensiva. — Fiquei dependendo demais de Erik e Karen por várias semanas. Agora que Annie está um pouco melhor, preciso voltar ao trabalho. Além disso, Karen sempre tem alguma emergência com os filhos. Sei que é o risco de contratar uma mãe solo, mas estou começando a ficar preocupada com as faltas. Erik não consegue fazer tudo sozinho, então preciso estar lá.

Helen balançou a cabeça.

— Não caio nessa. Acho que você está evitando Ronnie. O que não entendo é por quê.

— Talvez ele esteja me evitando — disse Dana Sue, tensa.

— Peraí — interrompeu Maddie, olhando de uma para a outra. — Achei que as coisas estivessem dando certo. A cidade inteira sabe que vocês dois voltaram. — Ela fez uma pausa e ergueu uma sobrancelha. — Bem, a não ser Mary Vaughn, mas sabemos que ela tende a delirar quando está de olho em um homem. Enquanto Ronnie for seu ex e não seu marido, ela pensará que pode ir atrás dele.

Helen franziu a testa

— Nossa, agora Dana Sue deve estar bem mais tranquila.

— Desculpe — disse Maddie. — Mas todo mundo sabe como Mary Vaughn é. Inclusive Ronnie. Eu não o vejo caindo nessa. — Ela se voltou para Dana Sue. — Além disso, durante algumas semanas você e Ronnie estiveram inseparáveis. O que houve?

Dana Sue piscou para conter as lágrimas inesperadas.

— Não faço ideia. Do nada ele começou a dar tudo de si para o novo negócio. Passa horas e mais horas na loja de ferragens. Annie está lá ajudando, agora que está podendo fazer atividade física de novo. Quando ele não está pintando, limpando e olhando catálogos, está para cima e para baixo com Mary Vaughn.

Maddie e Helen se entreolharam.

— Eu sabia que era esse o motivo — disse Maddie. — Você está com ciúmes. Está com medo de que Mary Vaughn agarre Ronnie e, em vez de proteger o que é seu, você está desistindo da luta. Por que não o deixa voltar para casa de uma vez?

— Ainda é muito cedo — explicou Dana Sue, então suspirou. — Além do mais, isso não vai resolver nada. Sempre que vejo os dois juntos, fico maluca. Se estou na cozinha do Sullivan's, pelo menos não vejo o que está acontecendo.

— E esse plano tem dado certo? — perguntou Helen. — Você está menos ciumenta? Está com menos medo? Você não parou para pensar que, *se houvesse* alguma coisa entre os dois, ela não estaria acontecendo bem debaixo do seu nariz? Ronnie pode ser muitas coisas, mas não é burro. Depois de tudo o que aconteceu há dois anos, ele não vai esfregar outra mulher na sua cara. Posso não ser muito fã do seu ex-marido, mas até eu consigo ver que não tem nada ali, pelo menos da parte dele. Além disso, você mesma disse que Annie está lá na loja também. Você acha mesmo que ele ficaria com Mary Vaughn perto dela?

— É, talvez você esteja certa — admitiu Dana Sue a contragosto.

— Talvez você devesse ir até a loja de ferragens e perguntar o que pode fazer para ajudar — sugeriu Maddie. — Participe do sonho dele.

— Não entendo nada de martelos, parafusos e ferramentas para consertar banheiros — disse ela.

— Você pode aprender — argumentou Maddie. — Duvido que Mary Vaughn se interesse por ferramentas. O interesse dela é todo no seu ex-marido.

Helen lançou um olhar de advertência para a amiga.

— Você não está ajudando — disse ela. — Daqui a pouco Dana Sue vai aparecer lá com um cutelo.

— Acredite em mim, estou tentada — admitiu ela.

— O que a está impedindo, além da lei? — perguntou Helen.

— Assim como você falou, Ronnie jura que Mary Vaughn não significa absolutamente nada para ele, que ela só está ajudando ele a conseguir alguns contatos na área da construção. Posso estar incomodada, mas estou tentando confiar no que ele diz.

— Confiar é sempre bom, mas eu ia querer ver com meus próprios olhos — disse Helen. — Ficaria na cola deles vinte e quatro horas por dia, sete dias por semana, se achasse que isso me tranquilizaria de que aqueles dois só estão tratando de negócios mesmo.

Dana Sue balançou a cabeça.

— Preciso começar a confiar nele de novo ou nunca vai dar certo entre nós dois.

Mesmo enquanto dizia essas palavras, Dana Sue percebeu que ainda não tinha chegado lá. Sem querer passar mais um segundo pensando nas próprias inseguranças, ela se virou para Maddie.

— Como você está se sentindo? Parece que você perdeu mais alguns quilos do peso que ganhou na gravidez.

Maddie deu de ombros.

— Está indo bem devagar, mas estou tentando não deixar isso me desanimar. Fico me lembrando que correr atrás de uma criança pequena vai me fazer perder o peso que ainda sobrar. — Ela segurou Jessica Lynn no ar. — Essa coisinha aqui é o único peso que eu levanto, não é, meu amor?

A bebê deu uma risadinha feliz.

— Sempre achei que eu também estaria correndo atrás de alguns pestinhas agora — disse Helen, deixando transparecer uma expressão surpreendentemente melancólica.

Dana Sue olhou para Maddie com cara de "eu não disse?".

— Você nunca falou que queria ter filhos — disse Maddie. — Nunca, em todos esses anos que conhecemos você.

— Para quê? — retrucou Helen. — Todo mundo sabe que sou casada com o trabalho. Agora é tarde demais.

— Com certeza não é tarde demais para ter um bebê, se você quiser — disse Maddie em um tom gentil. — Olhe para mim.

— Mas você tem um homem na sua vida — respondeu Helen. — Eu só tenho uma lista de clientes.

— Se quer mesmo ter um filho, você pode fazer isso acontecer — insistiu Maddie. — Existem muitas opções. Você pode encontrar alguém, fazer inseminação artificial ou até mesmo adotar.

Helen balançou a cabeça.

— Sempre pensei que faria isso à moda antiga, mas o tempo passou e eu não percebi.

Dana Sue entendia. Ela segurou a mão de Helen.

— Não desista ainda. O homem certo pode estar na próxima esquina. Sua situação não é que nem a minha. Ronnie e eu não poderíamos ter outro filho, mesmo se quiséssemos. Seria muito perigoso.

— Por causa da diabetes — disse Maddie. — Eu não tinha pensado nisso.

— Sempre foi uma preocupação — admitiu Dana Sue. — Os médicos ficaram de olho mesmo quando tive Annie. Minha glicemia disparou durante a gravidez, mas então perceberam que era gestacional e conseguimos manter tudo sob controle. Agora que é uma ameaça real, não posso arriscar passar por isso de novo. E com tudo o mais que está acontecendo, o novo negócio de Ronnie, o trabalho no Sullivan's, a recuperação de Annie... não tenho como ter um bebê.

Não tinha percebido até o momento quanto sentia por isso. Dana Sue estendeu os braços.

— Minha vez de segurar essa coisinha linda. — Ela embalou Jessica Lynn e foi transportada para dezesseis anos atrás, enquanto segurava uma Annie recém-banhada e cheia de talco. — Meu Deus, isso traz muitas lembranças.

— Minha vez — disse Helen, estendendo os braços, ansiosa para pegar o bebê, fazendo barulhinhos para ela.

Jessica Lynn, os olhos azuis arregalados, gorgolejou alegremente de volta, então agarrou uma mecha do cabelo de Helen e puxou. Helen se desvencilhou do pequeno punho com toda a paciência.

— Eu quero isso — sussurrou ela, com o rosto tomado de emoção. — Por que não sabia quanto queria até agora?

— Porque você não se permitiu pensar em nada além da carreira por anos — disse Maddie. — Agora que está tentando equilibrar sua vida e se abriu para outras possibilidades, a vontade está aí.

Ela estendeu o braço e deu um tapinha na mão de Helen.

— Não desista. Muitas de nós tínhamos sonhos que ficávamos postergando, até que um dia acordamos e percebemos que podia ser tarde demais. Fui para a faculdade e me formei em administração, mas o diploma não passou de um pedaço de papel por quase vinte anos, enquanto eu me dedicava a apoiar a carreira de Bill e criar meus filhos. — Ela gesticulou ao redor delas. — Agora, graças a vocês duas, sou parte disto. Não é a mesma coisa que perceber que você quer um filho, mas entendo um pouco o sentimento.

Helen devolveu seu olhar compassivo com uma expressão ferida.

— Por que não me avisou? Por que vocês duas não falaram comigo sobre isso antes?

Dana Sue mal conseguiu conter o riso.

— O que você teria feito se tivéssemos tentado falar alguma coisa?

— E nós tentamos, aliás — acrescentou Maddie. — Quantos homens nós tentamos fazer você levar mais a sério, ou pelo menos dar a chance de mais um encontro?

Helen afundou na cadeira.

— Eu disse para vocês pararem, não foi?

— Umas mil vezes — confirmou Maddie.

— Às vezes você é meio obstinada — apontou Dana Sue.

— Meio? — disse Maddie.

Helen as olhou com uma leve centelha de esperança nos olhos.

— Você realmente acha que não é tarde demais agora?

Maddie a olhou com ironia.

— Eu só não passaria um ano pesando os prós e os contras, como você costuma fazer. Independente da decisão, esse é um projeto que precisa ser prioridade, certo? Marque uma consulta com o dr. Marshall.

Helen pareceu horrorizada.

— Não posso falar com ele sobre isso. Ele ainda está preocupado com a minha pressão e vai me dizer não.

— Se for mesmo um problema, qualquer outro médico vai dizer a mesma coisa — disse Dana Sue em tom razoável.

A mandíbula de Helen se contraiu em determinação.

— Vou consultar um especialista em gravidez de alto risco — decidiu ela, entregando Jessica Lynn para Maddie. Ela pegou sua agenda e fez uma anotação. — Farei isso assim que chegar ao escritório.

— Você por acaso *conhece* um especialista em gravidez de alto risco? — perguntou Maddie, delicadamente.

— Não, mas posso encontrar um. Talvez você não saiba, mas pesquisa é uma das minhas especialidades.

Dana Sue sorriu para Maddie.

— Ela vai ter os registros de conduta médica de cada ginecologista do estado antes do meio-dia.

— E as referências positivas sobre todo o resto até o meio da tarde — acrescentou Maddie.

— Podem rir — disse Helen, tomando o último gole de seu chá gelado. — Ainda consigo perceber que é descafeinado, aliás — emendou ela, fazendo uma careta e suspirando. — Lembre-me de que a partir de amanhã vou cortar completamente a cafeína, mesmo do café que tenho me permitido tomar quando acordo. Provavelmente não é bom durante a gravidez, não é?

— Talvez você esteja indo um pouco rápido demais — disse Dana Sue, mas ergueu a mão ao receber um olhar fulminante de Helen. — Nada de cafeína. Entendi. Não faz bem mesmo.

Depois que Helen marchou para fora do spa a passos decididos, Dana Sue e Maddie se entreolharam.

— Você acha que ela está falando sério?

— Acho que o botão de pânico do relógio biológico dela começou a apitar hoje cedo — especulou Maddie, com uma expressão preocupada. — Conhecendo Helen, esse alarme vai continuar tocando até ela de fato resolver o problema.

— Ou seja, quando estiver voltando do hospital com um bebê nos braços — concluiu Dana Sue.

— É o que parece.

— Talvez devêssemos lembrá-la de que, há algumas semanas, tudo o que ela falava era sobre fazer compras em Paris — sugeriu Dana Sue.

— Acho que o melhor a fazer é apoiá-la no que ela decidir — disse Maddie. — É o que ela sempre fez por nós.

Dana Sue assentiu.

— Você tem razão, mas não paro de imaginar uma criança de 2 anos com uma pasta em uma das mãos e um celular na outra.

A imagem desconcertante fez as duas rirem.

Duas semanas antes, Ronnie tinha marcado uma reunião com Helen. Ele suspeitava que se tivesse falado direto com ela jamais teria conseguido um espaço em sua agenda, mas a secretária parecia não estar ciente de quaisquer problemas entre eles.

Quando finalmente foi convidado a entrar na sala de Helen, não fazia ideia de como seria recebido, mas sem dúvida não tinha esperado o olhar distraído da advogada enquanto ela indicava para que escolhesse uma cadeira.

— Só preciso terminar esta pesquisa — murmurou ela, o olhar imediatamente se voltando para o computador em sua mesa.

Ronnie se sentou e ficou esperando. E esperando.

— Hã, Helen, seria melhor se eu voltasse outra hora? — perguntou ele, após quinze minutos sem ouvir nada além do som do teclado.

Ela piscou e o olhou com surpresa.

— Ronnie? O que você está fazendo aqui?

Também não era o que ele esperava ouvir.

— Nós temos uma reunião, lembra?

Helen pareceu surpresa de novo.

— Por quê? Eu sou a advogada de Dana Sue. Não posso representar você.

— Nem mesmo neste negócio que estou começando agora? — perguntou ele.

— Por que quer que eu faça isso? — disse ela. — Você não é exatamente minha pessoa favorita no mundo.

— Eu diria que isso é um eufemismo e tanto, mas esperava que estivesse começando a mudar de ideia. Além disso, você é a melhor advogada da região, e é disso que preciso.

O elogio pareceu chamar a atenção dela.

— Certo, pode falar. Não estou aceitando, e por enquanto vou apenas ouvir o que tem a dizer. Você tem dez minutos. Tenho outro compromisso às três e meia.

— Você gastou quinze minutos do meu horário no computador fazendo sabe-se lá o quê, tenho certeza de que não se importará se nos atrasarmos um pouco — respondeu Ronnie.

Ela arregalou os olhos, então sorriu.

— Você mudou. Está mais durão.

— Prefiro pensar que estou mais profissional, algo que achei que você apreciaria.

— E aprecio, para dizer a verdade. Ok, diga.

Ronnie explicou seu acordo com Butch Thompson e, em seguida, entregou uma pasta para Helen.

— Aqui estão os contratos que o advogado dele preparou. Confio em Butch, mas também sei que não devo assinar nada até que o documento seja examinado por alguém que represente meus interesses.

— Com certeza — disse ela.

— E só para você saber, não é um único trabalho. Se tudo correr como o esperado, vou precisar de contratos com várias construtoras da região. Eu gostaria que você cuidasse disso também.

Helen assentiu e voltou sua atenção para o contrato, fazendo algumas anotações para si mesma enquanto lia.

— É um acordo justo — disse ela por fim. — Pelo menos à primeira vista. Eu gostaria de examinar com mais calma depois. Posso passar na loja de ferragens amanhã? Gostaria de ver o que você está fazendo por lá, de qualquer maneira.

— Claro — respondeu ele, aliviado por ela não ter lhe expulsado dali na hora. — A propósito, posso perguntar o que estava fazendo quando cheguei aqui? Você parecia completamente absorta na sua pesquisa. É um caso importante?

Para surpresa de Ronnie, as bochechas da advogada coraram. Helen, sempre confiante e por vezes até cheia de si, parecia realmente envergonhada. Será que estava tentando encontrar um namorado na internet?

— É só um projeto pessoal — admitiu ela, o que fez aquela história de namoro on-line parecer ainda mais plausível, embora inesperada.

— Tudo bem — disse Ronnie, sem forçar a barra. Ele se perguntou se Dana Sue saberia o que a amiga estava fazendo.

Como se tivesse lido sua mente, Helen lhe lançou um olhar severo.

— Não tente arrancar informações de Dana Sue. É pessoal.

— Entendi — respondeu ele, e sorriu. — O que quer que seja, seus olhos estavam brilhando. Espero que dê certo.

Ela o olhou com surpresa.

— Você soa quase sincero.

— Eu estou sendo. Por que não seria?

— Fui muito dura com você durante o divórcio e desde que você voltou para a cidade — lembrou a advogada.

— Você estava protegendo Dana Sue — rebateu ele. — Eu entendo. E, aliás, não pretendo magoá-la outra vez.

Helen recostou-se e o estudou, depois perguntou:

— Certo, supondo que eu lhe dê o benefício da dúvida, onde Mary Vaughn entra nessa história?

— Ela não entra — respondeu Ronnie sem hesitar.

— É mesmo? Ouvi dizer que ela anda passando muito tempo na loja de ferragens.

— Ela se ofereceu para me dar uma mão. Se vou abrir antes do Natal, preciso de toda a ajuda que conseguir. Eu deveria ter recusado?

— Depende se está falando sério ou não sobre não magoar Dana Sue outra vez. Quer um conselho? Se Mary Vaughn realmente não é um problema, você poderia se esforçar um pouco mais para que Dana Sue saiba disso — disse Helen. — Mary Vaughn também. Do contrário, tenho medo de acabar tendo que defender sua ex-esposa em um caso de agressão.

— Sério? — perguntou ele, surpreso. — Ela está com tanto ciúme assim?

— Vou negar que disse isso até a morte — ameaçou Helen. — E, se eu fosse você, tiraria essa expressão presunçosa da cara antes de falar com ela sobre o assunto.

— Entendido — disse Ronnie. — Vou dar um jeito nisso hoje à noite.

— Talvez precise repetir algumas vezes. Afinal, estamos falando de Dana Sue.

Ele riu.

— Pois vou repetir de agora até o fim dos dias, se for necessário.

Helen abriu um sorriso genuíno.

— Deve ter alguma coisa errada comigo — brincou ela. — Estou começando a gostar de você, Ronnie Sullivan.

— Eu poderia dizer o mesmo, Helen Decatur.

— Vejo você amanhã — prometeu a advogada. — Agora peça a minha secretária para mandar meu próximo cliente entrar. Senão vou acabar ficando aqui até a meia-noite, e prometi que ia parar de fazer isso.

— Quem está fiscalizando se você vai cumprir? — perguntou ele, curioso.

— Sua ex-esposa. E Maddie.

— Vou dizer isso como um homem que aprendeu um pouco sobre manter promessas — disse ele. — Vai ser bem melhor quando for você mesma fazendo isso.

Annie se sentia uma idiota. Aquele era o dia em que ela ia voltar para a escola, mas sua mãe estava se comportando como se ela estivesse prestes a ir a Marte.

— Mãe, não é o meu primeiro dia no jardim de infância — protestou ela. — Já fui para a escola antes. Conheço os outros alunos, conheço os professores. Fiz o dever de casa. Relaxa.

— É um dia importante, sim — retrucou Dana Sue. — Você ficou seis semanas sem ir.

— As férias de verão são muito mais longas e você não fica assim quando o ano letivo começa de novo.

— Agora é diferente — insistiu ela.

— Todos os médicos disseram que estou pronta — disse Annie, exasperada. — Até a dra. McDaniels, e você sabe como ela é rigorosa. Você é a única que não está pronta.

— Seu pai também está um pouco nervoso. Ele está para chegar.

Annie a olhou abismada.

— E depois? Vão me levar até a escola segurando minha mão?

Sua mãe sorriu.

— Você me respeite ou talvez a gente decida que é isso mesmo que vai acontecer.

— Mãe!

— Nós só achamos que seria bom tomarmos um café da manhã em família antes de você ir para a aula.

Annie sentiu um nó no estômago.

— Não preciso que você fique me olhando para ter certeza de que estou comendo — disse a menina, irritada. — Já passamos dessa fase.

— Não é por causa da anorexia. É para nós três estarmos juntos em um dia importante — respondeu Dana Sue. — Você sabe que sempre gostamos de comemorar essas coisas.

Annie a olhou com desconfiança.

— E é só isso?

— Prometo — disse ela, fazendo o sinal da cruz sobre o coração. — Você está bonita, aliás. Azul cai muito bem em você. Combina com seus olhos.

— Você não acha que está apertada? — perguntou Annie, preocupada. — Engordei um pouco desde que comprei.

— Não, está perfeito agora. Vestiu muito bem.

Annie se virou na frente do espelho de corpo inteiro atrás da porta de seu quarto, algo que não teria feito alguns meses antes. Sentiu uma incerteza momentânea, um tênue lampejo do antigo medo de ser gorda demais, mas então ela parou para observar — de verdade — seu reflexo, da mesma forma como Ty a obrigara a se olhar no espelho do hospital. Não havia dúvida de que sua aparência era mais saudável agora. Ainda estava um pouco magra, mas estava menos pálida e seu cabelo tinha mais brilho e maciez depois que sua mãe a havia levado até um salão em Charleston que Helen recomendara. As três foram juntas. Dana Sue tinha até feito algumas mechas no próprio cabelo, que a deixavam mais jovem.

Por impulso, Annie se virou e deu um abraço apertado na mãe.

— Eu sei que fico meio brava quando você e meu pai ficam me enchendo, mas não precisa parar, está bem?

— Nunca vamos parar de cuidar de você — prometeu a mãe, retribuindo o abraço.

Annie recuou e a examinou com interesse.

— Você está mais magra.

— Perdi mais medidas do que peso — disse Dana Sue, então ergueu o braço e flexionou o bíceps. — Olha, um músculo de verdade.

Annie riu.

— Impressionante. Você está malhando no spa?

— Todos os dias, menos aos domingos — confessou sua mãe.
— Faço esteira três vezes por semana e levanto peso nos outros três. Elliott não me dá folga.

— O personal trainer?

— É.

— Nossa! — disse Annie. — Papai já viu esse cara?

Dana Sue pareceu confusa com a pergunta.

— Não, por quê?

— Porque ele é megassarado. Não sei se papai gostaria de saber que você está passando tanto tempo com ele.

— Não é seu pai quem decide — respondeu ela.

Annie pensou um pouco.

— Sabe, talvez fosse até bom. Se papai visse Elliott, podia parar de enrolar e pedir logo para você se casar com ele de novo.

— Peraí — protestou sua mãe. — Seu pai e eu não estamos nem perto de discutir casamento outra vez.

— Pois deveria — declarou Annie. — Todo mundo sabe que vocês deviam ficar juntos. Estão só perdendo tempo.

— Estamos tomando cuidado — rebateu Dana Sue. — Teria sido bom se tivéssemos ido mais devagar da primeira vez.

— Mas então talvez você não tivesse engravidado de mim, ou então eu teria uns 12 anos.

— Verdade — disse sua mãe. — Mas as coisas aconteceram exatamente como deveriam. — Então acrescentou, de maneira enfática: — E desta vez também vão.

— Ainda acho que você devia fazer papai ver Elliott — insistiu a menina. — Isso pode acelerar as coisas.

Na verdade, como sua mãe parecia tão relutante em agilizar as coisas, talvez *Annie* pudesse cuidar disso. Quando as pessoas eram velhas, como seus pais, não tinham tempo a perder.

CAPÍTULO VINTE E DOIS

Assim que pôs os pés na escola, Annie esqueceu todos os pensamentos de juntar os pais de novo. Lá no fundo, ela realmente sentia como se fosse o primeiro dia do jardim de infância e quase quis que os pais tivessem insistido em acompanhá-la, no fim das contas. Tudo parecia meio surreal e estranho, como se não conhecesse aquelas pessoas ou jamais tivesse comparecido a uma aula. O lugar até parecia ter um cheiro diferente, embora o aroma de piso encerado e giz ainda impregnassem o ar.

A pior parte era que Annie tinha a sensação de que todos olhavam para ela e cochichavam ao seu redor. Na verdade, *sabia* que era justamente o caso, graças ao silêncio que se fez quando ela passou pelo corredor. A menina disse a si mesma que não devia ligar, que os alunos que a conheciam e se importavam com ela já tinham demonstrado apoio. O resto só queria um assunto sobre o qual fofocar — a garota que quase morreu por não comer. Ela por acaso era a pauta do dia, uma discussão um pouco mais assustadora do que o normal porque poderia ter acontecido com qualquer um deles.

Embora entendesse, Annie estava muito tentada a dar meia-volta e fugir só para escapar dos olhares curiosos. No segundo em que se decidiu a fazer exatamente isso, Sarah e Raylene apareceram ao seu lado.

— Está pronta para a prova de história? — perguntou Sarah, como se fosse um dia qualquer e não tivessem se passado seis semanas desde a última vez que Annie estivera na aula.

— Eu não estou — resmungou Raylene. — Odeio história. Quem consegue se lembrar de todas aquelas datas? E quem liga, aliás?

Annie sorriu para Sarah e juntas recitaram o ditado favorito do professor:

— Aqueles que não conhecem a história estão fadados a repeti-la.

Raylene apenas revirou os olhos.

— Como se algum dia eu fosse correr o risco de declarar guerra a alguém.

— Você pode virar política um dia — disse Annie. — Você é inteligente o suficiente para isso.

— Me poupe — respondeu Raylene, jogando o cabelo para o lado, então sorriu. — Claro, eu poderia me *casar* com um político.

— Você acabou de jogar uns vinte anos de luta feminista no lixo — reclamou Sarah. — Você não tem ambição?

— Tenho, de casar bem — disse Raylene. — Pergunte a minha mãe. É a única coisa que importa, e é por isso que vou seguir em frente com essa história idiota de debutante. — Ela enfiou o dedo na boca. — Eca.

Annie a olhou, surpresa.

— Você vai ter um baile de debutante e tudo mais?

— É o que me disseram. Meus avós em Charleston já arrumaram tudo. Tenho que fazer algumas aulas idiotas de etiqueta.

Sarah deu uma risadinha.

— Eles têm ideia do desafio que vai ser transformar você em uma dama?

Raylene fez cara feia para a amiga.

— Vai catar coquinho.

— Talvez seja divertido — disse Annie, pensativa. — Eu faria um baile de debutante se pudesse.

— Mentira — respondeu Sarah.

Raylene sorriu.

— Ela só quer uma desculpa para convidar Ty para um baile chique.

Sarah assentiu com a cabeça.

— Ah, agora eu acredito.

Annie riu para as amigas.

— Vão catar coquinho *vocês* — disse ela, sentindo-se como uma adolescente normal outra vez.

— Eu queria que a gente pudesse fazer isso juntas — resmungou Raylene em um tom melancólico. — Se fosse possível, talvez eu conseguisse passar pela experiência sem vomitar de nervoso.

Sarah sorriu.

— Imagino que uma das primeiras coisas que vão ensinar na aula de etiqueta é parar de falar sobre vomitar em público.

— É melhor do que de fato vomitar em público — rebateu Raylene. — Vamos lá, é melhor a gente ir logo para a aula. O sr. Grainger tira ponto se a gente chegar atrasada, e vou precisar de todos os pontos que puder nessa prova.

As meninas passaram os braços pelos de Annie e as três seguiram apressadas pelo corredor. O gesto tornava mil vezes mais fácil entrar na aula, pensou Annie, grata a ambas.

— Bem-vinda de volta — cumprimentou o sr. Grainger quando Annie se acomodou em sua carteira.

Em seguida, o professor começou a distribuir as provas e, simples assim, Annie estava oficialmente de volta à escola. Isso não anularia os momentos no decorrer do dia em que ela sentiria olhares curiosos e ouviria sussurros, mas o pior já havia passado. Melhor ainda, havia a chance de ela encontrar Ty na hora do almoço. E seu pai tinha voltado à cidade de vez. Sua vida estava melhor do que ela jamais poderia ter imaginado alguns meses antes.

★ ★ ★

Dana Sue olhou para Ronnie, que estava sentado diante dela à mesa da cozinha.

— Como você acha que estão as coisas na escola? — perguntou ela pelo que devia ser a décima vez.

— Provavelmente estão muito melhores do que quando você estava atrás dela uma hora atrás — disse ele.

— É claro que eu estava atrás dela — exclamou Dana Sue. — Até parece que você não queria que ela continuasse aqui, onde podemos ficar de olho nela.

— Nunca neguei isso — disse ele. — Mas agora que ela voltou para a escola, podemos usar esse tempo para nós dois.

Ela o olhou com uma expressão desconfiada.

— Para fazer o quê? — perguntou Dana Sue em tom incerto. — Se está pensando em sexo às nove da manhã, deve ter alguma coisa errada com você.

— Eu penso em sexo sempre que olho para você — respondeu ele. — Não importa a hora do dia. Mas eu estava pensando que podíamos ir até a loja para você me ajudar a escolher a tinta para o vigamento da casa.

Dana Sue lhe lançou um olhar confuso, parecendo levemente decepcionada. Apesar de seu comentário, nos últimos tempos sexo também não saía de sua cabeça.

— Esta casa? Você quer pintar o vigamento dela?

— Está precisando de uma demão de tinta, caso você não tenha reparado.

— Mas isso não é responsabilidade sua — argumentou ela. — Só não tive tempo de contratar alguém.

— Por que contratar um pintor quando estou aqui oferecendo e tenho uma loja de ferragens onde posso conseguir a tinta pelo preço de atacado?

— Isso é muito lógico de sua parte — disse ela. — Assim fico nervosa.

361

— Eu me oferecer para pintar a casa deixa você nervosa? Por quê?

— Porque algo me diz que isso é o exemplo clássico do efeito borboleta. Daqui a pouco você vai decidir que o quarto precisa de uma demão de tinta também e quando eu menos esperar vai querer testar o colchão.

Ronnie riu.

— Você não me deixou chegar perto do nosso quarto desde que voltei para a cidade. Não faço ideia se precisa ser pintado ou não.

— Precisa, mas não é você quem vai fazer isso — teimou ela. — Uma hora eu resolvo isso.

— "Uma hora" pode ser cedo o suficiente para o quarto, mas não para o lado de fora da casa. Não fique criando caso por causa de umas latas de tinta e venha escolher uma cor comigo.

— Você está decidido a cuidar disso, não é?

— Sim, estou — respondeu Ronnie em tom sério. — Muito decidido.

— Você pode escolher sozinho — sugeriu Dana Sue.

— E arriscar ver você furiosa caso escolha errado? Não, obrigado. Além disso, talvez você devesse pensar um pouco no assunto. Ousar. Pintar as vigas de rosa-choque ou algo assim.

Apesar de sua relutância em seguir em frente com o projeto, uma lembrança da primeira vez que ela e Ronnie trabalharam lado a lado para reformar a casa lhe veio à mente, fazendo-a sorrir.

— Pelo que me lembro, na primeira vez que você e eu pintamos o vigamento, acabamos com mais tinta na roupa do que na casa.

— É por isso que eu pintaria sozinho desta vez — brincou ele. — Você era uma distração grande demais de shortinho e camiseta.

Dana Sue revirou os olhos.

— Está bem, você pode pintar, mas acho que rosa-choque pode ser um pouco exagerado demais.

— Ah, você ainda está na sua fase chata e tradicional — observou Ronnie. — Achei que você já fosse ter superado essa ideia de que nossa casa tem que ser igual a todas as outras do quarteirão.

— Não sou chata — disse Dana Sue.

— Ah, me poupe, quem você está querendo enganar? Annie teve que implorar para você aceitar pintar as venezianas de um azul mais forte em vez de preto.

Dana Sue franziu a testa.

— Eu não me lembro disso.

— Então é um esquecimento muito conveniente — disse ele. — Vamos lá, querida, há uma paleta de cores inteira na loja para você escolher. Além disso, você ainda não passou lá para ver as mudanças que fiz. Quero saber sua opinião.

Ela ficou surpresa com a leve mágoa na voz do ex-marido.

— Sério? É a primeira vez que você me convida.

— Como sou bobo — disse Ronnie. — Achei que talvez você estivesse interessada o suficiente para dar uma passada lá com Annie.

— Talvez nós dois devêssemos parar de presumir as coisas e dizer logo o que queremos — retrucou Dana Sue.

— Quero que você pare de enrolar e venha logo comigo — insistiu ele.

Ela sorriu.

— Certo, então vamos dar uma olhada nas tintas. E já aviso que vou tentar ao máximo não lhe dizer como reorganizar as prateleiras depois de vê-las.

— Graças a Deus — respondeu Ronnie com alívio exagerado. — Helen já fez isso. Ela teria mandado reorganizar o lugar inteiro se Annie não a tivesse empurrado porta afora.

— Helen viu a loja? — perguntou Dana Sue, surpresa.

— Ela trouxe alguns documentos outro dia — explicou ele. — Eu não comentei que ela está lidando com algumas questões legais da empresa?

Dana Sue franziu a testa.

— Você não me contou e nem ela.

— Você não é contra, é?

— Não, por que eu seria?

— Você parece um pouco irritada — comentou Ronnie.

— Porque nenhum dos dois pensou em me dizer nada — disse ela. — Por acaso Maddie está envolvida no projeto também? Talvez você esteja pensando em contratá-la como gerente?

Ronnie se inclinou e beijou Dana Sue com intensidade.

— Embora Maddie seja uma excelente gerente, não tenho dinheiro para contratá-la. Pare de se sentir excluída. Você é a única que recebeu um convite pessoal para visitar o lugar antes da inauguração e é a única que vai ter a casa pintada pelo proprietário.

— Melhor que nada, acho.

— Considerando quanto costumo cobrar por esse tipo de trabalho, é bastante — brincou Ronnie. Ele segurou a porta da cozinha e esperou com impaciência enquanto Dana Sue procurava a bolsa e o seguia para fora. — Vamos logo, meu bem. Se ficarmos perdendo tempo, não vou ter como cumprir o que ofereci. Quase não tenho tempo livre agora e quando abrir a loja vai ser mais difícil ainda.

— Entendi — disse ela, sentindo-se desanimada com a notícia e com o fato de que ele não parecia nem um pouco desapontado por não haver tempo para eles como casal.

Ronnie a olhou depois de se sentar no banco do motorista da picape.

— Não precisa se preocupar, Dana Sue. Você e Annie ainda vão ser minha prioridade.

— Você tem certeza? — perguntou ela, não muito convencida.

— Ah, para falar a verdade, eu estava pensando em ir a Myrtle Beach com Mary Vaughn por algumas semanas — brincou Ronnie.

Dana Sue fez cara feia para ele.

— Você não é engraçado.

— E você não tem motivo para se preocupar — rebateu ele. — Eu amo você. Só você, está bem?

Ela enfim se permitiu relaxar.

— Está bem — disse ela em tom fraco. — Se isso mudar...

— Não vai mudar — interrompeu Ronnie. — Nunca.

Impulsivamente, Dana Sue estendeu a mão e entrelaçou os dedos com os dele. Ela conseguiu absorver um pouco da força e certeza dele com isso.

— Sabe... — começou ela, traçando um círculo lento e provocante na palma da mão dele. — A tinta ainda vai estar lá daqui a uma hora, não é?

Ronnie a olhou com uma expressão surpresa.

— Você quer...?

— Ah, quero — disse ela.

Ronnie virou a picape em direção à Pousada Serenity tão rápido que ela quase foi arremessada do assento.

— Acho que isso é um sim — brincou Dana Sue, sorrindo quando ele parou derrapando na frente do hotel.

Um dia que havia começado cheio de preocupação e incerteza acabara de mudar para melhor.

Assim como havia avisado que poderia acontecer, Ronnie ficou tão ocupado com Annie e seu negócio prestes a abrir as portas que mal viu Dana Sue nas primeiras duas semanas de novembro. Quando acontecia de se cruzarem, ele se obrigava a apenas beijá-la até a deixar sem fôlego e ir embora. Os beijos eram lembretes de tudo de bom que havia entre eles. Ronnie imaginava que seria necessário inaugurar a loja e torná-la um sucesso para provar a Dana Sue que não iria embora de novo. Embora o relacionamento deles estivesse muito mais caloroso nos últimos tempos, ele era inteligente o suficiente para saber que seria preciso mais do que sexo para fazê-la aceitá-lo de volta em sua vida.

Ronnie precisava encontrar uma maneira de provar para Dana Sue que tudo de que ele precisava estava bem ali em Serenity — uma carreira que o empolgasse, uma filha pela qual era louco e a única mulher que ele desejava com cada célula de seu corpo. Uma mulher que com certeza *não* era Mary Vaughn.

Por trabalhar quase vinte e quatro horas por dia e graças à ajuda de Annie e da sempre presente Mary Vaughn, que não aceitava seus sinais sutis de que não estava interessado, Ronnie estava adiantado em seu cronograma. Ele abriria a loja no sábado, quase uma semana antes do Dia de Ação de Graças, em vez de no Natal, como havia planejado. Talvez depois do fim de semana ele pudesse se dedicar mais a reconquistar Dana Sue.

— Pai, quando você vai pedir minha mãe em casamento de novo? — perguntou Annie enquanto pendurava as fitas de papel crepom que insistira em comprar para a decoração da inauguração da loja.

— Talvez eu esteja esperando ela me pedir — brincou Ronnie.

— Você é louco? — interpelou Annie, olhando para ele com uma expressão de nojo. — Você não conhece minha mãe? Ela nunca faria isso. Não é romântico o suficiente. Você precisa de algo grandioso.

Ele sorriu para a filha, sentindo-se grato ao ver que ela não era mais só pele e osso. Annie ganhara alguns quilos e suas bochechas tinham um brilho saudável. Esse brilho parecia aumentar em mil vezes sempre que Ty estava por perto, o que aconteceria a qualquer minuto. A menina aparentemente o coagira a ajudar na decoração. Se dependesse de Ronnie, ele teria aberto as portas sem fazer tanto alarde, mas Annie e Dana Sue conspiraram e se ocuparam da decoração e do bufê.

— Você está enganada se acha que é disso que sua mãe gosta — disse ele à filha. — Ela não precisa de grandes gestos e romance. Ela precisa ver que estou comprometido. E ela precisa acreditar que não vou atrás de outra mulher só porque ela engordou um pouco ou por qualquer outro motivo bobo.

Annie franziu a testa para ele.

— Você não percebeu que ela está ficando mais em forma?

— Bem, é claro que sim — disse ele, embora não estivesse prestes a explicar à filha de 16 anos que um homem sabia quase tudo que fosse possível saber sobre o corpo de sua esposa.

Certo, ex-esposa, mas era apenas um detalhe técnico que ele consertaria no momento certo.

— Você já viu quem é o personal trainer dela? — perguntou Annie, evitando seu olhar. — Mamãe passa um tempão com ele. Ele é muito sarado.

— É mesmo? — disse Ronnie em tom neutro, embora sua pressão arterial tivesse disparado com a imagem.

— Muito — confirmou Annie em tom alegre.

— Você não está tentando me deixar com ciúme, está? — perguntou Ronnie, olhando para a filha com ar divertido. — Porque o ciúme é na verdade uma característica muito nociva a um relacionamento, ainda mais para o meu e de sua mãe.

— Por quê? — perguntou Annie, franzindo a testa.

— Por causa do que aconteceu antes — lembrou Ronnie. — A confiança é muito importante para nós agora. Eu não adotaria essa estratégia, se fosse você.

Annie pareceu culpada.

— Não pensei nisso. Desculpe.

Ele apertou o ombro da filha.

— Não faz mal. Você só precisa pensar nisso antes de tentar começar a bancar o cupido.

— Só quero que vocês voltem logo antes que fiquem velhos demais para fazer coisas, sabe?

Ronnie quase engasgou com o comentário, mas recuperou a compostura rapidamente.

— Não precisa se preocupar com isso — disse ele, quando conseguiu pronunciar as palavras sem rir.

— Bem, por que a demora então? — questionou a menina, entregando-lhe a ponta de uma serpentina enquanto subia na escada com facilidade. — Você ama minha mãe, não é? E eu sei que ela ainda ama você.

Annie se esticou, prendeu a decoração no teto com um pouco de fita adesiva e depois desceu a passos ágeis.

— Ainda estamos trabalhando nessa questão da confiança. E ela precisa saber que não vou embora nunca mais, pelo menos não sem vocês duas.

Annie assentiu, parecendo compreender.

— Ah, agora entendi. É *por isso* que você está abrindo a loja em vez de arrumar outro trabalho de construção.

— Exatamente.

— Acho que uma floricultura a teria impressionado mais. Ela adora flores, mas não acho que ligue muito para martelos e tinta — disse Annie, uma expressão incerta enquanto olhava ao redor para examinar a loja. — Convenhamos, este lugar está pintado de bege. Que coisa mais chata.

— O que você teria sugerido? Roxo? — Ele sorriu. — Quanto a uma floricultura, você pode me imaginar fazendo buquês de flores?

De repente, Annie começou a rir, a expressão mais despreocupada do que Ronnie tinha visto em anos. Pelo menos sua volta para Serenity fizera bem à menina.

E muito em breve, pensou ele, cheio de esperança, Dana Sue finalmente perceberia que aquilo também fizera bem a ela.

Dana Sue estava arrumando canapés nas mesas posicionadas em vários cantos da loja de Ronnie quando o sininho da porta da frente soou. De onde estava, não conseguia ver quem tinha chegado, mas logo ouviu a voz alegre de Mary Vaughn.

— Ronnie, querido, cheguei — gritou ela. — Vim mais cedo para ver se você precisa de ajuda com alguma coisa.

Dana Sue deixou de lado a cesta de queijos levíssimos e marchou até o outro lado do mostruário.

— Olá, Mary Vaughn.

Os olhos da corretora de imóveis se arregalaram, mas ela era uma vendedora boa demais para parecer abalada.

— Dana Sue — exclamou Mary Vaughn em tom caloroso, dando um beijo no ar próximo da orelha de Dana Sue. — Eu não fazia ideia de que você estaria aqui.

— O Sullivan's está cuidando da comida — respondeu Dana Sue sem entrar em mais detalhes.

Algum diabinho dentro dela queria deliberadamente dar a impressão de que não passava de uma fornecedora.

Mary Vaughn pareceu relaxar.

— Ah, é verdade, acho que Ronnie disse alguma coisa sobre você estar cuidando do bufê na inauguração. Acho que imaginei que você fosse deixar a comida e ir embora. Ou talvez que fosse mandar o Erik. Deve ser meio estranho para você.

Essa mulher está tão desinformada assim?, Dana Sue se perguntou com irritação. A cidade inteira estava comentando sobre a reconciliação entre ela e Ronnie havia semanas. Ao que parecia, Mary Vaughn estava fazendo ouvido de mercador simplesmente porque não gostava da notícia. Ou talvez tivesse tanta confiança nos próprios poderes de sedução que presumia que a ex-esposa não teria chance. Conhecendo bem o ego da corretora de imóveis, Dana Sue achou que seria fácil para ela imaginar que as fofocas eram prematuras ou equivocadas.

— Por que seria estranho? — perguntou Dana Sue em tom inocente. — Ronnie e eu fomos casados por muitos anos. Temos uma filha. Passamos muito tempo juntos desde que ele voltou para a cidade.

— Por causa de Annie, é claro — disse Mary Vaughn, embora estivesse começando a parecer um pouco insegura.

— Claro — concordou Dana Sue em tom doce.

Naquele momento, Ronnie saiu do escritório nos fundos, viu as duas se encarando e empalideceu. Justiça fosse feita, ele pareceu capaz de avaliar a situação com apenas um olhar, porque se aproximou e beijou Dana Sue com tanta paixão que a deixou com medo de que os canapés ali perto fossem pegar fogo.

Com o braço ainda ao redor da cintura da ex-esposa, como se temesse que ela pudesse fugir, Ronnie abriu um sorriso amigável para Mary Vaughn.

— Obrigado por vir. Você já experimentou os canapés? Dana Sue e Erik se superaram.

Mary Vaughn não precisava ser atingida por um taco de beisebol para entender o que estava bem ali na sua frente. Ela abriu um sorriso fraco e disse:

— Eu estava mesmo pensando que adoraria experimentar um daqueles palitinhos de queijo. Não seria uma festa no Sul sem eles.

— É verdade — confirmou Dana Sue, recusando-se a ficar ofendida com a insinuação de que o cardápio não tinha sido original. — Você vai ver que os meus são uma ligeira variação dos palitinhos de queijo tradicionais.

Ela reprimiu um sorriso quando Mary Vaughn deu sua primeira mordida e quase engasgou, então agarrou uma garrafa de água, desesperada.

— *Jalapeños* — sussurrou ela, abanando a mão na frente do rosto.

— Eu não mencionei? — disse Dana Sue. — Desculpe. Quase todo mundo na cidade sabe que Ronnie gosta das coisas um pouco picantes.

Ronnie a olhou, então a empurrou de leve para a frente da loja.

— Vamos deixar Mary Vaughn recuperar o fôlego — propôs ele. — Você pode me ajudar a receber as pessoas.

— Estou aqui para o que você precisar — respondeu Dana Sue, lançando um olhar superior para a outra mulher.

Perto da velha caixa registradora, que Ronnie tinha insistido em manter, ele lhe lançou um olhar divertido.

— Achei que só os homens marcavam território — disse ele.

— Você está brincando, não é? — respondeu Dana Sue. — As mulheres só são mais sutis.

Ele riu.

— Meu bem, se isso foi sutil, não quero nem pensar no que você faria se quisesse deixar as coisas mais claras.

— Você está reclamando que eu marquei meu território agora há pouco? — perguntou Dana Sue.

— De maneira alguma. Só queria que você acreditasse em mim quando digo que não era necessário.

— Talvez não para você — admitiu ela —, mas Mary Vaughn não responde a nada menos do que uma madeirada no meio da cara, por assim dizer.

— É, percebi — disse Ronnie, irônico. — E, considerando o número de tábuas lá nos fundos, acho que tenho sorte por você não ter decidido passar seu recado de forma mais literal. Vai relaxar e se divertir agora?

— Com certeza — garantiu Dana Sue. — Mas acho que vou ficar de olho nela mesmo assim.

Ronnie segurou o rosto da ex-esposa entre suas mãos e a beijou de novo.

— Só mais um para ajudá-la a entender o recado — disse ele ao soltá-la. — Você não precisa se preocupar com Mary Vaughn.

— Talvez eu devesse — respondeu Dana Sue, sorrindo. — Ainda mais se isso significa que você vai continuar me beijando assim.

— Meu bem, eu faria isso de qualquer jeito. A qualquer hora, em qualquer lugar que você queira.

A porta da frente se abriu antes que ela pudesse responder, e Maddie e Cal entraram, seguidos por Annie e Ty.

— Terminaremos esta conversa mais tarde — disse ela. — Vá lá dar oi para seus primeiros clientes. Cal deve estar precisando de ajuda para escolher as ferramentas para montar aqueles móveis de bebê que comprou outro dia. Ele decidiu que a filha precisava de mais do que um berço e decidiu levar o setor de bebês inteiro de alguma loja chique em Charleston.

— Você só quer se gabar para Maddie sobre ter posto Mary Vaughn em seu lugar — brincou Ronnie em voz baixa, antes de se afastar para cumprimentar Cal.

— Bem, claro que sim — disse Dana Sue, enquanto ele já estava de costas. — O que é uma vitória se você não pode dividi-la com as amigas?

Maddie franziu a testa ao se aproximar de Dana Sue.

— Sobre o que você está se gabando?

— Nada que eu possa contar aqui — explicou Dana Sue com um olhar que indicava os fundos da loja. — Posso levar você para ver alguns pregos ou parafusos ou coisa do tipo?

— Não, mas você pode me levar para ver a comida — disse a amiga. — Você prometeu que haveria comida.

Dana Sue riu.

— Um dia desses você vai se arrepender dessa comilança toda. Nachos no meio da noite, agora isso. Na nossa idade, os quilos não são fáceis de perder. Além disso, você realmente quer dar a Helen e a mim uma vantagem na nossa competição? Fique sabendo que eu mesma não provei os canapés que fiz.

— Bom para você — respondeu Maddie em tom sereno. — E não se preocupe se estou ou não atrás de você e Helen nas minhas metas. Pretendo me comportar melhor assim que parar de amamentar, mas até lá vou aproveitar cada garfada.

— E quanto às nossas metas? Helen tem ideia de que você está enfiando o pé na jaca?

Maddie pareceu um pouco perturbada.

— Não, e é por isso que preciso comer agora, antes que ela esteja aqui para dar um sermão.

— Então eu recomendo que você comece pelos bolinhos de siri — aconselhou Dana Sue. — Erik se superou. Ele fez questão que a carne de caranguejo viesse de nosso fornecedor em Maryland. Como está fora de temporada, custou o olho da cara. Vão ser os primeiros a acabar.

Maddie serviu três em um pratinho, então acrescentou dois palitinhos de queijo.

— Então, a que horas Helen deve chegar? — perguntou ela, olhando para a porta com certo nervosismo.

Dana Sue sorriu.

— Na verdade, talvez você queira se sentar.

Maddie a olhou alarmada.

— O quê? Aconteceu alguma coisa com ela?

— Não exatamente — disse Dana Sue. — Mas ela se ofereceu para ajudar Erik na cozinha do Sullivan's hoje, pois Karen teve outra emergência e eu precisava estar aqui.

— E você deixou? — perguntou a amiga, incrédula.

— A ideia foi minha, na verdade — disse Dana Sue alegremente. — É só por algumas horas. Que estragos ela pode fazer à reputação do restaurante nesse tempo? Erik está de olho nela.

— Mas quem está de olho em Erik para garantir que ele vá sobreviver? — perguntou Maddie. — Você sabe como Helen é. É ainda mais controladora do que você. Não importa se ela sabe do que está falando ou não. Vai começar a querer dizer a ele como fazer as coisas, e quem sabe como isso vai acabar? Assassinato? Caos?

Dana Sue sorriu.

— Eu sei. É difícil de imaginar, não é?

— E por você tudo bem esse potencial derramamento de sangue? — perguntou Maddie.

— Desde que limpem o chão antes de eu voltar, acho que vai ser bom para os dois estarem cara a cara com alguém igualmente teimoso.

— Erik já tem você para isso — lembrou Maddie. — Não sei se ele vai dar conta dela também.

— Até parece — disse Dana Sue com toda a calma. — Quando se trata de um enfrentamento entre aqueles dois, aposto em Erik.

Maddie a olhou desconfiada.

— O que você está aprontando, Dana Sue?

— Nada — jurou ela com toda a inocência. — Só quero que o restaurante tenha gente suficiente por mais algumas horas.

Se algo pegasse fogo naquela cozinha, bem, seria apenas a natureza seguindo seu curso.

CAPÍTULO VINTE E TRÊS

Desde a inauguração da loja, Ronnie trabalhava dia e noite. Não tinha imaginado que administrar o próprio negócio o manteria tão ocupado, ainda mais porque ele precisava fazer diversas reuniões por semana com as construtoras. Fazia o possível para deixar esses compromissos para o jantar, assim podia passar pelo menos algum tempo com Dana Sue e Annie no fim do dia, mas nem sempre dava certo. Vários dias se passaram sem que ele visse uma das duas. Ronnie começou a se perguntar se teria sido um pouco ambicioso demais nesse projeto.

Como provaria o que quer que fosse a Dana Sue se quase nunca se encontravam? Até Annie parecia estar perdendo a paciência com ele precisando cancelar seus planos várias vezes por causa de alguma reunião de negócios de última hora com um cliente em potencial.

A Serenity Materiais de Construção estava aberta havia três semanas e bem à frente das projeções mais otimistas de Ronnie quando Butch ligou em uma terça-feira para marcar um jantar na sexta no restaurante de Dana Sue.

— Sei que o Natal está quase aí e você deve ter um milhão de coisas para fazer, mas precisamos conversar — disse o homem mais velho, em um tom que não deixava espaço para uma negativa.

A convocação inesperada deixou Ronnie muito nervoso. Será que Butch estava insatisfeito com alguma coisa? Embora Ronnie não visse motivo considerando como as coisas estavam indo, até que os dois se sentassem no restaurante e ele pudesse olhar nos olhos de Butch e julgar o humor do homem por si mesmo, seus nervos estariam à flor da pele.

Talvez Butch já estivesse perdendo a paciência com aquela história de ser um investidor silencioso. Se ele não gostasse do que estava vendo no caixa, será que tentaria arrancar um pouco do controle de Ronnie? Helen havia cuidado de qualquer possível brecha no contrato, mas ele ainda estava preocupado.

Naquela noite, enquanto esperava Dana Sue encerrar os trabalhos no restaurante, Ronnie ficou sentado em uma das mesas com sofá bebericando uma cerveja. Annie estava sentada ao seu lado, ocupada com a lição de casa. Eles faziam questão que ela jantasse no restaurante todas as noites e depois ficasse por ali até a hora de fechar. Ronnie se juntava à menina sempre que podia, embora não com a frequência que gostaria.

Ele sabia que Annie ficava ressentida com aquela supervisão de seus hábitos alimentares, mas parecia ter aceitado a situação. Também parecia disposta a contrabalancear a exasperação com sua vontade de passar um tempo com a família. Datas comemorativas sempre tinham sido especiais para os três, e a filha claramente queria que voltasse a ser assim.

O Sullivan's tinha sido decorado para as festas de fim de ano. Havia luzinhas brancas acesas no pátio externo. Do lado de dentro, várias árvores foram colocadas em cantos diferentes do salão, cada uma brilhando com pisca-piscas brancos e enfeites dourados. A bancada da recepcionista estava cercada por um mar de bicos-de-papagaio vermelhos com mais algumas luzes aninhadas entre as flores. A decoração era muito festiva e de bom gosto. Ronnie ficou impressionado com o talento de Dana Sue para deixar o restaurante tão acolhedor.

A principal rua da cidade estava iluminada mais uma vez, após vários anos abandonada. Ronnie havia conversado com os proprietários da Wharton's e, juntos, procuraram o prefeito e o encorajaram a colocar luzes entre as árvores da praça da cidade, assim como os flocos de neve gigantes que costumavam enfeitar os postes. No ano seguinte, Ronnie talvez conseguisse algum apoio para a realização de uma feira de fim de ano ou pelo menos ressuscitar a cerimônia de inauguração da árvore de Natal. O centro da cidade precisava de eventos assim para estimular o retorno de mais comerciantes.

Enquanto pensava em sua reunião com Butch, e toda a energia necessária para revitalizar o centro de Serenity, ele percebeu que Annie o observava com preocupação.

— Pai, você está bem? — perguntou a menina depois de um tempo. — Você parece meio assustado com alguma coisa.

— Não precisa se preocupar — tranquilizou Ronnie. — Como está indo a redação?

— Já acabei. Estou fazendo o dever de matemática agora — disse ela, franzindo o nariz. — Você faz ideia de por que preciso estudar isso?

— Algum dia vai ser útil, sem dúvida — disse ele, assim como costumavam lhe dizer.

— Você estudou também, certo?

Ronnie assentiu.

— E já tem mais de quarenta anos. Já serviu para alguma coisa?

Ele riu.

— Ah, essas contas e fórmulas me ajudaram a descobrir algumas coisas úteis de vez em quando.

Annie o olhou com ceticismo.

— Você está brincando, né?

— Não. Por exemplo, se eu tiver um orçamento de dez mil dólares para a compra de madeira serrada e cada tábua tiver determinado preço, quantas posso comprar com esse dinheiro?

— Parece os exercícios que eu tenho que fazer — disse ela, surpresa.

— Exatamente. E acho que quem trabalha na parte de acidentes de trânsito usa fórmulas como as que você estuda para calcular a velocidade dos carros envolvidos em uma batida. São várias aplicações práticas.

Annie pareceu pensativa.

— Talvez não seja uma perda de tempo, no fim das contas.

— Acho que a escola tenta ao máximo fazer com que a educação não seja uma perda de tempo. Mesmo que você tenha certeza absoluta de que nunca, jamais, vai usar algum desses conteúdos, algum dia eles podem aparecer em alguma palavra-cruzada — brincou Ronnie. — Só por isso já deve valer a pena aprender.

— Papai! — protestou ela, rindo.

— Como estão as coisas entre você e Ty? — perguntou ele. — Não o tenho visto muito.

Os olhos da menina brilharam.

— Ele me liga quase todo dia depois da aula. Está estudando muito para as provas que temos antes das férias de fim de ano. Ele passou na primeira etapa da admissão antecipada da Duke, mas precisam das notas do meio do semestre dele antes que a decisão seja definitiva.

— Então Duke é a primeira opção dele?

Annie fez uma negativa com a cabeça.

— Sua primeira opção seria jogar em um time profissional de beisebol. Cal acha que ele é bom o suficiente, e o olheiro do Atlanta Braves também, mas Maddie diz que ele precisa fazer faculdade primeiro.

— E o pai dele? — perguntou Ronnie.

Bill Townsend, o ex de Maddie, sempre estimulara Ty a jogar beisebol. Era uma paixão dos dois.

— Ty acha que o pai o deixaria ser jogador profissional, mas Bill não vai bater de frente com Maddie. Sabe, que nem quando você e a mamãe se unem contra mim.

— Para o seu próprio bem — disse Ronnie.

— Aham. — Annie revirou os olhos. — É o que os pais sempre dizem.

— Porque os pais são sábios — insistiu ele.

— Talvez você e mamãe não sejam tão sábios assim. Ainda não estão morando na mesma casa.

Ronnie também estava frustrado com a situação. Não que morar na Pousada Serenity fosse tão ruim assim, mas era como se o lugar tivesse paredes de vidro. A cada vez que Dana Sue entrava escondida em seu quarto, a notícia chegava à Wharton's na hora do almoço. Ele não ficaria surpreso se os clientes de lá estivessem fazendo um bolão sobre o horário em que tudo acontecia. No mínimo tinham apostado quando ele finalmente pediria a ex-esposa em casamento.

— Algumas coisas não podem ser apressadas — explicou Ronnie à filha.

Dana Sue saiu da cozinha bem a tempo de ouvir seu comentário.

— O que não pode ser apressado? — perguntou ela. — Desculpem a demora.

— Você é que não é — disse Annie. — Vocês dois. Parecem duas tartarugas se arrastando até a linha de chegada. Vocês vão chegar lá quando tiverem uns 60 anos ou algo assim.

Dana Sue corou.

— Mas você nos vê todos os dias…

— Você, sim. Papai, nem sempre.

Dana Sue deu de ombros.

— Certo, mas não é como se ele não estivesse presente. E você sabe que nós dois amamos você. Está faltando alguma coisa?

— Não estou preocupada comigo — rebateu Annie, inclinando-se para a frente, com uma expressão intensa. — E sim com vocês dois, mãe. Parece até que têm todo o tempo do mundo.

Ela franziu a testa para a filha.

— E quem disse que não temos?

De repente, para a surpresa de Ronnie, lágrimas começaram a brotar dos olhos de Annie. Como sempre acontecia com os adolescentes, em um piscar de olhos seu humor havia mudado de leve para sério. Aparentemente, a menina estava preocupada com aquilo havia algum tempo.

Annie começou a se arrastar para fora do sofá.

— E se você acabar que nem a vovó? — perguntou ela a Dana Sue, com a voz baixa e cheia de medo, enquanto se posicionava ao lado da mesa com um olhar acusatório. — E se você *morrer*? Pense no tempo que desperdiçou.

— Annie, eu não vou morrer — disse Dana Sue, segurando a mão da garota. — Ainda vai demorar muito.

— Mas você pode morrer, se não cuidar da saúde — argumentou Annie.

Ela puxou a mão de volta e saiu do restaurante, deixando os dois sentados em um silêncio atordoado.

Ronnie lançou um olhar preocupado para Dana Sue, que estava pálida.

— Você está bem? — perguntou ele.

Ela assentiu.

— Estou. Vá atrás dela. Eu não tinha ideia de que ela estava tão chateada com isso. Ela nunca me falou nada.

— Eu vou trazê-la de volta — prometeu Ronnie. — Vá comer alguma coisa. Você parece prestes a desmaiar.

— Vá logo — pediu Dana Sue.

Do lado de fora, Ronnie não teve que ir muito longe para encontrar a menina. Annie estava encolhida no banco do carona da picape, apoiando os pés no assento e o queixo no joelho.

— Me desculpe — sussurrou ela, fungando, quando Ronnie abriu a porta e se sentou no banco do motorista. — Eu não deveria ter dito aquilo. Mamãe ficou muito chateada?

— Ela está preocupada com você — explicou ele. — Ela não tinha percebido que isso estava incomodando tanto. Você nunca tocou no assunto antes.

— Eu já toquei, mas ela ignora. Sei que ela não quer que eu fale sobre isso. — Annie deu de ombros. — É que às vezes penso na vovó, e sei que a mamãe não se cuida como deveria, e fico com medo.

— Sua mãe não vai morrer — disse Ronnie enfaticamente.

— Ela pode — teimou sua filha. — A vovó morreu. Se a diabetes ficar muito grave, as complicações podem matar. Nós estudamos isso na escola, e eu pesquisei na internet depois que vocês me contaram como a vovó morreu.

Ronnie se perguntou se ele era a melhor pessoa para ter aquela conversa com Annie. Talvez ele e Dana Sue devessem lidar com a situação juntos. Mas ele estava ali, e a menina estava chateada demais para que aquilo fosse adiado.

— É verdade que sua avó morreu de complicações causadas pela diabetes — começou Ronnie devagar. — Mas ela estava doente havia anos e nunca cuidou da saúde. Ela não ouvia os médicos. Comia o que queria. Sua glicemia estava sempre muito alta, então ela vivia indo ao hospital. Não é o caso da sua mãe.

— Ainda não — disse Annie, em tom sombrio. — Mas ela engordou e isso é ruim. Sei que ela emagreceu um pouco e tem se exercitado, mas ela ainda come doces sempre que fica nervosa ou com raiva. Você não estava aqui, pai. Depois que você foi embora, ela comia tudo que via pela frente. Pizza, bolo, sorvete, batata frita. Tudo. Para vocês, parece que eu sou a única na família com um transtorno alimentar. Pelo menos estou recebendo ajuda. Mamãe não vai ao dr. Marshall há meses. Outro dia ele tentou fazer com que ela marcasse uma consulta, mas ela não quis. Quando vamos, só falam sobre mim.

Ronnie estava mais preocupado do que gostaria de admitir, mas precisava defender a ex-esposa. Sabia direitinho o que Dana Sue diria — que ela era, acima de tudo, mãe, e as boas mães colocam os filhos em primeiro lugar.

— É porque você teve uma crise muito séria, Annie. Não podíamos ignorar isso.

— Mas estou melhor agora — respondeu a menina em tom razoável. — Por que ninguém fica enchendo o saco da mamãe sobre essas coisas? Erik tenta ficar de olho nela aqui no restaurante, mas ela o manda pastar se ele insiste muito no assunto. Helen e Maddie tentam falar alguma coisa, e sei que elas fizeram algum tipo de aposta lá no spa, mas não acho que seja suficiente.

Ronnie estava bastante preocupado com o que Annie estava dizendo sobre a saúde de Dana Sue. Também ficava aflito ao ver a filha tão chateada com isso. Da última vez que precisou encontrar uma maneira de controlar o que acontecia em sua vida, ela desenvolvera a anorexia. Podia estar melhor, mas o perigo ainda não havia passado. Aquela preocupação com a mãe era a última coisa de que ela precisava em um momento em que sua própria recuperação ainda era tão frágil.

— Vamos combinar uma coisa? — sugeriu Ronnie depois de um tempo. — Prometo que vou insistir que sua mãe vá ver o dr. Marshall para saber se está tudo bem. Vou arrastá-la até o consultório se for preciso.

O olhar de Annie foi irônico

— Boa sorte.

— Eu quis dizer literalmente, filha. Se for preciso, vou carregá-la nas costas.

Ele esperava ver um sorriso, mas Annie só pareceu aliviada.

— Quando? — pressionou a menina.

— Assim que conseguirmos marcar uma consulta.

Annie se inclinou em sua direção e pôs os braços ao redor do pescoço do pai.

— Obrigada.

— Eu que agradeço. Eu sabia que sua mãe precisava cuidar da glicemia, Erik e eu até falamos sobre isso, mas não fazia ideia de que as coisas poderiam estar tão ruins.

— Talvez não sejam — disse Annie, com um quê de esperança na voz. — Não quero que ela esteja doente, mas não seria melhor saber?

Ronnie assentiu. Com certeza seria melhor saber. Ele só teria que usar todas as suas estratégias de persuasão para fazer Dana Sue perceber aquilo. Ou talvez o fato de ela ter visto Annie em pânico naquela noite já seria o suficiente para resolver o problema.

— Vamos voltar e buscar sua mãe — disse ele por fim. — Está na hora de ir para casa.

— Tudo bem se eu pegar uma carona com Erik? — perguntou a menina. — Ele não se importaria de me deixar em casa. Aí você e mamãe vão ter mais tempo para conversar.

Ronnie assentiu.

— Vá lá na cozinha ver se tudo bem mesmo. Nos avise quando estiver indo.

— Tudo bem — disse ela, abrindo a porta do carro e correndo para a entrada dos fundos do restaurante.

Ronnie demorou mais para descer da picape. Ele suspeitava que Dana Sue não ficaria nada feliz com a tentativa dele de se meter em sua vida. E, embora tivesse jurado arrastá-la até o consultório médico se fosse necessário, não queria que aquilo provocasse uma briga entre os dois justo quando o relacionamento entre eles estava finalmente mais pacífico. Porém, se fosse mesmo tão sério, ele não hesitaria em fazer o que fosse preciso para garantir que a saúde dela não corresse perigo.

★ ★ ★

Dana Sue estava beliscando o prato de queijo e legumes que Erik havia lhe trazido em vez do bolo de chocolate que ela tinha pedido. O funcionário não vacilou quando ela lhe olhou com cara feia, e apenas deu meia-volta e voltou para a cozinha.

Por que ela não tinha percebido como Annie estava preocupada com aquela história de diabetes? Talvez porque ela mesma tivesse tentado ignorar o problema, como se isso fosse fazê-lo desaparecer. Estava bem óbvio que Dana Sue dominava a arte da negação quando o assunto era a saúde, tanto a de sua filha como sua própria. Ela estava tentando deixar as ilusões de lado no que dizia respeito à filha. Talvez fosse hora de fazer o mesmo consigo.

Quando Ronnie finalmente voltou e se sentou no sofá oposto ao dela, Dana Sue empurrou o prato com os petiscos na direção dele.

— Como foi? Cadê Annie?

— Está na cozinha perguntando a Erik se ele pode lhe dar uma carona para casa.

— Por que ela não pode ir comigo? — perguntou Dana Sue.

— Ela quer que a gente tenha um tempo para conversar a sós.

Ela o olhou com uma expressão desconfiada.

— Sobre?

— Quão séria é essa questão da glicemia, Dana Sue?

— Não é tão ruim assim — insistiu ela. — Eu sempre soube que sou do grupo de risco. E o dr. Marshall está de olho nisso.

— Ele passou algum remédio para você tomar?

Dana Sue olhou para a cozinha quando a porta se abriu, torcendo para que fosse Erik ou Annie vindo salvá-la daquela conversa com Ronnie. Em vez disso, a filha apenas acenou.

— Erik vai me dar uma carona — disse ela, e deixou a porta se fechar.

— E aí? — insistiu Ronnie.

— Não estou tomando insulina — respondeu Dana Sue, mas evitou o olhar do ex-marido.

— Algum outro medicamento?

— Ainda não — disse ela com um toque de desafio. — Estou monitorando a glicemia. Só isso.

— Você está mesmo? — perguntou Ronnie, com tanto ceticismo que a deixou com raiva.

— Por que eu mentiria? — respondeu Dana Sue, irritada.

— Porque é conveniente — sugeriu ele. — Você não quer lidar com isso de uma maneira prática, então me conta mentiras ou meias-verdades só para que eu deixe você em paz.

— Talvez seja porque não é da sua conta! — retrucou ela.

O olhar de Ronnie a fez se ajeitar no sofá, desconfortável.

— Eu te amo — disse ele baixinho. — Então é da minha conta. Annie ama você, então também é da conta dela. E, francamente, caso você não tenha notado, nossa filha não precisa de outros problemas agora.

— Eu estou bem — disse Dana Sue.

— Acho que Annie e eu nos sentiríamos muito melhor se ouvíssemos isso da boca do dr. Marshall — respondeu ele, sem ceder um milímetro.

— Ai, pelo amor de Deus, se isso é o que vai ser preciso para vocês dois me deixarem em paz, vou marcar uma consulta.

— Amanhã — cutucou Ronnie.

— Assim que ele puder me ver — disse ela.

— Amanhã — repetiu Ronnie. — Entendido?

— Ai, está bem.

Eles se olharam diretamente.

— Dana Sue, não trate isso de maneira leviana — implorou ele. — Annie está assustada de verdade. Agora que ela explicou o porquê, tenho que admitir que também estou. Você não pode simplesmente ignorar, até porque sem dúvida você, mais do que a maioria, entende a gravidade de uma diabetes não controlada.

— Entendo, e por isso digo que vocês dois estão fazendo tempestade em copo d'água — insistiu Dana Sue, embora soubesse que não era o caso.

Ela só era um pouco mais bem informada do que a mãe. E quase tão teimosa quanto. Dana Sue afastou a lembrança do que aquela postura inflexível tinha significado para sua mãe, porque não suportava pensar naquilo.

Bem, ela seria diferente. Não desenvolveria diabetes; com certeza não morreria em consequência das complicações da doença. Naquele momento, odiou a filha e o ex-marido por levantarem a possibilidade e a obrigarem a considerá-la. Dana Sue precisava que acreditassem nela, não que questionassem todas as suas decisões.

Ela franziu a testa para Ronnie.

— Você não viu que nas últimas semanas eu tenho seguido com meus exercícios no spa? E estou tomando cuidado com minha alimentação.

— Me diga que você não pediu bolo, torta ou sorvete assim que saí daqui e fui atrás de Annie — disse ele em tom leve.

Ela gesticulou em direção ao prato de queijo e legumes.

— Mas claramente não foi o que comi.

Ronnie a olhou com ar de ironia.

— E foi sua escolha ou de Erik?

— Olha, estou fazendo o melhor que posso — disse Dana Sue. — Por que isso não é suficiente para você?

— É suficiente se o dr. Marshall disser que é — afirmou Ronnie. — Me ligue amanhã de manhã para dizer que horas é a consulta. Eu levo você.

— Isso é ridículo — disse ela. — Sou perfeitamente capaz de chegar ao consultório médico sozinha.

— Não é uma questão de se você é ou não capaz de ir — rebateu ele. — A questão é se você vai mesmo.

— Não estou gostando nada de como você está me tratando. Não sou uma criança irresponsável, Ronnie.

O olhar duro dele não vacilou.

— Então não se comporte como uma. — Ele estendeu a mão. — Vamos lá. Vou levar você para casa. Annie não deveria ficar sozinha hoje, ainda mais estando tão chateada quanto quando saiu daqui. Vocês duas precisam conversar.

— Você tem razão sobre Annie, mas meu carro está aqui — disse ela. — Eu posso voltar sozinha.

— Venha comigo mesmo assim. Assim você vai ter que me ligar amanhã de manhã porque vai precisar de uma carona.

— Você não é a única pessoa nesta cidade para quem eu poderia pedir uma carona — resmungou Dana Sue.

— Mas eu sou o único que vai atrás de você se não tiver notícias — alertou ele.

Ela suspirou e foi com o ex-marido em direção à saída, apagando as luzes e trancando a porta da frente do restaurante. Dana Sue parou no pátio. Normalmente estar cercada pelos pisca-piscas a fazia sorrir, mas naquela noite seu humor estava sombrio demais para aproveitar o momento.

Ao atravessarem o estacionamento, Ronnie passou o braço pelos ombros tensos de Dana Sue. Quando chegaram à picape, ele a pressionou contra a lateral do veículo e segurou o rosto dela com as mãos.

— Eu te amo, Dana Sue. Quero estar com você por muito, muito tempo. Não vou deixar você fazer nada que possa encurtar esse tempo.

Ela o olhou com desconfiança.

— Você fala como se achasse que estou tentando me matar.

— Não tentando — corrigiu Ronnie. — Só acho que não está fazendo tudo a seu alcance para garantir que isso não aconteça. Se for preciso, vou obrigar você, assim como fizemos com Annie.

— Eu poderia acabar odiando você — ameaçou Dana Sue.

Ele sorriu.

— Annie também disse isso algumas vezes. E nem por isso voltamos atrás. Algumas coisas são importantes demais para eu me preocupar se você vai ficar com raiva.

Assim como Annie, Dana Sue teve vontade de atacá-lo, mas uma coisa era a filha de 16 anos fazer birra. Uma mulher madura, aí já era outra história.

— Vou marcar a consulta — prometeu ela.

— E me ligue de manhã para me dizer que horas devo buscar você — lembrou Ronnie mais uma vez.

— Está bem — disse Dana Sue, impaciente.

Sabia que deveria apreciar a preocupação dele e de Annie, mas no momento tudo o que ela sentia era a pressão. E o medo. E se houvesse de fato motivo para se preocupar? E se ela estivesse muito mais doente do que imaginava?

Ronnie deu uma piscadinha para ela em uma tentativa óbvia de aliviar a tensão.

— Se você se comportar direitinho, vou lhe trazer um pirulito sem açúcar.

Dana Sue revirou os olhos.

— Acredite em mim, você vai ter que encontrar uma recompensa melhor.

— Bem, há uma outra possibilidade — disse ele. — E você está indo tão bem que eu poderia lhe dar uma amostra esta noite.

Apesar de ainda estar aborrecida, Dana Sue o olhou com pesar sincero.

— Annie — lembrou ela. — Ela está sozinha em casa.

— Droga, eu sabia que estava esquecendo alguma coisa. Pena que não posso simplesmente voltar para casa com você.

— Você até pode, mas ouvi dizer que o colchão do quarto de hóspedes é bem desconfortável. E, pelo que me lembro foi ideia sua, para que seus pais e os meus não fizessem visitas muito longas.

— Que ideia a minha — resmungou Ronnie de brincadeira.

— Você devia estar pensando que eu jamais faria você dormir nele — disse Dana Sue quando pararam na frente da casa.

Atrás da janela, a enorme árvore que Ronnie as ajudara a arrastar para casa estava decorada, brilhando com luzes coloridas. Era outra cena que normalmente a animava, mas não teve efeito naquela noite.

— Boa noite, Ronnie.

— Boa noite, meu bem. Durma bem.

Ronnie esperou até que ela entrasse e apagasse a luz da varanda antes de dar ré com o carro.

Depois que ele sumiu de vista, Dana Sue se apoiou na porta com um suspiro. Estava ficando cansada de voltar sozinha para casa depois de uma noite com Ronnie, como se tivessem 17 anos e tivessem acabado de ter um encontro.

Antes daquela noite, ela teria imaginado que ele estava prestes a acabar com o sofrimento dos dois, pedindo-a em casamento, mas, agora que Ronnie sabia sobre seus problemas de saúde, Dana Sue não tinha tanta certeza. E se ele ficasse com medo e desistisse? Era mais uma razão para evitar o dr. Marshall o máximo possível.

Claro que evitar Ronnie se ele descobrisse que ela não havia marcado uma consulta seria muito mais complicado.

CAPÍTULO VINTE E QUATRO

Annie mal podia esperar pelo fim da sessão com a dra. McDaniels. Ty a havia levado ao consultório de carro e estava esperando por ela no estacionamento. Eles tinham combinado de ir a Charleston fazer algumas compras de Natal.

— Você parece bem ansiosa para ir embora — disse a dra. McDaniels, olhando para ela com uma expressão divertida. — Teria algo a ver com aquele jovem que vi com você no estacionamento?

Annie sorriu.

— É o Ty.

— Imaginei que poderia ser ele. Como estão as coisas com ele?

— Bem, a gente nunca teve um encontro de verdade nem nada do tipo, mas conversamos quase todos os dias e acho que talvez ele me convide para uma festa agora durante as férias.

— Você vai ficar bem se ele não convidar? — perguntou a dra. McDaniels.

— Sim, acho que vou — disse Annie, que logo em seguida olhou diretamente para a psiquiatra. — Posso perguntar uma coisa que não tem a ver com comida?

— Claro.

— Por que os meninos são tão difíceis de entender?

A dra. McDaniels riu.

— Eles dizem a mesma coisa sobre as meninas, sabe.

Annie não acreditou.

— Estou falando sério. Não entendo por que Ty não percebe que seríamos um ótimo casal. Nós conversamos sobre tudo. Nós nos conhecemos desde sempre. Somos praticamente melhores amigos.

A dra. McDaniels não riu nem sorriu. Ela levou a pergunta a sério. Era algo que fazia Annie gostar de conversar com ela.

— Às vezes é difícil mudar um comportamento antigo — disse ela a Annie. — Ou talvez Ty tenha medo de que, se vocês dois começarem a namorar e não der certo, isso acabe estragando a amizade de vocês. Considerando que suas famílias são muito próximas, as coisas poderiam acabar ficando estranhas.

Annie assentiu devagar.

— Acho que entendi. Quer dizer então que eu deveria desistir?

— De jeito nenhum. Só tente controlar suas expectativas e não tenha tanta pressa de mudar as coisas. Melhores amigos costumam ter os melhores relacionamentos em longo prazo. Sua mãe e seu pai não eram amigos há muito tempo antes de começarem a namorar?

Annie sorriu.

— Isso só aconteceu porque meu pai sabia que era a melhor maneira de manter minha mãe interessada.

— Bem, ir devagar funcionou bem para os dois. Talvez você e Ty sigam o mesmo caminho. Um dia as coisas simplesmente vão fazer sentido. Você acha que consegue ser paciente e esperar por isso?

— Posso esperar por Ty o tempo que for preciso — disse Annie. — Ele com certeza vale a pena.

— E com certeza vale a pena esperar por *você*. Não se esqueça disso — disse a dra. McDaniels. — Agora, uma última coisa antes de você ir. Está com alguma dúvida sobre como passar o feriado com tudo que vai ser servido? Às vezes é difícil ver tanta comida de uma vez só. Você pode ficar com a sensação de que vai perder o controle e comer tudo que estiver na sua frente. Algumas pessoas entram em pânico e passam a evitar tudo, não só a comida, mas todas as interações sociais e festas que possam envolver refeições.

— Acho que não vou fazer isso — disse Annie. — Mas se eu começar a ficar ansiosa ou algo do tipo, ligo para você.

— Ótimo. É a melhor coisa a fazer. Ou converse com sua mãe ou seu pai. Ou venha a uma daquelas reuniões do grupo de apoio de que falamos. Você já tem os horários.

Annie tinha participado de uma reunião por insistência da dra. McDaniels. Embora tenha sido bom saber que havia mais adolescentes que enfrentavam o mesmo problema, a menina não tinha voltado. O grupo a fazia sentir como se ainda estivesse doente, como se tivesse que se concentrar na anorexia o tempo todo, quando tudo que queria era virar aquela página. As consultas com a dra. McDaniels uma vez por semana já eram lembrete suficiente.

Ao que parecia, a expressão da menina a denunciou, porque a psiquiatra disse:

— Eu sei que você não quer participar do grupo de apoio, Annie, e aceitei sua decisão porque você parece estar indo bem sozinha. No entanto, pode ser um ótimo recurso, ainda mais quando você está em um evento social com muita comida, como acontece nas festas do fim do ano. Você seria bem-vinda em qualquer encontro.

— Vou pensar — prometeu Annie. — Terminamos por hoje?

— Sim, você pode ir — disse a dra. McDaniels, sorrindo. — Aproveite sua tarde com Ty.

— Obrigada, pode deixar.

Annie saiu correndo pela porta. Diminuiu o passo antes de sair para o estacionamento. Não queria que Ty pensasse que ela estava animada demais com aquele passeio para fazer compras.

Na metade do caminho para o carro, Annie conseguiu ouvir a música tocando no rádio, sintonizado em sua estação de rock favorita. Ainda bem que eles tinham o mesmo gosto musical. Vários adolescentes na escola gostavam de rap, mas ela achava algumas das letras muito pesadas.

Annie bateu na janela do carro, abriu a porta e entrou. Ty sorriu e imediatamente baixou o volume.

— Como foi? — perguntou ele, ligando o carro.

— Foi tudo bem — respondeu ela.

Ty se virou e a estudou antes de começar a andar com o carro.

— Tem certeza?

Annie assentiu.

— Você me diria se estivesse tendo problemas de novo, não é? — perguntou ele.

Ela corou sob o olhar de escrutínio.

— Nós precisamos falar sobre isso?

Ty franziu a testa ao ouvir o tom irritado.

— Só estou dizendo que você pode conversar comigo sobre as coisas.

— Eu sei — disse ela, impaciente.

Ele desligou o motor.

— Anda logo. O que houve?

— Nada — insistiu a menina, sem saber por que seu humor havia piorado tão rápido quando ela estivera tão animada e otimista minutos antes.

Talvez fosse o lembrete de que Ty não conseguia esquecer que Annie tinha um transtorno alimentar. Às vezes ela se perguntava se a preocupação dele por sua saúde era a única coisa que existia naquela amizade.

— Annie, eu conheço você — insistiu ele. — Dá para ver que você está preocupada com alguma coisa. Se não tem nada a ver com a sessão, o que foi?

— É minha mãe — respondeu Annie, dizendo a primeira coisa que lhe veio à mente para não ter que explicar que estava frustrada por ele ainda não a ver como uma possível namorada. — Ela não está se cuidando como deveria.

— Você disse a ela que está preocupada?

— Ontem à noite. Meu pai também conversou com ela.

— Bem, minha mãe e Helen têm aquela aposta com ela. Talvez eles estejam cuidando disso.

— Acho que não — disse Annie, preocupada.

Ty segurou a mão dela e a apertou.

— Vou pedir para minha mãe falar com ela de novo, está bem?

Annie mal conseguia respirar por medo de que Ty soltasse sua mão. Gostava do contato, a mão dele quente e forte, a pele mais áspera que a dela. Ty segurando a mão dela não era grande coisa, mas ele nunca tinha feito isso antes.

— Annie?

— Oi? — Ela desviou o olhar de suas mãos entrelaçadas para o rosto dele.

— Você está toda vermelha — disse Ty, desvencilhando a mão para tocar a bochecha de Annie. — O que foi?

— Nada — respondeu a menina com um suspiro exasperado.

Ela estendeu a mão para o botão do rádio e aumentou o volume da música.

Ty abaixou o volume na mesma hora, olhando-a com uma expressão confusa.

— Você está com raiva de mim?

Annie decidiu ser sincera.

— Não estou com raiva, só estou frustrada — disse ela.

— Por quê?

— Eu gosto de você.

Ele ainda parecia confuso.

— Eu também gosto de você.

— Não, eu quis dizer que *gosto* de você, e você me trata como se eu fosse sua irmã mais nova ou coisa do tipo.

— Ah.

Annie balançou a cabeça.

— Eu sabia que devia ter ficado quieta — disse ela, com nojo de si mesma. — Tudo bem você não gostar de mim desse jeito.

Ty a olhou, parecendo muito mais inseguro do que ela já o tinha visto antes.

— Talvez eu goste — sussurrou ele baixinho.

O coração de Annie disparou.

— É mesmo?

Eles se olharam diretamente.

— Só não quero estragar as coisas entre a gente, sabe?

Annie assentiu, aliviada.

— Eu sei. Eu também.

— E eu vou embora para a faculdade no ano que vem — lembrou ele. — Não faz sentido começar algo e depois ter que ir embora.

— Você provavelmente tem razão — concordou a menina, perdendo as esperanças.

— Mas talvez a gente pudesse passar algum tempo juntos — disse Ty, como se estivesse descobrindo o que fazer enquanto falava. — Tipo hoje, este passeio para fazer compras. Podemos considerar um encontro, mais ou menos. — Ele a olhou, hesitante. — O que acha?

— Acho que é um bom começo — concordou Annie.

Ele abriu um largo sorriso e segurou a mão dela outra vez.

— Você se importa?

— Nem um pouco — disse ela, então estremeceu. — Mas você devia dirigir com as duas mãos no volante.

Ty a soltou com certa relutância.

— Essa é uma das coisas que gosto em você. Você segue as regras.

— Nem sempre — respondeu a menina. — Mas aprendi que algumas regras existem por um bom motivo. — Ela o olhou de soslaio enquanto ele ligava o carro. — Mas você pode segurar minha mão quando chegarmos ao shopping. Não consigo pensar em uma única regra que isso quebraria.

A boca de Ty se curvou naquele sorriso que deixava Annie de joelhos fracos.

— Nem eu — disse ele.

Annie se sentia como se estivesse nas nuvens. Ela correra um risco e tinha valido a pena. Eles eram um casal. Ou quase. Mais do que amigos, de qualquer maneira. Ela não sabia o que eram, na verdade, mas lhe deixava com uma ótima sensação.

Ronnie estava uma fera. Dana Sue evitara com sucesso todas as suas tentativas de levá-la para ver o dr. Marshall. A promessa de terça-feira havia sido adiada para a quarta-feira, depois para sexta. Ele tinha passado seus dias tentando falar com a ex-esposa, mas parecia não fazer diferença onde ele a procurava ou para onde ligava; ela sempre tinha acabado de sair. Ou Dana Sue era muito escorregadia ou seus amigos a estavam acobertando. E Ronnie tinha respeito demais pelo profissionalismo dela para irromper na cozinha do Sullivan's e armar um barraco — embora estivesse prestes a fazer isso.

Na verdade, a única coisa que impediria os dois de terem uma briga no meio do restaurante naquela noite era a presença de Butch Thompson. Se o homem não tivesse pedido para jantar no Sullivan's, Ronnie teria ficado pelo menos dez quilômetros longe do lugar, com medo do que poderia dizer ou fazer quando finalmente visse Dana Sue.

Butch e a esposa já o aguardavam em uma mesa quando ele chegou. Ronnie forçou um sorriso, cumprimentou Jessie Thompson com um beijo na bochecha e apertou a mão do homem mais velho.

— Desculpe o atraso.

— Nós chegamos cedo — disse Butch. — Passei o dia doido para dar uma olhada neste cardápio. Até Jessie vai abrir uma exceção e comer carne hoje.

Ronnie riu.

— Então eu recomendo o bolo de carne. É uma das especialidades daqui. Com o purê de batata vermelha, você vai achar que está na cozinha da sua mãe.

— Não da minha — declarou Jessie. — Ela não sabia fritar um ovo. É por isso que aprendi desde cedo, para que a família não morresse de fome ou tivesse que comer carvão. Também preparava tudo à moda antiga, ao estilo sulista. Não sei como nosso sangue ainda conseguia correr pelas nossas artérias.

Butch deu um tapinha na mão dela.

— Você se redimiu, Jessie. Estamos com uma alimentação bem saudável agora. Na verdade, com certeza aquele mingau de aveia que você prepara já absorveu todo o colesterol que sobrou. Um dia comendo fora não faz mal a ninguém.

Ela riu.

— Não é tão ruim assim — disse Jessie. — Butch gosta que as pessoas tenham pena dele. — Ela lançou um olhar astuto para Ronnie. — Assim como naquele dia que ele conseguiu fazer você levá-lo para comer filé.

— Ops! — murmurou Ronnie. — Ela descobriu.

— Ela disse que conseguiu sentir o cheiro no meu hálito — confessou Butch. — Mas acho que é só um sexto sentido que ela tem para saber quando fiz alguma coisa que não devia.

Butch deu uma piscadinha para a esposa, fazendo Ronnie se lembrar de como um casamento duradouro poderia ser: duas pessoas que brigavam e se provocavam, mas que se amavam apesar de todas as suas falhas.

— Então, Ronnie, você vai tirar sua ex-esposa da cozinha para podermos conhecê-la? — perguntou Jessie.

Ele ficou tenso na hora.

— Veremos.

Butch olhou Ronnie com ar confuso, sem dúvida percebendo a tensão em sua voz.

— As coisas estão bem entre vocês dois?

— Nós chegamos a um pequeno impasse sobre uma coisa, mas vamos nos resolver — garantiu Ronnie, o olhar vagando em direção à porta da cozinha, onde ele torcia para ter um vislumbre de Dana Sue enquanto os garçons entravam e saíam.

Brenda se aproximou da mesa a passos saltitantes e sorriu para ele.

— Olá, sr. Sullivan. Dana Sue sabe que você está aqui?

— Não, e não precisa incomodá-la. Imagino que ela esteja ocupada.

— Está uma loucura lá dentro — confidenciou Brenda. — Karen ligou avisando que ia faltar de novo. É a terceira vez esta semana. Dana Sue está toda atrapalhada.

Atrapalhada não era bom, Ronnie pensou. Se pudesse, cancelaria a reunião e lhe daria uma mão na cozinha. Em vez disso, forçou um sorriso para Butch e Jessie.

— Já sabem o que querem pedir?

— Ouvir falar muito bem do bolo de carne — disse Butch. — Vou querer um.

— Dois — emendou Jessie.

— Três — completou Ronnie.

Depois que a garçonete se afastou, ele olhou para o parceiro de negócios.

— Algum motivo em especial para você querer se encontrar hoje à noite?

— Além de fazer uma boa refeição, você quer dizer? — brincou Butch. — Eu só queria dar os parabéns pela maneira como as coisas estão indo. Vi os relatórios que tem me mandado e você está bem à frente das projeções. Isso me diz que está trabalhando duro.

— Estou tentando — disse Ronnie. — As coisas devem começar a entrar nos trilhos no ano que vem. Quero que a confiança que você depositou em mim seja justificada.

— Talvez você esteja trabalhando demais — sugeriu Butch, com uma expressão preocupada.

Ronnie o olhou com surpresa.

— Como assim? Como posso estar trabalhando demais?

— Esse negócio não foi a única coisa que o trouxe de volta a Serenity, não é?

— Você sabe que não — disse Ronnie.

— Quanto tempo você tem passado com sua filha e sua ex-esposa desde que abriu a loja?

— Menos do que eu gostaria — admitiu ele.

— Não perca o verdadeiro prêmio de vista — aconselhou Butch. — De que vale uma empresa de sucesso se você não tem alguém com quem dividir sua vida?

Jessie sorriu.

— Escute o que ele diz, Ronnie. É a voz da experiência. Eu disse algo muito parecido há trinta e cinco anos. Ele me ouviu, e é um dos motivos pelos quais ainda estamos juntos. Eu não teria achado que meu casamento tinha mais que dois por cento de chance de sobreviver depois dos primeiros cinco anos, enquanto ele vivia para aquela empresa de construção, trabalhando de manhã cedo até tarde da noite.

Butch pôs a mão por cima da dela, então se virou para Ronnie.

— O que você viu ao olhar para os relatórios que tem enviado?

— Um resultado financeiro positivo — respondeu ele. — Metas de quatro meses sendo alcançadas em um quarto do tempo.

O homem mais velho assentiu com a cabeça.

— Pareceu muito bom, não é?

— Claro — disse Ronnie, embora não tivesse certeza aonde ele queria chegar.

— Mas você passou quantas noites trabalhando até tarde? — perguntou Butch. — Quantas vezes você perdeu a chance de passar um tempo com sua filha ou com Dana Sue, só para encaixar mais uma reunião à noite?

Ronnie suspirou quando entendeu o recado.

— Várias vezes — admitiu.

— Eu lhe dei capital suficiente para realizar o plano de cinco anos que botamos no papel. Ter sucesso em menos tempo seria ótimo, mas só se isso não prejudicar sua vida pessoal. Equilíbrio, meu filho. Não subestime a importância do equilíbrio para definir suas prioridades.

Ronnie entendeu o que Butch dizia. Ele pensou de novo no que Brenda lhe contara sobre a situação na cozinha e olhou na direção da porta.

— Você está preocupado com o que a garçonete falou agora há pouco? — perguntou Butch. — Sobre alguém não ter vindo trabalhar?

Ronnie assentiu.

— Dana Sue é teimosa demais para pedir ajuda, mas nas noites de sexta-feira este lugar fica muito cheio.

— Se você quer ir lá ajudar, nós vamos ficar bem sozinhos — disse Jessie.

— Isso mesmo — confirmou Butch, olhando para ela. — Não é sempre que fico com minha esposa só para mim. Vá lá fazer o que puder. Acho que consegui explicar meu ponto de vista, não é?

— Com certeza, e muito obrigado — disse Ronnie. — Sou muito grato. Não se esqueça de que o jantar hoje é por minha conta. É o mínimo que posso fazer depois de tudo que você fez por mim.

— Imagina. Somos parceiros, meu filho — lembrou Butch. — Você já está fazendo mais que o suficiente para cumprir sua parte no trato. Agora pode ir. Quero ver se consigo convencer Jessie a ficar em um hotel comigo esta noite e fingir que estamos em lua de mel.

Ronnie deixou os dois conversando baixinho. A julgar pela expressão de Jessie, Butch não teria muito trabalho para convencê-la. Ao que parecia, ela não era tão obstinada e difícil quanto a mulher na vida de Ronnie.

★ ★ ★

Dana Sue não sabia bem em que momento percebeu que estava um pouco enjoada e tonta. Devia ter sido conforme a correria para o jantar se intensificava. Karen havia faltado pela enésima vez, o que significava que Dana Sue agora teria que passar pela dor de cabeça de substituí-la, algo que ela relutava em fazer, sabendo bem como as coisas eram difíceis para a funcionária, que criava os filhos sozinha. Ainda assim, não podia continuar com uma assistente com a qual não pudesse contar.

Para surpresa dela, Ronnie viera ao resgate mais uma vez. Ele tinha entrado pela porta da cozinha alguns minutos antes, pegado um avental do gancho na despensa e pedido algo para fazer. Ele não mencionou o fato de ela ainda não ter marcado uma consulta, mas Dana Sue duvidava que o ex-marido tivesse esquecido o assunto. Quando arriscou uma olhadela na direção dele, percebeu que Ronnie estava cortando legumes e preparando saladas como um profissional. Dana Sue tinha acabado de se virar para agradecer a ajuda quando começou a suar.

Não era a primeira vez. Dana Sue sempre dava um jeito de encontrar uma explicação momentânea para os sintomas, como na vez em que sua mão ficou um pouco dormente e ela teve que largar a faca e fazer uma pausa até tudo voltar ao normal. De repente, pensar em todos esses incidentes juntos a assustou de uma maneira que cada episódio individual não havia feito antes.

Dana Sue agarrou um banquinho e se sentou. Assustada com a tontura, que ainda não estava passando, ela chamou Ronnie, sua voz pouco mais que um sussurro apavorado. Ele a alcançou em um instante.

— Você está bem? — perguntou ele, apoiando as mãos nas coxas dela. — O que houve?

— Eu acho que deve ser a glicemia — disse Erik, aproximando-se com uma expressão preocupada. — Ela não tem tomado cuidado com o que come ultimamente. O medidor de glicose dela está ali no escritório. Eu vou buscar.

— Não — protestou Dana Sue, sem querer que Ronnie visse qualquer prova que pudesse aparecer no aparelho.

Ronnie a encarou.

— Meu bem, nós conversamos sobre isso outro dia. Você sabe que quem tem diabetes precisa ficar de olho nisso.

— Eu não tenho diabetes — retrucou ela, lançando um olhar de desgosto para Erik por dedurá-la sobre seus hábitos alimentares e por ser tão rápido em se oferecer para buscar o medidor de glicose. — Pelo menos não ainda, de qualquer maneira.

— Preciso levar você a um hospital, ligar para a emergência, o quê? — perguntou Ronnie, em uma voz calma e reconfortante, mas muito determinada.

Erik entregou a ela uma fatia de queijo.

— Isso deve ajudar. Vou pegar seu medidor.

Alguns momentos depois, Dana Sue sentiu o corpo voltando aos poucos ao normal.

— Estou melhor — respondeu ela, lançando um olhar agradecido para Erik quando ele voltou. — Não preciso medir nada agora.

— Meça a glicose ou vá para o hospital — disse Erik em tom categórico.

— Concordo com Erik — insistiu Ronnie. — Você tem duas opções, Dana Sue. Ou ligamos para o dr. Marshall e pedimos que nos encontre no consultório ou vamos direto para o pronto-socorro.

Ela balançou a cabeça.

— Vou ficar bem. Além disso, estamos com o restaurante cheio. Não tenho tempo para ir a lugar nenhum.

— Annie pode vir ajudar — sugeriu Erik. — Ela aprendeu algumas coisas básicas com você. E Helen disse que viria sempre que precisássemos dela. Acredite ou não, ela é boa em seguir ordens aqui.

— Ligue para elas — pediu Ronnie para Erik, então pegou Dana Sue no colo. — Vamos para o médico, docinho.

— Me larga, seu idiota — retrucou ela, embora gostasse de estar aninhada contra o peito dele. — E você não acha que, dadas as circunstâncias, me chamar de "docinho" é uma péssima ideia?

Ronnie sorriu.

— Você está mesmo se sentindo melhor, não está?

— Estou, caramba, e é por isso que não preciso ir ao médico.

— Que pena. Talvez se tivesse marcado aquela consulta no início da semana como pedi, não teríamos chegado a esse ponto — disse Ronnie, trocando um daqueles olhares de superioridade com Erik que a deixava com vontade de bater com uma frigideira na cabeça dos dois. O funcionário estava sorrindo quando Ronnie saiu pela porta dos fundos ainda a carregando em seus braços.

— Ronnie Sullivan, tenho cuidado de mim mesma já faz um bom tempo… — começou Dana Sue, mas foi interrompida por um olhar que dizia que ela não tinha feito um bom trabalho. Ela franziu a testa e admitiu: — Certo, talvez eu tenha dado umas escorregadas. Estava preocupada com muitas coisas.

— Annie está melhor agora — disse ele. — E você me ignorou quando pedi que ligasse para o dr. Marshall e marcasse uma consulta. Você sabe que está errada. É por isso que tem me evitado desde a noite em que me prometeu que iria ao médico.

— Você não me pediu. Você mandou — lembrou ela.

— Desculpe. Estava preocupado com sua saúde.

— Não é problema seu — disse ela com firmeza.

— Acho que já discutimos isso na outra noite também. — Ronnie acomodou Dana Sue no banco do carona de sua picape, foi para o banco do motorista e saiu de ré, como se estivesse em uma corrida. — Sempre vou me preocupar com você. É bom se acostumar.

Quando estavam na estrada, ele a olhou e disse com firmeza:

— Acho que precisamos esclarecer algumas coisas. Eu voltei de vez. Achei que abrir a loja provaria isso, mas aparentemente vou precisar lembrar você disso com alguma frequência. Além disso, pretendo me casar com você de novo. A data depende de você, mas isso já é certo. Tenho todo o direito de me preocupar.

Embora aquela declaração fizesse seu coração bater mais forte, Dana Sue fez cara feia diante da arrogância de Ronnie.

— Não é nada certo — retrucou ela. — Você é muito cara de pau de voltar aqui e fazer suposições sobre mim.

— Na verdade, estou fazendo suposições sobre nós. Nós fomos feitos um para o outro, Dana Sue. Isso nunca vai mudar.

Ela queria desesperadamente acreditar no ex-marido.

— Mesmo agora?

Ronnie a estudou, confuso.

— Como assim, mesmo agora?

— Eu engordei. Talvez tenha diabetes. Estou uma bagunça — disse Dana Sue, sufocando um soluço ao se sentir tão fora de controle, mesmo depois de todas as mudanças que vinha tentando fazer.

Ele a olhou chocado.

— Querida, você não é nenhuma bagunça — repreendeu ele. — Você é a melhor coisa que já me aconteceu. Não ligo para alguns quilos extras, desde que não prejudiquem sua saúde. Quanto à diabetes, se você realmente tiver, nós vamos lidar com isso. Se precisar tomar insulina, vou até aprender a dar injeções.

— Você tem medo de agulhas — protestou Dana Sue.

— Eu supero — disse ele em tom enfático. — Eu faria qualquer coisa por você. Eu te amo. Amo seu bom humor, sua generosidade, seu rosto lindo e até seu temperamento feroz. Não sou tão fã assim da sua teimosia, mas posso conviver com ela.

Dana Sue retribuiu o olhar e não viu nada que a fizesse duvidar de suas palavras. Nenhum indício de que ele estava usando palavras doces para conseguir o que queria em vez de falar com sinceridade.

— Certo — disse ela por fim, cedendo a ele e ao próprio coração.

Ela deveria ter feito aquilo logo quando Ronnie voltara à cidade e os poupado de meses de aborrecimentos, mas aquela teimosia que ele mencionara não tinha deixado.

Ele a olhou com ar desconfiado.

— Certo o quê? Você vai ao médico sem reclamar?

Dana Sue balançou a cabeça.

— Não, embora eu também vá fazer isso. Estou dizendo que aceito me casar com você.

Ronnie pareceu atordoado.

— Você está dizendo sim — murmurou ele, como se não conseguisse acreditar. O carro cantou pneu quando Ronnie entrou em uma vaga no hospital e desligou o motor. — Sim?

— Estou dizendo sim e, vai por mim, ninguém está mais surpreso do que eu.

— Você está dizendo sim quando estou prestes a levá-la para o pronto-socorro do hospital — murmurou ele, balançando a cabeça. — O momento ficou bem menos romântico.

Ela sorriu ao ouvir o tom frustrado de Ronnie.

— Você tinha imaginado outra coisa?

— Manhã de Natal — disse ele. — Eu ia colocar uma linda caixa de veludo debaixo da árvore. Então declararia minha devoção eterna enquanto Annie aplaudia. Algo do tipo.

— Seria bem bonito — admitiu Dana Sue, passando os braços em volta do pescoço dele enquanto Ronnie a tirava do carro. — Mas acho que assim é mais a nossa cara.

Ronnie a olhou com uma expressão confusa.

— O estacionamento do hospital é a nossa cara? Como?

— É imprevisível. Um pouco louco.

Ele se aproximou de Dana Sue e a beijou até deixá-la tonta de novo, agora de um jeito bom.

— Acho que vou falar disso nos nossos votos de casamento — disse Ronnie quando finalmente se afastou, terminando o beijo.

— O quê? — perguntou ela, ainda tonta demais para pensar direito.

— Prometo manter as coisas loucas e imprevisíveis pelo resto de nossa vida.

Dana Sue abriu um sorriso.

— Essa é uma promessa que sei que você é capaz de cumprir, Ronnie Sullivan.

E algo lhe dizia que, quando tivesse seu pequeno pedaço de céu de volta, Dana Sue não se sentiria tentada a abocanhar os bolos e as tortas que Erik preparava. Talvez desta segunda vez Ronnie fosse bom para seu coração *e* para sua saúde.

EPÍLOGO

— Mãe, você pode ficar parada? — implorou Annie. — Seu véu está torto.

— Eu não devia nem estar usando véu, que dirá um vestido branco — resmungou Dana Sue. — Não sei o que estava pensando quando deixei você me convencer a ter um casamento formal e chique.

— Acho que não tive nada a ver com isso — disse a menina em tom presunçoso. — Acho que é porque você percebeu que ainda cabia no seu vestido de noiva e queria se exibir.

— Está bem, sua sabidinha, teve algo a ver com isso mesmo — admitiu Dana Sue.

Tinha sido uma revelação quando ela encontrou a caixa com o vestido no sótão em janeiro, enquanto guardava as decorações de Natal. A maior surpresa foi que ele ainda cabia. Todos aqueles treinos com Elliott Cruz tinham dado resultado. Bem, isso e ter sua família e amigos monitorando tudo que ela comia. Agora entendia como Annie se sentia quando ficavam em volta dela. Mesmo assim, valera a pena. A glicemia de Dana Sue estava normal havia semanas, e ela não teve que começar a tomar insulina.

Ela olhou para Annie, que subira em uma cadeira para ajeitar o véu. Olhando para a filha naquele momento, era difícil acreditar que apenas alguns meses antes ela quase tinha morrido por causa das complicações da anorexia. A pele da menina tinha um brilho saudável e o cabelo caía em cascata pelas costas com mechas douradas naturais. Ainda estava abaixo do peso ideal para sua idade e altura, e alguns dias eram mais difíceis do que outros, mas Annie estava se esforçando, e isso era tudo que Dana Sue e Ronnie podiam pedir. Se a filha algum dia tivesse uma recaída, algo que a dra. McDaniels alertara ser possível, Dana Sue sabia que ela e Ronnie agiriam rapidamente.

Quando o véu ficou do jeito que ela queria, Annie desceu da cadeira e ficou atrás da mãe na frente do espelho.

— Você está linda, mãe.

— Nos duas estamos — corrigiu Dana Sue. — O vestido de madrinha que Maddie usou da última vez que casei com seu pai ficou perfeito em você.

Annie sorriu.

— Eu sei. Ela não gostou nada disso. Disse que está do tamanho de um navio desde que teve o bebê e que está longe de alcançar as metas que vocês estabeleceram. Mas acho que Cal não a vê assim, o que é bem legal.

— Não — concordou Dana Sue. — Aos olhos dele, ela é a mulher mais bonita do mundo. Isso não significa que Helen e eu vamos deixar de pegar no pé dela por ignorar as metas.

Annie observou Dana Sue com atenção.

— Você acha que você e papai vão ter outro filho, como Maddie fez quando se casou com Cal?

Para surpresa de Dana Sue, seus olhos lacrimejaram.

— Eu gostaria. Daria tudo para ter outro filho, ainda mais se ele ou ela fosse tão maravilhoso quanto você, mas não é possível, querida.

— Por causa do risco de diabetes — disse a adolescente, com uma expressão compassiva.

— Por causa disso e da minha idade — explicou Dana Sue.

— Mas você tem a idade de Maddie — argumentou Annie. — Então o verdadeiro perigo é a diabetes.

Ela suspirou.

— É, acho que sim.

Annie a abraçou.

— Sinto muito, mãe.

— Eu também.

— E Helen? Você acha que ela vai ter um filho?

A amiga não falava em outra coisa ultimamente, mas Dana Sue não achava que era um assunto que ela deveria discutir com a filha. Quando — e *se* — Helen pesasse todos os prós e os contras e decidisse fazer aquilo, ela é que deveria dar a notícia.

— Nunca se sabe — respondeu Dana Sue, fugindo do assunto.

— Ela daria uma ótima mãe — disse Annie. — Ty, Kyle e Katie também acham. Ela é a melhor tia postiça do mundo.

— Por que você não diz isso a ela? — sugeriu Dana Sue.

Talvez Helen se sentisse melhor sabendo que havia quatro crianças no mundo que achavam que ela daria uma excelente mãe. Para a surpresa de Dana Sue, Helen, em geral sempre confiante, parecia cheia de dúvidas sobre aquele assunto.

Annie sorriu.

— Talvez eu diga mesmo. Meu último projeto acabou bem.

— Projeto? — disse Dana Sue.

— Você e papai — disse Annie, de novo com uma expressão presunçosa. — Vocês não acham que pensaram nisso sozinhos, não é?

Ela riu.

— Claro que não. Só porque de alguma forma pensamos na mesma coisa vinte anos atrás não significa que teríamos sido tão espertos outra vez.

— Exatamente — disse Annie. — É melhor eu ir falar com o papai. Você sabe como ele é péssimo tentando dar um nó na gravata.

— Vá lá — encorajou Dana Sue. — Vejo você daqui a alguns minutos na parte de trás da igreja.

— Não se atrase, papai já está nervoso o suficiente.

— Não vou me atrasar — prometeu Dana Sue. Já havia esperado demais por aquele momento.

Para o alívio de Ronnie, tudo correu bem na cerimônia. Dana Sue estava tão deslumbrante quanto no dia do primeiro casamento. A festa de recepção no Sullivan's estava cheia de convidados, incluindo os pais dele, que tinham vindo de Columbia. Ele viu a tristeza passageira nos olhos de Dana Sue pelos pais dela não estarem presentes, mas ela logo se recuperou. Annie havia tomado as rédeas da celebração, cuidando de quaisquer detalhes que Maddie e Helen ainda não tivessem resolvido. Erik tinha preparado comida suficiente para Serenity inteira. Todo o menu tinha sido cuidadosamente pensado para que não houvesse nada que Dana Sue não devesse comer. Até o bolo de casamento enorme não tinha açúcar.

Ronnie insistira em contratar uma banda, um luxo pelo qual não puderam pagar no primeiro casamento. Ele puxou Dana Sue para a pista de dança para uma última música antes de partirem em sua lua de mel de duas semanas na Itália, onde Ronnie havia agendado um breve curso de culinária na Toscana para o casal. Era uma surpresa, uma espécie de férias misturadas com trabalho para Dana Sue, mas ele sabia que ela adoraria. Era um sonho de anos atrás, mas ela dizia não ter tempo. Ronnie pretendia cuidar para que eles sempre tivessem tempo para fazer as coisas importantes.

— Você já pode tirar a gravata — disse Dana Sue, olhando-o com uma expressão divertida ao vê-lo passar o dedo pelo colarinho apertado da camisa.

— Eu aguento mais cinco minutos — respondeu Ronnie. — Você sabe que vão tirar fotos quando formos embora. Não quero que daqui a alguns anos você reclame que parecia que eu estava em um churrasco.

Ela tocou a bochecha dele com um brilho travesso nos olhos.

— Você sabe que eu prefiro você com bem menos roupas.

Ronnie riu.

— Idem, mas esta é uma conversa perigosa quando temos que pegar um voo em Charleston daqui a algumas horas.

— Aposto que você faria valer a pena se perdêssemos o voo — disse Dana Sue.

Ele balançou a cabeça.

— Tenho certeza de que sim, mas você nunca me deixaria esquecer isso, então controle-se, meu bem. Logo estaremos na Itália.

Do outro lado do salão, Ronnie viu Annie dançando com Ty. Ele indicou os dois para Dana Sue.

— Eles parecem estar ficando mais próximos, não é?

Ela assentiu.

— Será que preciso ter uma conversa de homem para homem com ele?

— E fazer sua filha passar vergonha? — provocou Dana Sue. — Acho que não. Ela e eu conversamos bastante sobre Ty nos últimos tempos. Acho que ela é bem sensata em relação a ele. Como ele vai embora para a faculdade no outono, os dois concordaram em ir bem devagar.

— É bom mesmo — disse Ronnie em tom severo.

Ela deu um tapinha na bochecha dele.

— Você é um pai típico.

Ronnie deu uma piscadinha para Dana Sue.

— Sou mesmo, não é? E sempre vou ser. — Ele olhou o relógio. — Precisa se despedir de mais alguém antes de irmos?

— Ninguém. Annie está superanimada de ficar com Helen. Erik vai cuidar de tudo aqui no restaurante e jamais vou ficar sabendo caso as coisas saiam do controle. Karen tem vindo trabalhar com mais regularidade agora. Acho que vai ficar tudo bem.

— Então vamos lá começar o resto de nossa vida — disse Ronnie, levando-a em direção à saída.

Antes que pudesse abrir a porta, foram cercados por vários convidados. De alguma forma, Maddie e Helen tinham se adiantado à frente deles com sorrisos de expectativa.

— O que acha que elas estão aprontando? — sussurrou Ronnie para a esposa.

— Não faço ideia — respondeu Dana Sue, então arfou de surpresa ao olhar para a rua. — Meu carro! — gritou ela. — Vocês compraram meu carro!

Ela se afastou antes que Ronnie pudesse perguntar que história era aquela. Então ele reparou no Mustang conversível vermelho estacionado no meio-fio com um enorme laço na capota. Maddie e Helen estavam sorrindo ao lado do carro enquanto Dana Sue abraçava as duas bem apertado.

— O que está havendo? — perguntou ele quando se juntou às Doces Magnólias.

Dana Sue se virou para ele com olhos marejados.

— Eu ganhei meu carro! — disse ela, parecendo maravilhada. — Fizemos uma aposta e eu ganhei!

— Você está falando sobre aquelas metas que vocês três estabeleceram? É esse o seu prêmio? — perguntou Ronnie, incrédulo.

— Ela cumpriu todas as metas da lista — confirmou Helen.

— E uma que nem estava lá — acrescentou Maddie. — Dana Sue aceitou você de volta. Isso estava na *minha* lista para ela, não que ninguém tenha me recompensado por isso.

— Pobre Maddie — disse Dana Sue. — Mas não consigo ficar com tanta pena de você, porque eu ganhei!

Ronnie riu ao ouvi-la se gabar com tanta alegria.

— Ficar se vangloriando não é bom, querida.

— Não estou nem aí — exclamou ela. — Pela primeira vez na minha vida venci Helen e Maddie.

— Dado o prêmio, não é surpresa você ter trabalhado tanto para ganhar. — Ele olhou para as amigas da esposa, nenhuma das quais parecendo triste de verdade por ter perdido. — Qual seria o prêmio de vocês se tivessem vencido?

— Uma viagem para duas pessoas para o Havaí com tudo pago — afirmou Maddie.

— Compras em Paris — disse Helen, dando de ombros. — Algum dia eu chego lá, e eu mesma posso pagar.

Dana Sue olhou para suas duas melhores amigas com lágrimas nos olhos.

— Sabe, nós podíamos estabelecer novas metas e pronto. Estou começando a me sentir sortuda.

Os olhos de Helen brilharam ao ouvir a sugestão.

— Novas metas? Gostei.

Maddie gemeu e franziu a testa para Dana Sue.

— Que ideia foi essa?

— A ideia é poder ver vocês duas tão felizes quanto estou neste momento — respondeu Dana Sue.

Maddie entrelaçou o braço no de Cal e abriu um sorriso sereno.

— Eu *estou* muito feliz.

— Mas Helen nunca vai tentar cumprir as metas dela se não a desafiarmos — argumentou Dana Sue. — Nós devemos isso a ela. E algo me diz que ela tem um novo objetivo que está morrendo de vontade de incluir na lista.

— É verdade — concordou Helen. — E, enquanto isso, posso ouvir aquelas lojas da Champs-Élysées chamando meu nome.

— Daqui a duas semanas nos encontraremos de novo no Spa da Esquina às oito, então — propôs Dana Sue, com um sorriso para Ronnie. — Vamos lá, meu chapa. Estou prestes a levá-lo à melhor viagem da sua vida.

Ele riu diante da alegria da esposa.

— Meu bem, nunca tive a menor dúvida disso.

Este livro foi impresso pela Santa Marta, em 2021,
para a Harlequin. A fonte do miolo é Bembo Book
MT Std. O papel do miolo é pólen soft $70g/m^2$, e o
da capa é cartão $250g/m^2$.